唐代三大地域文学士族研究

【第三版】

李浩学术文集

李浩·著

陕西新华出版传媒集团
陕西人民出版社

TopBook
饕书客

图书在版编目（CIP）数据

唐代三大地域文学士族研究 / 李浩著. —西安：陕西人民出版社，2022.8

ISBN 978-7-224-14520-5

Ⅰ.①唐… Ⅱ.①李… Ⅲ.①文学史—研究—中国—唐代 Ⅳ.①I209.42

中国版本图书馆 CIP 数据核字(2022)第 058741 号

出 品 人：赵小峰
总 策 划：刘景巍
出版统筹：关　宁　韩　琳
策划编辑：王　倩　王　凌
责任编辑：武晓雨　张启阳
整体设计：哲　峰

TopBook 饕书客

微信扫一扫，关注饕书客

唐代三大地域文学士族研究

作　　者	李　浩
出版发行	陕西新华出版传媒集团　陕西人民出版社 （西安市北大街 147 号　邮编：710003）
印　　刷	中煤地西安地图制印有限公司
开　　本	920 毫米×1092 毫米　1/32
印　　张	13
字　　数	280 千字
版　　次	2022 年 8 月第 1 版
印　　次	2022 年 8 月第 1 次印刷
书　　号	ISBN 978-7-224-14520-5
定　　价	89.80 元

李　浩

陕西靖边人，现为西北大学文学院教授，西北大学中国文化研究中心主任，兼任中国唐代文学学会会长等。著有《唐诗的文本阐释》《唐代关中士族与文学》《唐代三大地域文学士族研究》《摩石录》等学术类著述，另有《怅望古今》《行水看云》《课比天大》《野生涯》等随笔类作品。

内容简介

本书主要考察唐代关中、山东、江南三大地域文学士族的构成、流动及其演变的历史过程与基本特征。全书分三编：上编为总论，下编为分论，附编为个案研究。作者提出“唐代三大地域”与“唐代文学士族”的概念，并将文学士族这一特殊的文人群体置于地域文化背景上，运用“地域—家族”的研究策略，对文学士族发荣滋长的“内在理路”与“外部环境”做互动分析。对与文学士族相关的贤能标准、陈寅恪士族理论、诗赋取士、士族教育、士族婚姻与信仰、士族迁徙及归葬等问题亦能在前人研究的基础上，纵深开拓。作者用思想史、社会史和文化地理学的成果来激活文学史研究的创新思维，拓展文学史研究的领域；学术史的反思与问题意识并重，一般概括与个案分析相结合，对唐代文学研究本身亦具有方法论的意义。

本书出版后曾获中国高校科学研究(人文社科)优秀成果二等奖、陕西省政府哲学社会科学优秀成果一等奖、陕西省高校人文社科优秀成果一等奖等，并由松原朗等翻译，日本研文出版社推出日译本。

本次新版，作者广泛吸收了学术界的新成果，对原版进行了力所能及的增订修改。

序 一

章培恒

文学的地域研究，是文学研究中一个十分重要的领域，在中国这样各地区的经济、政治、文化发展很不平衡的大国里，尤其如此。这是因为：不仅各地区的文学各有自己的特点，彼此的差别有时十分巨大，而且，不同地区之间的力量的消长，也常常会导致文学发展的总体趋势的变化。所以，如果没有关于文学的深入的地域研究，就既难以具体说明我国各个时期的文学的面貌，也不易说清我国文学演变的确切原因。

然而，文学的地域研究却又难度甚大。一方面固然要对其所研究的地区的文学及其相关的各领域做较全面细致的钻研，同时又要在整体上对当时文学的发展有全局在胸；若无后者，是无法真正了解地区性的文学特色的，所谓不知同，焉知异？也就是说，就其微观的研究而言，时时有必须细入毫芒之处；就其宏观的研究而论，则又要能“独上高楼，望尽天涯路”。

难度既高，从事者自然就少。加以社会环境——从外患频仍到十年浩劫——又为学术事业带来种种限制，在上一世纪八十年代以前，文学的地域性研究在我国几乎还没有真正开展起来。从八十年代起，才缓慢地启动，但人数仍然极少，有的研究者后来又忙于别的课题，开了个不坏的头，就舍弃——至少是在一段很长的时间内舍弃了，不见再有新的成果。

在这领域内锲而不舍地长期坚持，并不断有优秀论著公之于世的，我想，李浩先生是颇为突出的一位。他的《唐代园林别业考论》(西北大学出版社1998年版)、《唐代关中士族与文学》(台北文津出版社1999年版)等一系列论著都是视角新颖、材料丰富的有见解的学术研究成果。而且由于他对唐代文学——特别是诗歌——的全面关心和深入其中的研讨，这种地域性研究并不限于一隅，而名副其实地成为整个唐代文学研究的有机组成部分，能够起到窥豹一斑的作用。

他现在所完成的《唐代三大地域文学士族研究》，则是其以前的研究的综合、扩大和深化。换言之，是在综合其已有的发现、认识的基础上，扩大其研究范围，进一步深入地揭示这三个地域的文学士族的情状和特点以及由此所形成的文学上的独特性。我认为，这对李浩先生自己的研究来说，固然是更上一层楼，对于我国的文学地域研究来说，也是一种当之无愧的突破，如同复旦大学中国语言文学专业博士后流动站专家组对李浩先生当时作为出站报告提出的这部专著的评议所述：

> 李浩博士的出站报告《唐代三大地域文学士族研究》(按：原题为《唐代文人群体研究——以关中、山东、江南三大地域文学士族为重点的考察》)，系上编、下编、附编十六章，共二十多万字，以“地域”与“士族”为研究视点，从多学科交叉中寻找新的学术生长点，激活文学研究，在唐代文人群体

研究上提出不少有益的独到见解，是篇出色的学术论文，圆满地达到了预期的目标，专家组全票评为优等。

作者具有自觉的"问题意识"，善于从大量原始文献中发现问题和解决问题，尤能从无疑处质疑，廓清许多积非成"是"之点（如陈寅恪先生观点的误读，"以诗取士"的曲解等）。也重视学术史研究，在系统梳理本课题已有研究成果与存在问题的基础上，确立自己研究的主旨和方向，力拓思路，提出新见（如从前贤对士族研究的成果中，提出并论证"文学士族"新概念等）。本文文献信息量密集，工作量亦甚巨大，努力于文本分析与文献考证相结合，表现出踏实细致的学风。叙次明晰，语言流畅，颇有文采，并能严格遵守学术规范。个别章节如能再做进一步展开与补充，论文当更精彩。

把这一部书和其以前的论著相较，可以看出李浩先生在这方面的研究是有明显的计划性的；在唐代文学的地域研究的漫长道路上，他正胸有成竹地一步一个脚印地向前行进。他在本书的《后记》中曾致慨于自己的年将不惑，而在我看来，这正是一种值得羡慕的资本。只要不满足于已有收获，不断地汲取和融合新知，不倦地探索、否定和奋进，接着而来的在这领域里的贡献将是不可限量的。

2002 年 9 月

序　二

王水照

李浩君在1999年秋来复旦大学中文博士后流动站工作，本书《唐代三大地域文学士族研究》，就是他两历寒暑、辛勤耕耘的成果。在进站以前，他已先后出版《唐诗的美学诠释》《唐代园林别业考论》《诗史之际——唐代文学发微》《唐代关中士族与文学》等多部论著，在他自己的治学道路上留下坚实明晰而又逐层攀登的印迹，也为本书的操作打下良好的基础。然而本书不是他前此成果，特别是《唐代关中士族与文学》一书的简单延伸，而是在理论观念、学术视野、文献占有与考辨、研究方法与手段诸方面的一个突进性的发展。从他个人治学历程而言，本书有着重要的意义，标志着所已达到的颇为成熟的学术境界；而对唐代文学研究乃至我国古代文史之学来说，也提供了不少值得思索、参考的内容。

随着文学研究的日益深入多样化，对文学的本体特征及其边界的认识反而有些模糊起来，但这正酝酿着突破的契机。许多学者感到，单纯从文学到文学的研究策略处处显得捉襟见肘，似已难乎为继，而越来越关注于从相关学科的交叉点上来寻找文学研究的生长点，以扩展学科发展的空间。近来我审读过的不少博士学位论文的选题也呈现出这种倾向。其中，从地缘、血缘、学缘等关系上研究古代文学就是常取的视角，这对更具包容性、多元并存的学术格局的形成，是一种有力的促进，也是对传统“出文入史”、文史结合的学术传统的弘扬，我认为这应予肯定与提倡。

关于地域文化和家族文化的研究，前辈学者均有涉及，提出过不少精辟的见解，陈寅恪先生尤为鲜明地标举“地域—家族”的研究观念，并用以具体考察唐代制度、政治与文学，成为他史学思想的核心观念之一，且初具理论形态。近二十多年来，在英美汉学家中，对此似又聚集成一个学术兴趣点，也颇堪注意。美国宾夕法尼亚大学郝若贝教授(Robert M. Hartwell)曾有《750—1550年中国人口、政治和社会的转变》长文，在1980年秋的北京学术会议上宣读。此文考察了从中唐到明中期八百年间的人口、政治和社会面貌的“戏剧性改变”，详细研究了“区域性”对于中国社会性质的影响，尤其着重于从“家族”角度来研究“政治精英的转变”。这一研究思路在其他英美学者的论著中继续得到发展，如李浩君在本书提到的伊佩霞、姜士彬、包弼德等学者的著作，他们阐述的有关历史地理学、地缘文化学、社会学史的一系列观念以及具体史实的考论，已逐渐引起国内研究者的重视。因此，李浩君的这部新著，以唐代三大地域文学士族为研究对象，系统论述唐代士族的崛兴、分布、流动、衰落及相互间的冲突、交融、整合的历史过程，并进而概括其基本特征，探讨一些规律性的问题，正好“预流”于目前“地域—家族”研究的学术热潮。本书所表达的独特观察、思考和具体结论，当能深化和丰富这一课题的研究，并与国内外学者进行有益的学术对话。

原创性是研究者追求的最高目标，也是一切学术成果的生命。本书作者好学深思，具有自觉的“问题意识”，善于从大量原始文献中发现问题和解决问题，力拓思路，提出新见；同时重视学术史研究，在全面梳理本课题已有成果以及存在问题的基础上，确立自己研究的主旨和方向，使自己的研究汇入本课题的学术史序列之中，其创新点既来源有自，又坚确可信。如一般认为，隋唐时士族已趋衰微，坠没湮灭之势不可遏阻，本书作者从士族演进的客观进程着眼，结合文本分析与文献考证，提出并论证唐代“文学士族”新概念，以与东汉时的“经学世家”、两晋南北朝时的“门阀世族”等概念相对应，并认为“文学”之于六朝士族是一种修养，而于唐代士族则变成了一种工具。又如唐代政治上的大一统，地域上的四海混一，由此带来文学和文风上的南北交流与融合，这已成为文学史研究中的定论，然而作者经过仔细考察，指出唐代在政治上、地域上的统一，既没有改变自然地理的风貌，也没有消除经济文化发展不平衡的状况，因而文学的地域差别依然存在，可谓大唐之音，和而不同。这些都是富于启发性的见解，也为全书立论找到理论支撑。还应指出，作者思致敏锐而又精细，能从无疑处质疑，廓清诸多积非成“是”的看法，如对陈寅恪先生士族理论的长期误读，对唐代“以诗取士”的某些曲解，也都能别白有据，剖析入理，对这些唐代文史研究中的重大问题的理解深入一步。

本书由上编、下编和附编三部分十六章构成，共二十多万字。上编共六章为总论，综述唐代地域文化与文学士族；下编共五章为分论，对相关问题进行专题阐释；附编共五章为个案研究，主要对河东裴氏家族的迁徙、婚姻及佛教信仰等进行研究。可以看出，这样的章节设置，服从于作者的“问题意识”和研究心得，不追求形式上的全面系统，有时甚至稍有突兀之感(如“寡母教孤”章)，但仍存在内在学理上的统一性和逻辑性。至于行文流畅，不枝不蔓，每章开端提出问题，又以简短结论殿后，论旨显豁，读来纲目犁然，趣味盎然，表现出良好的学风和文字表达功力。

“渭北春天树，江东日暮云。何时一樽酒，重与细论文!”这是身处长安的杜甫对漫游江南的李白所表达的怀念与期盼。我与李浩君如今也“渭北”“江东”，暌违东西，但也希望他能抓住年富力强、学术势头正旺的大好时机，努力不懈，再出新成果，等待“重与论文”的一天!

2002 年 7 月 16 日

目 录

上编　总论

下编　分论

附编 个案研究

绪　论

唐代文学是整个中国古代文学宝库中最为璀璨绚丽的一颗明珠，二十世纪的唐代文学研究也是古代文学断代研究中创获最多、成就最突出的一段，差堪与那个伟大时代相媲美。举凡作品总集与别集的辑佚、校勘、笺注，作家身世、交游、行踪的考证与诗文系年，都有高品位的成果问世；除了对大家、名家的精细深入研究外，研究者对构成唐代恢宏壮丽交响曲的多重声部——中小作家，亦给予越来越多的关注，显示出唐代文学研究向纵深发展的趋势。敦煌与吐鲁番遗物的重新发现①，无疑为唐代文学

① 文物考古界认为，20 世纪中国有“五大发现”于学术文化影响最巨大，这五大发现分别是“殷墟甲骨文字”“敦煌塞上及西域各地之简牍”“敦煌千佛洞之六朝唐人所书卷轴”“内阁大库之书籍档案”“中国境内之古外族遗文”。参见王国维《最近二三十年中国新发见之学问》，收入《王国维遗书》第 5 册《静安文集续编》，上海：上海古籍出版社，1983 年，第 65—69 页。饶宗颐也说：“向来谈文献学者，辄举甲骨、简牍、敦煌写卷、档案四者，为新出史料之渊薮。余谓宜增入碑志为五大类。碑志之文，多与史传相表里，阐幽表微，补阙正误，前贤论之详矣。”(《唐宋墓志：远东学院藏拓本图录》引言，香港：香港中文大学出版社，1981 年，第 3 页) 五大发现、五大新出史料的说法大同小异，但有三大类与唐研究有关。

研究开拓了新境；地下文物的不断出土，使总集的辑佚整理永远有遗珠之憾，无法画上圆满的句号。贪“大”求“全”的学人，面对神域之内唐文献的不断出土，恐很难实现其“全”的梦想。近二十年来，各类文体研究、文学思潮研究、文论范畴与语词的梳理、文学史的重新撰写，都有突破性的成果行世。随着唐史与唐代文化相关专题研究的不断深入，启发学人们将文学研究与科举制度、铨选制度、教育制度、方镇使府、中西交通、园林建筑、歌舞乐伎、书法绘画、驿传运输、佛道思想等相结合，在两个学科或多个学科的交叉点、边缘带，寻找文学研究新的突破口与生长点，取得了许多原创性的成果。尤为重要的是，唐代文学研究已不再仅仅是古代文学中的一段，而且成为整个唐研究中不可或缺的一部分。以网络技术为标志的数字化革命，在唐代文学研究中小试牛刀，《全唐诗》与《全唐文》光盘版与电子检索系统，包括两《唐书》在内的“二十五史”全文检索系统软件等的问世，不仅给古籍整理提出了新课题，而且为唐代文学研究指出了向上一路；以各种专业网站和电子学术期刊为代表的新媒体，又为学术的交流与传播提供了全新的形式。逐渐落潮的有关新方法、新观念之争，再次引起人们的思索。摆脱各种羁绊，从意识形态中淡化出来的文史学科渐臻独立，成为现代学术体系中的一个门类。简言之，二十世纪唐代文学研究的成就与特色，已构成现代学术史的一个重要组成部分。无论是赞成还是反对其中的观点与结论，但有一点可以肯定，即后来者没法绕开这座高山，不能无视其存在。

由于唐代文学研究领域成果辉煌，导致另外一种看法的流行，即认为本领域几乎所有问题都已被解决或涉及，一些硕士、博士论文或专题研究的选题，或上溯魏晋南北朝，或下行宋元明清，尽量跳出唐代以避免选题雷同撞车。还有一些颇具才气的学人已开始学术大转移，迁徙到学术力量薄弱的断代以图重大突破。有人甚至公开宣称：唐代文学领域经过文史大师陈寅恪、岑仲勉等的精耕细作，已无未被开垦的处女地，每一块版图都插有标志，表明先行者的占领和所有权。

笔者承认论者所述部分属实，但不敢苟同全部观点。以笔者私见，唐代文学研究结束了圈地淘金的早期开发阶段，才刚进入有序规范的中期发展。因为有早期文献整理的基础和学术史积淀，摆脱各种非学术的干扰和影响，真正意义上的理论研究始得以展开①，体大思精、牢笼百代的学术巨著仍有俟来日。换言之，二十一世纪更需要一批能会通古今、融合中西的学人，本领域呼唤新世纪学术大师的出现。在较早独立自觉、成熟发达的唐研究领域，严谨认真的学者仍将会大有作为。

一、本书所拟讨论问题的设定

在古代文学研究(包括唐代文学研究)中，问题意识的提出和

---

① 董乃斌先生亦有类似的看法："通过对学术史的系统反思，我更深深感到百年来的文学史编写受西方近代文学观念影响巨大，这影响可分正负两方面。简言之，正的方面是使中国建立了文学史学科，并且很快走上了现代化的路程；负的方面则是由于西方近代纯文学观的笼罩，不免使许多文学史家程度不等地忽略或弃置了中国文学的固有特征，割舍了一些传统的文体，造成所写的文学史在完整性与真实性上往往有所欠缺，这一点在唐代文学史上表现得也颇为明显……这样想来，唐代文学研究的路径就不是越来越窄而是很开阔漫长了，研究课题当然也就会很丰富多样。"见陈飞《唐代试策考述·董乃斌序》，北京：中华书局，2002 年。

强调在当下尤显重要。没有提出问题或提出的是伪问题，研究必然无法深入，更谈不到原创性成果或在既定条件下层累出新的高度。本着这样的认识，反观唐代文学研究领域，笔者发现空白处、冷寂处、被人歪曲误解处、不当耕耘或乱砍滥伐所造成的荒漠仍很多，学术生态的恢复与保持亟须重视。下面试就与本项研究相关的部分提出一些问题：

首先，以往的研究重视时(时间)而忽略地(空间)。唐代文学是历史时期的文学，文学演进过程中先后有许多重大事件依次展开，许多重要人物相继登场亮相，故对时间的强调无疑是必要的。但历史同时又是在一定空间中展开的，空间是历史人物、历史事件演出的舞台，有了地理空间，人物与事件就能立体地凸显、具体地活动。文学研究如果只考虑时间元素(时代性)而忽略空间元素(地域性)，许多问题根本无法解释。①

已经有学者指出，汉语中“文学地理”一词最早见于梁启超《中国地理大势论》(1902)中：

> 大抵自唐以前，南北之界最甚，唐后则渐微。盖文学地理常随政治地理为转移。

---

① [英]彼得·伯克(Peter Burke)在《历史学与社会理论》一书中举例说：“社会成员自己经常使用空间比喻，例如在谈话中说到社会‘阶梯’、‘金字塔’，抑或‘上流’或‘下层’阶级，或者把个体或群体描述为‘仰视’或‘俯视’别人。社会理论家也同样如此。‘社会分层’和‘社会结构’(基础，上层建筑)，这些比喻就是从地质学和建筑学借来的。”(姚朋等中译本，上海：上海人民出版社，2001 年，第 71 页)看来，离开空间范畴，我们连日常表述也成问题，更遑论学术研究。

陈寅恪先生在《元白诗笺证稿》中建议：

> 苟今世之编著文学史者，能尽取当时诸文人之作品，考定时间先后，空间离合，而总汇于一书，如史家长编之所为，则其间必有启发。①

钱穆用形象的比喻说道：

> 历史如一本戏剧，演剧的是人物，而地理即是戏台。②

据陈广宏教授的研究，清末民初以来，一批学者围绕文学地理、文化地理展开相关研究，并且以南北文学不同论为中心对中国文学进行历史构建，涌现出如梁启超的《中国地理大势论》、刘师培的《南北文学不同论》、王国维的《屈子文学之精神》、陈钟凡的《周代南北文学之比较》、汪辟疆的《近代诗坛与地域》、陈序经的《南北文化观》、日本学者铃木虎雄的《中国文学家地理上之分布》等几十种著作论文③，是当代文学地理学研究的滥觞，为本学科的设立做了大量的学术准备。可惜二十世纪四十年代末到七十年代末三十年间这一学术传统失落不彰，相关成果也沉睡在书库中，不为人所知。

---

① 陈寅恪《元白诗笺证稿》，上海：上海古籍出版社，1978 年，第 9 页。

② 钱穆《中国文化丛谈》，台北：联经出版公司，1998 年，第 7 页。

③ 陈广宏《现代中国文学地理相关研究的文明史学模式》，《美学与艺术评论》2019 年第 2 期。

所以，当金克木先生在 1986 年发表《文艺的地域学研究设想》一文时，让新一代的学人觉得新颖，也让老辈学人听到了历史的回声：

> 我觉得我们的文艺研究习惯于历史的线性探索，作家作品的点的研究；讲背景也是着重点和线的衬托面；长于编年表而不重视画地图，排等高线，标走向、流向等交互关系。是不是可以扩展一下，作以面为主的研究，立体研究，以至于时空合一内外兼顾的多"维"研究呢？假如可以，不妨首先扩大到地域方面，姑且说是地域学（Tonology）研究吧。①

金先生还具体指出地域研究可从分布、轨迹、定点、播散几端展开，在大陆学界对此话题睽违几十年后，他再次提出"文艺地域学"。陶礼天教授通过实证研究，不仅从文艺学角度提出"文学地理学"的范畴，而且著专书来申述论证②。胡阿祥教授则从历史地理学角度，进一步提出创建"中国历史文学地理"学科的构想，他认为：

> 中国历史文学地理，研究中国历史文化中的文学因子之空间组合与地域分异规律，可以视作为中国历史文化地理学的组成部分；同时，中国历史文学地理以其研究对象为文

---

①《读书》1986 年第 4 期，第 85 页；又见金克木《探古新痕》，上海：上海古籍出版社，1998 年。

② 陶礼天《北"风"与南"骚"》，北京：华文出版社，1997 年。

学，所以也是中国古代文学的一个重要分支。

按照这样的定义，中国历史文学地理有着广泛而又复杂的研究内容：诸如文学发达程度的地区差异（以文学家和文学作品的多寡为主要指标），各类文体的区域异同及受地理环境影响的深浅，文学题材与风格的地域特色，各别地区文学的地理背景，地理环境对文人灵感的培育与文人创作的影响，形成文学地域差异的自然地理环境因素与人文地理环境因素等等，都属中国历史文学地理的基本内涵。①

胡阿祥不仅提出创设新学科的构想，而且完成著作《魏晋本土文学地理研究》，为这一构想提供了个案成果，填补了学术空白，是文学地理学研究的有益尝试。

借着二十世纪八九十年代较为宽松开放的大环境，有关文化地理学或文学地域学的成果如雨后春笋，不断涌现，如曾大兴的《中国历代文学家之地理分布》（1995）、曹道衡的《南朝文学与北朝文学研究》（1999）、李浩的《唐代关中士族与文学》（1999）、梅新林的《中国古代文学地理形态与演变》（2006）、戴伟华的《地域文化与唐代诗歌》（2006）、刘跃进的《秦汉文学地理与文人分布》（2012）、杨义的《文学地理学会通》（2013），应该说，这是改革开放以来文学研究中成长显著、成果丰硕的一个领域。

人地关系是历史演进中的基本关系，故人名的研究与地名的

① 胡阿祥《魏晋本土文学地理研究》，南京：南京大学出版社，2001年，第174页。

研究应该双轨并进，这对于治史将有极大的裨益[①]。重视时地关系本是吾国学术的一个传统，海通以来受西学的启迪，学人们后来居上，广有贡献[②]。惜二十世纪下半叶的近三十年时间，由于众所周知的非学术因素干扰影响，使“五四”以来形成的学术传统出现断裂，失落不彰。“却顾所来径，苍苍横翠微”。平心而论，目前热度不减的文学地理研究并非是零起点的初创，而是二十世纪上半叶研究态势的接续和复兴。

其次，一般认为唐代是统一帝国，与此前的东晋南北朝及此后的南宋辽金时期不同，强调政治统一所带来的地域统一与文化融合，忽略此一时期各个地区的差别性，各种文化的独特性。政治的大一统与地域的统一，是我们民族根深蒂固的光荣梦想，自有其存在的合理性。但以唐代而言，是否属于统一帝国，已大可商榷[③]。就是统一时期，各地的方土风气、方言土语，区域发展的不平衡，以及缘此环境熏习而成长之人物，皆有其独特性，并不会因此而丧失地域特征，当时并没有一种广被各地区的同一文化[④]。

---

① 饶宗颐《萧遥天〈中国人名的研究〉序言》，见萧遥天《中国人名的研究》卷首，北京：国际文化出版公司，1987 年，第 2 页；胡阿祥《魏晋本土文学地理研究》，南京：南京大学出版社，2001 年，第 173 页。

② 戴伟华指出，文人的空间聚合与分离给文化带来刺激，给文学发展带来生机。见其所撰《唐代文学研究中的文人空间排序及其意义》，《扬州大学学报》1999 年第 1 期。实际上，伟华兄之《唐代使府与文学研究》也是这方面用力颇勤的一部著作。

③ 葛剑雄认为隋唐时期，中国境内有突厥、回纥、吐蕃、南诏、渤海等好几个与中原王朝并存的政权。安史之乱后，唐朝再也没有真正统一过，以他所确定的第二标准统一时间来计算，唐朝的统一时间为公元 630 年至 755 年。参见葛剑雄《统一与分裂——中国历史的启示》第 2 章，北京：三联书店，1994 年。

④ 谭其骧《中国文化的时代差异和地区差异》，《复旦学报》1986 年第 2 期，第 7 页；又收入谭著《长水粹编》，石家庄：河北教育出版社，2000 年，第 385 页。

学人们所经常称道的南北文化融合、南北文学合流，并没有使唐代文化及文学简化为一种模式、一种单纯的质素，恰恰相反，此一时期的地域影响比南北分裂时期更为突出，更形复杂，更难用简单的术语概念来规范。那种打算用教科书语言将唐代地域文学的丰富多彩简明扼要地概括为一两个要点，强制纳入一个模式范型中的企图，不仅徒劳无益，而且十分有害。

第三，受南北朝文化研究的影响与制约，谈唐代地域文化，人们亦侧重进行南北比较，忽略了地域因素的多元并存。实际上，草原游牧文化、关中文化、陇右文化、河洛文化、燕赵文化、陈夏文化、齐鲁文化、吴越文化、荆楚文化、岭南文化、巴蜀文化、西域文化等在参与构筑唐代文化过程中，都具有重要作用。唐代的文化区域既有南北的差异，又有东西的差异。北方圈内关中文化与河洛文化、关陇集团与山东士族的冲突碰撞便说明了这一点；南方圈内吴越与荆楚的纠葛矛盾，亦由来已久。

按照学术界的看法，华夏文化的重心首先经过由东向西的轴线，然后再沿着由北向南的轴线转移，中唐时期则成为此文化流布与重心转移的一大枢纽，不仅在时间上成为承前启后之关捩点①，而且从空间上透露出气运转移之消息，此后经济文化重心之倾斜与格局之形成已成定势。故不能用简单的南北比较来代替对各个文化区域的深入研究以及南北东西此消彼长的互动研究。

---

① 陈寅恪《论韩愈》："唐代之史可分前后两期，前期结束南北朝相承之旧局面，后期开启赵宋以降之新局面，关于政治社会经济者如此，关于文化学术者亦莫不如此。退之者，唐代文化学术史上承先启后转旧为新关捩点之人物也。"见《金明馆丛稿初编》，上海：上海古籍出版社，1980 年，第 296 页。

第四，传统的唐代文学研究多注重单个作家的个体研究，往往忽略对文人集团、创作群体、文学流派的研究。近年来，此种状况已有很大改观，比如从大历诗派入手研究大历诗风①，注意到仕宦与文学风气有京城集团与地方官集团之别②，探索党争、政治事件与文学群体的互动关系③，考察集会总集与诗人群体的形成④，但是对唐代士族与文学的关系，或者说对唐代士族本身的研究，仍存在许多不足，与两晋南北朝士族研究相比较，成果仍嫌太少⑤。

第五，以往的唐代文学研究多强调寒庶对文学发展的推动作用，而忽视甚至否定士族对文学发展的积极意义。受一些主流观点和预设理论前提的左右，大陆学术界对士族问题的看法与海外有区别，多认为唐代士族已不复存在，或处于衰亡沦替阶段，故对文学发展只有消极的或反动的作用。有一些很有造诣的学人，

---

① 如蒋寅《大历诗风》(上海：上海古籍出版社，1992 年)，《大历诗人研究》(北京：中华书局，1995 年)。

② 如傅璇琮《唐代诗人丛考・李嘉祐考》(北京：中华书局，1980 年)。傅璇琮先生《〈唐代诗人丛考〉馀论》指出："从丹纳的书我得到很大启发，我觉得研究文学应当从文学艺术的整体出发，这所谓整体，包括文学作为独立的实体的存在，还应包括不同流派、不同地区互相排斥而又互相渗透的作家群，以及作家所受社会生活和时代思潮的影响。这牵涉到总的研究观念的改变。"见《书品》1986 年第 4 期。

③ 如陈寅恪《唐代政治史述论稿》中篇《政治革命及党派分野》、傅璇琮《李德裕年谱》(济南：齐鲁书社，1984 年)、胡可先《中唐政治与文学——以永贞革新为研究中心》(合肥：安徽大学出版社，2000 年)等。

④ 如贾晋华《唐代集会总集与诗人群研究》(北京：北京大学出版社，2001 年)。

⑤ 主要有毛汉光《唐代统治阶层的社会变动》(影印博士论文，1969 年，国家图书馆港台部藏本)、孙国栋《唐宋之际社会门第之消融》(香港：《新亚学报》第 4 卷第 11 期，1959 年)、郭锋《唐代士族个案研究》(厦门：厦门大学出版社，1999 年)、颜普元《颜氏家学与风徽》(长沙：岳麓书社，1999 年)、周征松《魏晋隋唐间的河东裴氏》(太原：山西教育出版社，2000 年)等。

在微观与个案考证中有非常扎实的成果，惜在史学观念上受这些主流观点和预设前提的支配，放弃了对大前提的质疑，故使其成果的理论高度与学术品位受到很大局限。此一问题笔者在《唐代关中士族与文学》中已论列，本书亦要对此进行专门探讨，故此处不复赘述。

二、学术史的简单回顾

因本项研究涉及地域文化、士族演生以及与文学发荣滋长的种种关联性，故所阅读及参考的成果，也大体包括三个方面：有关唐代地域文化的研究，有关士族演变的研究，有关士族与文学关联性的研究。下面循此对昔哲今贤的成果做提要式综述。因叙述是沿着某种逻辑顺序，故难免挂一漏万，较详细准确的引证可参见各章的引文标注及书末的参考文献目录。

1. 有关地域文化研究的成果

中国古代的地域文化研究源远流长：《史记》《汉书》《宋书》《魏书》《隋书》及两《唐书》等正史中较系统地保存了许多地理沿革及区域文化的资料；《禹贡》《山海经》《水经注》等亦对事物起源及奇风异俗有所记录；《括地志》《元和郡县图志》《通典》，均为唐人著述，有许多第一手资料；宋敏求《长安志》、程大昌《雍录》、范成大《吴郡志》、传陆广微《吴地记》、施宿《嘉泰会稽志》、徐松《唐两京城坊考》与《河南志》、毕沅《关中胜迹图志》等则对各地的沿革建置、山川风物、历史遗迹、前贤著述等有进一步的考订，是研究地域文化不可或缺的参考文献。清代考据学派在地域文化研究方面也取得了很多成果，仅经部有关地名的著作就有二十七种一百一十二卷，史部有关地名的专门著作多达六十八种八百七十二卷以上。如《诗经》地名研究就有焦循《毛诗地理释》、朱右曾《诗地理征》、胡秉元《诗地理考实》、潘继李《诗地理续考》等①，颇为深入。

清吴廷燮的《唐方镇年表》已按地域分布研究唐代的藩镇问题。二十世纪以来，学者们运用现代科学观念及方法研究中国古史，在地域文化研究方面亦有许多创获，如各种地理文献的整理辑佚，地方史志的重刊新编，利用现代测绘工具绘制的有关图表。具体成果有谭其骧主编的《中国历史地图集》、史念海主编的《西安历史地图集》等。陈正祥《中国文化地理》将关注的焦点集中于文化方面，卢云《汉晋文化地理》则沿着这一思路而更加深入细致。与此相关的是人口与政区研究，葛剑雄的《西汉人口地理》较早以人口地理为博士论文选题，不仅具有学科开拓性，而且具有学术示范性。费省的博士论文《唐代人口地理》、冻国栋的博士论文《唐代人口问题研究》，题目虽相近，但各有创获。翁俊雄的《唐初政区与人口》《唐朝鼎盛时期政区与人口》《唐后期政区与人口》，形成了唐代人口研究的三部曲。此外，葛剑雄、周振鹤、吴松弟等有关唐代移民问题的系列论著，郑学檬对唐代江南文化的研究，李伯重对唐代江南农业的研究，武伯伦、曹尔琴等对唐

---

① 华林甫《中国地名学史考论》，北京：社会科学文献出版社，2002年，第175—176页。

长安城的研究，辛德勇、李健超等对唐代两京城坊的进一步考索，都有重要意义。文学方面，戴伟华《唐方镇文职僚佐考》《唐代使府与文学研究》等，在严耕望《唐方镇使府僚佐考》的基础上，将使府与文学结合起来，自觉从空间角度拓展文学研究的视野。

关于本项研究中所使用的几个地理范畴及语词，司马迁《史记·货殖列传》分述各地物产时已指出：

> 夫山西饶材、竹、穀、纑、旄、玉石；山东多鱼、盐、漆、丝、声色；江南出楠、梓、姜、桂、金、锡连、丹沙、犀、瑇瑁、珠玑、齿革；龙门、碣石北多马、牛、羊、旃裘、筋角；铜、铁则千里往往山出棋置：此其大较也。①

明确提出“山西”“山东”“江南”“龙门、碣石北”四大自然区域和经济区域。唐代柳芳《氏族论》则划分两晋南北朝以来的士族分布为“过江侨姓”“东南吴姓”“山东郡姓”“关中郡姓”“代北虏姓”。地域的划分与司马迁的分类略可仿佛，只是侧重点由经济物产分布转到士族人物的分布，明确提出江南地域的士族、山东地域的士族、关中地域的士族等命题，则本项研究所要讨论命题之地理学根据由来已久，并非笔者凭空杜撰。

关于人物活动与地域分布之关系，也是学人们全力探讨的一个问题。如梁启超《近代学风之地理的分布》、丁文江《历史人物

---

①《史记》卷一二九《货殖列传》，第10册，北京：中华书局，1959年，第3253—3254页。

与地理之关系》、任继愈《中国古代哲学发展的地区性》、史念海《两〈唐书〉列传人物本贯的地理分布》等都有创新。就文学方面而言，胡应麟《诗薮》续编卷一将明代初期诗歌分为五派：吴诗派、越诗派、闽诗派、岭南派、江右派，其区别的标准显然是地域。刘师培《南北文学不同论》，特别是汪辟疆《近代诗派与地域》，将近代同光以来诗家分为六派，分别是：湖湘派、闽赣派、河北派、江右派、岭南派、西蜀派。每列一派，先论地域，后评诗歌。袁行霈《中国文学概论》列专章《中国文学的地域性与文学家的地理分布》讨论，曾大兴《中国历代文学家之地理分布》循此有更深入细致的研究。惜袁著提纲挈领，未能展开；曾著所依据的统计资料太陈旧，未能大量吸收近年来的新成果。陈尚君《唐代诗人占籍考》利用个人考订及学界考证的新成果，后出转精，可信度更高。胡阿祥《魏晋本土文学地理研究》一书不仅提出“中国历史文学地理学”的构想，而且详考魏晋时期文学家籍贯的地理分布及各地区本土文学的成长，材料丰富，分析细致。梅新林《中国古代文学地理形态与演变》一书体制宏大，在广泛汲取前人研究成果的基础上，又提出不少新见，其中对创立“中国文学地理学”倡导颇多，推动颇勤。

2. 有关士族研究的成果

前现代的中国是一个宗法式社会，故宗族或家族是社会结构的一个重要组成部分。有关两晋南北朝隋唐士族的研究，可以追溯到很早。唐代林宝《元和姓纂》是存世较早的姓氏文献，《新唐书・宰相世系表》则是研究中古士族谱系的重要资料。柳芳《氏族论》是第一篇关于士族问题的专题论文。此外如邓名世《古今姓氏书辩证》、郑樵《通志·氏族略》、张澍《姓氏五书》对研究姓氏源流、士族发展都有价值。钱大昕提出史家当讨论者有三端："曰舆地，曰官制，曰氏族。"①认为在史学研究中，既要强调舆地(地理)研究，又要强调氏族群体研究，孤明先发，对笔者启发良多。

现代有关中古士族的研究，应首推陈寅恪。陈氏标举"地域—家族"研究方法，认为士族是研究中古社会的关键。《唐代政治史述论稿》开篇引用《朱子语类》中"唐源流出于夷狄，故闺门失礼之事不以为异"，并且详述道：

> 然即此简略之语句亦含有种族及文化二问题，而此二问题实李唐一代史事关键之所在，治唐史者不可忽视者也。②

认为"种族及文化"是治唐史之关键。何谓文化，士族与文化有何种关系？陈氏有一系列论述：

> 盖自汉代学校制度废弛，博士传授之风气止息以后，学术中心移于家族，而家族复限于地域，故魏、晋、南北朝之学术、宗教皆与家族、地域两点不可分离。③
>
> 故东汉以后学术文化，其重心不在政治中心之首都，而

---

①《潜研堂文集》卷二四。

②《唐代政治史述论稿》，上海：上海古籍出版社，1982年，第1页。

③《隋唐制度渊源略论稿》，上海：上海古籍出版社，1982年，第17页。

分散于各地之名都大邑。是以地方之大族盛门乃为学术文化之所寄托。……而汉族之学术文化变为地方化及家门化矣。故论学术，只有家学之可言，而学术文化与大族盛门常不可分离也。①

陶、范俱天师道世家，其思想冥会如此，故治魏晋南北朝思想史，而不究家世信仰问题，则其所言恐不免皮相。②

河陇一隅所以经历东汉末、西晋、北朝长久之乱世而能保存汉代中原之学术者，不外前文所言家世与地域之二点，……此河陇边隅之地所以与北朝及隋唐文化学术之全体有如是之密切关系也。③

盖唐代社会承南北朝之旧俗，通以二事评量人品之高下。此二事，一曰婚，二曰宦。凡婚而不娶名家女，与仕而不由清望官，俱为社会所不齿。④

义宁先生于不同时期的著述中反复强调、再三致意“地域—家族”对治中古史事之重要性，文中经常出现“文化高门”“文化世家”“经学世家”等概念，不难窥见陈氏之用意所在。

钱穆先生指出：

今人论此一时代之门第，大都只看在其政治上之特种优

---

①《金明馆丛稿初编》，上海：上海古籍出版社，1980 年，第 131 页。
②《金明馆丛稿初编》，第 200 页。
③《隋唐制度渊源略论稿》，第 19—20 页。
④《元白诗笺证稿》，第 112—113 页。

> 势，与经济上之特种凭藉，而未能注意及于当时门第中人之生活实况，及其内心想象。因此所见浅薄，无以抉发此一时代之共同精神所在。今所谓门第中人者，……为此门第之所赖以维系而久在者，则必在上有贤父兄，在下有贤子弟，若此二者俱无，政治上之权势，经济上之丰盈，岂可支持此门第几百年而不蔽不败？
>
> 在当时人意念中，一家门第之所以可贵，正在此一家门第中人物之可贵，此实与现代人专意在权位财富上衡量当时门第之想法大相径庭。凡如上述，又可于当时人之文学作品中随处得证。……潘岳乃一文人，行谊无足称。然在文人笔下，往往可以写出时代共同心情之向往。
>
> 魏晋南北朝时代一切学术文化，其相互间种种复杂错综之关系，实当就当时门第背景为中心而贯串说之，始可获得其实情与真相，……当时一切学术文化，可谓莫不寄存于门第中，由于门第之护持而得传习不中断，亦因门第之培育，而得生长有发展。门第在当时历史进程中，可谓已尽一分之功绩。①

钱穆先生虽然专论魏晋南北朝，但对唐代研究也富有启示。他与陈寅恪在许多问题上各持己见，互相对立，有意思的是，在士族问题上却似乎是桴鼓相应，互相发明。

岑仲勉致力于对林宝《元和姓纂》的考订辑补，所成《四校记》

---

① 钱穆《略论魏晋南北朝学术文化与当时门第之关系》，香港：《新亚学报》第5卷第2期，1963年，第23—78页；又见《中国学术思想史论丛》卷三，合肥：安徽教育出版社2004年。

不仅对了解林著原貌，而且对研究中古士族亦极具价值①。王伊同《五朝门第》第一次系统全面地论述士族之性质、政治待遇、经济垄断、门生故吏、风尚习俗、谱牒之学，并详列高门权门世系婚姻表，殊见功力②，成为研究中古士族者必读之参考书。吕思勉《中国制度史》辟专章讨论宗族问题。王仲荦考释敦煌士族文献的系列论文，将敦煌遗书与存世文献逐一比勘，排列异同，细致入微③。田余庆《东晋门阀政治》指出习惯所谓魏晋南北朝门阀政治，实际上只存在于东晋一朝④。徐扬杰《中国家族制度史》是近年来有关家族制度通史中较为系统全面的一部⑤。由白寿彝主编之多卷本《中国通史》，一反通史旧体例，对士族、家族、家庭等给予更多关注。

大陆中青年学者近年来对士族的研究不断深化，仅从已出版的几部博士论文亦可略见一斑。如方北辰《魏晋南朝江东世家大族述论》⑥、陈爽《世家大族与北朝政治》⑦、陈明《儒学的历史文化功能——士族：特殊形态的知识分子研究》⑧、郭锋《唐代士族

---

① 岑仲勉《元和姓纂四校记》，《国立中央研究院历史语言研究所专刊》之29，北京：商务印书馆，1948年。今有郁贤皓、陶敏《元和姓纂（附四校记）》（北京：中华书局，1994年）增补考订又逾岑著，为研读《姓纂》最好之版本。

② 王伊同《五朝门第》，香港：香港中文大学出版社，1978年。

③ 收入王仲荦《㟧华山馆丛稿》，北京：中华书局，1987年。

④ 田余庆《东晋门阀政治》，北京：北京大学出版社，1989年。

⑤ 徐扬杰《中国家族制度史》，北京：人民出版社，1992年。

⑥ 方北辰《魏晋南朝江东世家大族述论》，台北：文津出版社，1991年。

⑦ 陈爽《世家大族与北朝政治》，北京：中国社会科学出版社，1998年。

⑧ 陈明《儒学的历史文化功能——士族：特殊形态的知识分子研究》，上海：学林出版社，1997年。

个案研究——以吴郡、清河、范阳、敦煌张氏为中心》[①]，皆在吸收已有成果的基础上有所创新，体现了新一代学人较扎实的文献功底与较雄厚的理论素养。

大陆之外，港台及海外学者对士族问题的研究起步较早，积累颇丰。钱穆《略论魏晋南北朝学术文化与当时门第之关系》[②]，对门第与学术文化之关系进行详尽梳理，以其发表较早，故对后来影响颇深远。孙国栋《唐宋之际社会门第之消融》，通过对晚唐五代人物家世的统计，说明门第破坏原因，印证乃师钱穆有关社会阶级消融的观点[③]。台湾地区以毛汉光、何启民、邱添生、宋德熹等对士族研究致力最多。毛氏的《中国中古社会史论》《中国中古政治史论》及早期的《唐代统治阶层的社会变动》，皆能利用社会学、统计学方法处理士族文献，积数十年努力，创获颇多。何启民《中古门第论集》亦有许多精彩之论。

日人多贺秋五郎《宗谱的研究(资料篇)》、池田温《唐代的郡望表》、矢野主税《裴氏研究》及《张氏研究稿》、守屋美都友《太原王氏系谱考》、爱宕元《唐代范阳卢氏研究》，搜集资料较全面，结论亦极平实，体现出日本汉学不尚空论、竭尽精微的特点。

英美学者的成果如伊佩霞(Patricia B. Ebrey)《博陵崔氏个案研究》与《中国宋代的家族与财产》，姜士彬(David G. Johnson)

---

① 郭锋《唐代士族个案研究——以吴郡、清河、范阳、敦煌张氏为中心》，厦门：厦门大学出版社，1999 年。

② 香港：《新亚学报》第 5 卷第 2 期，1963 年。

③ 香港：《新亚学报》第 4 卷第 11 期，1959 年；又收入孙著《唐宋史论丛》(增订版)，香港：商务印书馆(香港)有限公司，2000 年。

《唐末宋初赵郡李氏研究》《中国中世的门阀政治》，包弼德(Peter K. Bol)《斯文：唐宋思想的转型》等，在对史料详尽描述的基础上，亦有许多精致的阐释。但日本及英美学者更重要的成果是通过田野考古，对中国近代宗族的社会学与人类学记录，因与本项研究关系不大，此不赘述。

3. 有关士族与文学关联性的研究

明代胡应麟《诗薮》外编卷三发现唐人父子、兄弟、夫妻、祖孙以文学并称者甚众，他对各项都举例加以说明，并且指出："唐著姓若崔、卢、韦、郑之类，赫奕天下，而崔尤著。盖自六朝、元魏时，已为甲族，其盛遂与唐终始。文皇首命群臣品第诸族，时以崔民干为第一。嗣后达官朊仕，史不绝书，而能诗之士弥众，他姓远弗如也。"其中尤其以"初唐之融，盛唐之颢，中唐之峒，晚唐之鲁，皆矫矫足当旗鼓。以唐诗人总之，占籍几十之一，可谓盛矣"①。陈寅恪《元白诗笺证稿》《柳如是别传》亦多涉及士族与文学之关系。严迪昌在阐述其文学史观时，指出各种专题文学史、特种文学史，如文学世族演变史、地域文学史等的写作尤为重要②。刘跃进《门阀士族与永明文学》论述了永明文学与江南吴姓、侨姓士族的关系③，程章灿《陈郡阳夏谢氏：六朝文学士族之个案研究》及姊妹篇《世族与六朝文学》都有许多开拓④，

① 《诗薮》，上海：上海古籍出版社，1979年，第167—174页。

② 严迪昌《审辨史实，全景式地探求流变》，载《文学遗产》1990年第1期。

③ 刘跃进《门阀士族与永明文学》，北京：三联书店，1996年。

④ 程章灿《陈郡阳夏谢氏：六朝文学士族之个案研究》，台北：文津出版社，1993年；程著《世族与六朝文学》，哈尔滨：黑龙江教育出版社，1998年。

拙著《唐代关中士族与文学》受此风气影响，并将研究触角下伸到唐代关中地域①，成为本项课题的先行研究。

海外学人的成果如日人田仲一成《中国的宗族与戏剧》②，虽讨论的是近代民间戏剧，但广泛的田野调查与科学的材料处理，使其研究对笔者有示范意义。日人佐藤正光《南朝的门阀贵族和文学》③，以谢氏为中心，侧重对作家的时代、家族和环境进行研究。美国艾尔曼(B. A. Elman)《经学、政治和宗族——中华帝国晚期常州今文学派研究》，将宗族研究与思想史绾合，探讨学术思想演生的“内在理路”与“外部环境”④，是西方汉学著作中的经典之作。包弼德(Peter K. Bol)的《斯文：唐宋思想的转型》，则以“斯文”为核心概念，考察唐宋士人从士族向文官再向地方精英的转型，细腻地勾勒出唐宋士人价值观演变的轨迹⑤。这些他山之石，帮助笔者激发灵感，拓展思路，对本项研究的顺利进行助益良多。

三、基本理论与方法

本项研究为拙著《唐代关中士族与文学》的后续成果，故所讨

---

① 拙著《唐代关中士族与文学》，台北：文津出版社，1999年。

② [日]田仲一成《中国的宗族与戏剧》，钱杭等中译本，上海：上海古籍出版社，1992年。

③ [日]佐藤正光《南朝的门阀贵族和文学》，东京：汲古书院，1997年。

④ [美]艾尔曼《经学、政治和宗族——中华帝国晚期常州今文学派研究》，赵刚中译本，南京：江苏人民出版社，1998年。

⑤ [美]包弼德《斯文：唐宋思想的转型》，刘宁中译本，南京：江苏人民出版社，2001年。

论之问题具有关联性，所使用的研究方法亦有一致性，即仍然是从人地关系的理论前提出发，主要运用“地域—家族”相结合的研究方法，力求把握文学士族演生的内在理路与外部环境，通过文本的细读，将文献研究、谱牒研究与作品研究相交融，用思想史、社会史和文化地理学的成果来激活文学史研究的创新思维，拓展文学史研究领域，为唐代文史研究提供独特的成果。

文学史研究实质上是处于文学与史学的交叉地带或者亦可称为夹缝间的一种边际研究。其弊在于使研究陷入非文非史，上下没着落，两处茫茫皆不见的境地；其利则可以左右逢源，借助于史学理论与文学思想来丰富充实，架构一种全新的解释模式。

史学家提出史学研究的层次模式理论①，就本项研究而言，基层是通过对原典材料的解读，以求得对历史事实的订正与认可，在材料的使用上，采用原典优先；在方法上则采用细部阅读、诗史互证。中层则试图找寻材料与材料之间、事件与事件之间的联系，在方法上采用比较与对照。高层则试图在整合各种历史事实的基础上，为唐代三大地域文学士族进行定位，为唐代文

---

① 李开元谈到史学研究的层次模式理论，认为历史学至少可以划分为三个层次，即基层史学、中层史学和高层史学。基层史学以确立历史事实之具体存在为目的，以考释和描述的方法追求史实之复原。中层史学在已经确立了的史实基础上，以探讨史实间的相互关系为目的，以分析归纳的方法追究史实间关系的合理解释。高层史学则是在基层史学和中层史学已经确立了的史实和史论的基础上，建立历史演化的一般法则和理论模式。参见李开元《史学理论的层次模式和史学的多元化》，载《历史研究》1986 年第 1 期；又见李著《汉帝国的建立与刘邦集团》，北京：三联书店，2000 年，第 5—6 页。张炯亦谈到文学史研究可分三个层次：描述性层次、评价性层次和规律性层次。参见张炯《论中国文学史的史观与分期、前沿问题》，载《文学遗产》2004 年第 2 期。

学的繁荣兴盛寻求一种新的解释系统。

从方法论角度来说，本项研究主要是运用文化地理学之人地关系理论，由陈寅恪所揭橥的“地域—家族”研究方法，是对这一理论的活参。但不管是文化地理学本身，还是陈氏的点化，并非忽略时间(时代)这一要素，陈氏实际上极重视时空结合的研究方法①。这一方法在本研究中的具体投射表现在两方面：一是课题设计本身即由此方法获得灵感，另外则体现在具体论述中。

区域史研究的有关理论与方法，直接来源于法国年鉴学派的所谓“空间史学”，施坚雅将中国经济文化区分为“核心—边缘结构”，他认为不仅大区域经济具有“核心—边缘结构”，它的每个层次上的区域均呈现和大区域的核心—边缘结构相类似的内部差别②。日人斯波义信根据施坚雅“地文区域”的概念，进一步提出中国历史研究中的地域差异问题，并逐一分析造成差异的各种原

① 陈寅恪自述其撰写《李德裕贬死年月及归葬传说辨证》的考证方法：先确定“时”与“地”，然后核以人事。合则是，否则非。他认为“时”与“地”之交叉点，犹如解析几何之 Cartesian Point(笛卡儿直角坐标系 OXY 下的坐标，简称直角坐标)。参见蒋天枢《陈寅恪先生编年事辑》(增订本)，上海：上海古籍出版社，1997 年，第 224 页。又，《柳如是别传》第 1 章《缘起》中说：“寅恪释证钱柳之诗，于时地人三者考之较详。”又《唐代政治史述论稿》下篇《外族盛衰之连环性及外患与内政之关系》中，陈氏指出：“鄙意高丽问题除前所谓外族盛衰之连环性外，尚别具天时、地理、人事三因素，与其他外族更有不同。”陈氏受业弟子王永兴著《陈寅恪先生史学述略稿》(北京大学出版社，1998 年)第 1 章第 4 节题为“陈寅恪先生的治史方法”，专列一条“时间、地理、人事之法”予以讨论发挥。又，前引《元白诗笺证稿》中反复强调的“时间先后”与“空间离合”，与此处的论述一以贯之。故在义宁先生看来，无论是单个的人的考证，还是复杂事件的说明，都离不开时地结合的方法。

② [美]施坚雅主编《中华帝国晚期的城市》，叶光庭等中译本，北京：中华书局，2000 年，前言第 3 页。

因①。从事文学研究者也尝试利用空间风格、空间系数等范畴解释中国文学现象②。本书虽然亦可划归区域文化研究，但并非从这些理论模式出发，或寻找资料来印证这些理论的有效性。恰恰相反，本项研究是从文学史的现象出发，在先行研究的基础上，对一些问题提出个人的判断与解释。故有关区域史的理论亦被笔者当作支撑论点的材料而不是预设前提。

“社会—政治”理论是西方社会史研究中的一种流行观点，研究中国古代文化的学人亦多有使用③。笔者以为这一理论有其合理性，但衡之以中国文化的实际，却发现情形更复杂。社会力量在唐代已十分软弱，故其对政治组织的制衡亦十分有限，张力并不能体现在各个方面。所以笔者只是灵活地用此理论来观照唐代士族，而不敢将所有现象都生搬硬套地纳入此模式中。

比较的方法是本文的基本操作技巧。将关中、山东、江南三大地域并置，本身就意味着一种比较，故比较的方法亦投射在本

---

① [日]斯波义信《宋代江南经济史研究》，方健、何忠礼中译本，南京：江苏人民出版社，2001年。

② 参见陶礼天《北“风”与南“骚”》，北京：华文出版社，1997年，第62—66页。

③ 中国古代文化研究中有意识地运用此理论。见毛汉光《中国中古社会史论》，上海：上海书店出版社，2003年。毛氏所谓的“政治力”与“社会势力”当源于此理论。又见陈明《儒学的历史文化功能——士族：特殊形态的知识分子研究》，上海：学林出版社，1997年。

课题的设计中①。但本书力图避免一种机械庸俗的比较，即非要在比较对象中确定出高低优劣来。历史时期的地域文化与特定社群间的比较，充其量是一种阐释与解说，结果是显而易见的，我们只是对原因进行恰如其分的说明。故本书主要是一种异同比较、有无比较，而在使用中尽量灵活多样，不露痕迹。

计量的方法也是本书尝试使用的一种方法。统计数据和图表都可以更直观地说明问题，但限于条件，除部分统计结果由本人亲自测算外，大部分数据与图表是援引前辈与时贤的成果。

四、主要内容及基本观点

唐代关中、山东与江南既是三大自然地理区域，又是三个独立的文化区域。三大地域各有其文化中心。文化中心与文化区域之间通过文化网络联通为一个大系统。网络与交流造成文化差异性与独特性的减弱，文化的标准性与模式性的增强，但地域的差异与文化的差异依然存在，不能因强调政治统一而否认文化的空间差别。

三大地域各有其独特的文学传统，秦声、吴歌与齐讴是各自

① 日人斯波义信引申莫里斯·弗里德曼（Maurice Freedman）的观点说，中国学绝不是其本身就能完全满足研究需要的学问体系。中国学应致力于在社会科学的文献中找到有可资比较的素材，或者说从中求得启示性的考察方法和样本。如果抛开比较研究的想法，中国社会研究就几乎不可能进行。无论是谁，在主题的选择、说明的用语、解释的道理等方面，无不打上其各自特定视野的印记。因此，为了使考察深入和使概括变得公平且容易些，就不得不诉诸比较研究。见［日］斯波义信《宋代江南经济史研究》，方健、何忠礼中译本，南京：江苏人民出版社，2001年，第32页。

最具代表性并富有地域色彩的音乐文学，对唐诗的发展具有潜移默化的影响。唐代的诗歌与古文沿着两条不同的路径发展，前者是由南向北，后者则由北向南。唐代文人的分布亦具地域特色。由于经济文化的不平衡性与文学的地域性，故所谓的文学统一与合流只能是一种理想，一种趋势，大唐之音，和而不同。

唐代文学士族处于演生变迁过程中。通过对“文学士族”“清流”“衣冠”“四姓”“五姓”“七姓”“郡姓”等语词的梳理，可以观测出转型期的士族与历史机运的盈虚消长。

从来源划分，唐代士族群体可以分为关中、代北、山东、江南四个群体。从数量来看，山东是传统的文化中心，人才总数居第一位；江南是继起的经济开发区，多士南奔，为以后的进一步拓殖埋下伏笔；关中一旦失掉政治中心的依凭，人文资源将会进一步流失。比较而言，关中、山东与江南分别形成尚气力、崇义理与慕情韵三种风格。

唐代文学士族的迁徙主要有三种类型：科举仕进、战争与贬谪宦游。迁徙使士族的地方代表性不断丧失，亦使文学的地域风格不断弱化，但却提升并丰富了移入区的文化。士族迁徙不仅影响个人及家族的荣枯兴衰，而且表征出文学重心的潜转暗换以及南北经济文化倾斜失衡格局的形成。

在观念上，唐人对贤能标准长期争论，认识分歧，但都与文学有关；在操作上，贤能标准的施行亦屡有变迁，但都与科举有关。贤能标准的贯彻为人才的取选初步确立了一个新的评价系统。

《隋书》中包含有丰富的文化地理思想。其中《文学传》序体现了地域演化与历史变迁相互交织的叙述策略；《儒林传》揭示出学术与地域的关系；《地理志》详述各地域自然环境与风俗习尚的差异，时空因素同时作用，遂使文化的空间风格更加复杂。

陈寅恪的士族理论是他中古史学说中的一个重要组成部分，包含着极其丰富的原创理论意义，但在大陆主流学术界被长期误读。

科举制作为“关中本位政策”在和平发展时期的替代物与扩充变形，有其历史必然性。

“诗赋取士”的提法既不全面，又不准确，但这一说法来源有自。作为考试的新概念，“诗赋取士”受到唐人的不断批评，站在现代立场上，有必要重新评价其功过是非。

“寡母教孤”是唐代士族教育中的一个突出现象，可以从文献学、教育学、心理学三端对此进行考察分析。

从存世文献与出土墓志考察唐代河东裴氏家族的婚姻关系，裴氏的迁徙及佛教信仰，杜氏在长安的居所，韦应物家族的婚姻及归葬，通过这些个案研究，不仅可以加深对关中郡姓的了解，于唐代士族文化研究亦不无裨益。

上编　总论

第一章　唐代三大地域与三大文化中心

地域作为地理学的一个空间单位，其所指实际上相当随意和模糊，它可以是一个很小的地区，也可以是一个很大的范围，但是地域一般与特定的地貌及由此形成的自然地理分野有关，在自然分野基础上形成的地理区划，又强化和充实了地域的概念。本书是将关中、山东、江南作为三个基本地域单位，在同一概念层次上也可以称代北、岭南、巴蜀为地域；在低一层中，为了与习惯用法相衔接，有时也将关中圈中的河西、陇右称为地域，将山东圈中的河洛、齐鲁、燕赵称为地域。当然，为了区别，笔者尽量将地域中的亚层称为地区。

文化区是指文化特质综合体的空间单位。文化区的划定，通常采用文化要素叠置法，即先将文化系统中具有代表性及因果关系的重要文化特质选择出来，研究其区域分布状况，文化特质大致重合之处，可视为一个文化区域。在特定的地理区域内，学术、宗教、艺术、民俗等总是表现出共同的区域特征，形成文化的区域综合体——文化区域①。从文化地理学角度看，文化区域有三种不同性质：形式、功能、感觉②。本书采用历史地理学界的一般观点，将关中、山东、江南三大地域视为三个基本文化区域，亦可称为三个基本文化圈，其他同一层次的地域，亦可称为基本文化区域。

文化核心区，又被称为文化发达区域，指某一区域内文化稳定发展、长时期繁荣兴盛的地区，它往往是本区域内文化的集中代表，最能体现本区域的基本文化特点。核心区与边缘区、边陲相对。核心区并非固定不变，当文化繁荣时期，核心区就扩张，向外辐射，当文化衰微时期，核心区就向内收缩，呈内敛之态。

文化中心，经常又被称为文化重心、文化轴心或文化顶峰，这也是一个有诸多分歧和不同解释的概念。有时指某一文化最为发达的区域，相当于核心区；有时又指某个文化教育或艺术活动的中心地点(如都市)。有人认为文化中心在某个时期只有一个，有人则认为文化发达区域不止一个，故文化轴心也可能不止一个。威斯勒(C. Wissler)从文化影响、文化发展的角度解释文化中心，强调文化中心动态地放射出去的文化力量，对周围地区有着强烈的影响③。笔者以文化中心作为基本概念，有时也酌用文化重心或文化轴心作为替换术语，文化中心存在于文化特别发达区域，它与文化、教育、艺术、宗教等活动的中心地点(即都市)

① 卢云《汉晋文化地理》，西安：陕西人民教育出版社，1991年，第8、486页。

② 张伟然《唐人心目中的文化区域及地理意象》，见《唐代地域结构与运作空间》，上海：上海辞书出版社，2003年，第308页。

③ C. Wissler：The American India，New York，1926；The Relation of Nature to Man in Aborginal America，New York，1926. 转引自卢云《汉晋文化地理》，第51页。

密不可分，它可以促使该中心的文化向周围地区传播辐射，形成某种文化的流行，它也可以接收并改造由其他文化圈中输入的文化，转移风气，影响时尚。在某一历史时期，文化中心可能是一个，也可能并存多个。

本文所要讨论的问题是，经过南北朝的长期对峙与分裂，隋唐以统一帝国的面目继起，革故鼎新，盛况空前。统一的趋势无疑使地域间的联系不断加强，主流文化又使各个文化区域不断整合，但因山川形便而形成的地域、传承已久的地域文化，因其本身的自然风貌、经济、政治、军事、文化地位，及与帝国统治者的距离远近、感情亲疏等，人们对主流文化的接受与认同是否一致？换言之，在被主流文化同化的过程中，各地域的独特性、差异性与不平衡性在多大程度上被保存下来？三大地域在交流过程中，又是如何使三大文化中心相继出现、前后转移？

笔者的主要目标是探讨唐代文人群体及其文学活动，但出发点则确定在文化区域上，试图从这一特定的时空背景切入，上下求索，通过文献的梳理和史实的还原，为唐代文化及文学进行重新定位。

一、三大地域概念的提出

唐代的地域不止关中、山东、江南三个，如果以《禹贡》中的古九州来划分，则可以分为九个地域，如果以秦的三十六郡、汉的十三刺史部、唐的贞观十道或开元十五道来划分，则可以区分出更多，虽然地域、地理区划、行政区划之间并非一回事，但是采用地理区划或行政区划可能比地域的概念更精确。笔者之所以采用更模糊的三大地域的概念，究竟是为了个人论述的方便和理论的自足，还是有更深刻的考量、更充分的依据？

其实，三大地域概念的提出由来已久。《史记·货殖列传》中曾说："昔唐人都河东，殷人都河内，周人都河南。夫三河在天下之中，若鼎足，王者所更居也，建国各数百千岁。"他以三河为界，区别出河东、河内、河南三个地域，分别对应唐尧、殷商、姬周三个历史时期。将历时的时间叙述转换为共时的空间书写。在谈到各地的出产与方物时又说：

> 夫山西饶材、竹、穀、纑、旄、玉石；山东多鱼、盐、漆、丝、声色；江南出楠、梓、姜、桂、金、锡连、丹沙、犀、瑇瑁、珠玑、齿革；龙门、碣石北多马、牛、羊、旃裘、筋角；铜、铁则千里往往山出棋置：此其大较也。①

学者们多认为司马迁所划分的"山西""山东""江南""龙门、碣石北"四大地区，既是四个自然区域，又是在不同自然条件下形成的经济区域和文化区域。按照卢云的研究，西汉时期各类知识分子的分布，基本限于司马迁所言的山东地区、山西一部与东南一隅。龙门、碣石一线以北及除东南一隅之外的广大江南地区，则寥若晨星，几成空白②。汉代的文化区域当然不止这四个，但汉

① 《史记》卷一二九《货殖列传》，第10册，北京：中华书局，1959年，第3253—3254页。

② 卢云《汉晋文化地理》，第7页。

代的文化最发达区域则只有山东、山西和江南三大地域。

《隋书》卷七六《文学传》序总论历代文学时说道：

> 自汉、魏以来，迄乎晋、宋，其体屡变，前哲论之详矣。暨永明、天监之际，太和、天保之间，洛阳、江左，文雅尤盛。……然彼此好尚，互有异同。江左宫商发越，贵于清绮；河朔词义贞刚，重乎气质。……梁自大同之后，雅道沦缺，渐乖典则，争驰新巧。……周氏吞并梁、荆，此风扇于关右，狂简斐然成俗，流宕忘反，无所取裁。①

此序又见《北史》卷八三《文苑传》，两书对于南北朝文学评论是否准确姑且不论，首先当注意者是其将地域演化与历史变迁相互交织的叙述策略②。作者以洛阳与江左对举，并将其纳入南北比较的模式中。但南北朝后期，北齐被北周所灭，南方之梁陈也日渐衰微，关右之长安地位愈显重要，不唯是政治军事之中枢，同时是南北文化与东西文化的交汇点，故关中作为北方文化之重镇虽与洛阳有前后之分，然实含有历史机运之嬗变转移，且后来居上，为隋唐之建基埋下伏笔。

《北史》卷八一《儒林传上》有类似的论述：

> 周文受命，雅重经典。于时西都板荡，戎马生郊，先王

① 《隋书》卷七六《文学传》，第 1729—1730 页。
② 详见本书第七章《〈隋书〉中的文化地理观》一篇的有关论述。

之旧章，往圣之遗训，扫地尽矣。于是求阙文于三古，得至理于千载，黜魏晋之制度，复姬旦之茂典。……大抵南北所为章句，好尚互有不同。江左，《周易》则王辅嗣，《尚书》则孔安国，《左传》则杜元凯。河洛，《左传》则服子慎，《尚书》、《周易》则郑康成。《诗》则并主于毛公，《礼》则同遵于郑氏。①

西都（关中）、河洛（山东）与江左鼎足而三，构成南北朝三大政治轴心与文化轴心，其间虽有前后之序、高低之别，但却都是历史嬗变中不可或缺的环节——从时间上说，形成隋唐制度与文化的三大来源；从空间上说，则构成唐代文化地域差异的基础。

又，《新唐书》卷一九九《儒学传中》引柳芳《氏族论》说：

山东之人质，故尚婚娅，其信可与也；江左之人文，故尚人物，其智可与也；关中之人雄，故尚冠冕，其达可与也；代北之人武，故尚贵戚，其泰可与也。②

本段文字主要论述各地人物风气，彼此好尚，互有不同，与前引《史记·货殖列传》恰成对比，司马迁所论为各地物产土贡，而柳芳所论则是各地人物风尚。其值得注意的是，柳芳所提及的文化区域与司马迁基本相同，其中的代北实与司马迁的龙门、碣石以

① 《北史》卷八一《儒林传》上，第9册，第2705、2709页。
② 《新唐书》卷一九九《儒学传》中，第18册，第5679页。

北类似，而这一地区在魏周隋唐时的文化地位与汉代相比发生了很大变化。因隋唐统治者皆为代北六镇武人集团，故代北的政治文化地位与司马迁时代不可同日而语，唯代北胡人集团与关陇地域之士族相结合，并在据有关中地域后，始冲出关中，饮马长江，奄有天下。史学界所谓关陇集团，实为关中汉族士人与代北胡族武人相结合的产物①，鉴于代北人物在北朝不断汉化与中央化的过程中，早已从代北迁往洛阳，又从洛阳迁往长安，故可将代北视为关陇文化圈的扩大与延伸，所以此时之主要文化区域仍然为山东、关中与江南，代北可以视作关中的附类。这种阐释与中古史研究界的既有成果亦基本吻合。

陈寅恪论及隋唐制度时梳理出三大渊源：

> 隋唐之制度虽极广博纷复，然究析其因素，不出三源：一曰(北)魏、(北)齐，二曰梁、陈，三曰(西)魏、周。所谓(北)魏、(北)齐之源者，凡江左承袭汉、魏、西晋之礼乐

① 陈寅恪针对柳芳《氏族论》此段话评论说："盖太宗之婚姻观念不仅同于关中人之尚冠冕，兼具代北人之尚贵戚矣。若更由此推论，曹王明之母必不止以色见宠，当与郁林王恪母同出一源，否则无作皇后之资格。世之读史者颇怪陈、隋覆灭以后，其子孙犹能贵显于新朝，不以亡国之馀而见废弃者，则未解隋、唐皇室同为关陇胡汉之集团，其婚姻观念自应同具代北之特性也。房玄龄、魏徵、徐世勣三人其社会阶级虽不相同，然皆是山东人，故违反太宗之政策，而与山东士族为婚，此则地域分别与婚姻观念其关系密切如此，可以推见。而李唐皇室初期婚姻之观念及其婚姻缔构之实况必带有深重之地域色彩，即关中地方性，又可证明矣。""据此，当时社会婚姻观念之不同盖由地域区分及门族渊源之互异所致。李唐皇室本出于宇文泰之胡汉六镇关陇集团(详见拙著《唐代政治史述论稿》上篇)，实具关中、代北两系统之性质。"见《金明馆丛稿初编》，上海：上海古籍出版社，1980 年，第 239—240、238 页。

> 政刑典章文物，自东晋至南齐其间所发展变迁，而为北魏孝文帝及其子孙摹仿采用，传至北齐成一大结集者是也。其在旧史往往以“汉魏”制度目之，实则其流变所及，不止限于汉魏，而东晋南朝前半期俱包括在内。旧史又或以“山东”目之者，则以山东之地指北齐言，凡北齐承袭元魏所采用东晋南朝前半期之文物制度皆属于此范围也。又西晋永嘉之乱，中原魏晋以降之文化转移保存于凉州一隅，至北魏取凉州，而河西文化遂输入于魏，其后北魏孝文、宣武两代制定之典章制度遂深受其影响，故此(北)魏、(北)齐之源其中亦有河西之一支派，斯则前人所未深措意，而今日不可不详论者也。所谓梁、陈之源者，凡梁代继承创作陈氏因袭无改之制度，迄杨隋统一中国吸收采用，而传之于李唐者，易言之，即南朝后半期内其文物制度之变迁发展乃王肃等输入之所不及，故魏孝文及其子孙未能采用，而北齐之一大结集中遂无此因素者也。旧史所称之“梁制”实可兼该陈制，盖陈之继梁，其典章制度多因仍不改，其事旧史言之详矣。所谓(西)魏、周之源者，凡西魏、北周之创作有异于山东及江左之旧制，或阴为六镇鲜卑之野俗，或远承魏、(西)晋之遗风，若就地域言之，乃关陇区内保存之旧时汉族文化，以适应鲜卑六镇势力之环境，而产生之混合品。①

陈寅恪所论隋唐制度三大渊源，实即源于山东、江左、关陇三大

①《隋唐制度渊源略论稿》，上海：上海古籍出版社，1982年，第1—2页。

地域，此三大地域不仅于南北朝时期呈鼎足之势，而且形成唐代制度的三大来源及唐代文化的三大核心区，并演为唐代三大文化中心。义宁先生关于三源孰显孰微、孰重孰轻有别于旧说，其将河西文化并入魏齐一源亦不无可商榷之处①，但此说不仅对理解先唐文化及唐代文化来源有大助益，同时对探讨唐代文化区域及文化网络亦极富启发性。

义宁先生还多次提及隋唐三大地域文化的独立性与流动性：

> 盖进士之科虽创于隋代，然当日人民致身通显之途径并不必由此。及武后柄政，大崇文章之选，破格用人，于是进士之科为全国干进者竞趋之鹄的。当时山东、江左人民之中，有虽工于为文，但以不预关中团体之故，致遭屏抑者，亦因此政治变革之际会，得以上升朝列。②

既注意到了地域类型和地域分异特征，又注意到了地域系统演变

① 如陈氏另外说："盖张轨领凉州之后，河西秩序安定，经济丰饶，既为中州人士避难之地，复是流民移徙之区。……至于陇右即晋秦州之地，介于雍凉间者，既可受长安之文化，亦得接河西之安全，其能保存学术于荒乱之世，固无足异。故兹以陇右河西同类并论，自无不可也。"见陈著《隋唐制度渊源略论稿》，第 26—27 页。将河西陇右皆并入魏齐一源似仍可商榷。以地域而言，河西陇右当仍属关陇文化。若析言之，则可说河西陇右前期当划入魏齐，后期则宜划归魏周。陈氏弟子王永兴解释师说时用"江左、中原及河西三大区域"，似较谨慎，但他解释陈氏论隋礼"因于周齐，而微有变革"时说："隋礼不亡，则中原、河西、江左所保存之学术文化不亡。"(王永兴《陈寅恪先生史学述略稿》，北京：北京大学出版社，1998 年，第 149、152 页)似以"周"之一源为河西，但亦说明河西为独立一源，或可归并于关陇区域中。

②《唐代政治史述论稿》，上海：上海古籍出版社，1982 年，第 18—19 页。

趋势。虽零散片断，但精警深刻。笔者关于三大地域的理解即从前列文献中引出，尤其受惠于陈寅恪先生论述处颇多，故于此特别交代，再三致意。

二、三大地域的区域文化特色

本节拟分别对关中、山东、江南三大地域的区域文化特色进行一简单勾勒。

1. 关中地域

关中，又称关西、关内、关右、山西。所谓的关本指函谷关，山指崤山。以其地在诸关之中①，故称关中，又称关内。古以西为右，以东为左，故又称关西、关右，与关东、关左相对。关中因为在崤山以西，又称山西，与山东相对。函谷关在今河南灵宝东北弘农河畔，其始建于崤山之上，故函关崤山成为东西地域分界的重要标志。关中有时又称关陇，严格地讲，关中与关陇地域有区别，为了与学术界的研究成果相衔接，本书有时亦用“关陇”一词指代关中，不再做区别。

《史记》卷一二九《货殖列传》对关中之地理、历史、文化、经

① 关中所临之关究竟有多少，说法不一。潘岳《关中记》：“秦，西以陇关为限，东以函谷为界。二关之间，是为关中。”《史记》卷七《项羽本纪》：“关中阻山河四塞，地肥饶，可都以霸。”《集解》注引徐广曰：“东函谷，南武关，西散关，北萧关。”胡三省注《资治通鉴》卷八《秦纪三》：“秦地西有陇关，东有函谷关，南有武关，北有临晋关，西南有散关。秦地居其中，故曰关中。”似此，则关中得名便有二关、四关、五关的不同说法。

济有一全面论述：

> 关中自汧、雍以东至河、华，膏壤沃野千里，自虞夏之贡以为上田，而公刘适邠，大王、王季在岐，文王作丰，武王治镐，故其民犹有先王之遗风，好稼穑，殖五谷，地重，重为邪。及秦文、德、缪居雍，隙陇蜀之货物而多贾。献公徙栎邑，栎邑北却戎翟，东通三晋，亦多大贾。孝、昭治咸阳，因以汉都，长安诸陵，四方辐凑并至而会，地小人众，故其民益玩巧而事末也。南则巴蜀。巴蜀亦沃野，地饶卮、姜、丹沙、石、铜、铁、竹、木之器。……天水、陇西、北地、上郡与关中同俗，然西有羌中之利，北有戎翟之畜，畜牧为天下饶。然地亦穷险，唯京师要其道。故关中之地，于天下三分之一，而人众不过什三，然量其富，什居其六。①

周民族起源过程中的凤鸣西岐、姜嫄履武敏而孕、文王拘而演易、周公制礼作乐，使得有邰、岐山、周原、丰镐等地名具有浓厚的神秘色彩，变成了文化圣地。随着周文化的播越，凤凰变成了理想社会降临的图腾，《易经》变成了民族哲学中的圣经，而礼乐制度成为社会的基本建构。所以孔子称赞道："周监于二代，郁郁乎文哉！吾从周。"②视关中区域产生的周文化为礼乐文教的

① 《史记》卷一二九，第 3261—3262 页。此段文字中前后皆用"关中"，但语义不同，一般认为"关中自汧、雍以东至河、华"的"关中"为狭义，"故关中之地，于天下三分之一"的关中为广义。

② 《论语·八佾》，《论语正义》卷三，北京：中华书局，1990 年，第 103 页。

理想形态，视关中为人文化成的发源地。一直到司马迁、班固，仍充满敬意地追述道："自虞夏之贡以为上田，而公刘适邠，大王、王季在岐，文王作丰，武王治镐，故其民犹有先王遗风，好稼穑，殖五谷。"①"故秦地于《禹贡》时跨雍、梁二州，《诗·风》兼秦、豳两国。昔后稷封邰，公刘处豳，大王徙岐，文王作丰，武王治镐，其民有先王遗风，好稼穑，务本业。故《豳诗》言农桑衣食之本甚备。"②赵岐于《三辅决录》序中亦深情地写道："余以不才，生于西土，耳能听而闻故老之言，目能视而见衣冠之畴，心能识而观其贤愚。"③杜佑对此总结道："雍州之地，厥田上上，鄠杜之饶，号称陆海，四塞为固，被山带河。秦氏资之，遂平海内。汉初，高帝纳娄敬说而都焉。又徙齐诸田，楚昭、屈、景，燕、赵、韩、魏之后及豪族名家于关中，强本弱末，以制天下。自是每因诸帝山陵，则迁户立县，率以为常。故五方错杂，风俗不一。汉朝京辅，称为难理。其安定、彭原之北，汧阳、天水之西，接近胡戎，多尚武节。自东汉、魏、晋，羌氐屡扰，旋则苻姚迭据，五凉更乱，三百余祀，战争方息。帝都所在，是曰浩穰。其余郡县，习俗如旧。"④

关中不仅历史悠久、土地肥沃，而且军事地位非常重要。西汉初，娄敬建议刘邦都关中，理由是：

---

①《史记》卷一二九《货殖列传》，第3261页。

②《汉书》卷二八下《地理志下》，第6册，北京：中华书局，1962年，第1642页。

③《三辅决录》，张澍辑，陈晓捷注，西安：三秦出版社，2006年，第2页。

④《通典》卷一七四《州郡四》，第5册，北京：中华书局，1988年，第4560页。浩穰，《汉书》卷七六《张敞传》："京兆典京师，长安中浩穰，于三辅尤为剧。"注："浩，大也，穰，盛也。"则浩穰是指都市人口密度大。

且夫秦地被山带河，四塞以为固，卒然有急，百万之众可具也。因秦之故，资甚美膏腴之地，此所谓“天府”者也。陛下入关而都之，山东虽乱，秦之故地可全而有也。夫与人斗，不搤其亢，拊其背，未能全其胜也。今陛下入关而都，案秦之故地，此亦搤天下之亢而拊其背也。①

但刘邦意欲都洛阳，故在洛阳、秦地间不能定夺。

张良针对“洛阳东有成皋，西有崤渑，倍河，向伊洛，其固亦足恃”的观点，附议娄敬“都关中”之策，亦指出：

洛阳虽有此固，其中小，不过数百里，田地薄，四面受敌，此非用武之国也。夫关中左崤函，右陇蜀，沃野千里，南有巴蜀之饶，北有胡苑之利，阻三面而守，独以一面东制诸侯。诸侯安定，河渭漕挽天下，西给京师；诸侯有变，顺流而下，足以委输。此所谓金城千里，天府之国也。②

唐代中期，因吐蕃入寇，又有迁都洛阳之议，郭子仪上表论奏曰：

雍州之地，古称天府，右控陇、蜀，左扼崤、函，前有终南、太华之险，后有清渭、浊河之固，神明之奥，王者所

① 《史记》卷九九《刘敬叔孙通列传》，第8册，第2716页。
② 《史记》卷五五《留侯世家》，第6册，第2043—2044页。

都。地方数千里，带甲十余万，兵强士勇，雄视八方，有利则出攻，无利则入守。此用武之国，非诸夏所同，秦、汉因之，卒成帝业。其后或处之而泰，去之而亡，前史所书，不唯一姓。及隋氏季末，炀帝南迁，河、洛丘墟，兵戈乱起。高祖唱义，亦先入关，惟能翦灭奸雄，底定区宇。以至于太宗、高宗之盛，中宗、玄宗之明，多在秦川，鲜居东洛。间者羯胡构乱，九服分崩，河北、河南，尽从逆命。然而先帝仗朔方之众，庆绪奔亡；陛下藉西土之师，朝义就戮。岂唯天道助顺，抑亦地形使然。①

“地形使然”指出关中的形胜便利，“夫临制万国，尤惜大势。秦川是天下之上腴，关中为海内之雄地。巨唐受命，本在于兹。若居之则势大而威远，舍之则势小而威近，恐人心因斯而摇矣，非止于危乱者哉”②。所以杜甫总结说：“秦中自古帝王州。”③梁启超亦总结中国地理大势之变迁说：“积千馀年之神英，而黄河上游，遂为全国之北辰，仁人名子之所经营，枭雄桀黠之所搀夺，莫不在于此土。取精多，用物宏，故至唐而犹极盛焉。”④可见关中地域作为一个独立的文化区域，有其特别的意义。

2. 山东地域

山东是一个更宽泛的地域概念。战国、秦汉时期通称崤山或

① 《旧唐书》卷一二〇《郭子仪传》，第11册，北京：中华书局，1975年，第3457页。
② 杜佑《通典》卷一七四，第5册，北京：中华书局，1988年，第4565页。
③ 《杜诗详注》卷一七《秋兴八首》其六，北京：中华书局，1979年，第1493页。
④ 梁启超《中国地理大势论》，《饮冰室文集》第10册，北京：中华书局，1936年。

华山以东为山东，因崤山有函谷关，故山东又称关东。这是一般的看法①。但山东的概念亦只有西部的崤山函关之界，其余的东部、南部、北部范围亦较模糊，若依司马迁的看法，山东各地又可分为如下分区，各区的文化地理特色如下：

> 昔唐人都河东，殷人都河内，周人都河南。夫三河在天下之中，若鼎足，王者所更居也，建国各数百千岁，土地小狭，民人众，都国诸侯所聚会，故其俗纤俭习事。
>
> 杨、平阳陈西贾秦、翟，北贾种、代。种、代，石北也，地边胡，数被寇。人民矜懻忮，好气，任侠为奸，不事农商。然迫近北夷，师旅亟往，中国委输时有奇羡。其民羯羠不均，自全晋之时固已患其僄悍，而武灵王益厉之，其谣俗犹有赵之风也。故杨、平阳陈掾其间，得所欲。
>
> 温、轵西贾上党，北贾赵、中山。中山地薄人众，犹有沙丘纣淫地余民，民俗懁急，仰机利而食。丈夫相聚游戏，悲歌慷慨，起则相随椎剽，休则掘冢作巧奸冶，多美物，为倡优。女子则鼓鸣瑟，跕屣，游媚贵富，入后宫，遍诸侯。
>
> 然邯郸亦漳、河之间一都会也。北通燕、涿，南有郑、卫。郑、卫俗与赵相类，然近梁、鲁，微重而矜节。濮上之邑徙野王，野王好气任侠，卫之风也。

---

① 也有不同的看法。例如顾炎武《日知录》卷三一“河东山西”条谓：“故之所谓‘山西’，即今关中。《史记·太史公自序》：‘萧何填抚山西。’《方言》：‘自山而东，五国之郊。’郭璞解曰：‘六国惟秦在山西。’王伯厚《地理通释》曰：‘秦、汉之间，称山北、山南、山东、山西者，皆指太行，以其在天下之中，故指此山以表地势。’《正义》以为华山之西，非也。”

夫燕亦勃、碣之间一都会也。南通齐、赵，东北边胡。上谷至辽东，地踔远，人民希，数被寇，大与赵、代俗相类，而民雕捍少虑，有鱼盐枣栗之饶。北邻乌桓、夫余，东绾秽貉、朝鲜、真番之利。

洛阳东贾齐、鲁，南贾梁、楚。故泰山之阳则鲁，其阴则齐。

齐带山海，膏壤千里，宜桑麻，人民多文彩布帛鱼盐。临淄亦海岱之间一都会也。其俗宽缓阔达，而足智，好议论，地重，难动摇，怯于众斗，勇于持刺，故多劫人者，大国之风也。其中具五民。

而邹、鲁滨洙、泗，犹有周公遗风，俗好儒，备于礼，故其民龊龊。颇有桑麻之业，无林泽之饶。地小人众，俭啬，畏罪远邪。及其衰，好贾趋利，甚于周人。

夫自鸿沟以东，芒、砀以北，属巨野，此梁、宋也。陶、睢阳亦一都会也。昔尧作于成阳，舜渔于雷泽，汤止于亳。其俗犹有先王遗风，重厚多君子，好稼穑，虽无山川之饶，能恶衣食，致其蓄藏。

……

颍川、南阳，夏人之居也。夏人政尚忠朴，犹有先王之遗风。颍川敦愿。秦末世，迁不轨之民于南阳。南阳西通武关、郧关，东南受汉、江、淮。宛亦一都会也。俗杂好事，业多贾。其任侠，交通颍川，故至今谓之“夏人”。①

① 《史记》卷一二九《货殖列传》，第10册，第3262—3266、3269页。

河北者，俗俭风浑，淫巧不生，朴毅坚强，果于战耕……加以土息健马，便于驰敌，是以出则胜，处则饶。不窥天下之产，自可封殖，亦犹大农之家，不待珠玑然后以为富也。天下无河北则不可，河北既虏，则精甲、锐卒、利刀、良弓、健马无有也。①

广大的山东地域大约与《禹贡》中的豫、兖、青、徐、冀等五州相仿，主要包括农耕文化起源最早的黄河中下游地区，以及华北平原、江汉平原、淮河两岸，地理环境相当优越。本区内的齐鲁周宋地区(以鲁国、东海、琅邪、齐郡、梁国、沛国最为显著，还包括济南、千乘、泰山、山阳、东平等，并向西延伸到河南郡地)、河北西部地区(包括河内、魏郡、赵国、涿郡等太行山脉东麓诸郡国以及信都、河间一带)是两个文化发达区域②。《汉书·地理志下》更具体地以魏地、周地、韩地、赵地、燕地、齐地、鲁地、宋地、卫地详述各地的文化经济状况。

齐地：其士多好经术，矜功名，舒缓阔达而足智。

鲁地：其民好学、尚礼仪、重廉耻……丧祭之礼文备实寡，然其好学犹愈于他俗。汉兴以来，鲁、东海多至卿相。

梁宋：其民犹有先王遗风，厚重多君子。

东汉时的南阳也是一个人文渊薮。张衡《南都赋》对南阳一带士人称赞说："且其君子，弘懿明睿，允恭温良，容止可则，出

---

① 杜牧《樊川文集》卷五《战论》。

② 参见卢云《汉晋文化地理》，第5页。

言有章，进退屈伸，与时抑扬。”①张衡还有《南阳文学儒林书赞》，与张衡同时的崔瑗亦著有《南阳文学颂》②。

颍川、汝南一带，亦以多产人才著称于世。朱宠曾言于颍川人郑凯曰：“闻贵郡山川，多产奇士。”③东汉末曹操与荀彧书亦曰：“汝颍固多奇士。”④至十六国时姚兴还谓群臣曰：“古人有言，关东出相，关西出将。三秦饶俊异，汝颍多奇士。”⑤姚兴所谓“古人有言”，说明这种品评由来已久，且流传极广泛。其中“关东出相，关西出将”是西汉时代的谚语，反映的是西汉时的情况，“三秦”云云则为东汉以来的新变化，主要是山东的人才分布及密集区有新的变化。

汝南的袁氏，四世三公，颍川荀氏，谚曰“八龙”⑥。史籍中出现对颍汝人物的评议，可以看作是当时“汝颍多士”的注脚。据《世说新语・言语》知，东汉末，颍川荀爽与汝南袁阆曾论颍川人物，又据《三国志・吴书・虞翻传》注引《会稽典录》虞翻也与王景兴论会稽、颍川人物之优劣。建安时，孔融、陈群曾就汝、颍人物之优劣进行过大辩论。⑦

“东汉学术之重心在京师之太学，学术与政治之关锁则为经学，盖以通经义、励名行为仕宦之途径，而致身通显也。自东汉

---

①《文选》卷四，北京：中华书局，1977年，第73页上。
② 见严可均《全后汉文》卷五五；《艺文类聚》卷三八。
③《后汉记》卷一八，天津：天津古籍出版社，1981年，第495页。
④《三国志》卷一四《魏书・郭嘉传》，第2册，北京：中华书局，1982年，第431页。
⑤《晋书》卷一一八《姚兴载记下》，北京：中华书局，1974年，第3000页。
⑥ 见《后汉书》卷六二《荀爽传》，第7册，北京：中华书局，1965年，第2051页。
⑦ 见《三国志》卷一〇《魏书・荀彧传》，第2册，第316页。

末年中原丧乱以后，学术重心自京师之太学移转于地方之豪族，学术本身虽亦有变迁，然其与政治之关锁仍循其东汉以来通经义、励名行以致从政之一贯轨辙。此点在河北即所谓山东地域尤为显著。”①中古以来，邹鲁作为教化中心，汝颍作为人才中心，其他清河、安平、赵郡、博陵、范阳等地也是著名的士族郡望所在地，产生了一大批人物，影响着南北朝以来的政治文化，但山东最重要的文化发达区是以洛阳为中心的河洛区域。

洛阳作为东方地区的文化政治中心，具有抗衡并取代西部之关中地位的作用，《易·系辞上》：“河出图，洛出书，圣人则之。”河图洛书的政治理想亦使该地域成为政治文化圣地，长期保有神秘的文化原典意味。此后武王伐纣，会师盟津，周公作雒，号为成周，平王东迁，定都洛阳，使这一地域具有既联络呼应关中，又独立抗衡的地位，在中国文化重心居于北方的时期，与长安珠联璧合，各得其所。

南系于洛水，北因于郏山，以为天下之凑。②

国之中洛，王者上地，均诸侯之赋，当天下之枢，陆行漕引，方舟击轪，费省万计，利逾十倍。③

夫洛阳帝王东西宅，为天下之中。土圭日景，得阴阳之和；嵩少瀍涧，钟山水之秀；名公大人，为冠冕之望；天匠地孕，为百卉之奇。加以富贵利达，优游闲暇之士，配造物

① 陈寅恪《唐代政治史述论稿》，上海：上海古籍出版社，1982 年，第 72 页。
② 郦道元《水经注》卷一五《洛水》，上海：上海古籍出版社，1990 年，第 304 页。
③《全唐文》卷二五三苏颋《幸东都制》，第 3 册，北京：中华书局，1983 年，第 2565 页。

而相妩媚，争妍競巧于鼎新革故之际。馆榭池台，风俗之习，岁时嬉游，声诗之播扬，图画之传写，古今华夏莫比。①

三河为天下之都会，卫都河内，郑都河南……据天下之中，山河之会，商旅之所走集也。商旅集则货财盛，货财盛则声色辏。②

“古来利与名，俱在洛阳城”③，看来洛阳不仅是文化中心，同时也是名利渊薮，故士人多愿聚集于此，或由其他区域迁徙于此。

3. 江南地域

江南，又称江东、江左，作为地域之称由来已久，但关于江南的范围却说法不一④。可以肯定的是，随着对南方开发与拓殖的不断深入，江南概念的外延亦越来越扩大，首先看司马迁笔下的南方区域：

彭城以东，东海、吴、广陵，此东楚也。其俗类徐、僮。朐、缯以北，俗则齐。浙江南则越。夫吴自阖庐、春

① 张琰《洛阳名园记序》，李格非《洛阳名园记》，北京：中华书局，1985年，第2页。
② 魏源《诗古微》，见《魏源全集》，第1册，长沙：岳麓书社，2000年，第411页。
③《全唐诗》卷七二五，于邺《过洛阳城》，第21册，北京：中华书局，1960年，第8317页。
④ 参见陈正祥《中国文化地理》，北京：三联书店，1983年，第11页。又见方北辰《魏晋南朝江东世家大族述论》，台北：文津出版社，1991年，第106页；周振鹤《释江南》，载《中华文史论丛》第49辑，1992年。

申、王濞三人招致天下之喜游子弟，东有海盐之饶，章山之铜，三江、五湖之利，亦江东一都会也。

……江南卑湿，丈夫早夭。多竹木。豫章出黄金，长沙出连、锡，然堇堇物之所有，取之不足以更费。九疑、苍梧以南至儋耳者，与江南大同俗，而杨越多焉。

……

总之，楚越之地，地广人希，饭稻羹鱼，或火耕而水耨，果隋蠃蛤，不待贾而足，地埶饶食，无饥馑之患，以故呰窳偷生，无积聚而多贫。是故江、淮以南，无冻饿之人，亦无千金之家。①

与北方之关中、山东相比较，江南不是以声明教化等精神文化而神圣，而是以地域蛮荒、物资富饶令人感到神秘。江南由吴、会两个基点不断拓殖，将这种神秘性亦不断置于人们面前。至于江南不仅作为物质文化的基地，同时变为精神文明的中心，可与北方相抗衡，并最后取代北方，而成为中国文化之发达区，则是魏晋南北朝以来的事。《宋书》卷五四《孔季恭传》史臣曰：

江南之为国盛矣，虽南包象浦，西括邛山，至于外奉贡赋，内充府实，止于荆、扬二州。……地广野丰，民勤本业，一岁或稔，则数郡忘饥。会土带海傍湖，良畴亦数十万顷，膏腴上地，亩直一金，鄠、杜之间，不能比也。荆城跨

① 《史记》卷一二九《货殖列传》，第3267、3268、3270页。

南楚之富，扬部有全吴之沃，鱼盐杞梓之利，充仞八方，丝绵布帛之饶，覆衣天下。①

荆、扬两州成为南朝的经济文化核心区，发展极快，且与北方阻隔，形成一个独具特色的文化单元。故杜佑在述及江南地理形势与风俗时尚变迁时指出：

扬州人性轻扬，而尚鬼好祀。每王纲解纽，宇内分崩，江淮滨海，地非形势，得之与失，未必轻重，故不暇先争。然长淮、大江，皆可拒守。(吴、晋、宋、齐、梁、陈皆缘江淮要害之地置兵。)闽越遐阻，僻在一隅，凭山负海，难以德抚。(汉武帝时，东越王数反。朱买臣上言曰："故东越王居泉山之上，一人守险，千人不得上。")永嘉之后，帝室东迁，衣冠避难，多所萃止，艺文儒术，斯之为盛。今虽闾阎贱品，处力役之际，吟咏不辍，盖因颜、谢、徐、庾之风扇焉。②

南方的发展由点到面，由经济的繁荣到政治中心的形成，由偏安一隅到变为正朔之所在，政治的正统吸引着士人们，文化中心的形成也是一件极自然的事。只不过是北方草原民族的铁骑踏破玉树后庭花，一出好戏被暂时中断，使江南的持续繁荣消歇下来。

① 《宋书》，第5册，北京：中华书局，1974年，第1540页。
② 《通典》卷一八二《州郡》一二，第5册，北京：中华书局，1988年，第4850页。

需要等待另外一次机缘的激发，才会再次腾飞起来。但流风馀韵，一直袅袅不绝。

反观现代中国，西北、东北以蛮荒而神秘，东南以经济文化发达而神圣，则几千年历史演进殆迹近轮回。但较落后之欠发达区，在下一轮竞争中有可能后来居上，则为史实所证明。

当孔融读了虞翻《易注》后，感叹道："乃知东南之美者，非徒会稽之竹箭也。"①已预示出江南之于中国文化的贡献并不仅仅限于物质经济，"东南财赋地，江浙人文薮"，这一用以概括南方意义的诗句，说明财赋之地和人文之薮是一种互为依存、互为因果的关系，谢朓所谓"江南佳丽地，金陵帝王州"②，则说明江南自然地理优势与人文地理优势相叠加。而从中唐以来江南地区无论是经济发展还是人文教化，都处于前列，显示出经济与文化的良性互动在构筑文化区域中的重要作用。

三、三大文化区域与文化网络

唐承隋制，以州(郡)与县作为基本行政区划，但是在州(郡)县以外，又因山川形便，划土分疆，这便是道。严格地讲，有唐一代，道并非行政区域，唐初的贞观十道是作为巡察使区；开元十五道是贞观十道的析分，但已确定了各道的治所；元和年间又有军事驻防区方镇，分天下为四十八镇(一说四十七镇)，道与方

① 《三国志》卷五七《吴书・虞翻传》，第5册，北京：中华书局，1982年，第1320页。

② 谢朓《入朝曲》，《乐府诗集》卷二〇，北京：中华书局，1979年，第294页。

镇名称混用。[①]

道既是以山川形便来划分疆域，便有其自然地理的根据，除了有巡视按察、督导百官及军事防卫的作用外，还有文化学上的意义。每一个道或相邻的道大体上是一个文化感觉区，与考古学家及历史地理学家所划分的文化区域近似。按照文化区系理论，每个文化区域又可分为中心区与边缘区，例如在关中区域中，京兆府所在即为中心区，而朔方郡夏州则已到边缘区。在山东区域中，洛阳及其河南府附近为中心区，而幽州、燕州就变成了边缘区。在江南区域中，苏州、杭州为中心区，而闽南一带就变成边缘区了。[②]

每个道的治所又兼具中心城市的特点，包括首都长安、东京洛阳、扬州、益州等，既是道的治所，又是该区域的中心城市。中心城市往往就变成了该区域的文化中心。中心城市、中心区与边缘区构成了一系列特殊的文化景观，与其他文化区域互相区别，差异性可能与山川形胜、方土风物有关，也可能与历史传统、文化遗存有关，甚至与民风习俗、种族血缘有关。当然差异性也与该区域受主流文化影响的久暂、与王朝中心区的远近有关。差异性是文化区域之间互相区别的特征，是显示本区域特征的独立品质，正是因为各个文化区域的差异与不平衡，遂造成唐

---

① 史念海《论唐代贞观十道和开元十五道》，见史著《唐代历史地理研究》，北京：中国社会科学出版社，1998 年，第 34 页。

② 方北辰解释魏晋南朝江东经济发展概况时用先进区（苏南平原和浙北平原）、继起区（宁镇丘陵、浙西丘陵、浙东丘陵和皖南丘陵）、后进区（金衢盆地和浙南山地），虽侧重经济发展，但更能说明中心与边缘的关系。参见方著《魏晋南朝江东世家大族述论》，第 107 页。

代地域文化的丰富多彩。

另一方面，中心城市同时兼具生产文化与传播文化的功能，城市之间、各州之间、各道之间互通声息，联络往来，遂使文化得以传播和交流。驿路体系以长安为中心，“东至宋、汴，西至岐州，夹路列店肆待客，酒馔丰溢。每店皆有驴赁客乘，倏忽数十里，谓之驿驴。南诣荆襄，北至太原、范阳，西至蜀川、凉府，皆有店肆，以供商旅，远适数千里，不持寸刃”①。道路的连接使得物质运输更加便捷，人员的往来与迁徙使交流变得更加频繁，于是交通路线同时就成为文化网络。

唐代的道路既有陆路，又有水路，水陆道路交错纵横，呈网状分布，中心城市往往也是交通的枢纽。交通线由中原向四边延伸，如丝绸之路(不论是陆上还是海上，西线还是南线)将不同民族、国家的城市绾合接通。而跨越南北的大运河，又将长达几百年因政治军事对峙而分隔的江南、河洛与关中三大地域连接起来，“凡东南郡邑无不通水，故天下货利，舟楫居多。转运使岁运米二百万石输关中，皆自通济渠入河而至也……洪、鄂之水居颇多，与邑殆相半。凡大船必为富商所有，奏声乐，从婢仆，以据舵楼之下。”②“自扬、益、湘南至交、广、闽中等州，公家运漕，私行商旅，舳舻相继。隋氏作之虽劳，后代实受其利焉。”③

---

①《通典》卷七《食货七》，王文锦等点校本第1册，北京：中华书局，1988年，第152页。

② 李肇《唐国史补》卷下，上海：上海古籍出版社，1979年，第18—19页；又见《唐语林》卷八，文字略异。

③ 李吉甫《元和郡县图志》卷五，贺次君点校本上册，北京：中华书局，1983年，第137页。

而唐代的长安、洛阳及宋代的开封，都坐落在黄河的中下游，或有干流或有支流穿越而过，不仅形成沟通几个城市的交通干线，而且结成传输文化的网络。交通路线与文化网络重叠，交通枢纽与文化枢纽相兼①，使经济的交流、政治的统一与文化的整合具有了现实可行性。在道路交通畅达的条件下，唐代的文化传播与交流也具有新时代的特色。

由朝廷政令和儒家经典构成的主流文化，便是从政治中心及文化中心播发出，然后通过文化网络传输到四面八方。网络是传输的工具，而文化是传输的内容，两者结合便构成了主流文化的传播过程。唐代政治的进一步统一，科举制在考试时间、地点、考试科目、参考书、主司好恶等方面的统一，使文化网络的功能与作用更显突出，文化的标准性与模式性越来越明显，文化的差异性与个性不断衰落，趋同化过程与交流过程也是文化独特性不断被蒸发与流失的过程，现代社会中人们普遍焦虑的问题，在前现代社会的唐代中国，似乎已经凸显出来。

四、统一帝国中的地域差异与文化差异

综上所述，唐代作为统一帝国，政治上的重新统一，对经济

---

① 有关文化网络的理解，受惠于许倬云先生的成果。许先生以网络理论分析中国历史，认为“中国的各个部分，由若干中心地区，放射为树枝形的连线，树枝的枝柯，又因接触日益频繁，编织为一个有纲有目的网络体系。”“经济体系由交换资源而来，其体系的形成，自然与道路体系相叠，甚至重合。于是无形的交换网络，实在也可由平面二度空间的道路体系，类推而建立。”参见许倬云《历史分光镜》，上海：上海文艺出版社，1998 年，第 142—143 页。

文化诸方面的发展均有巨大影响，联系各个核心区的交通更加便捷，由此形成文化网络的拓宽与畅通，使各个区域之间的联系日趋紧密，各地区的不平衡性在减弱，亦使文化的趋同性越来越严重，而文化的个性则在不断丧失。那么，这是否意味着文化的完全统一或如某些论者所谓的南北合流、融合统一呢？

根据卢云的研究，历史时期学术文化的地域特征主要表现在以下四个方面：一是各地区的文化发展不平衡，存在着显著的发达与落后之别；二是各地区文化的构成状况与发展方向不尽相同，区域文化面貌迥异；三是不同地区的学术文化，存在着传播、冲击、整合等广泛的空间关系；四是学术文化的各项地域特征，均处于不断的变迁之中。①

日人斯波义信在述及中国历史上的空间差异或地域差异时指出，这种差异主要是因为：1. 依人口移动或定居史形成的差异；2. 依土地利用或水利史、农田开发史形成的差异；3. 依社会精英流动或文化生态史形成的差异；4. 依宗法、家族、阶级等社会组织变迁形成的差异；5. 依军事、政治或行政建置史形成的差异。“中国社会容量巨大，也许与其说时间的差异性大，还不如说空间的差异大。”②

卢云、胡阿祥用自然地理原则、经济类型原则和行政区划原则来解释对文学进行地理分区的理由。他们认为自然地理原则表现在某些地貌类型，如山脉、河川、沙漠、盆地等，控制着文化

① 卢云《汉晋文化地理》，第1—2页。
② [日]斯波义信《宋代江南经济史研究》，方健、何忠礼中译本，南京：江苏人民出版社，2001年，第8—30页，前言第2页。

区域的分布状况，并可能成为文化区域间的自然边界；各地区自然环境的不同，会深刻影响到区域文化的特征；自然地理区域的基本格局，对文化区域的分布状况，具有深刻的制约作用。经济类型是与自然条件关系最密切的部分，同时又是其他文化成分发展、演变的基础。行政区划原则表现在同一政区内文化接触比较频繁，文化联系得以加强；如果某一政区长期稳定，还易形成匀质的文化体。行政区域还往往作为同一文化的传播区域而存在。①

《礼记·王制》中说："凡居民材，必因天地寒暖燥湿。广谷大川异制，民生其间者异俗，刚柔轻重迟速异齐，五味异和，器械异制，衣服异宜。修其教，不易其俗，齐其政，不易其宜。"从理论上说，空间差异是永远存在的，不可能完全消失。就史实而言，从秦汉迄隋唐由地形地貌及其他地理条件所造成的地域差别，并未因政治统一而骤然消失。各地区在经济、文化方面的不平衡依然困扰着统治者。

杨隋及李唐统治者先后崛起于代北六镇，并以关陇为基地，纠集胡汉武人集团以成就其煌煌大业。换言之，其发迹之始本身就是地域性武人集团，其建基之后亦长期贯彻"关中本位政策"，与山东高门世族在文化理念上多次冲突，互相对峙，武则天执政后迄中晚唐，政治上的交锋虽然不再经常表面化，但文化与礼俗上的差别依然存在。"长安重游侠，洛阳富才雄"②，这本身就是

① 卢云《文化区：中国历史发展的空间透视》，《历史地理》第9辑，上海：上海人民出版社，1990年；胡阿祥《魏晋本土文学地理研究》，南京：南京大学出版社，2001年，第71页。

② 《全唐诗》卷二四卢照邻《结客少年场行》，第2册，第322页。

因地域背景而形成的文化差异的最好例证。

文化中心的并存与转移，也是形成差异的一个原因。唐代前期，文化中心并置于北方的长安与洛阳，而南方的建业、荆州、扬州、苏州等地，因南朝末的战乱及政治中心的丧失，其重要性亦大大降低。安史之乱后，南方的重要性再次凸显出来，故不仅唐代南北方的文化有差异，就是南方前后期的文化亦有差异。

或以为隋唐以来既有南方的发展和南北的区分，那么东西之分就再没有什么意义了。其实这是一个绝大的误解。首先，东西之分早于南北之分。按照传统的中原文化本位论，中国文化是从黄河中下游地区向四方辐射，夏商周三代，夏商在山东，周则崛起于关中。西周时虽以关中为基地，但周公作雒，已注意经营山东，继起之东周则又迁都洛阳，文化轴心东移。战国时代七雄争霸，其中秦是从关陇发展起来的，楚以南方的荆楚为大本营，其他五国的势力都在山东，故关中与山东形成长期的军事冲突与文明对峙。一直到汉代，建都关中与山东之争论，山东与山西人才类型之区别，说明东西区分仍有极重要的意义。而此时从整体上讲，江南仍没有进入全面开发期，故东西之分仍优先于南北之分。其次，南北之分不能取代东西之分。在南方有了长足的发展，经济文化自成系统，足可以抗衡北方的情况下，南北之别在东晋以来日显重要，作为偏安的中原政权之正朔所在，南方无论从政治、文化还是经济方面都不能小觑，但仍不能以南北之“北”简单地替代原来东西的概念，若稍微衡之史实，则会发现这种区别仍然强烈而突出，不能简单混淆。一直到唐代，南北与东西是三足鼎立而非两极对峙。简言之，中国政治轴心与文化轴心是首先沿着东西的轴线移动，然后又沿着南北的轴线变化①，故山东、关中与江南就构成了坐标轴上的三个参数，而不是一条直线上的两个点。三个轴心各自的引力以及由此形成的动态三角形，使文化网络间充满张力，其中的地域差异与文化差异亦既有南北差别也有东西差别。

本章的结论

一、关中、山东与江南三大地域概念的提出由来已久，笔者援用此组概念既是沿用历史地理学的习惯说法，又是出于为阐释唐代学术文化构筑新的话语系统与研究平台的考量。

二、关中、山东与江南既是三大地域，又是三个独立的文化区域，每个区域内均有其核心与边陲。

三、三大文化区域自身就是三个文化网络，区域性的网络又联通为全国的大系统，网络与交流造成文化差异性与独特性的减弱，文化的标准性与模式性的增强，地域文化在不断被主流文化所同化。

四、统一帝国中地域的差异及文化区域的差异依然存在，不能因强调统一而否认文化的空间差别。

---

① 陈正祥《中国文化地理》，北京：三联书店，1983年，第20页。

第二章　唐代三大地域的文学风貌

治隋唐文学者最喜称道隋唐政治统一遂促成南北文学的合流，并进一步推论在南北分裂局面中，文学始带有明显的地域色彩，南北地域既然统一了，那么文学也“纳入了统一的进程之中”；认为终隋一朝，南北文学的合流仅限于诗风的相互影响，呈现出明显的合而不同的过渡性质。① 据此推论，则唐代文学就是一种合而且同的成熟性质。将政治的大一统与文学的统一、文风的合流画等号②，将政治的分裂与文学的地域色彩简单等同，这是一种主流观点，在学术界影响极广，几乎成为唐代文学研究中的“范式”，或“基本假定”“绝对前提”，被认为是无可置疑的。唐代文学中的地域色彩究竟是否存在，南北文学的合流或合其两长应该如何理解，大一统帝国中是否有统一的文学？笔者认为有必要对此进行重新检讨。

---

① 参见袁行霈主编《中国文学史》第 2 卷，北京：高等教育出版社，1999 年，第 199、218 页。

② 游国恩等主编《中国文学史》第 2 册，北京：人民文学出版社，1987 年，第 6 页。

一、文学的地域特色

由于地形地貌乃至整个自然地理环境的差异，造成不同地区人群的体貌、性情乃至趣味习尚的不同，中国古人对此早有深刻认识。《礼记·王制》："凡居民材，必因天地寒暖燥湿。广谷大川异制，民生其间者异俗，刚柔轻重迟速异齐，五味异和，器械异制，衣服异宜。修其教，不易其俗；齐其政，不易其宜。"①统治者只能修教齐政，但却"不易其俗""不易其宜"，非不为也，实不能也。班固《汉书》卷二八下《地理志下》对此理论发挥说：

> 凡民函五常之性，而其刚柔缓急，音声不同，系水土之风气，故谓之风；好恶取舍，动静亡常，随君上之情欲，故谓之俗。②

政治的统一并未改变寒暖燥湿、水土风气，故音声之差、习尚趣味之别也无法彻底改变，不可能形成统一的模式。《管子·水地》："故曰：水者何也？万物之本原也，诸生之宗室也，美恶贤不肖愚俊之所产也。何以知其然也？夫齐之水道躁而复，故其民贪粗而好勇；楚之水淖弱而清，故其民轻果而贼；越之水浊重而洎，故其民愚疾而垢；秦之水泔㝡而稽，淤滞而杂，故其民贪戾

① 《礼记训纂》，第19页。
② 《汉书》，第6册，第1640页。

罔而好事；齐晋之水枯旱而运，淤滞而杂，故其民谄谀葆诈，巧佞而好利；燕之水萃下而弱，沈滞而杂，故其民愚戆而好贞，轻疾而易死；宋之水轻劲而清，故其民闲易而好正。”《淮南子·地形训》：“土地各以其类生……轻土多利，重土多迟，清水音小，浊水音大，湍水人轻，迟水人重，中土多圣人。皆象其气，皆应其类……是故坚土人刚，弱土人肥；垆土人大，沙土人细；息土人美，秏土人丑。”①唐人李筌《太白阴经》中引述当时社会上流行的一种说法，亦认为人的性格与地域有关系：

> 秦人劲，晋人刚，吴人怯，蜀人懦，楚人轻，齐人多诈，越人浇薄，海岱之人壮，崆峒之人武，燕赵之人锐，凉陇之人勇，韩魏之人厚。②

《绀珠集》记载说：“东南，天地之奥藏，其地宽柔和卑，其土薄，其水浅，其生物滋，其财富，其人剽而不重，靡食而偷生，其士懦脆而少刚，笮之则服。西北，天地之劲力，雄尊而严，其土高，其水寒，其生物寡，其财确，其人毅而近愚，饮淡而轻生，士沉厚而慧，挠之不屈。”明人谢肇淛认为“此数语足尽南北之风气，至今大略不甚异也”③。如果说这种看法将性格与地域的关系简单化，有“地理环境决定论”之嫌，那么柳芳《氏族论》中的观点

① 何宁撰《淮南子集释》卷四，北京：中华书局，1998 年，第 338、340、342 页。

② 李筌《神机制敌太白阴经》卷一，《丛书集成初编》本，第 943 册，上海：商务印书馆，1936 年，第 5 页。

③《五杂组》卷三《地部一》，上海：上海书店出版社，2001 年，第 43 页。按，组，又作“俎”，或以为“俎”为讹误，参见《万象》2005 年第 5 期，第 7 页。

就较系统全面：

> 山东之人质，故尚婚娅，其信可与也；江左之人文，故尚人物，其智可与也；关中之人雄，故尚冠冕，其达可与也；代北之人武，故尚贵戚，其泰可与也。及其弊，则尚婚娅者先外族、后本宗，尚人物者进庶孽、退嫡长，尚冠冕者略伉俪、慕荣华，尚贵戚者徇势利、亡礼教。

指出山东、江左、关中、代北四大地域因地理环境、文化传统的差异而形成习俗风尚的不同，这种地域文化的差异并没有因政治的统一而丧失，也没有因文化的整合而消亡。①

阮籍《乐论》还进一步指出不同的风俗与音乐的地域色彩有密切关系：

> 故造子之教谓之风，习而行之谓之俗。楚越之风好勇，故其俗轻死；郑卫之风好淫，故其俗轻荡。轻死，故有火蹈赴水之歌；轻荡，故有桑间濮上之曲。各歌其所好，各咏其所为。歌之者流涕，闻之者叹息。背而去之，无不慷慨。怀永日之娱，抱长夜之叹，相聚而合之，群而习之，靡靡无已。弃父子之亲，弛君臣之制，匮室家之礼，废耕农之业，忘终身之乐，崇淫纵之俗。故江淮之南，其民好残；漳汝之

---

① 参见谭其骧《中国文化的时代差异和地区差异》，《复旦学报》1986 年第 2 期；又收入谭著《长水粹编》，石家庄：河北教育出版社，2000 年。

> 间，其民好奔；吴有双剑之节，赵有扶琴之客。气发于中，声入于耳，手足飞扬，不觉其骇。……故八方殊风，九州异俗；乖离分背，莫能相通；音异气别，曲节不齐。①

认为殊风异俗造成艺术的音异气别，曲节不齐，这种认识应该说是有道理的。

现代学人对文化的地域差别，既发扬古人的观点，又吸收西人的学说，既重视空间的差别，又强调时间的演进。梁启超指出：

> 则古昔，称先王；内其国，外夷狄；重礼文，系亲爱；守法律，畏天命：此北学之精神也。南地则反是。其气候和，其土地饶，其谋生易，其民族不必惟一身一家之饱暖是忧，故常达官于世界以外。初而轻世，既而玩世，既而厌世。不屑屑于实际，故不重礼法；不拘拘于经验，故不崇先王。又其发达较迟，中原之人，常鄙夷之，谓为蛮野，故其对于北方学派，有吐弃之意，有破坏之心。探玄理，出世界；齐物我，平阶级；轻私爱，厌繁文；明自然，顺本性：此南学之精神也。②
>
> 燕赵多慷慨悲歌之士，吴楚多放诞纤丽之文，自古然矣。自唐以前，于诗于文于赋，皆南北为家数，长城饮马，

① 见严可均辑《全三国文》卷四六，北京：中华书局，1958年，第1313页。

② 梁启超《中国学术思想变迁之大势》，上海：上海古籍出版社，2006年，第20页。

> 河梁携手，北人之气概也；江南草长，洞庭始波，南人之情怀也。散文之长江大河一泻千里者，北人为优；骈文之镂云刻月善移我情者，南人为优。盖文章根于性灵，其受四周社会影响特甚焉。自后世交通益盛，文人墨客，大率足迹走天下，其界亦寖微矣。①

以上就地域文化的差异立论，以下试再从三大地域文学传统的差别申述，笔者选择三大地域文学传统中最有代表性的谣曲秦声、吴歌、齐讴，分别予以讨论。

1. 秦声

《吕氏春秋·音初篇》对音乐文学的起源进行追溯：

> (孔甲)乃作为《破斧》之歌，实始为“东音”。
>
> 涂山氏之女乃令其妾候禹于涂山之阳。女乃作歌，歌曰“候人兮猗”，实始作为“南音”。周公及召公取风焉，以为《周南》《召南》。
>
> 周公乃侯之于西翟，实为长公。殷整甲徙宅西河，犹思故处，实始作为“西音”。长公继是音以处西山，秦缪公取风焉，实始作为秦音。
>
> (有娀氏有二佚女)作歌一终，曰“燕燕往飞”，实始作为

① 梁启超《中国地理大势论》，《梁启超全集》第2册，北京：北京出版社，1999年，第931页。

"北音"。①

说明音乐源起即与地域文化有关，音乐的分类亦可以地域的差别而区分。后来《左传》中的"八风"②、《诗三百篇》中的"十三国风"及"二南"亦与地域有关。

除《吕氏春秋》将西音与秦文化相联系并产生出早期的秦地音乐外，《诗经》中的《秦风》《豳风》，也是典型的秦地音乐文学。一直到战国后期，李斯还曾描述这种音乐演奏情形说："夫击瓮叩缶，弹筝搏髀，而歌呼呜呜快耳者，真秦之声也。"③荀子谈到对秦地的观感时说："其百姓朴，其声乐不流污。"④《汉书·礼乐志》记西汉乐府采诗，"有赵、代、秦、楚之讴"，《汉书·艺文志》也说："自孝武立乐府而采歌谣，于是有赵、代之讴，秦、楚之风，皆感于哀乐，缘事而发，亦可以观风俗，知厚薄云。"《汉书·艺文志》所收《左冯翊秦歌诗三篇》《京兆尹秦歌诗五篇》等便都是汉代秦地音乐文学中的精华，司马迁外孙杨恽谈到自己的文化生活时曾说："家本秦也，能为秦声，妇赵女也，雅善鼓琴。奴婢歌者数人，酒后耳热，仰天抚缶，而呼呜呜。……是日也，拂衣而喜，奋袖低昂，顿足起舞。"⑤

《乐府诗集》将"相和歌辞"分成十类调曲，其中的平、清、

---

①《吕氏春秋》卷六，上海：上海古籍出版社，1989年，第48—49页。

②《左传·襄公十八年》及杜预集解。

③《史记》卷八七《李斯列传》，第8册，第2543—2544页。

④《荀子集解》卷一一《强国篇》，北京：中华书局，1988年，第303页。

⑤《文选》卷四一杨恽《报孙会宗书》，北京：中华书局，1977年，第582页下。

瑟、楚四调，都是用秦筝伴奏，相和歌是汉代清乐的主体，说明秦地音乐对整个汉代民歌的巨大影响①。一直到隋唐时，还有秦声的说法，《隋书·音乐志》："此声所兴，盖苻坚之末，吕光出平西域，得胡戎之乐，因又改变，杂以秦声，所谓秦汉乐也。"②

关于秦地音乐文学的特点及成因，班固曾指出：

> 山西天水、陇西、安定、北地处势迫近羌胡，民俗修习战备，高上勇力鞍马骑射。故《秦诗》曰："王于兴师，修我甲兵，与子偕行。"其风声气俗自古而然，今之歌谣慷慨，风流犹存焉。③
>
> 天水、陇西，山多林木，民以板为室屋。及安定、北地、上郡、西河，皆迫近戎狄，修习战备，高上气力，以射猎为先。故《秦诗》曰"在其板屋"；又曰"王于兴师，修我甲兵，与子偕行"。及《车辚》、《四臷》、《小戎》之篇，皆言车马田狩之事。汉兴，六郡良家子选给羽林、期门，以材力为官，名将多出焉。孔子曰："君子有勇而亡谊则为乱，小人有勇而亡谊则为盗。"故此数郡，民俗质木，不耻寇盗。④

这种自然地理环境与军事地理环境在隋唐时并未有大的改变，陇西、北地、上郡仍为草原民族与农耕民族交界地带，首都长安五

---

① 卢云《汉晋文化地理》，西安：陕西人民教育出版社，1991年，第396—397页。
②《隋书》卷一四《音乐志》，第2册，北京：中华书局，1973年，第313页。
③《汉书》卷六九《赵充国辛庆忌传》赞论，第9册，第2999页。
④《汉书》卷二八下《地理志下》，第6册，第1644页。

方杂错的特点亦未改变。“秦雍之郊，俗称劲勇，汾晋之壤，人擅骁雄”①。所以杜佑总结道：“五方错杂，风俗不一。汉朝京辅，称为难理。其安定、彭原之北，汧阳、天水之西，接近胡戎，多尚武节。自东汉、魏、晋，羌氐屡扰，旋则苻姚迭据，五凉更乱，三百馀祀，战争方息。帝都所在，是曰浩穰。其馀郡县，习俗如旧。”②

地理环境的制约与规定，风俗习尚的影响与渗透，遂使音乐文学的传统能长期保留，歌谣慷慨，雄深雅健，仍是关中区域音乐的特点，而音乐与诗歌、民间文化与文人创作的密切关系，遂使唐代关中文人创作亦有浓厚地域特色，其他地域士人迁徙于此，濡染熏习，亦不能不受其影响。

2. 吴歌

吴地音乐又被称为“吴歌”“吴谣”“吴歈”。马融《广成颂》形容江南音乐(渔歌)演唱时说：“发棹歌，纵水讴，淫鱼出，蓍蔡浮，湘灵下，汉女游。”③陆机有《吴趋行》一诗，吴趋即吴歈、吴歌。崔豹《古今注》：“吴趋曲，吴人以歌其地也。”《宋书》卷一九《乐志一》解释说：“吴歌杂曲，并出江东，晋宋以来，稍有增广。”诗中写道：“楚妃且勿叹，齐娥且莫讴。四坐并清听，听我歌吴趋。”楚妃之叹、齐娥之讴与吴人之趋，都是一种具有强烈地方色彩的音乐，因作者是吴人，所以对吴趋情有独钟，认为其更

① 宋敏求《唐大诏令集》卷一〇二《求猛士诏》，北京：中华书局，2008年，第520页。
②《通典》卷一七四《州郡四》，第5册，第4560页。
③《后汉书》卷六〇上《马融列传》，第7册，第1964页。

有特点。

除吴歌外，南方荆楚一带还流行着西曲，《乐府诗集》卷四七引《古今乐录》："《西曲》歌出于荆、郢、樊、邓之间，而其声节送和与吴歌亦异，故□其方俗谓之《西曲》云。"左思《吴都赋》还提到南方各种音乐汇集的场景："登东歌，操南音。胤阳阿，咏韎任。荆艳楚舞，吴歈越吟。翕翕容与，靡靡愔愔。"南音、荆艳、吴歈、越吟，都是指南方的音乐。

大历、贞元年间，以皎然、顾况、朱放、张志和为代表的吴中诗派注意汲取吴楚民间谣曲滋养，开始了艺术新变的探索。他们的创作取材于吴越土风，仿效吴中俗体，"采吴楚之风，虽俗而正"①，皎然还用"楚奏铿訇，吴声浏亮"②八字形容大历九年张志和游湖州时，吴中诗人的盛会情况③。

唐代诗人除南方土著作家外，其他地域的诗人对此亦特别醉心，如李白作品中对吴歌、楚曲、越吟、吴越曲、吴越调等心向往之，爱慕之情溢于言表④，他的作品多次提及：

---

① 皎然《诗式 · 淡俗品》，见李壮鹰校注《诗式校注》卷一，北京：人民文学出版社，2003 年，第 53 页。

② 皎然《玄真子画武城赞》。

③ 此段论述参见赵昌平《"吴中诗派"与中唐诗歌》，《中国社会科学》1984 年第 4 期。又，贾晋华《唐代集会总集与诗人群研究》一书分别讨论了浙东诗人群、浙西诗人群、苏州诗人群等与集会总集的关系，对南方地域与诗歌的理解更为深入，可参读。

④ 此段对李白作品的论述参见肇明《"新弦采梨园"、"醉发吴越调"——李白诗歌与剡中戏曲的关系》，《中国李白研究》1998—1999 年集，合肥：安徽文艺出版社，2000 年。

我有吴越曲，无人知此音。①
闷为洛生咏，醉发吴越调。②
楚舞醉碧云，吴歌断清猿。③
新弦采梨园，古曲娇吴歈。
曲度绕云汉，听者皆欢娱。④

李白还曾仿吴声歌曲作《越女词》，不仅写出吴越风物，而且还具有吴越民歌风味，在语音上因受吴语的影响，故押韵亦显得特别，说明吴音比中原音韵更复杂丰富。

3. 齐讴与洛下吟

齐讴指齐地的民间音乐与歌舞，“齐郡旧曰济南，其俗好教饰子女淫哇之音，能使骨腾肉飞，倾诡人目，俗云‘齐倡’，本出此也”⑤，“齐倡”，亦即齐讴。洛下吟指东晋以来传到南方的中原洛阳读书音，此借以说明山东地域的富有地方色彩的音乐文学现象。曹植作品中多次提到各地音乐作品表演的情景：“齐人进奇乐，歌者出西秦。”⑥“秦筝发西气，齐瑟扬东讴。”⑦均将齐地的音乐与秦地的音乐相提并论，说明是两类极具个性的作品。陆机

---

①《李太白全集》卷九《赠薛校书》，北京：中华书局，1977 年，第 481 页。
②《李太白全集》卷一二《经乱后将避地剡中留赠崔宣城》，第 637 页。
③《李太白全集》卷一〇《书情题蔡舍人雄》，第 516 页。
④《李太白全集》卷二〇《春日陪杨江宁及诸官宴北湖感古作》，第 939 页。
⑤《隋书》卷三〇《地理志下》，第 862 页。
⑥《先秦汉魏晋南北朝诗》上册，北京：中华书局，1987 年，第 450 页。
⑦《先秦汉魏晋南北朝诗》上册，第 452 页。

除有《吴趋行》外，还有《齐讴行》，写齐地形势、出产及历史。他还在《拟今日良宴会诗》中写齐、秦两地乐人的演出活动及艺术效果："齐僮梁甫吟，秦娥张女弹。哀音绕栋宇，遗响入云汉。"①张华的《上巳篇》也有类似的记载："妙舞起齐赵，悲歌出三秦。"②山东地域广大，不仅齐地与秦地相差较大，就是齐、赵、燕与中州之地的洛阳也各不相同。所以曹植《箜篌引》中写道：

> 秦筝何慷慨，齐瑟和且柔。阳阿奏奇舞，京洛出名讴。③

所谓的"赵、代之讴"，所谓的"燕赵多慷慨悲歌之士"，就是指这一带迫近边地，故人民高尚气力，剽悍勇武，与中原地区迥异，反倒与关陇区中的风气接近。

二、文体的地域差别

唐代取得辉煌成就的两种文体——诗歌与古文，在其发展过程中也与地域文化有密切关系。

汉末诗歌之慷慨悲凉，主要是北方文学的基调，永嘉之后，北人络绎南迁，文学重心随之移到南方，辞赋、诗歌一方面受到南方风尚的熏染，另一方面因贵族文士潜心此道，使艺术的表现力日趋丰富，作品被打磨得珠圆玉润，铺锦列绣，雕缋满眼。尤

---

①《先秦汉魏晋南北朝诗》上册，第686页。

②《先秦汉魏晋南北朝诗》上册，第617页。

③《先秦汉魏晋南北朝诗》上册，第425页。

其是四声八病理论的提出及实践，为诗赋形式美的追求提供了更加广大的空间，为此后唐诗的出现埋下伏笔。而北方洛阳及长安文士对南方新风尚的狂热崇拜更显出南方的成就不同凡响，虽然据说北人对南方真正的艺术精品并不能赏识，但这种盲目崇拜仍然是可嘉的。隋末唐初北方文坛上弥漫的南方文风，并非真正的南北合流，而是北朝时期北人崇尚南方文风的变本加厉，是文学地域风格因统治者个人偏好而上行下效的一种文学捧场。

与此形成鲜明对照的是，散体的古文在北方地区逐渐发展，郦道元的《水经注》、贾思勰的《齐民要术》、杨衒之的《洛阳伽蓝记》等魏晋南北朝几部重要学术著作都采用散体，且都产生于北方，这是很值得人们深思的。苏绰、宇文泰尝试对文体进行改革①，李谔、隋文帝再度对应用文体文风予以强调，并采用行政手段厉行改革。罗根泽对此概括说："后来首先反对六朝文学者，是隋朝的李谔及王通；而唐代的有名的古文家，除陈子昂外，又大半是北人；就中的元结、独孤及，不惟是北人，且是胡裔；所以古文实兴于北朝，实是以北朝的文学观打倒南朝的文学观的一种文学革命运动。"此后的韩柳也是北人。罗先生认为唐代的古文运动继承的是北朝系统，是以北朝的文学观代替南朝的文学观，唐初文学逐渐以"北"代"南"②。虽有些绝对化，但认为古文运动肇端于北朝，南北朝迄隋唐倡导并实践古文写作者多为北方人，

① 参见拙文《苏绰文体改革新说》，载《文史哲》1999 年第 6 期；又收入拙著《唐代关中士族与文学》。

② 罗根泽《中国文学批评史》第 2 册，上海：上海古籍出版社，1984 年，第 113—114、120 页。

基本上是可以成立的。

根据本章第三节援引冻国栋《唐代散文作家前后期各道分布统计》《唐代诗人前后期各道分布统计》知，江南地域(江南道与淮南道)无论是前期还是后期抑或总量，散文家的数量不仅少于北方的山东区域，就是比关中区域也要少，但在诗人一项中，则显示了江南的传统优势，特别是后期的增幅更大。

诗赋观念的由南向北扩张以及散文观念的由北向南推进，地域文学理念获得超地域的发展，由空间向时间绵延，这并不是对空间特质的否认，而是在更高层次上对空间风格的一种延伸和保存。

三、文人的地域分布

关于唐代文人的地域分布，学术界已有一些成果出现。如陈正祥《中国文化地理》一书中分别绘制出《唐代的诗人》《唐代前期的进士》《唐代后期的进士》三图①，直观清晰，殊见功力，且是此类研究的开创，经常为人们所征引和称道，唯陈著没有交代所用文献及资料的出处，不便于复核和验证。

史念海《两〈唐书〉列传人物本贯的地理分布》一文②，将两《唐书》中能具知本贯的一千九百多人依据本贯的道、州、县分布，图、表、文皆备，并有详尽的解释说明，是此类研究中的扛鼎之作，唯因两《唐书》所记本贯及郡望错综复杂，加上士族的归

① 陈正祥《中国文化地理》，插于第22—23页间，北京：三联书店，1983年。

② 见史念海《河山集》(第5集)，太原：山西人民出版社，1991年；又收入作者《唐代历史地理研究》，北京：中国社会科学出版社，1998年。

葬地、迁徙后的现住地等形成“多家形态”①，更形复杂，史先生在取舍中偶有自相矛盾处。

费省仿效乃师史念海先生，撰《唐代艺术家籍贯的地理分布》②，篇幅虽不大，但材料整齐，析置亦更准确。

袁行霈《中国文学概论》中辟专章讨论《中国文学的地域性与文学家的地理分布》③，其中涉及唐代文人分布，篇幅虽简短，但精当深刻。

曾大兴著《中国历代文学家之地理分布》一书④，其中第五章为《隋唐五代文学家的地理分布》，第一节分布格局依姓名、籍贯、今址、县州郡统计列表，第二节探讨分布成因，更加细致深入，唯所依据的统计文献较陈旧，未能广泛吸收近年来的新成果。

陈尚君《唐诗人占籍考》一文⑤，充分利用各种文献并参考今人研究成果，于望、贯取舍，亦有一以贯之的原则，后出转精，可信度较高。

此外，冻国栋《唐代人口问题研究》一书⑥，亦曾根据《新唐书·文艺传》，《登科记考》，日人平冈武夫、市原亨吉编《唐代的诗人》，今井清二编《唐代的散文家》等文献，经研究并绘制出《唐

---

① 参见毛汉光《中国中古社会史论》第 8 篇《从士族籍贯迁移看唐代士族之中央化》，台北：联经出版事业公司，1988 年。又本书第五章《唐代文学士族的迁徙流动》、附论二《从墓志看唐代河东裴氏的迁徙》皆有引述，可参读。

② 费省《唐代艺术家籍贯的地理分布》，见史念海主编《唐史论丛》第 4 辑，西安：三秦出版社，1988 年。

③《中国文学概论》，北京：高等教育出版社，1990 年。

④ 曾大兴《中国历代文学家之地理分布》，武汉：湖北教育出版社，1995 年。

⑤ 收入作者《唐代文学丛考》一书，北京：中国社会科学出版社，1997 年。

⑥ 冻国栋《唐代人口问题研究》，武汉：武汉大学出版社，1993 年。

代诗人前后期各道分布统计》《唐代散文作家前后期各道分布统计》《唐代进士前后期各道分布统计》等表，简明直观，从量化的角度比较出各道人物分布及前后期变化，极有参考价值。

下面将史念海(简称“史著”)、冻国栋(简称“冻著”)、陈尚君(简称“陈著”)的有关统计成果按三大地域列表，便于比较分析。因各家所依据的统计文献不一，对人物望贯的理解不一，统计对象亦不一(人物、文学家、进士、诗人或散文家)、统计时间不一(总计或前后分期)，故统计结果自然有许多差异，但是若以道为单位，或以本书的三大地域为单位，还是能看出一些分布规律。

1. 关中地域

		人物		进士		散文家		诗人	
		关内	陇右	关内	陇右	关内	陇右	关内	陇右
史著	前期	263	23						
	后期	267	22						
冻著	前期			12	1				
	后期			50	20				
冻著	前期					117	8		
	后期					140	21		
陈著								226(京畿) 6(关内) 53(宗室)	27
小计		530	45	62	21	257	29	285	27
合计		575		83		286		312	

2. 山东地域

		人物			进士			散文家			诗人		
		河南	河北	河东	河南	河北	河东	河南	河北	河东	河南	河北	河东
史著	前期	177	171	110									
	后期	224	238	114									
冻著	前期				16	28	11						
	后期				71	57	47						
冻著	前期							75	72	47			
	后期							121	138	79			
陈著											200（都畿）157（河南）	245	149
小计		401	409	224	87	85	58	196	210	126	357	245	149
合计		1034			230			532			751		

3. 江南地域

		人物		进士		散文家		诗人		
		江南	淮南	江南	淮南	江南	淮南	江南东	江南	淮南
史著	前期	61	34							
	后期	86	24							
冻著	前期			14	3					
	后期			177	8					
冻著	前期					40	10			
	后期					130	11			
陈著								404	159	60
小计		147	58	191	11	170	21	404	159	60
合计		205		202		191		623		

综括以上三表可以看出：就总量而言，山东人才最多，无论是两《唐书》中的人物，还是进士、散文家抑或诗人，都名列第一，说明传统的文化中心仍具有极大的优势，而关中地域除两《唐书》中的人物及散文家两项外，其余两项都不及江南地域。

就前后期的分布变化来看，各地域后期大体都比前期人才数量有所增加，其中尤其以江南地域增加的幅度最大，特别是进士、散文家、诗人三项增加的比例最高，孙国栋通过对南北方进士科与明经科人才的消长比较分析说："南人以灵秀之姿及六朝以来文学传统，崭然从进士科露头角，故中唐以后，南方寒士入官较中唐以前比例增多，所以谓晚唐进士科之盛，可以觇南方寒士上进之趋势则可，若遽以晚唐进士科代表寒族则未可也。大抵南人重进士之趋势至宋而益明，欧阳修谓东南之俗好文，故进士多而经学少，西北之人尚质，故进士少而经学多，正谓此也。”“自板印经史之流行，寒士得书日易，此与教育之普及，相辅相成。当时尤有一事可注意者，即书籍之保存，多在东南，此区域均为寒士之新土，北方大族之旧乡，书籍反见残缺。”①这一变化趋势显示出南方大开发中新兴的经济文化中心的再度崛起。

四、关于三大地域文学独特性的重新思考

唐代文学的发展既有时代性，又有地域性，既有某些共同的普遍性的特征，又有个别的独特性。每个地域因其自然地理与人文地理环境的决定与限制，形成自己独特的传统与区别性特征。入隋以后的颜之推在《颜氏家训·音辞篇》中指出：“南方水土和柔，其音清举而切诣，失在浮浅，其辞多鄙俗。北方山川深厚，其音沉浊而𫓧钝，得其质直，其辞多古语。然冠冕君子，南方为优；闾里小人，北方为愈。易服而与之谈，南方士庶，数言可辩。隔垣而听其语，北方朝野，终日难分。而南染吴越，北杂夷虏，皆有深弊，不可具论。”②论及南北方自然环境对语音及人的气质的影响。周祖谟具体分析道：“南北语音不同，各有土风，

① 孙国栋《唐宋之际社会门第之消融》，见孙著《唐宋史论丛》（增订版），香港：商务印书馆（香港）有限公司，2000年，第244、256页。

② 王利器集解《颜氏家训集解》卷七，北京：中华书局，1993年，第529—530页。

北方大致以洛阳音为主，南方大致以金陵音为主，梁益、秦陇、荆襄当又有异。”①在《颜氏家训·风操》中还谈到南北性格的差异：“别易会难，古人所重；江南饯送，下泣言离。……北间风俗，不屑此事，歧路言离，欢笑分首。”②陆法言《切韵·序》中说：“吴楚则时伤轻浅，燕赵则多涉重浊，秦陇则去声为入，梁益则平声似去。”方音的差别也是文化差别的一个侧面。唐代的自然地理环境与南北朝及隋代相比，并未有翻天覆地的变化，故这种差异仍然存在，唐人陆德明说：“方言差别，固自不同，河北江南，最为巨异。或失在浮清，或滞于重浊。”“楚夏声异，南北语殊。”③卢照邻亦指出：“北方重浊，独卢黄门往往高飞；南国轻清，惟庾中丞时时不坠。”④重浊与轻清、清绮与贞刚、声律与风骨的融合是一个相当复杂的问题，并没有一个统一的模式，融合以后的个性特点与地域特点仍无法消解。“仰天文而窥日月，虽共光华；凭地理而考山川，即殊南北”⑤，那种简单地将文学纳入一个统一模式中的企图，不仅是徒劳的，而且是有害的。理想的文风应该是“和而能壮，丽而能典，焕乎若五色之成章，纷乎犹八音之繁会”⑥。一定要说融合的话，那么诗风的融合应该是五色成章、八音繁会，仍然是一种和而不同的境界。所谓小德川

---

① 周祖谟《魏晋音与齐梁音》，载《中华文史论丛》1982 年第 3 辑，上海：上海古籍出版社，1982 年。

②《颜氏家训集解》卷二，第 83 页。

③《经典释文·序录》。

④《卢照邻集》卷六《南阳公集序》。

⑤《全唐文》卷一八二王勃《送韦少府入洛序》。

⑥《周书》卷四一《王褒庾信传》论。

流，大德敦化，不同之同，是谓大同。大同其实就是一种和而不同。

唐代文学中的诗赋开始于南方绮艳诗风的北渐，兴盛期南北诗风逐渐整合，但安史之乱后，北方士人大量南迁，南方的重要性重新凸显，唐末时南方绮艳诗风再次复归。① 唐代文学中的散文崛起于北土，逐渐向南推进，主要作家又都是北方人。虽然在有唐一代，散文并没有能取代骈文，但是散文的观念不断深入人心，散文的实绩为人们所注目。故如果说唐代散文理论家及创作者主要是北方人的话，那么到了宋代，连散文这块阵地，也主要被南方人所占领，宋代古文的六大家都是南方人，仅这一点足以说明南方在文学创作方面的决定性胜利。人们只注意到文学盛衰系乎国运兴亡，与政治曲线同一起落，没有注意到经济文化重心的倾斜与转移。

文学的整合、文风的合流，永远只是一种趋势。魏徵《隋书·文学传》序中说："江左宫商发越，贵于清绮；河朔词义贞刚，重乎气质。气质则理胜其词，清绮则文过其意，理深者便于时用，文华者宜于咏歌，此其南北词人得失之大较也。若能掇彼清音，简兹累句，各去所短，合其两长，则文质斌斌，尽善尽美矣。"一般以此作为南北文学统一的证据②。但实际上，魏徵并没有提供南北文学合流的证据。从字面来分析，魏徵讲"若能"云云，是一

---

① 参见罗宗强《隋唐五代文学思想史》，上海：上海古籍出版社，1986年，第11页。

② 如游国恩等主编《中国文学史》第2册中说："唐初文人更明确地提出南北文学应'各去所短，合其两长'(《隋书·文学传叙》)的要求。这种愿望终于在统一局面下实现了。"见该书第6页，北京：人民文学出版社，1987年。

种假设，表示希冀，只是一幅儒家理想主义的蓝图。“各去所短，合其两长”，实际上做不到，理论上的合理性也值得商榷。因为文学的特征是个性，是丰富多彩，不可能用一个模式去规范，泯灭了地域差别，消解了空间风格，文学就变成了文化快餐流水线上统一规格的商品了。

朱维铮认为：“把空间分布作为学术派分的畛域，始于南北朝。但承认‘统一’时代还存在学术的地域剖分，则盛于北宋。”① 此以学术立论，但若就“统一”时代的文学创作仍存在地域剖分而言，唐代应该是一个值得深入研究的案例。

本章的结论

一、由于自然地理环境与人文地理环境的不同，关中、江南与山东三大地域各自形成独特的文学传统，秦声、吴歌与齐讴可以说是三大地域中最具代表性并富有地域色彩的音乐文学，对唐诗的发展具有潜移默化的影响。

二、唐代取得辉煌成就的两大文体诗歌与古文，亦与地域文化密不可分。诗歌的发展路径是由南向北，唐诗肇端于南方诗风北渐，最后又结束于南方诗风的弥漫；古文兴起于北地，并由北向南推进，其理论倡导者与创作实践者亦多为北方人，但到了宋代，古文亦为南方士人所擅长。

---

① 朱维铮《清学史：汉学与反汉学一页》上，《复旦学报（社会科学版）》1993 年第 5 期。

三、唐代文人的分布亦具有地域特色，唐前期先后次序为山东、关中、江南，唐后期则变为山东、江南、关中。这种变化显示出历史机运的潜转暗换。

四、由于文学的地域传统及各地域发展的不平衡性，使唐代文学仍具有浓郁的地方色彩，文学的统一与合流永远只是一种理想，是一种趋势，大唐之音，和而不同。

第三章　唐代文学士族的演生

唐代是士族发展的后期，唐代士族体现出这一特殊的精英阶层由盛而衰的许多特点①，这些特点又与府兵制的废弛、科举铨选制的形成密切相关，通过对中古社会转型期这一特殊群体的定位来观察社会变革中的精神风貌，或许能窥觇出历史机运之盈虚消长，对士族演生与文学发展的关联性亦能有更准确的把握。

一、“文学士族”的界定

陈寅恪先生讨论魏晋南北朝隋唐史，经常使用“文化高门”“文化士族”“文化世族”“文化世家”“文化显族”“儒家大族”等概念②，在陈寅恪的著述中，这些概念大体相同，可以互相替换。

---

① 关于士族发展变迁，学界说法纷纭，详参拙著《唐代关中士族与文学》第三章的有关内容。

② “文化高门”见《金明馆丛稿初编》第140页，“文化士族”见同书第57页，“文化世族”见同书第51页，“文化世家”见同书第51页，“文化显族”见同书第95页，“儒家大族”见同书第44、52页。

义宁先生论士族主要标举文化，大士族往往是儒家大族，而次等士族则是“不以文化见称者”①。

台静农先生论唐代士风与文学时，提出“文学世家”的概念，他指出唐初李世民开文学馆以待十八学士，这十八人不是出身于南北朝的世家大族，便是出身于世代显贵之家，在当时都是有极高社会地位的人。其中薛收是薛道衡之子，姚思廉是姚察之子，都出身于文学世家②。薛氏为河东士族、姚氏由吴兴武康迁关中，本为江南士族，他们之所以被称为世家，既不是因门第阀阅也不是因经学累世，而是靠文学传家。

程章灿研究六朝文学，提出“世族文学集团”及“文学世族”的概念，这是一种“以世族文人群体为特征而构成的文学集团”，文学是六朝文化中最辉煌的一部分，世族普遍爱尚文艺，其群体趣味与个体性情在文学中多有表露，且能影响其文学思想与创作实践。③ 袁行霈主编之《中国文学史》在谈到魏晋南朝文学时，也使用了“文学家族”的概念，他认为：“文学家族的大量出现与门阀制度有直接的关系，文学乃至文化集中在少数世家大族手中，与政治的权力一起世代相传。文学家族在魏晋两代尤盛，南朝以后逐渐减少，这与南朝门阀势力的逐渐衰微的趋势是一致的。”④但袁先生此处所用“家族”如为“士族”或“世族”之替换词，则他所举例之曹氏父子便不能列入；如家族不是“世族”的替换语，那么

① 《金明馆丛稿初编》，第 50 页。
② 台静农《论唐代士风与文学》，收入《唐代研究论集》第 1 辑，台北：新文丰出版公司，1991 年。
③ 程章灿《世族与六朝文学》，哈尔滨：黑龙江教育出版社，1998 年，第 24、53 页。
④ 袁行霈主编《中国文学史》第 2 卷，北京：高等教育出版社，1999 年，第 12 页。

说“逐渐减少”“逐渐衰微”似略嫌简单化。

笔者在此基础上选择“文学士族”一语作为本书的核心范畴，讨论唐代出现的这一特殊的带有地域色彩的文学群体或文学集团。与两晋南朝士族相比较，唐代士族发生了很大变化，唐代士族的文学与六朝士族的文学相比，也有很大的不同。六朝时，文学之于士族仅仅是一种素质修养；而在唐代，文学则变成了士族谋求仕进的工具。

如果说从“关中本位政策”到“科举制”标志着由尚武向崇文转变的完成①，那么科举中崇重进士贬抑明经，则又标志着社会价值观由崇重经学向崇尚文学转变。这两重转变几乎是同时完成的，故唐代士族亦能与时俱进，随俗雅化，转变为文学士族群体。

唐代士族大体来自三大地域。南朝政权中的侨姓与吴姓本来就是文学世家，政权的灭亡使他们丧失了原有的地位，但唐代统治者崇尚文学，又使他们有了用武之地，能充分施展才华，对他们而言只是转换了活动舞台，表演的仍然是原来的专长。山东旧族本以礼法经学著称，为了仕进，首先要迁徙到两京附近②，其次还要适应新的现实，加入科举进士的竞争中。对他们来说，这两重改变都是艰难的。关中士人在北朝时主要是一些武力强宗，与魏周统治者结合而形成关陇集团，在“关中本位政策”施行时，凭借武功勋劳即可保持其地位不坠。但自武则天之后，社会价值

---

① 参见本书第九章《从“关中本位政策”到“科举制”》的有关论述。

② 参见本书第五章《唐代文学士族的迁徙流动》第一节的内容。

观及贤能标准均发生变化，他们也要随俗雅化，由尚武转向崇文①，遂使科举竞技场的角逐云谲波诡，更形复杂。

唐代三大地域士族的殊途同归，亦使士族性质发生了很大变化。如果说，东汉的文化高门是经学世家、儒家大族的话，那么唐代的文化士族则蜕变为文学士族。据此可以将唐代士族与东汉的经学世家、两晋南北朝的门阀世族相区别。故笔者在先前的研究和本书中标举“文学士族”，不仅是为了理论的自足和叙述的方便，更重要的是对历史真实的推求。笔者以为，这一概念首先是社会学史的范畴，而不能仅仅理解为文学史范畴。

二、唐代文献中的所谓“清流”

清流多指士族之清华高贵，隋唐以来是否仍有此义，抑或发生变化？欲究此事，须要对此语词在唐代文献中的使用进行一番梳理。

《隋书》卷五六《卢恺传》：“自周氏以降，选无清浊，及恺摄吏部，与薛道衡、陆彦师等甄别士流，故涉党固之谮，遂及于此。”②杜佑《通典》卷一四《选举二·历代制中》总结说：“自后周以降，选无清浊。”③说明自魏周以来，隋唐选举中并没有清浊之分。那么其他方面是否有清浊之分呢，清流在唐代还存在吗，唐代的清流与唐以前有无区别？

---

① 参见拙著《唐代关中士族与文学》第四章第一节的论述，台北：文津出版社，1999 年。
② 《隋书》卷五六，第 1348 页。
③ 《通典》卷一四，第 1 册，第 342 页。

1. 文献中有关“清流”的记载

首先看唐末的一桩大惨案，朱全忠(温)于天祐二年大量贬杀士族，此事直接缘起于柳璨、李振等群小对大臣的嫉恨：“李振亦言于朱全忠曰：‘朝廷所以不理，良由衣冠浮薄之徒紊乱纲纪；且王欲图大事，此曹皆朝廷之难制者也，不若尽去之。’全忠以为然。癸酉，贬独孤损为棣州刺史，裴枢为登州刺史，崔远为莱州刺史。乙亥，贬吏部尚书陆扆为濮州司户，工部尚书王溥为淄州司户。庚辰，贬太子太保致仕赵崇为曹州司户，兵部侍郎王赞为潍州司户。自余或门胄高华，或科第自进，居三省台阁，以名检自处，声迹稍著者；皆指为浮薄，贬逐无虚日，缙绅为之一空……时全忠聚枢等及朝士贬官者三十余人于白马驿，一夕尽杀之，投尸于河。初，李振屡举进士，竟不中第，故深疾缙绅之士，言于全忠曰：‘此辈常自谓清流，宜投之黄河，使为浊流！’全忠笑而从之。”①白马驿之祸遇害者有：“(宰相贬)陇州司户裴枢、(宰相贬)琼州司户独孤损、(宰相贬)白州司户崔远、(前宰相、吏部尚书贬)濮州司户陆扆、(工部尚书贬)淄州司户王溥、(特进检校司徒守太保贬)曹州司户赵崇、(兵部侍郎贬)濮州司户王赞等，……委御史台差人所在州县各赐自尽。时枢等七人已至滑州，皆并命于白马驿，全忠令投尸于河。”②根据所引文献之上下文及贬杀投河之人的族姓来分析，李振所深恶痛绝之

---

① 《资治通鉴》卷二六五《唐纪》八一，北京：中华书局点校本，1956年，第18册，第8643页。

② 《旧唐书》卷二〇下《哀帝本纪》，第3册，第796页。

“清流”，皆为士族，且由进士出身，可见，唐代“清流”一词，可兼指士族与科举进士出身者，这种用法还可以找到许多例子。

宋之问《范阳王挽词二首》其一：“贤相称邦杰，清流举代推。”①张祜《题画僧二首》其一：“僧仪又入清流品，却恐前生是许询。”②这是《全唐诗》中用“清流”的两个句例，皆指风神气韵之清雅脱俗，是一种泛指。

元稹《对才识兼茂明于体用策》：“连科者进速，累捷者位高，拱嘿因循者为清流，行法莅官者为俗吏。”③唐宪宗曾敕曰：“自今已后……有一事不合入清流者，虽薄有词艺，并不得申送入。”④这是《全唐文》中用“清流”的句例。

《旧唐书》卷一二六《陈少游传》：“少游十余年间，三总大藩，皆天下殷厚处也。以故征求贸易，且无虚日，敛积财宝，累巨亿万，多赂遗权贵，视文雅清流之士，蔑如也。”⑤“文雅清流之士”与“权贵”相对，当为泛指。又《旧唐书》卷一五八《韦贯之传》：“贯之为相，严身律下，以清流品为先，故门无杂宾。”⑥重流品本是魏晋旧习，韦贯之为关中望族，又曾擢进士高第，故敢于以清流品为己任。

张九龄曾对张说讲：“官爵者，天下之公器，德望为先，劳旧次焉。若颠倒衣裳，则讥谤起矣。今登封霈泽，千载一遇。清

---

①《全唐诗》卷五二，北京：中华书局本1960年，第2册，第642页。

②《全唐诗》卷五一一，北京：中华书局本1960年，第15册，第5847页。

③《全唐文》卷六五二，第7册，第6627页上。

④《全唐诗》卷六一《严定应试人事例敕》，第1册，第653页下。

⑤《旧唐书》卷一二六，第11册，第3564页。

⑥《旧唐书》卷一五八，第13册，第4174页。

流高品，不沐殊恩；胥吏末班，先加章绂。但恐制出之后，四方失望。”①“清流”与“胥吏”相对，指有德望清资者。又据《旧唐书》卷一六八《韦温传》：“盐铁判官姚勖知河阴院，尝雪冤狱，盐铁使崔珙奏加酬奖，乃令权知职方员外郎。制出，令勖上省，温执奏曰：‘国朝已来，郎官最为清选，不可以赏能吏。’上令中使宣谕，言勖能官，且放入省。温坚执不奉诏，乃改勖检校礼部郎中。翌日，帝谓杨嗣复曰：‘韦温不放姚勖入省，有故事否？’嗣复对曰：‘韦温志在铨择清流。然姚勖士行无玷，梁公元崇之孙，自殿中判盐铁案，陛下奖之，宜也。若人有吏能，不入清流，孰为陛下当烦剧者？此衰晋之风也。”②“清流”与“能吏”相对。

唐人又将科举中由进士、明经等科出身者称为清，其他杂流为浊。《唐六典》卷二“吏部尚书侍郎”条：“凡出身非清流者，不注清资之官(原注：谓从流外及视品出身者)。”③《旧唐书》卷四三《职官二》“吏部尚书”条：“其有历职清要，考第颇深者，得隔品授之，不然即否。凡出身非清流者，不注清资官。”④杂流包括部分门荫如三卫、亲事、帐内、千牛、辇脚之类，以及各色流外及杂职掌等属于流外铨的职吏等⑤。可见，清资、清望之官，多要求由清流出身，则铨选与科举有机地结合起来，减少了由门荫侥幸入仕、晋升高层的可能性，扩大了科举入仕的孔道。

《旧唐书》卷四二《职官一》：“有唐已来，出身入仕者，著令

① 《旧唐书》卷九九《张九龄传》，第9册，第3098页。
② 《旧唐书》卷一六八，第13册，第4379页。
③ 《唐六典》卷二，第28页。
④ 《旧唐书》卷四三，第6册，第1818页。
⑤ 唐长孺《魏晋南北朝隋唐史三论》，武汉：武汉大学出版社，1993年，第399页。

有秀才、明经、进士、明法、书算。其次以流外入流。若以门资入仕，则先授亲勋翊卫，六番随文武简入选例。又有斋郎、品子、勋官及五等封爵、屯官之属，亦有番等，许同拣选。"①可见，唐代的仕进主要有科举入仕、杂色入流和门荫入仕几种途径②。科举又以进士、明经两科持续时间最长，为时议所重视，可注清资之官，故称为清流。终唐一代，进士明经及第者每年大约不过百人，或在此数额上下浮动，而诸色入流每年千人以上，大体保持着一比十的比例。③ 故也许可以这样说，科举入仕者每年数量少，但有望升入高层的希望大，诸色入仕者每年数量多，但有望升入高层的可能小。

2. 士族清流与进士词科阶层

士族称清流，与由进士、明经出身者称清流，严格地讲，是有区别的。语词概念的扩大与转移，暗含着社会价值观念的嬗变，过去由士族独享之政治文化资源，现在扩大到社会各层尤其是下层亦来分享，此中消息由这一语词含义的变迁透露出来，由科举这一平台实际完成。

但若进一步推究，会发现有一复杂性在其中。唐代科举与士

---

①《旧唐书》卷四二，第6册，第1804页。

② 吴宗国认为"流外入流"与"杂色入流"是有区别的。杂色入流并非专指流外官，而是包括以下三类人：一是三卫，即五品以上子孙以门荫入仕，先授亲、勋、翊卫者；二是流外入流者；三是斋郎、品子、勋官、五等封爵、屯官之属。见吴著《唐代科举制度研究》，沈阳：辽宁大学出版社，1992年，第23页。

③ 吴宗国《唐代科举制度研究》，第24页。

族并非对立物，恰恰相反，士族在进士第与明经第中都占极大比例①，故士族称清流与科举中明经、进士称清流于名义而言，固有差别；于实际而言，则在很大程度上是重叠的。因为士族本来就是文化高门、文化显家，而唐代的教育又围绕着科举考试，进士以诗赋取士，则文化世家极容易蜕变为文学士族。可见，唐代士族以门第之清流投考科第之清流，最后希望官职地位之清资、清要。在魏晋南北朝相互隔绝的孔道及暗箱操作，由唐代科举的桥梁将其打通，从形式合理性的角度看，变成了一种公开公正的竞争。对于士族而言，在魏晋南北朝较易升迁，在唐代科举制时代仍可以利用政策之空隙，发荣滋长。新一轮稀缺资源竞争的游戏规则虽然有所改变，但前一轮的胜利者对新设定的规则要比未参加过竞争者更容易掌握，纯熟运用，获取最大利益。

陈寅恪先生曾就此点说：

又就牛李党派之分画以进士科及旧门族为标识一点尚有须注意者，即李栖筠在天宝末年已以仕进无他途，不得不举进士(见前引《旧唐书·武宗纪》中李德裕语)，则贞元以后宰相多以翰林学士为之，而翰林学士复出自进士词科之高选，山东旧族苟欲致身通显，自宜趋赴进士之科，此山东旧族所

① 毛汉光指出：全唐统治阶层中，士族占66.2%，小姓占12.3%，寒素占21.5%。唐前期百年大士族子孙拜相者，纯门第与带进士第比例为77.6%比12.1%，中期百年为46%比34%，后期百年为16.5%比82.3%(毛汉光《中国中古社会史论》，台北：联经出版事业公司，1988年，第339、362页)。可见由士族任清资官与由科举进士第任清资官有很大的交叉重叠。

以多由进士出身，与新兴阶级同化，而新兴阶级复已累代贵仕，转成乔木世臣之家矣。如杨收一门者可谓唐末五代间之世家也……然唐末黄巢失败后，朱全忠遂执统治之大权。凡藉进士词科仕进之士大夫，不论其为旧族或新门，俱目为清流，而使同罹白马之祸，斯又中古政治社会之一大变也。①

山东旧族与新兴阶级在科举进士的平台上由互相竞争而转为合流同化，说明中晚唐之士族衣冠已发生重大变化，此点由一贯强调山东旧族与新兴阶级矛盾对立的义宁先生指出，意义非同小可。另一令人深思的是，尽管山东旧族本身并不一定引新兴进士阶级为同调，但他们现在同由进士词科出身，故在李振看来他们皆属清流，全部被贬杀。因进士而皆成清流，又因清流而全罹灾难，同归消寂。中古时期的最后贵族于白马驿被诛杀殆尽。

3. 士族清流与政权统治者

作为士族之清流与作为政治之统治阶级，虽有互相交流的孔道，即统治阶级从士族中获得大量人力资源和知识资本，用以充实机构，包装政府，但因两者之间架构不同，彼此之间仍有张力，常常出现对峙抗衡。按照社会学史的流行看法，士族实属社会（society），而与政治之政府（state）之间是互相制衡的。隋唐以来，士族力量日渐衰微，加之政府之破坏与自身之蜕变，对政治

①《唐代政治史述论稿》，第91—92页。

的制衡已相当有限①，但是古风犹存。顾炎武评论白马驿之难说："裴枢辈六七人，犹为全忠所忌，必待杀之白马驿而后篡唐，氏族之有关于人国也如此。至于五代之季，天位几如弈棋，而大族高门降为皂隶。"②

《唐会要》卷三六《氏族》载武德三年高祖对其妻家窦威说："比见关东人与崔卢为婚，犹自矜伐，公世为帝戚，不亦贵乎？"又于武德三年对裴寂说："我李氏昔在陇西，富有龟玉，降及祖祢，姻娅帝王，及举义兵，四海云集，才涉数月，升为天子。至如前代皇王，多起微贱，劬劳行阵，下不聊生。公复世胄名家，历职清要，岂若萧何、曹参起自刀笔吏也。惟我与公，千载之后，无愧前修矣。"③

政治领袖附庸风雅，与社会领袖互相捧场，已贵为天子尚胡乱攀比士族，正好暴露出底气不足。汪篯评述高祖的这一番议论说："就政治地位来说，关陇集团的贵门从北周以后，杨李二家都是统一朝代的君主，其他各家族亦多分据将相之要职，自然占着上风，高祖自言其家世及其大臣的家世之'贵'，自不待言。但是，就社会地位来说，那就有大大的不同。在门阀制度下，社会

---

① 柳诒徵评论赵翼《陔余丛考》卷一七《六朝忠臣无殉节者》一篇说："当时士大夫，于无意中保守此制，以地方绅士，操朝廷用人车权。于是朝代虽更，而社会之势力仍固定而不为摇动，岂惟可以激扬清浊，抑亦所以抵抗君权也。"见柳诒徵《中国文化史》上册，北京：中国大百科全书出版社，1988 年，第 385 页。"自居高位""抵抗君权"云云，或有些夸大，然尚有几分真实。唐代士族对此只能心向往之，仰视缅怀而已。

②《亭林文集》卷五《裴村记》，见《顾亭林诗文集》，北京：中华书局，1983 年，第 101 页。

③《唐会要》卷三六，北京：中华书局，1955 年，第 663 页。

地位是以婚媾做标准的，那时看重的是‘清’，是‘文化的传统’。关陇集团的贵门，包括李唐皇室在内，都不具备这个条件。他们的祖先都是没有文化的胡人或胡化的汉人，从周到唐，短短的百年间，他们的文化还没有达到很高，以此，他们仍是不被文化显族所重视。……所以在这一方面，唐初皇帝便不免又有自卑心理。在‘自以为贵’的自骄和‘并不算清’的自卑两种矛盾心理冲突之下，太宗对于山东人着实并没有好感。”①汪先生继承乃师传统，对这一段史料进行深入的细部阅读，指出“清”与“贵”的不同一，“文化的传统”与“政治的权力”之间的紧张。

这种紧张由来已久，据《隋书》卷七六《崔儦传》：“越国公杨素时方贵幸，重儦门地，为子玄纵娶其女为妻。聘礼甚厚。亲迎之始，公卿满座，素令骑迎儦，儦故敝其衣冠，骑驴而至，素推令上座，儦有轻素之色，礼甚倨，言又不逊。素忿然拂衣而起，竟罢座。后数日，儦方来谢，素待之如初。”②唐初定士族等级时，高士廉等人站在民间的立场上，将山东望族崔民干家系置于第一等，放在皇室之前，显示出传统社会力量向新生政治力量的一次叫板，惹得唐太宗恼羞成怒。不过，此后的重修《氏族志》及高宗武后时期的不断修改，几成“勋格”，说明政治力量对社会力量的抑制。故在政治生活中，士族之“清”与政治之“贵”已无法正面对抗。但

① 唐长孺等编《汪篯隋唐史论稿》，北京：中国社会科学出版社，1981 年，第 152—153 页。程国赋兄通过对唐五代小说的研究亦指出：“唐五代人重‘清’，仕途上如此，小说中出现不少诸如清途、清贯、清显、清要、清流、清望、清贵、清名之类字眼。‘清’主要指地位高贵，受人尊重。在门第观念上，唐人也十分看重这个‘清’字。”参见程国赋《唐五代小说的文化阐释》，北京：人民文学出版社，2002 年，第 54 页。

②《隋书》卷七六，第 1733—1734 页。

在社会生活中，士族仍以婚媾作为抗衡政治力量的一种方式：

初，太宗疾山东士人自矜门地，婚姻多责资财，命修《氏族志》例降一等；王妃、主婿皆取勋臣家，不议山东之族。而魏徵、房玄龄、李勣家皆盛与为婚，常左右之，由是旧望不减；或一姓之中，更分某房某眷，高下悬隔。李义府为其子求婚不获，恨之，故以先帝之旨，劝上矫其弊。壬戌，诏后魏陇西李宝，太原王琼，荥阳郑温，范阳卢子迁、卢浑、卢辅，清河崔宗伯、崔元孙，前燕博陵崔懿，晋赵郡李楷等子孙，不得自为婚姻。仍定天下嫁女受财之数，毋得受陪门财。然族望为时俗所尚，终不能禁，或载女窃送夫家，或女老不嫁，终不与异姓为婚。其衰宗落谱，昭穆所不齿者，往往反自称禁婚家，益增厚价。①

开成初，文宗欲以真源、临真二公主降士族，谓宰相曰："民间修婚姻，不计官品而上阀阅。我家二百年天子，顾不及崔、卢邪？"诏宗正卿取世家子以闻。②

文宗为庄恪选妃，朝臣家子女者，悉被进名，士庶为之不安。帝知之，召宰臣曰："朕欲为太子婚娶，本求汝郑门衣冠子女为新妇。闻在外朝臣，皆不愿共朕作亲情，何也？朕是数百年衣冠，无何神尧打家罗诃去。"因遂罢其选。③

---

① 《资治通鉴》卷二〇〇《唐纪》十六，点校本第14册，第6318页。

② 《新唐书》卷一七二《杜兼传》附子中立传，第17册，第5205—5206页。

③ 《太平广记》卷一八四《氏族类》"庄恪陪太子妃"条引《卢氏杂说》，第4册，北京：中华书局，1961年，第1379页。

户部侍郎李珏对曰："近日驸马为公主服斩衰三年，所以士族之家不愿为国戚者，半为此也。杜悰未谢，拘此服纪也。"上愕然曰："予初不知。"乃诏曰："制服轻重，必由典礼。如闻往者驸马为公主服三年，缘情之义，殊非故实，违经之制，今乃闻知。宜令行杖周，永为通制。"①

"民间修婚姻，不计官品而上阀阅"，包含以下几层信息：首先，民间婚媾习尚至中晚唐仍未改变崇尚门第的旧习，这说明一种习尚变化之难，亦说明学术界所谓中晚唐门阀影响绝迹之说不可靠。其次，"计官品"与"上阀阅"是两种价值观，在当时是对立的。又，后三条文献所述皆文宗时事，开成初(836)，距大唐立国(618年)已二百多年，社会力量虽不敢与统治者正面冲突，但在贞观十六年禁婚诏下达后如此长时期②，士族仍通过婚媾的方式表现出他们对皇室之"贵"的傲视与不屑一顾，以家族礼法之"清"抗衡皇室之"贵"，士族理念下行而渗透到民间，变成了一种风俗习尚。③ 陈寅恪对此现象评述道："山东士族之所以兴起，实用儒素德业以自矜异，而不因官禄高厚见重于人。降及唐代，历

---

①《旧唐书》卷一四七《杜悰传》，第12册，第3985页；又见《册府元龟》卷一六〇《革弊·开成二年十二月诏》。"半为此也"，《册府元龟》作"盖为此也"。

②《唐会要》卷八三《嫁娶》，第1528页。

③ 崔卢李郑四望族，"不以轩冕为贵，虽布衣徒步，视公卿蔑如也。男女婚嫁不杂他姓，欲聘其族，厚赠金帛始许焉。唐太宗曾降诏以戒其弊风，终莫能改。"见《旧五代史》卷七三《李专美传》。显庆四年，又下令七姓十家"不得自为婚"，但他们私下仍继续婚娶，"衰宗落谱昭穆所不耻者皆称禁婚家，益自贵，凡男女皆潜相聘娶，天子不能禁。"所谓"族望为时俗所尚，终不能禁。"《资治通鉴》卷二〇〇《唐纪》十六，北京：中华点校本第14册，第6318页。

年虽久，而其家风礼法尚有未尽沦替者。故贞观天子钦定氏族志，虽可以降抑博陵崔氏第二房郁后之崔干为第三等，而开成皇帝不能禁其宰相之宁以女孙适九品卫佐之崔皋，而不愿其家人为皇太子妃。……帝王之大权不及社会之潜力，此类之事即其一例。”①由此还可以看出，在政治生活中，往往是士族迎合皇室，而在文化生活中则是皇室迎合士族。两者在矛盾中不断认同，在认同中又不断矛盾。

士族清流可以对上下两个阶层炫耀自己的文化资本，一个阶层是既无文化传统亦无政治地位之寒素，即所谓的“浊”；另一个阶层是虽无文化传统却有雄厚政治资本的统治者，即所谓的“贵”。贵者虽自贵重，但在文化显族看来，实与寒浊无异。这是自东晋南朝以来形成的一种理念。但这也使士族受到来自这两个方面的敌视与压制，最后被分化削弱。

在前现代的集权社会中，士族依靠文化资本及文化解释的传统话语权，在政治面前保持一定的独立性，这种理念在士族衰弱甚至消亡后下行到民间无意识之中，使人们对文化权威仍保持几分敬畏。犹如现代社会中经济资本可以挑战并制衡政治力量，在中古时期，文化资本的拥有者亦曾对政治形成一定程度上的制衡。

历史有时是循环的，套经典理论家的话说是螺旋式上升的。总之，起点与终点往往有惊人的相似之处。唐初李世民抑制高门崔民干的士族等第，唐末朱温干脆将裴枢等投入河中，使“清流”

---

① 陈寅恪《唐代政治史述论稿》，第 79 页。

变“浊流”。虽然相隔近三百年，背景环境不同，但对文化显族及文化精英的敌意心理是相同的。

三、衣冠及衣冠户

与士族、清流等概念类似，“衣冠”一词在唐代的含义也有一些新变化，有必要将此梳理一番。按照张泽咸先生的研究，“衣冠”一词至迟在汉代已是官僚、士大夫的泛称，魏晋南北朝时期，“衣冠”几乎变成门阀士族的同义语，而唐代“衣冠”又并非专指门阀士族，而是泛指官僚士大夫。① 语义发展过程中经历了广—狭—广三阶段，以及泛指—特指—泛指三种语境。

尤其值得注意的是，唐代往往用衣冠指由科举进士及第者，如五代孙光宪述及李德裕压抑白居易说：“衣冠之士，并皆忌之，咸曰：有学士才，非宰臣器。”②并专门用“衣冠户”这样一个专有名词指代进士词科阶层，这一词语所指有特定含义，相当于一个法律用语：

> 或因宦游，遂轻土著，户籍既减，征徭难均。江淮客户及逃移规避户税等人，比来皆系两税，并无差役。或本州百姓，子弟才沾一官，及官满后，移住邻州，兼于诸军诸使假职，便称衣冠户。广置资产，输税全轻，便免诸色差役。其

① 张泽咸《唐代阶级结构研究》，郑州：中州古籍出版社，1996年，第78页。
②《北梦琐言》卷一，上海：上海古籍出版社，1981年，第4页。

> 本乡家业，渐自典卖，以破户籍。所以正税百姓日减，州县色役渐少。从今已后，江淮百姓非前进士及登科有名闻者，纵因官罢职，居别州寄住，亦不称为衣冠户。其差科色役，并同当处百姓流例处分。①

可见，所谓的“衣冠户”是指“前进士及登科有名闻者”，则此概念是特称，且与科举进士制度有关。张泽咸先生据此文指出“衣冠户”名称的正式出现是在唐武宗时②，但韩国磐先生则认为衣冠户可能是高宗武后之世，尤其是玄宗时进士科日益兴盛下的产物③。两说虽然有差异，但均指出一个有趣的现象，唐人一方面用衣冠的广义，泛指官僚士大夫，另一方面又用衣冠或衣冠户特指科举进士阶层，说明过去士族的某些特权，可由科举及第者享有：“所在州县除前资、寄住实是衣冠之外，便各将摄官文牒及军职赂遗，全免科差，多是豪富之家，致苦贫下。准会昌中敕，家有进士及第，方免差役，其余只庇一身。”④唐末时杨夔给宰相的信中亦说：“盖侨寓州县者，或称前资，或称衣冠，既是寄住，例无徭役。且敕有进士及第，许免一门差徭，其余杂科，止于免一身而已。”⑤进士及第者，不仅享有清资雅望的声誉，而且获得

---

① 《文苑英华》卷四二九《会昌五年正月三日南郊赦文》，第 2175 页上；又见《全唐文》卷七八《加尊号后郊天赦文》，第 820 页上。

② 张泽咸《唐代阶级结构研究》，第 77 页。

③ 韩国磐《科举制与衣冠户》，收入韩著《隋唐五代史论集》，北京：三联书店，1979 年。

④ 《唐大诏令集》卷七二《乾符二年南郊敕》；又见《全唐文》卷八九《南郊赦文》。

⑤ 《全唐文》卷八六六杨夔《复宫阙后上执政书》。

“许免一门差徭”的特权。六朝士族的名利，由唐代的特殊精英团体文学士族所继承，故称这一特殊阶层为士族也可谓实至名归。

梅家玲曾对美国学者亚伯纳·柯恩(Abner Cohen)的“精英团体”“象征行为”“仪式行为”等思想进行解释，她指出：

> 根据亚伯纳·柯恩的说法，所谓“精英团体”，意谓“盘踞在社会的上层，且享有特权地位”的一批人。他们具有相同的价值观和相同的象征行为，有属于自己的社会基本文化，并藉着自己的生活方式，表现出他们的生活特征。其生活特征则包括了特殊的说话腔调、衣着服饰、仪表态度、交友方式，带着排外色彩的集会以及自别于一般平民的精英意识等。这种种的行为特征，实则皆可视为“象征符号”的展现，其作用无非是藉以证实他们的“精英”地位，而精英们彼此间的交际往来，便构成所谓的“仪式行为”。在此类行为中，“人生有如演戏”，行为的形式本身自有其意义。①

当然，用“精英团体”理论来解释魏晋南朝士族最为贴切，但唐代的士族既一定程度上获得了过去士族的某些特权，又能因操控文化话语而强化自己的地位，故他们仍是南北朝士族的承继者，是新时代极富特色的一个“精英团体”。章培恒、骆玉明先生认为唐代社会“仍具有一定的贵族化色彩”，“贵族政治特权的存

---

① 梅家玲《论建安赠答诗及其在赠答传统中的意义》，见《魏晋南北朝文学论文集》，南京：南京大学出版社，1997年，第240页。

在，对于普通人士固然是不平等不合理的现象，但同时它也有抑制皇权绝对化的作用，从而使封建专制统治有所松懈，使个性尊严、个人自由的思想有存在的空间”。[①] 只不过进士之衔不能世袭，进士与旧族因衣冠之名荣耀一时，亦因衣冠之累而惨遭祸害。“唐广明中，黄巢犯阙，大驾幸蜀，衣冠荡析，寇盗纵横。”[②]“自唐祚横流，衣冠扫地。”[③]“清流”变“浊流”，衣冠扫地，不仅象征着一个时代的土崩瓦解，同时预示出中古社会将有重大变迁[④]。旧族及进士阶层因这一称谓而荣耀，亦因这一称谓而覆灭，成为行将灭亡之朝代的殉葬品，虽有些酷烈，但也是无可奈何的。

四、四姓、五姓、七姓与郡姓

关于魏晋迄隋唐的士族称谓及等第序列，有不同的名称，每种名称又有多种不同的说法，歧见纷纭，为了论述的方便，兹略加引证，并申述己见。

---

① 章培恒、骆玉明主编《中国文学史》中卷，上海：复旦大学出版社，1994 年，第 7 页。

② 《北梦琐言》卷九《李氏女》，第 72 页。

③ 《旧五代史》卷六八《唐书》，北京：中华书局，1979 年，第 909 页。

④ 孙国栋《唐宋之际社会门第之消融》一文指出：“唐代以名族贵胄为政治、社会之中坚。五代以由军校出身之寒人为中坚。北宋则以由科举上进之寒人为中坚。所以唐宋之际，实贵胄与寒人之一转换过程，亦阶级消融之一过程。深言之，实社会组织之一转换过程也。”见孙著《唐宋史论丛》，第 285 页。孙先生将名族贵胄与科举分列似可商榷，但总体把握唐宋社会变迁趋势是正确的。

1. 四姓

“四姓”是一个言人人殊的概念，柳芳《氏族论》曰：

> 郡姓者，以中国士人差第阀阅为之。制：凡三世有三公者曰膏粱，有令、仆者曰华腴，尚书、领、护而上者为甲姓，九卿若方伯者为乙姓，散骑常侍、太中大夫者为丙姓，吏部正员郎为丁姓。凡得入者，谓之四姓。①

这一解释，固然简明扼要，但学界多对其说法有怀疑②，魏晋南北朝迄隋唐的许多文献记载，亦与柳芳的说法有出入。如《隋书·经籍志》：“其中国士人则第其门阀，有四海大姓、郡姓、州姓、县姓。”柳芳自己也提到另外的解释：“今流俗独以崔、卢、李、郑为四姓。”但崔、卢、李、郑为四姓的说法由来已久，无法轻易否定。《贞观政要》卷七《礼乐》第二九：

> 贞观六年，太宗谓尚书左仆射房玄龄曰：“比有山东崔、卢、李、郑四姓，虽累叶陵迟，犹恃其旧地，好自矜大，称为士大夫。”

① 《新唐书》卷一九九《儒学》中，第 5678 页。断句从唐长孺《论北魏孝文帝定姓族》一文之说。

② 如陈爽《世家大族与北朝政治》(北京：中国社会科学出版社，1998 年)一书第 2 章特设一节为“柳芳‘四姓’说献疑”。

但《资治通鉴》卷一四〇《齐明帝》“建武三年春正月”条：“魏主雅重门族，以范阳卢敏、清河崔宗伯、荥阳郑羲、太原王琼四姓，衣冠所推，咸纳其女以充后宫。陇西李充以才识见任，当朝贵重，所结姻连，莫非清望，帝亦以其女为夫人（胡注：四姓，卢、崔、郑、王）。”则“四姓”中有太原王，而无陇西李。又《唐国史补》卷上：“四姓唯郑氏不离荥阳，有冈头卢、泽底李、土门崔，家为鼎甲。太原王氏，四姓得之为美，故呼为钑镂王家，喻银质而金饰也。”

可见“四姓”一说为山东崔、卢、郑、王，另一说为山东崔、卢、李、郑。皆指四著姓的四个著房支，但以第一种说法较妥。除山东有“四姓”外，南方吴地也有“四姓”，《世说新语·赏誉》：“吴《四姓旧目》云：‘张文、朱武、陆忠、顾厚。’（刘孝标注引《吴录·士林》：‘吴郡有顾、陆、朱、张为四姓，三国之间，四姓盛焉’）。”陆机《吴趋行》中也说：“属城咸有士，吴邑最为多。八族未足侈，四姓实名家。”关中也有“四姓”，李衡《裴氏墓志铭并序》：“（裴）至于隋唐，蕴而不竭，与韦、柳、薛，关中之四姓焉。”①

陈爽在唐长孺、杨德炳、黄惠贤等人研究的基础上②，指出各地多以四为单位划定士望，“四姓”可能与汉末清议兴起之后人物品评、比方的习惯有关。东汉一朝外戚尽为累世公卿的名家望

① 《唐代墓志汇编》下册，上海：上海古籍出版社，1992年，第1839页。

② 唐长孺《论北魏孝文帝定姓族》，收入唐著《魏晋南北朝史论拾遗》，北京：中华书局，1983年；杨德炳《四姓试释》、黄惠贤《〈魏书·官氏志〉载太和三令初探》，分载《魏晋南北朝资料》第7期、第11期。

族，故“四姓”演化成名家望族的代名词。北魏太和中，对汉人姓族曾进行过两次清定：第一次是在太和十六年前后的“定四姓”，其目的主要是确定“四海通望”或“四海大姓”；第二次是太和二十年的“分定姓族”，主要是确定代人姓族和汉人中的诸州姓族。①

2. 五姓

四姓有“四海望姓”和崔、卢、郑、王四大姓的著房支两种解释，但据前引陈爽的观点，这两种解释并不矛盾。“五姓”的解释则较为单纯。柳芳《氏族论》：“今流俗独以崔、卢、李、郑为四姓，加太原王氏号五姓，盖不经也。”《资治通鉴》卷一四〇《齐明帝》“建武三年春正月”条：“时赵郡诸李，人物尤多，各盛家风，故世之言高华者，以五姓为首(胡注：卢、崔、郑、王并李为五姓)。”但又据《朝野佥载》卷一“后魏孝文帝定四姓，陇西李氏大姓，恐不入，星夜乘鸣驼，倍程至洛。时四姓已定讫，故至今谓之‘驼李’焉。”《新唐书·高俭传》：“后魏太和中，定四海望族，以(陇西李)宝等为冠。”则说明陇西李虽可能不在四姓之列，但在五姓之内，而李氏又有赵郡、陇西两望，崔氏实际上也有清河与博陵两望。唐高宗显庆四年的“禁婚诏”明确提及：

> 后魏陇西李宝，太原王琼，荥阳郑温，范阳卢子迁、卢浑、卢辅，清河崔宗伯、崔元孙，前燕博陵崔懿，晋赵郡李

---

①《世家大族与北朝政治》，第52、61页。

楷等子孙，不得自为婚姻。①

3. 七姓

既然五姓之中“七家”互有区别，后来干脆就被称为“七姓”，《太平广记》卷一八四“七姓”条引《国史纂异》：“高宗朝，以太原王、范阳卢、荥阳郑、清河博陵二崔、赵郡陇西二李等七姓，恃其族望，耻与诸姓为婚，乃禁其自相婚娶。”《新唐书·高俭传》引显庆四年“禁婚诏”便明确提到“七姓十家，不得自为婚”。所以七姓实际上是五姓的扩大，五姓中已开始区别一姓之中不同地望，七姓则进一步区别同一郡望中的不同房支，前引高宗显庆四年的“禁婚诏”，已区别出“七姓十家”，虽为一姓，如房支不同，贵贱尊卑亦不同。

4. 郡姓

柳芳《氏族论》中说：“过江则为‘侨姓’，王、谢、袁、萧为大；东南则为‘吴姓’，朱、张、顾、陆为大；山东则为‘郡姓’，王、崔、卢、李、郑为大；关中亦号‘郡姓’，韦、裴、柳、薛、杨、杜首之；代北则为‘虏姓’，元、长孙、宇文、于、陆、源、窦首之。”②据此文知，郡姓与侨姓、吴姓、虏姓并列，是对士族的一种分类，这种分类当与地域有关，北方之山东、关中地域称

---

① 《资治通鉴》卷二〇〇《唐纪》十六“显庆四年”，第6378页；又见《新唐书》卷九五《高俭传》及《唐会要》卷八三，唯文字略有不同。

② 《新唐书》卷一九九《柳冲传》；又见《全唐文》三七二。

郡姓，南方地域称侨姓与吴姓，代北出身者则称虏姓。但郡姓究竟是什么意思呢？柳芳此文中提供了一个解释：

郡姓者，以中国士人差第阀阅为之。①

“中国士人”当指中原士人，但关中并非中原，何以“亦号郡姓”呢？又，“为大”与“首之”是否同义？《唐会要》卷三六《氏族》引用时即将两个“首之”统一改为“为大”。但无论“为大”或“首之”，均暗示此并非郡姓士族之全部，仅仅是差等序列中排在最前列的。

郡姓既然是中原士人的差第阀阅，那么，最早恐怕主要是评论山东士族的。因为五姓七家中之李氏有赵郡李与陇西李之分，换言之，山东郡姓中已包含了关陇士族中最显贵者，裴、薛、柳被定为河东三著姓②，东晋时期，有“八裴方八王”之说，地域也在山东，为何又将其划归关中郡姓中呢？可见，这种分类，除地域因素，还有政治上的考量。这便是魏周据有关中后，形成关陇集团，统治者对其中围绕宇文氏家族的关陇、河东汉族士人的品第，因为鲜卑族及其他少数族裔在北魏太和中已比照汉族门阀评定了等级，那么关中的士族就比照山东士族亦以“郡姓”称呼。

由“四姓”到“五姓”，由“五姓”再到“七姓十家”，主要是山东旧族内部的不断扩大，由“七姓十家”再到所谓“郡姓”，则已超越

---

① 此从唐长孺断句，中华书局点校本断句为“郡姓者，以中国士人差第阀阅为之制”。
②《古今姓氏书辩证》卷三八，上海：上海古籍出版社，1994 年，第 362 页。

山东地域，而兼顾到天下的士族了。其中山东郡姓与代北虏姓当为对北魏太和族品的修正，关中郡姓则为对魏周以来关陇集团既成事实的认可，而侨姓与吴姓也是在政治一统之后对南方士流的接纳，故笔者认为柳芳所论各地域士族虽然并列，但衡之以历史过程，当是层累式形成的，其贯穿的红线当为北魏太和的框架与基准。

由郡姓而州姓、县姓，由《魏书·官氏志》的内容到贞观《氏族志》，由显庆《姓氏录》到《新集天下姓望氏族谱》，士族的数量越来越庞大，地域范围越来越广阔，士族数量的不断增加，最后势必要走向消解士族之途。

本章的结论

一、本书标举“文学士族”，不仅是为了理论的自足，而且是对历史真实的探求。

二、从唐代文献的用例可知，门阀士族与由科举进士出身的新兴阶级皆可称清流，“清”与“贵”、士族清流与政权统治者仍保持某种张力，具有某种制衡关系，但唐末以后，制衡的力量越来越微弱。

三、“衣冠”一词既有泛指，又有特指，作为特指是称由科举进士及第者，唐人专门用“衣冠户”一语来称“前进士及登科有名闻者”，由门阀旧族称衣冠到科举进士亦可称衣冠，说明两者的合流。

四、四姓、五姓、七姓、郡姓等概念当是在历史过程中层累式形成的，但随着数量的增加，地域的扩大，士族势必要走向自我消解之途。

第四章　唐代文学士族的地域构成

《新唐书》卷一九九《儒学中·柳冲传》引柳芳论氏族说：

> 氏族者，古史官所记也。……过江则为“侨姓”，王、谢、袁、萧为大；东南则为“吴姓”，朱、张、顾、陆为大；山东则为“郡姓”，王、崔、卢、李、郑为大；关中亦号“郡姓”，韦、裴、柳、薛、杨、杜首之；代北则为“虏姓”，元、长孙、宇文、于、陆、源、窦首之。

此段论述又为柳芳同时的苏冕引用，其所编纂《唐会要》卷三六《氏族》类首条节引全文，《全唐文》卷三七二收此篇题为《姓系论》，今人多据该文首句“氏族者，古史官所记”云云，改称此文为《氏族论》。

此文无疑是讨论中古氏族的一篇重要文献，但对其所称士族的含义，其划分标准的合理性以及文中所讨论的究竟是士族历史抑或是唐代现状，学术界有不同看法①。为避免枝蔓，本文对这些分歧不多涉及。本篇以柳芳所论为基本架构，对唐代文学士族进行归类，其中的山东士族与关中士族仍旧，但过江侨姓与东南吴姓经过几百年的演变，早已融为一体，讨论唐代文学群体而强分侨姓与吴姓，已无多大意义。代北虏姓实际上亦融入关陇集团之中，本无必要与关中士族分论，考虑到望贯的分离性及其给唐代文学所带来的新风气，故本文单列一类，但原其本末，仍当视为关陇士族群体的一部分。

一、关中士族群体

有关关中郡姓士族，笔者在先行研究《唐代关中士族与文学》一书中有较详细的论述，这里要强调的有如下几方面的问题：

第一，“关中郡姓”的概念。有论者认为“当时并没有这种用法”②，笔者曾援引李衡《唐绛州闻喜令杨君故夫人裴氏墓志铭并序》③、刘禹锡《薛公神道碑》④等文献，指出苏冕《唐会要》直接引用不做解释，说明柳芳并非杜撰概念，而是沿袭北朝以来的一

---

① 何启民《柳芳氏族论中的一些问题》，载《唐代研究论集》第 2 辑，台北：新文丰出版股份有限公司，1992 年。拙文《“关中郡姓”辨析》，对此亦有讨论，载《历史研究》2000 年第 5 期；又收入拙著《唐代关中士族与文学》，台北：文津出版社，1999 年。

② 见前揭何启民《柳芳士族论中的一些问题》。

③ 周绍良主编《唐代墓志汇编》下册，上海：上海古籍出版社，1992 年，第 1839 页。

④《刘禹锡集》卷三，卞孝萱校订点校本上册，北京：中华书局，1990 年，第 33 页。

种习惯用法，换言之，关中郡姓这一范畴最晚在唐代已经确立。①

第二，韦、杜、杨作为关中士族从地域上说并无大问题，但唐人将“河东著姓”裴、薛、柳三氏亦并入关中郡姓，其依据何在？笔者亦曾从历史与地理两个方面进行考证，指出河东望族裴、薛、柳三氏与北朝统治者结合由来已久，其主支归向西魏北周，加盟关陇集团，遂使东西力量发生重大倾斜。② 柳芳将河东三著姓与关中土著韦、杨、杜糅合到一块，不做区别，说明其至唐代已与关中著姓融为一体，无可分别了。③

第三，韦、裴、柳、薛、杨、杜六氏的排列顺序亦有意义，表明其与隋唐统治者结合之疏密远近，具体可以通过所出宰相之

---

① 参见拙文《“关中郡姓”辨析》，《历史研究》2000 年第 5 期；又见拙著《唐代关中士族与文学》第三章第二节有关论述。又，《因话录》卷一：“玄宗柳婕妤，生延王玢。肃宗每见王，则语左右曰：‘我与王，兄弟中更相亲，外家皆关中贵族。’柳氏乃尚书右丞范之女，睦州刺史齐物之妹也。”据两《唐书·肃宗本纪》知，肃宗母为元献皇后杨氏，则知河东柳氏与弘农杨氏均可称为关中贵族，考赵璘为德宗时宰相赵宗儒的侄孙，昭应尉赵伉的儿子，也是中唐时期人。

② 参见拙著《唐代关中士族与文学》第三章第二节；毛汉光《中国中古政治史论》，台北：联经出版事业公司，1990 年，第 151 页。

③ 无可分别有两层含义：一为政治上与关陇集团无法分离，参见陈寅恪《唐代政治史述论稿》上篇有关论述。二因其著房主支多已迁至关中，循名责实，已变成名副其实的关中士族了。参见毛汉光《中国中古社会史论》第 8 篇《从士族籍贯迁移看唐代士族之中央化》和同人《中国中古政治史论》第 3 篇《晋隋之际河东地区与河东大族》的有关论述。近来偶见一些研讨南北朝及隋唐文学的著述仅据现在地域将弘农杨氏及河东三著姓划为山东士族，或据迁徙之新贯将其列为南方士族，实未知中古士族之本义。史学著述中类似的常识错误较少，但文学史著作中比比皆是。

多寡及与统治者婚姻关系见出。①

第四，按照传统的“关西出将，关东出相”的说法②，以及陈寅恪先生的有关论述，关中郡姓的主体关陇贵族是一武质集团，其自武则天以来已被破坏而日渐衰落③。笔者对此传统观点亦表示过不同意见④。简言之，关中士族亦能与时俱变，随俗雅化，从东汉到唐代，经历由崇文到尚武，再由尚武到崇文的环状发展。但其中“文”的内涵前后发生了巨大变化，汉代的文化主潮是经史，所以关中士族亦多经史世家，而唐代文化主潮已让位于文学，所以此时的文化世家、文化精英实即文学士族。⑤

---

① 参见毛汉光《中国中古社会史论》第9篇《唐代大士族的进士第》中对唐代十八家大士族所出宰相的统计。又见毛汉光《关中郡姓婚姻关系之研究——隋至唐前半期》，载《唐代文化研讨会论文集》，台北：文史哲出版社，1991年；毛汉光《关陇集团婚姻圈之研究——以王室婚姻关系为中心》，台北：《“中央研究院”历史语言所集刊》第61本第1分。

② 见《汉书》卷六九《赵充国辛庆忌传》、《后汉书》卷五八《虞诩传》，史念海(《河山集》)、王子今(见其著《秦汉区域文化研究》第13章《“关中出将，关东出相”：秦汉人才的区域分布》)对此命题皆有引申及解释，可参读。

③ 陈寅恪认为：“至于武曌，其氏族本不在西魏以来关陇集团之内，因欲消灭唐室之势力，遂开始施行破坏此传统集团之工作，如崇尚进士文词之科破格用人及渐毁府兵之制等皆是也。此关陇集团自西魏迄武曌历时既经一百五十年之久，自身本已逐渐衰腐，武氏更加以破坏，遂致分崩堕落不可救止。其后皇位虽复归李氏，至玄宗尤称李唐盛世，然其祖母开始破坏关陇集团之工事竟及其身而告完成矣。”见《唐代政治史述论稿》上篇，第48—49页。但黄永年不同意这种看法，认为关陇集团在隋时已解体。见黄永年《从杨隋中枢政权看关陇集团的开始解体》《关陇集团到唐初是否继续存在》，俱载黄著《文史探微》，北京：中华书局，2000年。

④ 参见拙文《唐代关中的文学士族》，《文学遗产》1999年第4期；《从士族郡望看牛李党争的分野》，《历史研究》1999年第3期。又收入拙著《唐代关中士族与文学》。

⑤ 进而言之，唐宋文化转型，具道德关怀的宋学或理学变为文化主潮，则关中亦有张载挺出，关学兴盛，与濂、洛、闽合构成理学的一个极重要基地。

京兆韦氏

“韦氏之先，商伯之后，周则以国受族，因家彭城；汉则以儒继相，爰牒京兆”①。韦氏是关中士族中与统治阶级结合最紧密者，最早完成由尚武向崇文的转型，借科举制度维持其士族地位不坠，人才辈出，涌现出许多文化方面的专家：

> 议者云自唐以来，氏族之盛，无逾于韦氏。其孝友词学，承庆、嗣立为最；明于音律，则万石为最；达于礼仪，则叔夏为最；史才博识，以述为最。②

以文学而言，京兆韦氏定著九房，其中小逍遥公房的韦承庆、韦嗣立、嗣立之子韦济皆善文学。

逍遥公房的韦应物，是中唐前期的著名诗人。韦应物的伯父韦鉴、父亲韦銮及韦鉴之子韦偃(一作“鶠”)皆善画。可见这是一个具有浓厚艺术氛围的家族，韦应物艺术旨趣高标跨俗，远迈同辈，当与家庭熏习有关。晚唐韦庄一般认为是韦应物的四世孙，曾因写作《秦妇吟》，被称为“《秦妇吟》秀才”，词创作为西蜀吟坛巨擘，与温庭筠并称“温韦”，又与韩偓、罗隐被誉为唐末五代的“华岳三峰”③。

---

① 周绍良、赵超主编《唐代墓志汇编续集》开元156《韦府君墓志铭》，第1册，上海：上海古籍出版社，2001年，第560页。
② 《旧唐书》卷一〇二《韦述传》，第10册，第3185页。
③ 郑方坤《五代诗话·例言》，北京：人民文学出版社，1998年，第2页。

京兆杜氏

按照郑鹤声的研究，杜氏房望可分为正派的杜陵、京兆、襄阳、洹水、濮阳等五支和冒牌的独孤浑氏。杜陵房有杜如晦、杜淹、杜元颖，京兆房有杜黄裳，襄阳房有杜审言、杜甫、杜佑、杜牧等，洹水房有杜正伦，濮阳房有杜鸿渐、杜暹等。从政治上看，杜陵房一支最为鼎盛，杜氏宰相十一人，其中出于杜陵者就有五人①。从文学上看，襄阳房人才辈出。杜甫、杜牧皆出于这一房，同为当阳侯杜预之后，杜甫为杜预十三世孙，杜牧则为杜预十六世孙，只是支派较远②。杜甫虽出于襄阳房，生于河南巩县，却屡屡自称“杜陵布衣”“少陵野老”，亦见其慎终追远，对其宗族发祥地之景仰追慕③。

杜佑、杜牧祖孙皆善文学，已为人们所熟知。杜牧之弟杜颢亦能文，被人称为“贾、马死来生杜颢，中间寥落一千年”④。

又，洹水房人才亦多。《旧唐书》卷七〇《杜正伦传》说：“杜正伦，相州洹水人也。隋仁寿中，与兄正玄、正藏俱以秀才擢第。隋代举秀才止十余人，正伦一家有三秀才，甚为当时称美。”

---

① 郑鹤声《杜佑年谱》，第5页。杜氏宰相一说十人，见毛汉光《中国中古社会史论》，第346页。

② 杜审言这一支因未出宰相，故《新唐书·宰相世系表》未列，有关其先世的细节尚有许多疑惑。参见缪钺《杜牧传》，第1页；陈贻焮《杜甫评传》，第1页。

③ 后世习称子美为杜少陵，袁行霈主编新版《中国文学史》第2卷介绍杜甫时说：“京兆杜陵人，生于巩县。”恢复唐人贯望分离、以望相矜的真实情况，颇有特点（北京：高等教育出版社，1999年，第280页）。

④《樊川文集》卷九《杜君墓志铭》，上海：上海古籍出版社，1978年，第138页。

弘农杨氏

弘农华阴杨氏系东汉太尉杨震之后，杨震被誉为“关西孔子”，是当时著名的经学世家，为冠姓望族。初唐杨师道，尚桂阳公主，封安德郡公，曾与同事宴集园池，文会之盛，当时莫比①。初唐四杰之一的杨炯，善五律。杨炯还有侄女杨容华，幼善属文，曾作《新妆诗》，当时好事者多传之②。

中唐杨凭、杨凝、杨凌三兄弟，分别于大历九年、大历十三年、大历十一年擢进士第，俱有文名，时称“三杨”，“皆孝友，有文章”③，“天下号为文章家”④。其中杨凭女适河东柳氏，即柳宗元妻。杨凌子杨敬之为国子祭酒，又兼太常少卿，其子杨戎、杨载又同时登科，时号“杨家三喜”。敬之雅爱江东项斯作品，曾给项斯赠诗赞誉道：“几度见诗诗总好，及观标格过于诗。平生不解藏人善，到处逢人说项斯。”项斯由此而知名，后登高第。⑤

杨炎亦入籍岐州雍县，工诗文，又善山水画，长于制诰，与常衮齐名，时称“常杨”⑥。

武功苏氏

武功苏氏因西魏北周以来与关陇集团结合紧密，故一直很尊

① 《旧唐书》卷六二《杨恭仁传》附传，第 7 册，第 2383 页。
② 《朝野佥载》卷三；又见《唐诗纪事》卷七八。
③ 《柳宗元集》卷一二《先君石表阴先友记》。
④ 《柳宗元集》卷三〇《与杨京兆书》。
⑤ 《新唐书》卷一六〇《杨凭传》附传，第 16 册，第 4972 页。
⑥ 《旧唐书》卷一一八《杨炎传》，第 10 册，第 3419 页。

贵。西魏苏绰为魏侍中，佐宇文泰，制定《六条诏书》，为大统改制奠定架构，又规摹《尚书》作《大诰》，提倡素朴古雅文风，对北方文风有很大影响①。其从兄苏亮亦博学，好属文，善章奏。苏亮初赴洛阳举秀才，遇河内常景，常景深器之，退而谓人曰："秦中才学可以抗山东者，将此人乎！"②绰子苏威仕隋，对隋之文教颇多建言，与杨雄、高颎、虞庆则等被称为开皇四贵③，又与宇文述、裴矩、裴蕴、虞世基为大业五贵④，与牛弘等被称为选曹七贵⑤。

初唐苏瓌即为苏绰之玄孙，与其子苏颋俱有文名，先后登进士第，且曾同掌枢密，时以为荣。与紫微侍郎李乂对掌文诰，号为"苏李"。颋袭封许国公，与燕国公张说俱以文章知名，所作制诰典丽宏大，被称为"燕许大手笔"⑥。又工诗，间有佳构。

雍州蓝田苏晋，幼即能文，曾作《八卦论》，为时人所称。能诗，擅文章，又喜饮酒，与李白等并称为"饮中八仙"，杜甫歌咏说："苏晋长斋绣佛前，醉中往往爱逃禅。"⑦

国子司业苏源明，尝名郑虔所编书四十余篇为《会粹》。工文

---

① 参见拙文《苏绰文体改革新说》，载《文史哲》1999 年第 6 期；又收入拙著《唐代关中士族与文学》一书。

②《周书》卷三八《苏亮传》，第 677 页。

③《资治通鉴》卷一七七《隋纪》一，北京：中华书局点校本 1956 年，第 12 册，第 5522 页。

④《隋书》卷四一《苏威传》，第 1188 页。

⑤《资治通鉴》卷一八〇《隋纪》四，第 12 册，第 5624 页。

⑥《旧唐书》卷八八《苏颋传》。有关苏颋研究参见陈钧《苏颋其人及其诗文》《苏颋年谱》等，收入陈钧《李白与苏颋论考》，太原：山西古籍出版社，2001 年。

⑦《杜诗详注》卷二《饮中八仙歌》，第 83 页。

辞，有盛名于天宝间。杜甫称赞他“学蔚醇儒姿，文包旧史善。洒落辞幽人，归来潜京辇。射君东堂策，宗匠集精选。制可题未干，乙科已大阐。文章日自负，掾吏亦累践。晨趋阊阖内，足踏宿昔趼。……前后百卷文，枕藉皆禁脔。篆刻扬雄流，溟涨本末浅。青荧芙蓉剑，犀兕岂独剸”①。韩愈提出“不平则鸣”的理论，并举例说“唐之有天下，陈子昂、苏源明、元结、李白、杜甫、李观，皆以其所能鸣”②，源明与杜甫、郑虔、元结、梁肃等友善③。

河东柳氏

柳宗元《先君石表阴先友记》记述柳氏同族善文者说：“柳氏兄弟者，先君族兄弟也。最大并，字伯存。为文学，至御史。病瞽遂废。次中庸、中行，皆名有文。咸为官，早死。柳登、柳冕者，族子也。自其父芳，善文史，与冕并居集贤书府。冕文学益健，颇躁。”④柳宗元的这段叙述虽简略，但却勾勒出中唐前期柳氏能文者之大概。其中柳中庸今存作品并不多，《听筝》《夜渡江》《征人怨》几首诗颇有特点。柳芳为著名史学家，该练故事，精于谱学，曾撰皇家谱牒《永泰新谱》。柳芳子柳冕倡导古文，是贞元、元和间重要的文论家。柳芳孙柳璟亦曾受诏撰《续皇室永泰新谱》⑤。

---

①《杜诗详注》卷一六《八哀诗》，第 1404、1406 页。
②《韩昌黎文集校注》卷四《送孟东野序》，第 235 页。
③《新唐书》卷二〇二《苏源明传》，第 18 册，第 5773 页。
④《柳宗元集》卷一二，第 306 页。
⑤《唐会要》卷三六《氏族》，第 666 页。

柳氏能文者除柳宗元所提及外，还有柳公绰、柳公权兄弟，这一支以“学识礼法称于士林”①。其中柳公权尤精于书法，当时公卿大夫家碑板，不得柳公权手笔者，人以为不孝。文宗尝问公权用笔之法，对曰：“心正则笔正，笔正乃可法也。”文宗悟其以笔谏。他的应制诗《贺边军支春衣》，脱口而成，婉切清丽，文宗赞叹说：“子建七步，尔乃三焉。”公绰子仲郢，以礼法自持，尤重义气，曾将“九经”、诸史分类手抄，编为《柳氏自备》三十卷。仲郢子柳玭亦善文学，工楷书。曾著《续贞陵遗事》，为续令狐澄《贞陵遗事》，记宣宗朝故事，已佚，今有佚文。又著《柳氏叙训》（一作《柳氏训序》），有其祖柳公绰以来朝野事迹，以诫其子弟。另有《家训》《戒子孙》等训诫类作品，强调士族子弟要立己处世，必须以孝悌为基，以谦恭为本，以礼让为务，以勤俭为法。

河东裴氏

裴氏也是河东三著姓之一，“魏晋之代，郁为盛门，八裴方于八王，声振海内；三子尊为三祖，望高士族”②，所谓“三祖”是指曹魏时裴潜、裴徽、裴辑三兄弟，为河东裴氏三大宗派之祖。所谓的“八裴方于八王”，指徽比王祥，楷比王衍，康比王绥，绰比王澄，瓒比王敦，遐比王导，頠比王戎，邈比王玄。裴氏与琅邪王氏在西晋时俱为海内高门。两晋南北朝时期的裴氏名人还有哲学家裴頠，史学家裴松之、裴骃、裴子野，地理学家裴

① 《新唐书》卷一六三《柳公绰传》附传，第 16 册，第 5028 页。
② 《文苑英华》卷八八三张说《裴行俭神道碑》，第 4654 页上。

秀、裴矩，文学家裴启①。

“懿夫百家郡望，四姓为先；天下氏族，莫过裴氏”②。“裴为显姓，入唐尤盛，支分族离，各为大家”③。裴氏于百氏中，独标其族谓眷，三分为东眷、西眷、中眷，又有洗马裴和南来吴裴，定著五房，仅唐代就有宰相十七人④。

裴氏以文学著称者有裴迪，曾与王维各赋五言绝句二十首，题咏王维蓝田辋川别业的各个景点，汇成一集，号为《辋川集》。裴迪是盛唐山水田园诗派的重要作家，诗风近似王维，擅用五绝写景，意境清幽，自然成高致。

裴度因曾为中书令，故人称裴令公。时宦官擅权，国是日非，他于洛阳午桥作别墅，花木万株，中起凉台暑馆，名曰“绿野堂”。与白居易、刘禹锡酣饮终日，以诗酒琴书自乐，当时名士多从之游。⑤

裴休家世奉佛，与传华严宗又传禅宗的宗密关系密切，江西马祖道一法系的希运亦受到他的支持。他在《圭峰碑铭》中说自己与宗密的关系是“于法为昆仲，于义为交友，于恩为善知识，于教为内外护”。不仅自己对禅宗有相当造诣，而且利用其地位成为名副其实的“外护”。⑥

---

① 参见周征松《魏晋隋唐间的河东裴氏》，太原：山西教育出版社，2000年，第30—39页。

②《唐代墓志汇编续集》大中040《裴氏故夫人巨鹿郡时氏墓志铭》，第2册，第998页。

③《韩昌黎文集校注》卷六《河南少尹裴君墓志铭》，第360页。

④《新唐书》卷七一上《宰相世系一上》，第7册，第2244页。

⑤《旧唐书》卷一七〇《裴度传》，第14册，第4432页。

⑥ 杨曾文《唐五代禅宗史》，北京：中国社会科学出版社，1999年，第405页。

晚唐裴铏著《传奇》，原有三卷，现存三十一篇，最早将唐小说定名为传奇，其中以《昆仑奴》《聂隐娘》《裴航》诸篇最为知名。

河东薛氏

薛氏以文学著名者，初唐有薛收。收为隋内侍郎薛道衡之子，尝受学于王通，长于言理，人称“薛庄周”。收子元超，与上官仪文章款密，好汲引后进之士，故杨炯誉为“朝右文宗”①。薛稷为收从孙，魏徵外孙，多才多艺，工于书画，其书宗虞世南、褚遂良，其文被张说评为“如良金美玉，无施不可”②，其诗《秋日还京陕西十里作》，为初唐五古名篇，曾受到杜甫的称道③。

薛据于天宝十一载曾与杜甫、高适、岑参、储光羲等人同登长安慈恩寺塔，赋诗唱和。杜甫称其为“盖代手”④。高适称其诗“隐轸经济具，纵横建安作”⑤。殷璠《河岳英灵集》卷下收其诗十首，并评论说：“据为人骨鲠，有气魄，其文亦尔。自伤不早达，因著《古兴》诗云：‘投珠恐见疑，抱玉但垂泣。道在君不举，功成叹何及。’怨愤颇深，至如‘寒风吹长林，白日原上没’，又‘孟冬时晷短，日尽西南天’，可谓旷代之佳句也。”

此外，女诗人薛涛入籍长安，幼随父仕宦入蜀，父卒，遂流寓蜀中。居浣花溪，能诗，精音律，名振西川，与历任西川节度

---

①《杨炯集》卷三《王勃集序》。

②《大唐新语》卷八《文章》。

③《杜诗详注》卷一一《观薛稷少保书画壁》，第960页。

④《杜诗详注》卷一八《寄薛三郎中璩》。按“据”一作“璩”。又，登慈恩寺塔诗，今存杜甫、岑参等人之作。

⑤《全唐诗》卷二一一高适《淇上酬薛三据兼寄郭少府微》，第6册，第2197页。

使韦皋、高崇文、武元衡、王播、段文昌、李德裕等，均有诗献酬，与白居易、元稹、王建亦有唱和。

以上韦、杜、杨、苏属关中本土士族，而柳、裴、薛则是河东著姓加盟关陇集团者。其中武功苏氏并未被柳芳列入“郡姓”，但鉴于其与关陇集团之关系以及隋唐以来仍有相当影响，故一并叙述。

二、胡姓士族群体

北朝胡姓大族，至隋唐时已融入汉族文化圈，其中一些从魏周、隋唐以来一直与关陇集团相结合，并成为其核心，如元氏、宇文氏、长孙氏、窦氏等。所以胡三省在《资治通鉴》注里说：“自隋以后，名称扬于时者，代北之子孙十居六七矣，氏族之辨，果何益哉！”①但如穆氏、陆氏、尔朱氏、罗氏等多已衰微，于氏亦急速衰落②。随着贞观以来的崇文抑武趋势，胡姓大族要保持其不衰落之地位，就必须经过第一阶段汉化的转化，还要跟上时代的步伐，随俗雅化，完成第二阶段文学化的转型，与中原士族子弟及各地举子公平竞争，同步前进。这批人在文化方面亦多有建树。如《切韵》作者陆法言，据《苏氏演义》卷上：“陆法言著《切韵》，时俗不晓其韵之清浊，皆以法言为吴人而为吴音也。……盖陆氏者，本江南之大姓，时人皆以法言为士龙、士衡之

---

①《资治通鉴》卷一〇八，北京：中华书局点校本，1956 年，第 8 册，第 3429 页。

② 毛汉光《中国中古社会史论》，第 63 页。

族，此大误也。法言本代北人，世为部落大人，号步陆孤氏。后魏孝文帝改为陆氏。”①

隋唐以来还有另外一批胡族士人：

> 初，河、陇既没于吐蕃，自天宝以来，安西、北庭奏事及西域使人在长安者，归路既绝，人马皆仰给于鸿胪，礼宾委府县供之，于度支受直。度支不时付直，长安市肆不胜其弊。李泌知胡客留长安久者，或四十余年，皆有妻子，买田宅，举质取利，安居不欲归，命检括胡客有田宅者停其给。凡得四千人，将停其给，胡客皆诣政府诉之，泌曰：“此皆从来宰相之过，岂有外国朝贡使者留京师数十年不听归乎！今当假道于回纥，或自海道各遣归国。有不愿归，当于鸿胪自陈，授以职位，给俸禄为唐臣。人生当乘时展用，岂可终身客死邪！”于是胡客无一人愿归者。②

有田宅仍冒领供给者达四千人，竟然还要公开请愿提出不合理要求，可见其人数之多，势力之大。向达分析说，这些流寓长安的西域人，大致有四类情况：“魏周以来入居中夏，华化虽久，其族姓犹皎然可寻者，一也。西域商胡逐利东来，二也。异教僧侣传道中土，三也。唐时异族畏威，多遣子侄为质于唐，入充侍卫，因而久居长安，并有即留长安入籍为民者，四也。”③

---

① 见《唐语林校证》卷八，周勋初校证本，第738页。

②《资治通鉴》卷二三二《唐纪》四八，1956年，第16册，第7492—7493页。

③ 向达《唐代长安与西域文明》，北京：三联书店，1987年，第6页。

但是，总的来看，这批胡族人要么以其固有之技能(如经商、音乐、绘塑、传教)在社会立足，要么加入唐代军队，成为行武，但都必须经过华化及文学化这两个阶段，始能进入主流社会。对他们大多数人来说，还要走很长的路。

在唐代文坛上有影响的胡姓士族，主要是北魏孝文帝改革以来已经完全汉化的代北士族，经过几百年的文化融合，除了姓氏上的标志外，他们与中原汉族士人差别极小，并且在魏周以来与原关中汉族士人结合形成关陇集团，故一般将其视为关陇士族的一部分①。虽然有些虏姓士族后来又将关中姓望改回洛阳，但无法改变他们的来源及与关陇集团结合之事实。

洛阳元氏

元稹先世本为鲜卑族拓跋部什翼犍后嗣，北魏孝文帝时改汉姓元，以河南洛阳为郡望，故元氏自称或被称为河南人或洛阳人。元稹一支在其六世祖时已迁居长安靖安里②，元稹亦出生于此。因丧父，曾随母赴凤翔(今属陕西)依舅族，“家贫无师以授业”，其母便“亲执书，诲而不倦”，并教以书学，姨父教以诗律，二十岁前基本上是在关中度过的，故受京城文化环境与关中精神的熏习颇深。

元稹在诗歌、传奇、散文等方面俱有成就。他的诗歌当时即被宫人唱诵，并称其为“元才子”。其中《连昌宫词》一篇融合唐代

---

① 陈寅恪《唐代政治史述论稿》，第12、15页。
② 《元稹集》卷五九《告赠皇祖祖妣文》。

小说之史才、诗笔、议论为一体而成①；传奇小说《莺莺传》，为唐人爱情小说中名篇，又为《西厢记》所取材，几成家喻户晓之故事。

令狐氏

令狐氏先世居敦煌，为河西右族，但从初唐令狐德棻以来，已移居宜州华原②。

一般认为令狐楚一支即令狐德棻之后③。令狐楚与令狐绹父子皆为进士及第，说明中原士人所独擅的诗赋文学，代北胡姓士族亦掌握，并且在科举进士的竞争中，能按照游戏规则，获致文学竞赛的胜利。令狐家族不仅富贵，而且代有文名，且将原为南方士人专利的时文写得非常好。所以刘禹锡称赞说："世上功名兼将相，人间声价是文章。"④白居易亦推崇道："新诗传咏忽纷纷，楚老吴娃耳遍闻。尽解呼为好才子，不知官是上将军。辞人命薄多无位，战将功高少有文。谢朓篇章韩信钺，一生双得不如君。"⑤文武兼有，名利双收，故为时人所羡慕。"令狐补阙滈与弟中书舍人澄皆有才藻，令狐之文彩，世有称焉。自楚及澄，三代皆擅美于紫微。"⑥

---

① 陈寅恪《元白诗笺证稿》，上海：上海古籍出版社，1980 年，第 61 页。

②《旧唐书》卷七三《令狐德棻传》，第 8 册，第 2596 页。

③《新唐书》卷一六六《令狐楚传》，第 16 册，第 5098 页。

④《刘禹锡集》卷三一《同乐天送令狐相公赴东都留守》，第 433 页。

⑤《白居易集》卷二四《宣武令狐相公以诗寄赠传播吴中聊奉短草用申酬谢》。

⑥ 刘崇远《金华子杂编》卷上，《丛书集成初编》第 2840 册，上海：商务印书馆，1936 年，第 5 页。

令狐绹对同宗之人多所援引，这种做法难免有网罗群从宗党之嫌，为人所嘲笑①。但是南北朝以来，北人重同宗，而南人不重宗亲之特点②，在此亦有体现。与宋以后的南北风气恰成对照。

扶风窦氏

一般认为隋唐以来窦氏多为鲜卑纥豆陵氏所改③。窦氏与隋唐统治者关系至为密切，但是入唐以来，受时代精神之感召，窦氏亦发生了许多新变化。据《旧唐书》卷六一《窦威传》："威家世勋贵，诸昆弟并尚武艺，而威耽玩文史，介然自守，诸兄哂之，谓为'书痴'。……时诸兄并以军功致仕通显，交结豪贵，宾客盈门，而威职掌闲散。诸兄更谓威曰：'昔孔丘积学成圣，犹狼狈当时，栖迟若此，汝效此道，复欲何求？名位不达，固其宜矣。'"④反映出唐初社会转型时期对文与武的两种截然相反的价值观。窦氏除窦威外，还有许多文化专家，其中窦蒙、窦臮出自

---

①《北梦琐言》卷一一："先是令狐相（绹）自以单族，每欲繁其宗党，与崔、卢抗衡，凡是富家，率皆引进。"又《南部新书》庚集："令狐相绹以姓氏少，族人有投者，不吝其力，由是远近皆趋之，至有胡爊令狐者。进士温庭筠戏为词曰：'自是元老登庸后，天下诸胡悉带令（铃）。'"

②《宋书》卷四六《王懿传》："北土重同姓，谓之骨肉，有远来相投者，莫不竭力营赡。若不至者，以为不义，不为乡里所容。仲德闻王愉在江南，是太原人，乃往依之，愉礼之甚薄。"又可参见《颜氏家训》卷二《风操第六》"凡宗亲世数"条。《太平广记》卷二四七"卢思道"条引《谈薮》载思道聘陈，宴会联句作诗，有一人"讥刺北人云：榆生欲饱汉，草长正肥驴。为北人食榆，兼吴地无驴，故有此句。思道援笔即续之曰：共甑分炊米，同铛各煮鱼。为南人无情义，同炊异馔也。故思道有此句，吴人甚愧之。"吴曾《能改斋漫录》卷十："世以同宗族为骨肉。……予观南北朝风俗，大抵北胜于南，距今又数百年，其风俗犹尔也。"

③ 姚薇元《北朝胡姓考》，北京：科学出版社，1958 年，第 175 页。

④《旧唐书》卷六一，第 7 册，第 2364 页。

窦荣定、窦抗一族①。窦蒙善文工书通画，《新唐书》卷五九《艺文志》著录其《画拾遗》，又有《青囊书》二十卷，均佚。其弟窦臮于天宝中献《大同赋》《三殿蹴踘赋》，以讽兴谏诤为宗，以匡君救时为本，受到唐玄宗的赞赏。又撰书法评论著作《述书赋》，在书法史上有极高地位。窦蒙称其"翰墨厕张王，文章凌班马。词藻雄赡，草隶精深。平生著碑志、诗篇、赋颂、章表，凡十馀万言"②。

中唐窦叔向与其五子窦常、窦牟、窦群、窦庠、窦巩俱能诗，驰声当代，名冠流辈，且与当时名士常衮、包佶、元稹、白居易、韩愈、韩皋、房孺复、韦夏卿、武元衡、裴度、令狐楚、柳宗元、刘禹锡等多有酬唱。叔向与其五子被合称为"六窦"，而其五子世称"五窦"。五窦之诗由唐人褚藏言编次，题为《窦氏联珠集》，义取昆弟若五星然。胡应麟曾评论说："自昔兄弟齐名者众矣，未有五人俱出仕而俱能诗者，唐窦氏是也。……而窦之父叔向……以文学称，尤异中之异也。"③

太原白氏

中唐白居易家族郡望太原，但从曾祖父白温开始已迁居到下邽（今陕西渭南市），实际上是下邽人。关于白氏的来源，陈寅恪

---

① 参见《元和姓纂》卷九，《新唐书》卷七一下《宰相世系一下》。

② 窦蒙《述书赋语例字格》，见张彦远《法书要录》卷六，北京：人民美术出版社，1984年，第213页。

③《诗薮》外编卷三，上海：上海古籍出版社点校本，1979年，第170页。关于窦叔向家族的研究，参见拙文《窦叔向家族贯望新证》，载《唐代文学研究》第7辑；又收入拙著《唐代关中士族与文学》一书。

认为是北周姓白名某字某之弘农郡守的后代①，姚薇元、卞孝萱则认为是西域龟兹族后裔②。

白居易之祖白锽开元中以明经及第，善属文，尤工五言诗。居易兄弟行中白敏中、白行简皆善文学。行简为居易胞弟，敏中则为从父弟。有关白居易的研究颇多，兹不赘述。白敏中在政治上倾向于“牛李党争”中的牛党，亦以进士词艺见用。白行简则“文笔有兄风，辞赋尤称精密，文士皆师法之”③，所作传奇小说《李娃传》，述荥阳公子与名妓李娃的爱情悲喜剧，情节曲折，性格鲜明，文笔极工，为唐传奇代表作之一。

三、山东士族群体

山东地域广大，士族在东汉魏晋南北朝时期影响深远。士族北留者，极多衣冠。陈庆之曰：“自晋宋以来，号洛阳为荒土，此中谓长江以北，尽是夷狄。昨至洛阳，始知衣冠士族，并在中原。”④又据宋孝王《关东风俗传》：“至若瀛冀诸刘，清河张宋，并州王氏，濮阳侯族，诸如此辈，一宗近将万室，烟火连接，比屋而居。献武初在冀郡，大族猬起应之。”⑤隋唐以来，由于与杨

① 陈寅恪《唐代政治史述论稿》，第 90—91 页。

② 姚薇元《北朝胡姓考》，第 374—376 页；卞孝萱、吴汝煜《刘禹锡》，见《中国历代著名文学家评传》第 2 卷，第 461 页。

③《旧唐书》卷一六六《白居易传》附传，第 13 册，第 4358 页。

④ 杨衒之《洛阳伽蓝记》卷二“城东景宁寺”，上海：上海古籍出版社，1958 年，第 119 页。

⑤《通典》卷三《食货三 · 乡党》，第 1 册，第 62 页。

隋、李唐统治者关系的疏离，曾与关陇集团有多次文化冲突，受到抑制与打击，致使“燕赵右姓，多失衣冠之绪；齐韩旧俗，或乖德义之风。名虽著于州闾，身未免于贫贱”①。山东士族所借以自傲的“礼法经术”，在唐代崇尚爵位冠冕的新时代风气下，显得有些保守落后。唐代以科举取士，崇尚进士科，故经明行修的山东士人在当时的仕进中并没有占主动权，社会领袖与政治利益集团的紧张关系妨碍了他们的入仕，一味对抗无疑是一种悲壮的取向。绝大多数的山东士人亦能稍事变通，以适应变化了的现实。白居易《崔公墓志铭并序》通过崔玄亮之口说：“自大宝以还，山东士人皆改葬两京，利于便近。”改葬是迁徙活动的一个标志，是山东士族为求科举仕进不得不放弃其地方代表性、趋向于中央化的结果②。李德裕说：“臣无名第，不合言进士之非。然臣祖天宝末以仕进无他伎，勉强随计，一举登第。自后不于私家置《文选》，盖恶其祖尚浮华，不根艺实。”③李德裕的这段叙述中透露出历史转型期的许多消息：一、“仕进无他伎”，说明对于其他阶层来说，科举是扩大了入仕的孔道，但对于山东士族来说，则是堵塞或关闭了其他传统的途径。二、作为山东高门赵郡李氏之李栖筠亦不得不随波逐流，参加科举考试，且将家迁移到河南洛阳附近④。三、他家不置《文选》，却从反面透露出作为科举敲门砖

---

① 《唐会要》卷八三《嫁娶》；又见《册府元龟》卷一五九《革弊门》。

② 参见毛汉光《中国中古社会史论》第8篇《从士族籍贯迁移看唐代士族之中央化》；另见本书第五章《唐代文学士族的迁徙流动》。

③ 《旧唐书》卷一八上《武宗本纪》，第2册，第603页。

④ 陈寅恪《论李栖筠自赵徙卫事》，收入《金明馆丛稿二编》。

的《文选》之普及泛滥①。山东高门在政治上已失去昔日的辉煌，但是作为一种民间资源和社会力量仍有其特异之处与政治的适度张力，亦对统治者有些许文化制衡②，由于山东地域广大，士庶各阶层皆跻于科举竞技场，故在文学创作方面仍人才辈出，居于领先地位。

崔氏

崔氏有两个著房，分别是清河崔氏和博陵崔氏。清河崔氏多居于东武城(今山东武城县)，博陵崔氏多居于安平(今河北安平县)③。

胡应麟曾就士族对文学创作的贡献指出："唐著姓若崔、卢、韦、郑之类，赫奕天下，而崔尤著。盖自六朝、元魏时，已为甲族，其盛遂与唐终始。文皇首命群臣品第诸族，时以崔民干为第一。嗣后达官朊仕，史不绝书，而能诗之士弥众，他姓远弗如也。"他还随之信手罗列崔氏能诗者近六十人，然后总结道："初唐之融，盛唐之颢，中唐之峒，晚唐之鲁，皆矫矫足当旗鼓。以唐诗人总之，占籍几十之一，可谓盛矣。他如崔莅、崔璆、崔

① 参见尚定《走向盛唐》第3章第3节"进士试与'选学'之兴"。

② 钱穆的看法与此稍有差别，他认为"东汉以下的新兴门第，常对政治抱消极固闭的态度。而唐代门第，则对政治转抱积极合作的态度。他们并不感到政府将会削弱门第，他们宁愿翼戴政府，拥护政府，天下清平，门第亦同享安泰之乐。这是一种大气度，这正因当时的门第，乃从社会酝酿来，不是由政治培植来。因此他们在政治上，反而常抱一种领先的姿态。他们常觉得，他们是在扶翼政府，不是在仰赖政府。"参见钱穆《国史新论》，北京：三联书店，2001年，第157—158页。

③ 诸崔迁往各地颇多，例如《元和郡县图志》卷一七《恒州》："井陉口，今名土门口……皇唐贵族有土门崔家，为天下甲族，今土门诸崔是也。源出博陵安平。"

郸、崔琯，群从数十，秉铨列戟，当代所荣，而勋德文章，靡有杰出，吾无取焉。执政玄祎、祐甫差著。自余知温、彦昭，登公相者十余辈，而浮沉史传，后世鲜知。总之，未敌《黄鹤楼》一首也。”①胡氏所列崔氏能诗之士，如将其可考者按望贯房支划分，大致有如下几类：

名字	房望	籍贯	出处	说明
崔　融	清河	齐州全节	《新唐书》卷七二下《宰相世系二下》，《旧唐书》卷九四	
崔　颢		汴州	《旧唐书》卷一九〇下	
崔　郸	清河小房 清河武城		《新唐书》卷七二下，《旧唐书》卷一五五	
崔彦昭	清河小房		《新唐书》卷七二下，《旧唐书》卷一七八《崔彦昭传》	
崔　峒	博陵安平大房		《新唐书》卷七二下	
崔　莅	博陵安平		《新唐书》卷七二下	
崔　琯	博陵安平		《旧唐书》卷一七七	

① 胡应麟《诗薮》外编卷三，上海：上海古籍出版社排印本，1979 年，第 174 页。

续表

名字	房望	籍贯	出处	说明
崔玄祎(暐)	博陵安平		《旧唐书》卷九一《崔玄暐传》	按《新唐书》卷七二下《宰相世系二下》有崔玄祎，为崔仁睿子，但未见载“执政”事。故疑“祎”当为“暐”之讹
崔知温	许州鄢陵房		《新唐书》卷七二下	
崔璆				按唐代有多人名崔璆，一为崔郾子，见《旧唐书》卷一五五，为清河小房。一为崔玄暐子，见《新唐书》卷七二下《宰相世系二下》，为博陵安平大房。另一为崔处仁孙，见《新唐书》卷七二下《宰相世系二下》，为博陵安平第二房
崔祐甫	博陵安平第二房	京兆长安	《新唐书》卷七二下，《旧唐书》卷一八八《孝友传》	
崔鲁		或在荆南		鲁，一作“橹”，世系籍贯无确考，此据《唐才子传校笺》卷九

李氏

李乂字尚真，与兄尚一、尚贞俱以文章驰名，兄弟同为一集，号《李氏花萼集》[①]，《新唐书》卷六〇《艺文志》四总集类著录《李氏花萼集》二十卷。唐玄宗曾对苏颋说："前朝有李峤、苏味道，谓之苏李，今有卿及李乂，亦不让之。"[②]

王氏

太原王氏也是山东五大著姓之一，隋唐期间仍有相当影响。隋末有文中子王通讲学龙门，为贞观政治准备了理论资源和人才资源[③]。王通之弟王绩，在易代之际，三仕三隐，对后来疏淡诗风的形成及田园山水诗派的出现均有启迪。王通另有弟王度，著传奇小说《古镜记》，亦很有特点。初唐四杰中之王勃，也是王通之后，他在四杰之中，尤以五律著称，对律体的定型有所贡献。王勃及四杰中的其他几位，官小而才大，名高而位卑，故对现实中的文学及政治都有一种改革的抱负，用杨炯《王勃集序》中的话说："尝以龙朔初载，文场变体，争构纤微，竞为雕刻。糅之金玉龙凤，乱之朱紫青黄，影带以狥其功，假对以称其美，骨气都尽，刚健不闻。思革其弊，用光志业。"用王勃自己的话说："高

---

① 《新唐书》卷一一九《李乂传》，第 14 册，第 4296—4297 页。

② 《旧唐书》卷八八《苏颋传》，第 9 册，第 2880 页。

③ 参见邓小军《唐代文学的文化精神》第 1 章《贞观之治与河汾之学》，台北：文津出版社，1993 年。

情壮思，有抑扬天地之心；雄笔奇才，有鼓怒风云之气。”①

盛唐时期的王维、王缙兄弟也是太原王氏，其家族世代奉佛，又与高僧禅客多所交接，故对形成王维特殊的诗学观及诗歌境界有很大影响，王维还精通音乐、绘画，所以能将禅学的义理情趣及音乐绘画的技巧融糅于诗歌作品中，使其作品诗中有禅、诗中有画、诗中有乐。② 王维在诗歌史与绘画史上都被认为是开宗立派的人物，说明山东士族对唐代文学艺术之繁荣亦有以致之。

宋氏

弘农宋氏，初唐有宋之问家族，郡望西河。“初，之问父令文，富文辞，且工书，有力绝人，世称‘三绝’。都下有牛善触，人莫敢婴，令文直往拔取角，折其颈杀之。既之问以文章起，其弟之悌以趼勇闻，之逊精草隶，世谓皆得父一绝。之悌长八尺，开元中历剑南节度使、太原尹。尝坐事流朱鸢，会蛮陷驩州，授总管击之。募壮士八人，被重甲，大呼薄贼曰：‘獠动即死！’贼七百人皆伏不能兴，遂平贼。之逊为连州参军，刺史闻其善歌，使教婢，日执笏立帘外，唱吟自如。”之问弱冠以诗知名，尤精于律体，曾预修包罗儒、释、道三教的大型类书《三教珠英》，充修文馆直学士，并以考功员外郎知景龙三年贡举。与沈佺期齐名并称。其作“回忌声病，约句准篇，如锦绣成文。学者宗之，号为‘沈宋’。语曰：‘苏李居前，沈宋比肩。’谓苏武、李陵也。”③说

---

① 《全唐文》卷一八〇王勃《游冀州韩家园序》，第2册，第1835页。

② 参见史双元《王维诗新探》，南京师范大学硕士学位论文（稿本）。

③ 两段引文皆据《新唐书》卷二〇二《宋之问传》。

明之间在律诗定型过程中的重要作用。

贝州清阳宋庭芬世以儒闻，有词藻，生五女若莘、若昭、若伦、若宪、若荀。宋庭芬教以经艺，课为诗赋，故五女皆能属文。其中若莘、若昭文尤淡丽。若莘教诲四妹，有如严师。曾著《女论语》十篇，其言模仿《论语》，述妇道所尚，若昭为其注解。贞元四年，由昭义节度使李抱真表荐，德宗俱召入宫，试以诗赋经史，深加赏叹。德宗与侍臣唱和，亦令宋氏姊妹应制，每进御，无不称善。宫中呼为学士先生。①《全唐诗》中今存若莘、若昭、若宪(一作若荀)诗各一首。王建《宋氏五女》、窦常《过宋氏五女旧居》诗对宋氏姊妹大加赞赏，窦常比之为谢道韫、班昭。唐代扶风有窦氏兄弟五人能文，贝州又有宋氏五姊妹多才多艺，尤为难得。

四、江南士族群体

江南士族群体，又有人称为南朝旧族、南方士族②，是由东南吴姓士族与侨姓士族两部分组成。

吴姓士族主要指吴郡大姓，亦称为江东世家大族。陆机《吴趋行》："属城咸有士，吴邑最为多。八族未足侈，四姓实名家。"李善注引张勃《吴录》云："八族，陈、桓、吕、窦、公孙、司马、

① 参见《旧唐书》卷五二《后妃传下》、《新唐书》卷七七《后妃传下》、《唐诗纪事》卷七九等。

② 毛汉光《隋唐政权中南朝旧族之仕进凭借与途径》，《第一届国际唐代学术会议论文集》，台北：学生书局，1989年。

徐、傅也。四姓，朱、张、顾、陆也。"《世说新语·赏誉第八》："吴四姓旧目云：张文，朱武，陆忠，顾厚。"注引《吴录·士林》："吴郡有顾、陆、朱、张为四姓。三国之间，四姓盛焉。"何启民认为吴地四姓的排列顺序孙吴时为顾、陆、朱、张，而晋以后则演变成朱、张、顾、陆。原因在于吴人痛恨侨人，愈与侨人交往之吴人，虽功业极盛，其受吴人鄙夷愈甚，社会地位愈卑，反之则愈高。①

唐长孺先生曾指出东晋以后南方土著与侨人学风的差异，认为江南土著学风较保守，经学直接两汉，其传授渊源长期保存在家门中。如贺氏之礼学、虞氏之易学，葛洪《抱朴子》中侧重谈到三类学术：一是神仙谶纬之学，二是礼制典章之学，三是阴阳律历之学。这三类学术的结合是董仲舒以降汉儒治学的特征；也是江南儒生自陆绩、虞翻、贺循以至葛洪自己治学的特征，而为侨人中的玄学家所不屑道的。《隋书·儒林传》中有四个江南人，吴郡褚辉、余杭顾彪，余杭鲁世达、吴郡张冲，而无侨人，说明江南土著治经的多于侨人，江南土著的学风较侨人更接近汉儒之旧。②

但是经过几百年的交流汇合，侨姓士族实际上已逐渐融入南方文化之中。如果说，当时在南方设置侨州侨郡与坚持原来北方郡望尚可以从形式上使他们获得心理满足的话，那么隋唐以来废除侨州侨郡以及政治中心转移至西北，科举制的普遍施行，则使

① 见何著《中古南方门第——吴郡朱张顾陆四姓之比较研究》，收入同人《中古门第论集》，台北：学生书局，1978 年。

② 见唐长孺《读抱朴子推论南北学风的异同》第 3 节"东晋以后南方土著与侨人学风的差异"。又，唐先生认为《隋书·儒林传》中吴郡褚辉、馀杭顾彪二人的籍贯应该互易。见唐著《魏晋南北朝史论丛》，北京：三联书店，1955 年，第 381 页。

他们从形式到实际与原来的吴姓土著略无二致，至少在西北的隋唐统治者看来，他们是没有什么差别的。

“长江之南，世有词人。”①江南的词客骚人在唐前期络绎北上，寻找政治出路，为质朴的长安带来许多新鲜色彩，装点了帝国首都的文坛，同时使科举竞技赛更加激烈。据《旧唐书》卷一九〇《贺知章传》：“先是神龙中，知章与越州贺朝、万齐融，扬州张若虚、邢巨，湖州包融，俱以吴越之士，文词俊秀，名扬于上京。”其实，名扬上京的吴越之士，并不始于神龙中，可以追溯到更早②，文词俊秀者也不止以上诸位，据《新唐书》卷六〇《艺文志》四《包融诗》下注：“融与储光羲皆延陵人，曲阿有余杭尉丁仙芝、缑氏主簿蔡隐丘、监察御史蔡希周、渭南尉蔡希寂、处士张彦雄张潮、校书郎张晕、吏部常选周瑀、长洲尉谈戭，句容有忠王府仓曹参军殷遥、硖石主簿樊光、横阳主簿沈如筠，江宁有右拾遗孙处玄、处士徐延寿，丹徒有江都主簿马挺、武进尉申堂构，十八人皆有诗名，殷璠汇次其诗，为《丹阳集》者。”③

《丹阳集》所收为润州延陵、曲阿、句容、江宁、丹徒等五县作者的诗作。开元末润州辖六县，唯金坛无人入选。这十八人中包融晚居洛阳，殷遥卜居许汝，马挺似居荥阳，从宦各地，其共

---

①《文苑英华》卷七二〇陶翰《送惠上人还江东序》，第5册，第3725页上。

② 如魏周时期的庾信、王褒、颜之推；隋代的虞世南虞世基兄弟；唐初的许善心许敬宗父子、岑文本、萧瑀、陆德明、褚亮褚遂良父子等。

③ 陈尚君认为：这段注当据《丹阳集》本书写成，《崇文总目》著录该集，欧阳修等得以获见，所记诸人官职，均非终职，必出于原书，颇疑系史臣直接汇抄该集目录成文。见陈尚君《殷璠〈丹阳集〉辑考》，收入陈著《唐代文学丛考》，北京：中国社会科学出版社，1997年，第229页。

同点为均占籍润州①。殷璠所编《丹阳集》是一部武后末年至开元末年江南润州人士的诗歌选本，盛唐诗歌的另一个重要选本《河岳英灵集》亦由殷璠选编。唐人选唐诗中最有特点的两个选本均由江南士人主持，此一事件意味深长。经过隋及唐初的短暂岑寂，江南士人不仅参与了新时代文学的创造，而且隐然又再次指点文坛，甲乙诗作。此后由江南诗僧皎然撰《诗式》《诗评》《诗议》三种著作②，评论诗歌创作，对唐诗发展进行初步的理论总结，与殷璠所为，前后呼应。

除文学之士外，江南地区经史方面亦有人才。据《资治通鉴》卷二一一“开元三年”载，唐玄宗“谓宰相曰：‘朕每读书有所疑滞，无从质问，可选儒学之士，日使入内侍读。’卢怀慎荐太常卿马怀素。九月戊寅，以怀素为左散骑常侍，使与右散骑常侍褚无量更日侍读”。其中马怀素为润州丹徒人，褚无量为杭州盐官人。

安史之乱以后的江南文坛，因有大批北方士族的迁徙、地方官的加盟及原来南方土著的鼓噪，更加兴盛。“吴中盛文史，群彦今汪洋。方知大藩地，岂曰财赋疆”③，皎然《诗式》卷四亦有记述：

> 大历中，词人多在江外，皇甫冉、严维、张继、刘长卿、李嘉祐、朱放，窃占青山白云，春风芳草，以为已有。吾知诗道初丧，正在于此。何得推过齐梁作者。迄今余波尚寝，后生相效，没溺者多。

① 参见陈尚君《唐代文学丛考》，第241页。

② 其中《诗评》《诗议》两种今已失传。

③《全唐诗》卷一八六韦应物《郡斋雨中与诸文士燕集》。

元人盛如梓《庶斋老学丛谈》卷中之下开列了一个更详细的名单："唐诗人江南为多，今列于后：陶翰、许浑、储光羲、皇甫冉、皇甫曾、沈颂、沈如筠、殷遥，润州人；三包、融、何、佶、戴叔伦，金坛人；陆龟蒙、于公异、丘为、丘丹、顾况、非熊父子、沈传师、诚之父子，苏州人；三罗虬、邺、隐、章孝标、章碣，杭州人；孟郊、钱起、沈亚之，湖州人；施肩吾、章八元、徐凝、李频、方干，睦州人；贺德仁、吴融、秦系、严维，越人；张志和，婺人；吴武陵、王贞白，信州人；王昌龄、刘昚虚、陈羽、项斯，江东人；郑谷、王毂，宜春人；张乔、杜荀鹤，池州人；吉中孚，饶州人；刘太真、顾蒙、汪遵，宣州人；任涛、来鹏，豫章人；李群玉，澧人；李涛、胡曾，长沙人。皆有诗名。"①以上所列，偶有疏漏错误②，但大体上展现出一幅唐代（主要是中唐以来）江南诗人分布图③。

文士聚集江南，是因江南山水佳丽，颇能激发诗兴灵感。鲍防曾与友人赋《状江南》组诗十二首，分别为鲍防《孟春》、谢良辅《仲春》、严维《季春》、贾弇《孟夏》、樊珣《仲夏》、范灯《季夏》、郑概《孟秋》、沈仲昌《仲秋》、刘蕃《季秋》、谢良辅《孟冬》、吕渭《仲冬》、丘丹《季冬》。这十二篇作品，皆状写江南田园风光和丰饶物产。鲍防还与严维、吕渭、谢良辅、丘丹等以《忆长安十二咏》为题联唱，追忆长安旧事。"鲍防代宗时以御史

① 盛如梓《庶斋老学丛谈》卷中，《知不足斋丛书》第46册，第83—84页。

② 如三包融、何、佶之占籍，一般以为是延陵，另王昌龄一般以为是长安人。

③ 有关唐代诗人分布较为准确、全面的记录，见陈尚君《唐诗人占籍考》，收入陈著《唐代文学丛考》。

大夫历福建、江西观察使，吕渭大历间为浙西支使，大历末，贬歙州司马，观十二月诗与中元联句，皆在江南时事也。咏江南而忆长安，其意可见矣。”①白居易《春题湖上》：“未能抛得杭州去，一半勾留是此湖。”元稹《寄乐天》亦唱道：“莫嗟虚老海壖西，天下风光数会稽。”

“风流吴中客，佳丽江南人”②，江南山水足以令人流连忘返，吴娃越女更令人动情。“二十四桥明月夜，玉人何处教吹箫”③，“十年一觉扬州梦，赢得青楼薄幸名”④。在这样的自然环境和人文环境中，江南士人自然精致细腻，就是北方的迁客骚人久居此地也会剑气尽消，儿女情长。

贾晋华的研究还指出，文人的集会产生了集会总集，并缘此形成了几个诗人群。如《大历年浙东联唱集》与浙东诗人群、《吴兴集》与浙西诗人群、《松陵集》与苏州诗人群、《汉上题襟集》与襄阳诗人群。⑤ 集中所收与诗人群的构成，既有当地作者，又有迁贬游宦者。

江南地区除能文之士萃集外，还有另外一个群体出现，这就是诗僧：

---

①《唐诗纪事》卷四七《鲍防》，第 715 页。

②《白居易集笺校》卷二一《郡斋旬假命宴呈座客示郡僚》，第 1399 页。

③《樊川诗集》卷四《寄扬州韩绰判官》，第 282 页。

④《樊川诗集・樊川外集・遣怀》，第 369 页。

⑤ 贾晋华《唐代集会总集与诗人群研究》，北京：北京大学出版社，2001 年，第 1—7 页。相关研究还有景遐东《江南文化与唐代文学研究》（北京：人民文学出版社，2005 年），戴伟华《〈状江南〉唱和诗核心人物及其咏物创新形式》（《文学遗产》，2021 年第 1 期），拙著《唐园说》第七章也有专门讨论，可参读。

> 世之言诗僧，多出江左。灵一导其源，护国袭之；清江扬其波，法振沿之。如幺弦孤韵，瞥人耳目，非大乐之音。独吴兴昼公，能备众体。昼公后，澈公承之。①

闽中文学在唐以前没有什么影响，隋唐以来，逐渐兴盛起来。独孤及《福州都督府碑铭》："我廛我里，讲诵资始。比屋为儒，俊选如林。"《唐语林》卷四："闽自贞元以前，未有进士。观察使李锜始建庠序，请独孤常州及为《新学记》云：'缦胡之缨，化为青衿。'林藻弟蕴与欧阳詹睹之叹息，相与结誓，继登科第。"《唐摭言》卷一五特列"闽中进士"条，记薛令之说："薛令之，闽中长溪人，神龙二年及第，累迁左庶子。时开元东宫官僚清淡，令之以诗自悼，复纪于公署曰……"则说明神龙初闽中已有人通过科举及第了。陈尚君先生广稽文献，寻幽钩沉，著《唐代闽籍诗人考》，得唐五代闽籍诗人百余人②，使人们对闽中文学有更进一步的了解。

据冻国栋统计徐松《登科记考》录唐逐年及第人数计 6700 人，其中姓名、籍贯、时代均可考知者 567 人，属于江南道者计 191 人（其中前期 14 人，中晚唐 177 人），而苏州吴郡一地即占近 50 人。其中出自旧姓顾氏的进士较有名者有顾少连、顾师邕、顾况、顾非熊、顾在熔等，陆氏较著者有陆贽、陆畅、陆环、陆宾

---

①《刘禹锡集》卷一九《澈上人文集纪》，第 240 页。唐代江左诗僧的研究，参见［日］市原亨吉《中唐初期江左的诗僧》，《东方学报》第 28 期及蒋寅《大历诗人研究》上编第三章《方外诗人创作论》，但蒋著中漏掉一个极重要的人物，这就是居士庞蕴。

② 收入陈著《唐代文学丛考》，北京：中国社会科学出版社，1997 年。

虞、陆扆等。①

又有蒋乂家族居宜兴，世称儒家，其祖父蒋瓌官至太子洗马，开元中任弘文馆学士；父亲蒋将明，集贤殿学士、副知院事。蒋乂累迁秘书监；其外祖吴兢为史官，故他能幼从外家学，七岁时读《哀江南赋》，数遍便成诵在口；以聪悟强记闻名亲党间，家有藏书一万五千卷；曾参与编撰《德宗实录》。长子蒋系官至兵部尚书，参与编修《宪宗实录》；次子蒋伸大中末任宰相；三子蒋偕承袭祖业，任史官修撰，与修《文宗实录》；四子蒋仙和五子蒋佶皆官至刺史。所以史家推崇说："蒋氏世以儒史称，不以文藻为事，唯伸及系子兆有文才，登进士第，然不为文士所誉。与柳氏、沈氏父子相继修国史实录，时推良史，京师云《蒋氏日历》，士族靡不家藏焉。"②

五、三大地域文学群体的比较

如果将以上三大地域文学士族进行一简单比较，将会有一些更明确的认识。

首先，是三大地域能文之士的数量。从总数来说，笔者分别以曾大兴《中国历代文学家之地理分布》中各州文学家分布和陈尚君《唐诗人占籍考》中各道诗人分布作为讨论对象。曾著以谭正璧

① 冻国栋《六朝至唐吴郡大姓的演变》，《魏晋南北朝隋唐史资料》第15辑；又见冻著《唐代人口问题研究》，武汉：武汉大学出版社，1993年，第316页。

②《旧唐书》卷一四九《蒋乂传》，第12册，第4026—4029页。又，《新唐书》卷一三二《蒋乂传》载乂"徙家河南"，但《旧唐书》无载。

《中国文学家大辞典》为统计依据，列出每郡拥有 8 名以上文学家的州郡分别是：

宣州	13 人	属江南西道共 13 人
扬州	12 人	属淮南道共 12 人
常州	14 人	
润州	21 人	
苏州	27 人	
湖州①	17 人	
睦州	11 人	
杭州	9 人	
越州	18 人	
泉州	9 人	以上八州属江南东道共 126 人
荆州	10 人	
襄州	13 人	以上二州属山南东道共 23 人
秦州	20 人	属陇右道 20 人
京兆	66 人	
华州	17 人	以上京兆府及华州属京畿道共 83 人
蒲州	30 人	
绛州	10 人	
太原	15 人	以上两州一府属河东道共 55 人
河南	41 人	

① 原书误“湖”为“湘”，唐代无湘州，据上下文推测当为“湖州”。

郑州	10 人	以上河南府及郑州属都畿道共 51 人
徐州	11 人	属河南道 11 人
深州	13 人	
定州	15 人	
贝州	16 人	
幽州	16 人	以上四州属河北道共 60 人

曾大兴所列并非各州的总数，而是将所出人才八人以上之州排列，故从数量上讲并不十分准确，但即使如此亦可见出各道文学家最多者推江南东道(126 人)，其次为京畿道(83 人)，再次为河北道(60 人)，再次为河东道(55 人)，然后是都畿道(51 人)。如果按三大地域统计，即将江南西道、江南东道与淮南道并入江南计算，京畿道、陇右道并入关中，都畿道、河南道、河北道、河东道并入山东计算①，则以山东人物最多，其次为江南，最后为关中。山东历史悠久，地域广大，故从绝对数字来讲仍居前列。江南人物集中于环太湖之江南东道，本来就代有词人，加上中唐以后的两次大迁徙，云蒸霞蔚，人才萃集，故预兆着一个新的变化。关中人物主要集中于京兆府及同华诸州，从人才密度来说，可能是最高的，但关内道及陇右道广大地区人烟稀少，沦为战区，故很少文学人物。

陈尚君《唐诗人占籍考》参考并采用了近年来唐代文学研究的

① 按照隋唐士族研究惯例，河东道中裴、薛、柳三氏应视为关中郡姓士族，但就是将这部分人列入关中计算，仍没有改变三大地域的排列顺序。

最新成果，对旧籍记载及贯望混称的情况亦有考证取舍，颇精审，下面是陈著所统计各道诗人的数量：

京畿道	226 人
关内道	6 人
陇右道	27 人
都畿道	200 人
河南道	157 人
河东道	149 人
河北道	245 人
山南东道	77 人
山南西道	4 人
淮南道	60 人
江南东道	404 人
江南西道	159 人
剑南道	66 人
岭南道	27 人
（下略）	

如果单独以一道计算，那么仍然是江南东道人物最多，其次是河北道①、京畿道、都畿道。如果循前例，将京畿、关内、陇右算

① 陈著将唐宗室人物 53 人另外列出，如果将这些人物并入京畿道，排列第二位的仍应属京畿道。

作关中区，将都畿、河南、河北、河东算作山东区，将淮南、江南东西道算作江南区，我们会发现排列顺序仍然是山东区、江南区、关中区。这说明虽统计对象有广狭(文学家或诗人)，统计方法有不同(郡望或本贯)，个别数字容有差异，但总的概貌并未改变。山东作为传统的人文渊薮仍然无法改变，江南作为新兴的文化区不容忽视，而关中区人才主要集中于京兆府及同华等州，中晚唐以后迁入此区者少，迁出者多。尤其值得注意者，依据陈尚君统计江南东道之诗人总数超过北方政治文化中心京畿道甚多，也超过都畿道，这说明中古文学前期(南北朝)重心在南朝，后期(隋唐五代)重心仍应在江南。而前期因有政治中心的向心力，较容易解释；后期则透露出文化重心疏离政治中心，随着经济中心的运行而不断倾斜，与政治中心隐然相对，这是值得深思的。

其次，是三大地域文学群体的特征。简单地比较，关中士族由于地处前线，人民高尚气力，具有尚武精神，故形成歌谣慷慨、雄深雅健的特点。山东士族从东汉以来就多为经学世家，北朝入主中原后，他们亦以礼法与典章制度向异族自傲，制衡异族统治者，汉代文化制度的遗产，靠他们才得以保留传承。江南士人在政治上无所作为，却将中原的艺文发展得精湛细腻，使文学的形式美得到充分体现。故关中的武力、山东的经学与江南的辞章在长期隔绝状态下得到了充分的发展，由此形成文学中的气力、理趣与情韵，分别来源于对力量的呼唤、对终极意义的关怀与对人情人性的张扬。

本章的结论

一、本章主要是对唐代文学士族的地域分布进行静态的描述，并对三大地域文学群体进行简单的比较研究。

二、唐代士族群体可以按其来源分成关中群体、代北群体、山东群体、江南群体。按照士族研究的一般习惯，代北虏姓群体至唐代已汉化极深，主要融入关中群体；而江南群体原由吴姓与侨姓两部分组成，隋唐以来，强分吴姓与侨姓已无多大意义，故可统称为江南群体。

三、从数量上来看，三大地域文学家分布的排列顺序分别为山东区域、江南区域、关中区域。山东地域辽阔，是传统的文化中心，故从总数来说人才仍居第一位；江南是继起的经济开发区，同时也逐渐形成文化重心，考虑到江南人才主要集中在江南东道环太湖流域，而闽江流域、湘江流域、珠江流域及所谓的巴蜀、八桂地区尚待开发，故为此后南方文化的进一步拓殖埋下伏笔。关中区人才主要集中于京畿附近，且是由全国各地文化精英迁徙流动，荟萃于此而形成繁荣，这预示着一旦失掉作为政治中心这一条件，关中人文资源将会进一步流失，而周之礼乐制度、汉唐之城阙，徒存遗址。

四、从特征上来说，关中区之武力、山东区之经术与江南区之文学，分别形成尚气力、崇义理与慕情韵三种风格，这三种特征在各个区域中皆有所偏重，人口之迁徙流动使其特征或有所弱化，但并未能消弭这些特征。

第五章　唐代文学士族的迁徙流动

迁徙是社会流动(Social mobility)的一个侧面。根据笔者的理解，社会流动既有横向的，也有纵向的。横向的流动即地域的迁徙，纵向的流动即阶层与等级的上下移动。① 如果说东晋南北朝的社会流动主要表现为横向的即地域的迁徙，那么唐代的社会流动则既有横向的，也有纵向的。唐代士族的纵向流动即阶层的突破是本书主要关注的问题，本文则集中讨论横向流动现象。虽然两者是密不可分的，但从学理上还是应首先厘定并予以澄清。

如果说文学士族的地域分布形成一种空间壁垒，借以标志彼此的区别性，保存各自的独特性，那么迁徙就是对地域空间的一种突破与超越，趋向于文化共同体，寻求一种超空间、超地域的认同。这种新变化是一种合力作用的结果，是社会变革使然。在

---

① 将士族的社会流动分为纵向的(阶层)与横向的(地域)两个方面，不独我一人谈到，陶晋生《北宋士族：家族、婚姻、生活》(台北：《“中央研究院”历史语言研究所专刊》，2001 年)亦有论述，引自何炳棣《读史阅世六十年》，桂林：广西师范大学出版社，2005 年，第 24 页。

承认其变化所含的历史必然性的同时，也要认识到它是以减弱或丧失文学的地域独特性为代价换来的。

唐代文学士族与本时期一般移民或流民的迁徙既有相似处，又有差别处。作为一个独特的社会阶层，其定居或迁徙受当时的政治、军事、文化、经济的影响制约，故与整个时期迁徙流动的总趋势有一致性；但是士族在经济文化方面多具自足性与独立性，故其移动又与整个移民大潮不尽一致，其对原住地与迁徙地的影响亦大于一般流民。关于一般流民的迁徙，学术界较早注意，且成果丰硕①。本篇讨论唐代文学士族的迁徙，受惠于以上成果处颇多，但因论题的差异，容或与诸家之说有所不同，势所难免，这是首先要说明的。

除过个别的、小型的流动外，有唐一代士族大规模的迁徙有三次：第一次在隋唐之际(或更早)；第二次在安史之乱爆发后；第三次则在唐末及五代战乱中。迁移的原因分别为科举仕进、战争、贬谪与宦游。本篇依原因分类描述这些迁徙，并试图比较其异同以及对文学风貌的影响，进而凸显这些大事件对作家心灵的

---

① 如方国瑜《唐宋时期洱海地区的汉族移民》，《人文科学杂志》1957 年第 1 期；周振鹤《唐代安史之乱和北方人民的南迁》，《中华文史论丛》1987 年第 2 期；费省《论唐代的人口迁徙》，《中国历史地理论丛》1989 年第 3 期；谢元鲁《唐五代移民入蜀考》，《中国社会经济史研究》1987 年第 4 期；吴松弟《唐后期五代江南的北方移民》，《中国历史地理论丛》1996 年第 3 期。此外，葛剑雄、曹树基、吴松弟《简明中国移民史》(福州：福建人民出版社，1993 年)专章讨论隋唐五代时期的移民，冻国栋《唐代人口问题研究》(武汉：武汉大学出版社，1993 年)第五章亦讨论唐代的人口迁移。葛剑雄主编，吴松弟、曹树基著《中国移民史》第 3 卷(隋唐五代时期)(福州：福建人民出版社，1997 年)后出转精，无论资料与论述都超越前人，被认为是迄今国内外最完整系统的一部移民史。

震动与撞击。

一、科举仕进所形成的流动

隋文帝登基后，原东魏北齐、西魏北周的山东士族陆续投归隋朝，在北齐及北周时代已滞留北方的江南士人亦乘便向新政府输诚，另有隋灭陈之后所俘获的降臣。这些不同地区、不同时期、因不同原因、怀有不同目标的士人居留京城，给岑寂已久的长安文坛带来了欣欣向荣的新气象。

如琅邪颜氏家族本为“侨姓高门”，“中原冠带随晋渡江者百家，故江东有《百谱》”①，颜氏亦为百家之一，居建康南之长干，所居巷名“颜家巷”。南朝刘宋时的颜延之，与谢灵运并称“颜谢”，又与谢灵运、鲍照被誉为“元嘉三大家”，是江东颜氏的文学领袖。颜之推及兄之仪、之善在西魏军攻破江陵后，被俘来到北方，或仕北齐，或仕北周，后徙居雍州万年(今陕西西安)，之推之子均任职杨隋，唐初名臣颜师古、颜相时皆为这一支。安史之乱中抗战英雄颜杲卿，著名文学家、被誉为书圣的颜真卿也是其苗裔。

隋开皇九年平陈后，江南地区迁徙大量的贵族百官于长安，“陈叔宝与其王公百司发建康，诣长安，大小在路。五百里累累不绝。帝命权分长安士民宅以俟之，内外修整，遣使迎劳；陈人

---

① 颜之推《观我生赋》自注，见《北齐书》卷四五《文苑传》，第2册，第621页。

至者如归"①，后人咏叹道："文物衣冠尽入秦，六朝繁盛忽埃尘。"②隋代文坛上的活跃分子许善心、虞世基、虞世南、王胄本来都是梁陈文坛上的名流，陈亡入隋，此外还有柳䛒、诸葛颍等，围绕着杨广形成一个颇具特色的文学群体，有人甚至认为构成一强大的江南集团③。据《隋书·柳䛒传》记载：

> (䛒)转晋王咨议参军。王好文雅，招引才学之士诸葛颍、虞世南、王胄、朱瑒等百余人以充学士，而䛒为之冠，王以师友处之，每有篇什，必令其润色，然后示人。尝朝京师还，作《归藩赋》，命䛒为序，词甚典丽。初，王属文，为庾信体，及见䛒已后，文体遂变。④

杨广于南方文化有一种特别的情结，"陈平后，广为扬州总

① 《资治通鉴》卷一七七《隋纪》一，北京：中华书局点校本，1956年，第12册，第5516页。
② 《全唐诗》卷七六七孙元晏《淮水》，第22册，第8711页。
③ 葛剑雄主编，冻国栋著《中国人口史》第2卷(隋唐五代时期)，上海：复旦大学出版社，2002年，第191页。
④ 《隋书》卷五八，北京：中华书局，1973年，第1423页。又《资治通鉴》卷一八二《隋纪》六记杨广："好读书著述，自为扬州总管，置王府学士至百人，常令修撰，以至为帝，前后近二十载，修撰未尝暂停；自经术、文章、兵、农、地理、医、卜、释、道乃至蒲博、鹰狗，皆为新书，无不精洽，共成三十一部，万七千余卷。"(北京：中华书局点校本第12册，第5694页)如果说庾信、颜之推是受到北方文化熏习的南方士人，那么杨广则是受到南方文化濡染的北方贵族，南北文化的合流体现在每个人身上是不同的。又，广在任扬州总管时即招引南方才学之士百余人为王府学士，恐不仅是文学顾问，亦同时是政治智囊团。后来李世民署秦府学士，或即受此启发。

管，前后十年，以北方朴俭之资，熏染于江南奢靡之俗”①，他“好为吴语”②，即位后曾三幸江都。除喜欢与南方籍士人唱酬外，又娶后梁明帝萧岿之女(梁昭明太子萧统曾孙女)为妻，是为萧后。这种联姻，使杨广与南方文化有更深的契合，或谓靡丽文风、荒淫生活导致杨广堕落为亡国之君。按杨隋灭亡为复杂原因之综合作用。杨广总管扬州，招引南方士人，并与江南士族联姻，不仅为他自己日后的壮大准备了人才，获得了人心，而且为隋王朝抚绥江南、稳定了局面，是有积极意义的③。

此外，王邵、刘焯、刘炫都是来自北齐的山东士族，曾被指定修五礼。出于范阳卢氏高门的卢思道，自称“生于右地，九叶卿族”④，先仕于北齐，齐亡入周，周亡入隋，曾以南朝“思妇—征夫”的歌行体⑤，写出反映边塞军旅生活的《从军行》，很有影响⑥。

仍活跃于初唐文坛上的虞世南、褚亮、刘孝孙、许敬宗等，

---

① 岑仲勉《隋唐史》上册，北京：中华书局，1982 年，第 39 页。

②《资治通鉴》卷一八五《唐纪》一，北京：中华书局点校本，1956 年，第 13 册，第 5775 页。

③［英］崔瑞德编《剑桥中国隋唐史》(中译本，北京：中国社会科学出版社，1990 年)与流行的隋唐史与隋唐文学史著述不同，对杨广多所赞扬，其中或可商榷，但对杨广招引江南文士、联姻萧氏积极意义的评价，是应该肯定的。参见该书第 114—136 页。

④ 卢思道《劳生论》，见《全上古三代秦汉三国六朝文》第 4 册《全隋文》卷一六。又《隋书》卷七三《梁彦光传》：“初，齐亡后，衣冠士人多迁关内，唯技巧、商贩及乐户之家移实州郭。”则北齐士人迁徙关中者数量亦不在少数。

⑤ 曹道衡、沈玉成编著《南北朝文学史》，北京：人民文学出版社，1991 年，第 493 页；袁行霈主编《中国文学史》第 2 卷，北京：高等教育出版社，1999 年，第 216 页。

⑥《明皇杂录 · 补遗》记唐玄宗自蜀返长安，夜登勤政楼，凭栏南望，烟云满目，因歌“庭前琪树不堪攀，塞外征夫久未还”，即卢思道此诗中的句子，唯文字稍有出入。

也是由南朝入隋唐的。陈叔达是陈宣帝的儿子，隋时任高官，唐初曾为相，“江南名士薄游长安者，多为荐拔”①。由山东入关中的士人就更多了，一时“辞人才士，总萃京师”②。

新生政权也急需人才。唐太宗贞观十一年四月诏中称：“齐赵魏鲁，礼义自出；江淮吴会，英髦斯在。”③唐高宗上元三年诏中亦称：“山东、江左，人物甚众。虽每充宾荐，而未尽英髦。”④说明依靠关陇军事力量夺取政权的统治者，对山东、江左两地域的文物衣冠亦非常渴求，希望能通过制度性的孔道，使人才进入官僚体系，为新王朝贡献聪明才智。《通典》卷一七《选举》五：

> 隋氏罢中正，举选不本乡曲，故里闾无豪族，井邑无衣冠。人不土著，萃处京畿。⑤

行之有效的措施终于找到了，这便是始于隋行于唐的科举制。杜佑所记材料极重要，一方面指出隋唐以来“人不土著，萃处京畿”

---

①《旧唐书》卷六一《陈叔达传》，第7册，第2363页；又《旧唐书》卷七二《褚亮传》附刘孝孙传：“孝孙弱冠知名，与当时辞人虞世南、蔡君和、孔德绍、庾抱、庾自直、刘斌等登临山水，结为文会。”后来这批人多辗转由南赴北入隋唐。吴松弟曾罗列陈和后梁北迁士人47人，其中绝大多数迁往长安、洛阳，也有部分迁往长安所在地关中附近。见葛剑雄主编，吴松弟、曹树基著《中国移民史》第3卷(隋唐五代时期)，第422—423页，表13—1。

②《隋书》卷三五《经籍志四》，第1091页。

③《全唐文》卷六唐太宗《令河北淮南诸州举人诏》，第1册，第71页上。

④《全唐文》卷一三唐高宗《令山东江左采访人物诏》，第1册，第159页下。

⑤《通典》卷一七，第一册，第417页。

的迁徙流动现象，另一方面又解释了产生这种情况的原因：“举选不本乡曲”，“六品以下官吏，咸吏部所掌，自是海内一命以上之官，州郡无复辟置矣！”①地方人士甚至连担任参军等僚属佐官的机会都没有了②，察举征辟之途彻底被堵死了，故只能迁徙移居，萃处京畿，便于仕进。故当礼部侍郎杨绾奏请每岁举人，依乡举里选察秀才孝廉，中书舍人贾至议曰：“杨绾所奏，实为正论，然衣冠迁徙，人多侨寓，士居乡土，百无一二。今依古制，恐取士之道未尽。”③

科举实施过程中，两京、同州、华州等因地利而为举子推重④。《唐摭言》卷一“两监”条：“按实录：西监，隋制；东监，龙朔元年所置。开元已前，进士不由两监者，深以为耻。……李肇舍人撰《国史补》亦云：天宝中，袁咸用、刘长卿分为朋头，是时尚重两监。尔后物态浇漓，稔于世禄，以京兆为荣美，同华为

① 《通典》卷一四《选举》二，王文锦等点校本第 1 册，北京：中华书局，1988 年，第 342 页。

② 严耕望《治史经验谈》，第 14—15 页，台北：“商务印书馆”1981 年，转引自毛汉光《中国中古社会史论》，第 243 页。

③ 《唐会要》卷七六《孝廉举》“宝应二年六月二十日”条，第 1395 页。

④ 司马光《乞贡院逐路取人札子》说北宋开封府，“每次科场所差试官，率皆两制三馆之人，其所好尚，即成风俗，在京举人，追趋时好，易知体面，渊源渐染，文采自工”，故“非游学京师者，不善为诗赋论策”，因而“四方之士，皆弃背乡里，违去二亲，老于京师，不复更归”。见《宋文鉴》卷四。所论虽为宋代科举风气及迁居京城的习俗，但可与唐代故事参观发明。京城中还有举子的聚集区，《长安志》卷八崇仁坊载，北街与尚书省选院最近，“又与东市相连，选人京城无第宅者多停憩此。因是一街辐辏，遂倾两市，昼夜喧呼，灯火不灭，京中诸坊莫与之比”（又见《唐两京城坊考》卷三“西京外郭城崇仁坊”）。又，《太平广记》卷三四三“窦玉”条引《玄怪录》：“进士王胜、盖夷，元和中，求荐于同州。时宾馆填溢，假郡功曹王翥第，以俟试。既而他室皆有客。”

利市。”①又，同书卷二“争解元”条：“同华最推利市，与京兆无异，若首送，无不捷者。”柳宗元《送辛生下第序略》亦记述道：“京兆尹岁贡秀才，常与百郡相抗。登贤能之书，或半天下。取其殊尤以为举首者，仍岁皆上第。过而就黜，时谓怪事，有司或不问能否而成就之。”②因此，士人多麇集京师，或入太学，或寄居附近山林寺观③，或构筑别业草堂读书修业④，准备应举；干谒请托，四处奔竞⑤。长安遂成为四方乡贡文士的聚散地⑥。

京华之地，衣冠所聚，子弟之间，身名所出，从容附会，不劳而成。一出外藩，有异于是。人情进取，岂忘之于私，但法制之不敢违耳，原其本意，固私是欲。今大利于京职，而不在外郡，如此则智能之士，欲利之心，日夜营营，安肯复出为刺史、县令？……⑦

自隋罢外选，招天下之人聚于京师，春还秋往，乌聚云合，穷关中地力之产，奉四方游食之资。⑧

---

①《唐摭言》卷一，第5页。《唐国史补》卷下与此所引略有不同。

②《柳宗元集》卷二三，北京：中华书局，第2册，第619页。

③ 严耕望《唐人习业山林寺院之风尚》，见严著《唐史研究丛稿》，香港：新亚研究所，1969年。

④ 参见拙著《唐代园林别业考论》第1章、第6章有关论述，西安：西北大学出版社，1998年。

⑤ 有关唐代士人以行卷温卷干谒之研究，可参见程千帆《唐代进士行卷与文学》及罗联添《唐代文学史两个问题探讨》，但罗联添认为行卷只有诗文，没有传奇。参见罗联添《唐代文学论集》下册，台北：学生书局，1989年，第262页。

⑥ 袁行霈主编《中国文学史》第2卷，北京：高等教育出版社，1999年，第235页。

⑦《通典》卷一七，第1册，第412—413页。

⑧《通典》卷一八，第1册，第445页。

> 是时四方儒士，多抱负典籍，云会京师。俄而高丽及百济、新罗、高昌、吐蕃等诸国酋长，亦遣子弟请入于国学之内。鼓箧而升讲筵者，八千余人，济济洋洋焉，儒学之盛，古昔未之有也。①
>
> 郡国所送，群众千万，孟冬之月，集于京师，麻衣如雪，纷然满于九衢。②
>
> 天下之士，什什伍伍，戴旧帽，骑蹇驴，未到门百步辄下马，奉币刺再拜，以谒于典客者，投其所为之文，名之曰“求知己”。如是者而不问，则再如前所为者，名之曰“温卷”。如是而又不问，则有执贽于马前，自赞曰“某人上谒者”。③

士人们有些春还秋往，行色匆匆④，也有些顺便就寓居于两京地区，逐渐形成了望贯分离、城市与乡村兼有的“双家形态”⑤，久之便失去其地方代表性而趋于中央化⑥。毛汉光曾对唐代士族中清河崔氏、博陵崔氏、范阳卢氏、陇西李氏、赵郡李氏、太原王

---

①《旧唐书》卷一八九上《儒学传上》，第15册，第4941页。

②《全唐文》卷八四六牛希济《荐士论》，第9册，第8890页上。

③《文献通考》卷二九《选举考》二注引，北京：中华书局，1986年，第274页上。

④《太平广记》卷三四四“安凤”条引《潇湘录》载：寿春人安凤赴长安应举，十年不达，耻不还乡。忽逢乡里故友徐侃，侃留诗曰：“君寄长安久，耻不还故乡。我别长安去，切在慰高堂。”凤亦以诗赠曰：“一自离乡国，十年在咸秦。泣尽卞和血，不逢一故人。今日旧友别，羞此漂泊身。且及来年春，凤犹客长安。”

⑤ Eberhard Wolfram: Conquerors and Rulers: Social Forces in Medieval China (Leiden, Second Edition, 1965). 本文引自《中国中古社会史论》，台北：联经出版事业公司，1988年，第239页。另，参见本书《从墓志看唐代河东裴氏的迁徙》一文的论述。

⑥ 毛汉光《中国中古社会史论》第8篇《从士族籍贯迁移看唐代士族之中央化》。

氏、琅邪王氏、彭城刘氏、渤海高氏、河东裴氏、兰陵萧氏、河东薛氏、河东柳氏等十姓十三家著房著支进行具体分析，发现这些大士族著房迁徙之新贯分别为河南府四十七个，京兆府二十四个，河中府五个。可见唐代大士族之主要人物从各方面走向京兆—河南这条线上，他们或设籍或归葬于两京地区，表明其重心已迁移至中央而疏离了原籍。大士族著支迁居河南府要比京兆府几乎多一倍，说明东都洛阳亦为人文荟萃之所，是另一个重要的社会文化中心①。士族籍贯迁徙的风潮，以高宗、武后及玄宗期间为最盛，大多数完成于安史之乱前，但也有少数在安史之乱后完成②。

二、战争所造成的移民

1. 安史之乱与士人南迁

安史之乱对唐王朝打击很大，对士族的打击更大。士族本具有血缘性与地缘性两大特征，是一种地方的社会力量。科举仕进已使士族疏离了郡望或旧贯，侨迁于两京新贯，对其经济地位与社会地位都有很大的动摇。中原多故，战乱再起，士族再次播迁，不唯经济利益丧失殆尽，就是社会地位亦逐渐沦替。安史之

① 毛汉光《中国中古社会史论》，第333—334页。

② 毛汉光《中国中古社会史论》，第336页。又，白居易《崔公墓志铭并序》："自天宝以还，山东士人皆改葬两京，利于便近。唯吾一族至今不迁，我殁宜归全于滏阳先茔，正首邱之义也。"其中"天宝以还"语义暧昧，不能确指为安史之乱乱前抑或乱后，但一般引用以此指乱前。

乱使当时中国版图大体分成三块，即由中央政府所直接控制的长安及毗邻地区，由藩镇势力割据所控制的地区以及广大的南方地区①。两京地区先后沦陷，虽然相继收复，但因吐蕃南侵，长安变成军事前线，入侵者可以朝发夕至，故士人纷纷南投，从某种程度上说又重蹈西晋永嘉之乱士族渡江南下的旧辙。

三川北虏乱如麻，四海南奔似永嘉。②

闻君作尉向江潭，吴越风烟到自谙。客路寻常随竹影，人家大抵傍山岚。缘溪花木偏宜远，避地衣冠尽向南。③

当是时，中国新去乱，士多避处江淮间，尝为显官得名声，以老故自任者以千百数。④

天宝末，安禄山反，天子去蜀，多士奔吴为人海。⑤

天下衣冠士庶，避地东吴，永嘉南迁，未盛于此。⑥

中夏不宁，士子之流，多投江外。⑦

时荐绅先生，多游寓于江南。⑧

两京蹂于胡骑，士君子多以家渡江东。⑨

---

① 参见陈寅恪《唐代政治史述论稿》，第21、26页。按藩镇势力开始只控制河朔地区，后来范围更大。

②《李太白全集》卷八《永王东巡歌十一首》其二。

③《全唐诗》卷二四八郎士元《盖少府新除江南尉问风俗》。一作崔峒诗，见《全唐诗》卷二九四崔峒《送王待御佐婺州》。

④《韩昌黎文集》卷六《考功员外卢君墓铭》。

⑤《全唐文》卷五二九顾况《送宣歙李衙推八郎使东都序》。

⑥《李太白全集》卷二六《为宋中丞请都金陵表》。

⑦《全唐文》卷四三肃宗《加恩处分流贬官员诏》，第1册，第473页上。

⑧《全唐文》卷五〇〇权德舆《王公神道碑铭》，第5册，第5091页下。

⑨《旧唐书》卷一四八《权德舆传》，第12册，第4002页。

> 自中原多故，贤士大夫以三江五湖为家，登会稽者如鳞介之集渊薮。①
>
> 衣冠士庶，……家口亦多避地于江淮。②

士族迁徙的主要方向是由北向南，即由黄河中下游地区向长江流域迁移。据考证，大致可分作江淮、荆襄和蜀中三个方向，亦可称为东、中、西三线③。

士人们喜将此次迁移与永嘉南渡类比，但此次南投与前次情势多有不同。首先是此次天子避蜀，但很快又返回长安。除扈从之文武百官外，士族仍多留在南土，与永嘉中随晋室渡江之侨姓士族并不同。其次，永嘉前后南方地区地广人稀，侨姓士族与土著士族虽有矛盾，但因有政府撑腰，故矛盾较易解决，而侨姓很快拓殖荒芜，开发经济，壮大自己，影响反较土著更大。但唐代南方开发较快，人口亦增多，故南迁士人使江南人口骤增，食物供给等亦面临新问题：

> 自京口南，被于浙河，望县十数，而吴为大。国家当上元之际，中夏多难，衣冠南避，寓于兹土，参编户之一。④

---

①《全唐文》卷七八三穆员《鲍防碑》，第8册，第8190页上。

② 姚汝能《安禄山事迹》卷下，上海：上海古籍出版社，1983年，第38页。

③ 参见费省《唐代人口地理》，西安：西北大学出版社，1996年，第136页；葛剑雄等《简明中国移民史》，福州：福建人民出版社，1993年，第256页；吴松弟、曹树基《中国移民史》第3卷(隋唐五代时期)，福州：福建人民出版社，1997年，第351页。

④《全唐文》卷五一九梁肃《吴县令厅壁记》，第6册，第5273页上。

南迁人口竟然占苏州治所吴县编户的三分之一。天宝时，苏州有户七万六千左右，据此推算，移民至少有二三万户①。扬州则因“侨寄衣冠及工商等，多侵衢造宅，行旅拥弊”②。“自至德后，中原多故，襄、邓百姓，两京衣冠，尽投江、湘，故荆南井邑，十倍其初”③。广德二年(764)吐蕃占领长安后，京师“衣冠戚里尽南投荆襄及隐窜山谷”④。又据高适《请罢东川节度使疏》：

> 比日关中米贵，而衣冠士庶，颇亦出城。山南、剑南，道路相望。村坊市肆，与蜀人杂居，其升合斗储，皆求于蜀人矣。⑤

但有一点与永嘉南渡类似的是，北方高等级贵族与文化精英播迁南土，再一次使南方区域的文化繁盛起来，最后形成中唐至北宋时文化中心与政治中心相分离的新格局。此一变动透露出随后中国政治文化演进之新消息。

李肇《唐国史补》卷上载天宝乱后，元结“自汝坟大率邻里，南投襄汉，保全者千馀家”。元结自己在诗中亦记述道：“昔年苦逆乱，举族来南奔。日行几十里，爱君此山村。……我尝有匮

① 葛剑雄等《简明中国移民史》，第 247 页。费省推算为三万至四万户，见其著《唐代人口地理》，第 135 页。吴松弟推测为二十余万人，见《中国移民史》第 3 卷(隋唐五代时期)，第 270 页。
②《旧唐书》卷一四六《杜亚传》，第 12 册，第 3963 页。
③《旧唐书》卷三九《地理志》，第 5 册，第 1552 页。
④《旧唐书》卷一九六上《吐蕃传》，第 16 册，第 5237 页。
⑤《全唐文》卷三五七，第 4 册，第 3628 页上。

乏，邻里能相分；我尝有不安，邻里能相存。”①

又据陆质《春秋集传纂例》卷一《修传始终记》知，啖助本关中人，“天宝末，客于江东，因中原难兴，遂不还归。以文学入仕。为台州临海尉，复润州丹阳主簿，秩满因家焉。”②

柳宗元之父柳镇亦在安史之乱中南迁，其岳父杨凭一家也是此时迁吴，他与杨氏结缡，或许与两家在南迁中相识有关③。此外如：

梁肃，本为安定人，“父逵，止于司御率府兵曹参军事，安卑于燕蓟，避乱于吴越”④，他自己亦“窜身东下，旅于吴越。转徙厄难之中者垂二十年”⑤。

崔翰，博陵安平人。“父倚，举进士，天宝之乱，隐居而终。君既丧厥父，携扶孤老，托之大江之南”⑥。

萧颖士，颍州汝阴人。他自述：“某自中州隔越，流播汉阴，遂至江左。”⑦

王质，太原祁人，五代祖为隋末大儒王通，“寓居寿春，躬

---

① 元结《与瀼溪邻里》，《元次山集》卷二。又，冻国栋认为《唐国史补》等所记元结南投之“襄汉”，似为“瀼溪”之误，瀼溪在今江西瑞昌市，瑞昌则与九江相毗邻（冻著《唐代人口问题研究》，武汉：武汉大学出版社，1993年，第268页）。

②《丛书集成初编》第3638册，第14页。

③ 全祖望《鲒埼亭集外编》卷四〇《河东柳氏迁吴考》述之甚详。唯认为柳州“不特家于吴，并婚在吴”，似嫌穿凿。据文安礼、施子愉之年谱及章士钊等的研究，柳州在吴只有很短时间，其长于长安、婚于长安当无可置疑。

④《文苑英华》卷九四四崔元翰《左补阙翰林学士梁君墓志》，第4967页上。

⑤《全唐文》卷五一七梁肃《过旧园赋》，第6册，第5249页上。

⑥《韩昌黎文集校注》卷六韩愈《崔评事墓铭》，第349页。

⑦《全唐文》卷三二三萧颖士《与崔中书圆书》，第4册，第3271页下。

耕以养母，专以讲学为事，门人受业者大集其门”①。

杨於陵，弘农人，“天宝末家寄河朔。禄山乱，其父殁于贼，於陵始六岁。及长，客于江南。好学，有奇志。弱冠举进士”②。

杨收，同州冯翊人，“父遗直，位终濠州录事参军，家世为儒。遗直客于苏州，讲学为事，因家于吴”③。

扶风窦叔向家族亦举家南迁江东，窦常、窦牟、窦群、窦巩等皆活跃于江左文坛④。

安史之乱使许多宫廷艺术家亦颠沛流离，漂寓江介，如李龟年⑤，又如梨园弟子等⑥。

2. 唐末五代士族的再次南迁

唐末动乱频仍，中原再度沦为战区，故原留居北方的士族又纷纷南迁。仅乾宁二年(895)，唐昭宗避乱出长安城，“京师士庶从幸者数十万”⑦。割据的藩镇互相混战，农民起义军攻城略地，

---

①《旧唐书》卷一六三《王质传》，第 13 册，第 4267 页。

②《旧唐书》卷一六四《杨於陵传》，第 13 册，第 4292 页。

③《旧唐书》卷一七七《杨收传》，第 14 册，第 4595 页。

④ 见拙文《窦叔向家族贯望新证》，载《唐代文学研究》第 7 辑，桂林：广西师大出版社；又收入拙著《唐代关中士族与文学》，台北：文津出版社，1999 年。

⑤ 杜甫《江南逢李龟年》：“岐王宅里寻常见，崔九堂前几度闻。正是江南好风景，落花时节又逢君。”

⑥ 白居易《江南遇天宝乐叟》：“白头病叟泣且言，禄山未乱入梨园。能弹琵琶和法曲，多在华清随至尊……从此漂沦落南土，万人死尽一身存。”《全唐诗》卷四三五。又，同人《赠康叟》：“八十秦翁老不归，南宾太守乞寒衣。再三怜汝非他意，天宝遗民见渐稀。”《唐宋诗醇》卷二二：“前叙乐叟之言，天宝旧事也，后叙告乐叟之言，乱后景象也。俯仰今昔，满目苍凉，言外黯然欲绝。乐叟未必实有其人，特借以抒感慨之思耳。”按：揣诗意，兼考天宝战乱中迁徙之状，则白诗所写或实有其人。

⑦《旧唐书》卷二〇上《昭宗纪》，第 3 册，第 754 页。

给社会带来巨大灾难。天祐元年(904)，“(朱)全忠令长安居人按籍迁居，彻屋木，自渭浮河而下，连甍号哭，月余不息”①。“唐广明中，黄巢犯阙，大驾幸蜀，衣冠荡析，寇盗纵横”②。朱全忠(温)于天祐二年大量贬杀士族：“自余或门胄高华，或科第自进，居三省台阁，以名检自处，声迹稍著者，皆指为浮薄，贬逐无虚日，缙绅为之一空。……时全忠聚枢等及朝士贬官者三十余人于白马驿，一夕尽杀之，投尸于河。初李振屡举进士，竟不中第，故深疾缙绅之士，言于全忠曰：‘此辈常自谓清流，宜投之黄河，使为浊流！’全忠笑而从之。”③从此，京城的衣冠大族、门胄高华扫荡以尽，逃避唯恐不及。

宋代许多人物，祖上多于唐末五代迁徙流移：

> 李涛，字信臣，京兆万年人。唐敬宗子郇王玮十世孙。祖镇，临濮令。父元，将作监。朱梁革命，元以宗室惧祸，挈涛避地湖南，依马殷。④
>
> 王易简，字国宝，京兆万年人……曾祖朏，唐剑州刺史。祖远，连州刺史。父贯，唐州刺史。易简少好学，工诗，会僖宗幸蜀，长安兵乱，避地山谷。⑤
>
> 杨大雅，字子正，唐靖恭诸杨虞卿之后。虞卿孙承休，

---

①《旧唐书》，第778页。

②《北梦琐言》卷九，可与韦庄《秦妇吟》中“内库烧为锦绣灰，天街踏尽公卿骨”互相印证。

③《资治通鉴》卷二六五《唐纪》八一，第18册，第8643页。

④《宋史》卷二六二《李涛传》，第9060页。

⑤《宋史》《王易简传》，第9064页。

> 唐天祐初，以尚书刑部员外郎为吴越国册礼副使，杨行密据江淮，道阻不克归，遂家钱塘。①
>
> 孔承恭，字光祖，京兆万年人。唐昭宗东迁，举族随之，遂占籍河南。②
>
> 王著，字知微，文仲同时人。自言唐相石泉公方庆之后，世家京兆渭南。祖贲，广明中从僖宗入蜀，遂为成都人。③
>
> 李迪，字复古，其先赵郡人，后徙幽州。曾祖在钦，避五代乱，又徙家濮。④

士人大量迁移，给迁入区带来巨大变化。宋代苏颂指出南唐的发展与士族迁徙有关：

> 唐季之乱，四方豪杰与京都士族，往往避地江湖，李氏能招携安辑之。故当时人物之盛，不减唐日。而文风施及其后裔，今名显于朝廷者多矣。⑤

南方地区战乱较少，故迁徙者主要流向江淮、荆襄及蜀中地区，与前次迁入区大体类似。“楚地不知秦地乱，南人空怪北人

---

①《宋史》卷三〇〇《杨大雅传》，第9979页。
②《宋史》卷二七六《孔承恭传》，第9389页。
③《宋史》卷二九六《王著传》，第9872页。
④《宋史》卷三一〇《李迪传》，第1017页。
⑤《苏魏公集》卷五五《龙图阁直学士知成都府李公墓志铭》。

多”①，韦庄、牛峤、牛希济等关陇作家也是在此时期漂寓西蜀的。而前蜀的统治者也颇能利用这一人力资源：“蜀恃险而富，当唐之末，士人多欲依(王)建以避乱。建虽起盗贼，而为人多智诈，善待士，故起僭号，所用皆唐名臣世族。”②“是时，唐衣冠之族多避乱在蜀，蜀主礼而用之，使修举故事，故其典章文物有唐之遗风。”③

江东徽州(今安徽歙县)也是一个迁入区，“黄巢之乱，中原衣冠避地保于此，后或去或留，俗益向文雅”④。又据苏易简《文房四谱》卷五：“江南黟歙之地有李廷珪墨尤佳。廷珪本易水人，其父超，唐末流离渡江，睹歙中可居制墨，故有名焉。”陶宗仪《南村辍耕录》卷二九亦载：“至唐末，墨工奚超，与其子廷珪，自易水渡江，迁居歙州。南唐赐姓李氏。廷珪父子之墨，始集大成。”

三、贬谪与宦游所形成的迁徙

除战争外，从初唐以来就有将贬谪、左迁的官员流徙南方的传统⑤。宋之问《至端州驿见杜五审言沈三铨期阎五朝隐王二无竞慨然成咏》：“逐臣此地受严谴，谓到南方每相见。”白居易《送客

---

①《全唐诗》卷六九八韦庄《湘中作》，第20册，第8035页。

②《新五代史》卷六三《前蜀世家第三》，第787页。

③《资治通鉴》卷二六六《后梁纪》一，第18册，第8685页。

④ 罗愿《新安志》卷一《风俗》。

⑤ 按据阮元《广东通志》卷二六二《谪宦录》考证：“唐以前得罪至岭南皆迁徙为民，至唐始谪为宦，有责授左授之分。”故明代王守仁《送李柳州序》说：“唐宋时吏其土者或未必尽以遣谪，而以遣谪者居多。”

春游岭南二十韵》："瘴地难为老，蛮陬不易训。……路足羁栖客，官多谪逐臣。""宾(州)去天远，中州名公巨儒罕有至者，惟迁谪入岭游宦落南间有人焉"①。贬谪与流放对当事人是一种惩罚，但对文学之创作与传播却有重要影响②。

迁徙者甚至有避居岭南者："是时，天下已乱，中朝士人以岭外最远，可以避地，多游焉。唐世名臣谪死南方者往往有子孙，或当时仕宦遭乱不得还者，皆客岭表。"其中有唐名臣刘崇望之子刘浚、太学博士倪曙、宰相李德裕之孙李衡、司农少卿周杰、娴于典章制度的杨洞潜、孔子四十一世孙孔昌弼等，先后迁移岭南。③

宋人王禹偁说："……有唐以武戡乱，以文化人，自宰辅公卿至方伯连帅，皆用儒者为之……于时宦游之士，率以东南为善地，每刺一郡，殿一邦，必留其宗属子孙，占籍于治所，盖以江山泉石之秀异也。至今吴越士人多称唐贤旧族耳。"④又据宋朱长文《吴郡图经续记》卷上《人物》："吴中人物尚矣……自东汉至于唐，代有贤哲，已具《图经》，而四姓者最显。陆机所谓'八族未足侈，四姓实名家'。四姓者，朱、张、顾、陆也。其在江左，世多显人。或以相业，或以儒术，或以德义，或以文辞，已著于旧志矣。自广陵王元璙父子帅中吴，是时有丁、陈、范、谢四人

① 《舆地纪胜》卷一一五引《宾州图经》，北京：中华书局，1992 年，第 3399 页。

② 参见尚永亮《元和五大诗人与贬谪文学考论》，台北：文津出版社，1993 年；王承文《唐代的左降官与岭南文化》，载《唐文化研究论文集》，上海：上海人民出版社，1994 年。

③ 《新五代史》卷六五《南汉世家・刘隐传》，第 810 页。

④ 《小畜集》卷三〇《柳府君墓碣铭》，第 150—154 页，《四部丛刊初编》第 807 册。

者，同在宾幕，以长者称。丁氏之后有晋公，出入将相。范氏之后有文正公，参豫大政，为世宗师。文正公族侄龙图公师道，以清直显，先朝履历谏宪；谢氏之后有太子宾客涛，宾客有子曰绛，为知制诰，缙绅推之；陈氏之后有太子中允之奇者，谢陇西郡王宅教授以归，召之不起，以行义著乡间，谓之陈君子者也。又若宣徽使郑文肃公，以谋烈赞枢府、定边陲。秘书监富公严，以耆德守乡郡。而许洞以歌诗著名祥符之间。皆吴人也。而东南之才美，与四方之游宦者，视此邦之为乐也，稍稍卜居营葬，而子孙遂留不去者，不可以遽数也。”说明五代宋以来，东南仍为人文渊薮，但新兴的文化家族已取代旧的本土士族，迁徙已改变吴郡的居民结构。

四、士族迁移对学术文化的影响

在古代社会中，迁徙多是被动的，它使移居者失去与本土世代相续的许多联系，使人变成无根的飘蓬。从社会心理的深层上说，乡土社会是拒绝迁徙的。唐代诗文中将乡愁的理念表达得那样丰富深刻，与士人复杂的心态有关。但是，政治变革、经济利益、军事战争、自然灾害等又迫使人们不得不流动，而移动对移动者与所移入的环境都会发生极大影响。因论题所限，本节主要申论迁移对学术文化的影响①。

---

① 北人南迁对江南农业发展的影响参见李伯重《唐代江南农业的发展》，北京：农业出版社，1990 年，第 58—69 页。

首先，迁移使唐代士族的地方代表性不断丧失，在不断追逐科举仕进的过程中，逐渐丧失其社会领袖的地位。

> 隋氏罢中正，举选不本乡曲，故里闾无豪族，井邑无衣冠。人不土著，萃处京畿。①
>
> 士居乡土，百无一二，因缘官族，所在耕筑，地望系数百年之外，而身皆东西南北之人焉。②
>
> 唐末五代之乱，衣冠旧族多离去乡里，或爵命中绝，而世系无所考。③

唐前期的士族迁移与中后期(安史之乱与唐末五代)的迁徙，虽然具体方向不同、目的不同，但就其对士族的影响而言，则是一致的，即不断使士族弱化，在趋向中央化与官僚化的过程中，地方代表性在丧失，其与政治力量抗衡的基础被瓦解，社会与政治之间的张力在日趋缓和。士族作为社会中层在不断扩大，但又在不断弱化④。士族本身亦由世家大族蜕变为近代封建宗族⑤。

① 《通典》卷一七《选举》五，第417页。

② 《全唐文》卷三六八贾至《议杨绾条奏贡举疏》，第4册，第3736页上；又见《旧唐书》卷一一九《杨绾传》。

③ 李焘《续资治通鉴长编》卷一〇三；又见《宋史》卷二六六《刘烨传》。

④ 参见许倬云《历史分光镜》，上海：上海文艺出版社，1998年，第225—228页。但许氏认为中层的扩大是宋代以来的事，实际上，唐代科举取士即含有扩大阶级的范围，亦即中层的扩大。参见王亚南《中国官僚政治研究》，北京：中国社会科学出版社，1981年，第103页。又见钱穆《国史新论》，北京：三联书店，2001年，第160页；钱穆《中国历代政治得失》，北京：三联书店，2001年，第57页。

⑤ 徐扬杰《中国家族制度史》，北京：人民出版社，1992年，第18页。

谈唐宋变革论或唐宋思想转型者①，指出唐宋士人经由士族向官僚的转变，而文化关怀之重点亦由文学向理学转变。则唐宋之际士人性质之改变，文化关怀重点之嬗变，亦与士族迁移息息相关。

其次，就移入的士族而言，整体上文化素质较高，所以很大程度上提升了移入地区的文化品位。一般认为隋唐之际的南方文化与山东文化要比当时的关中文化发达兴盛，故山东士人与江南士人的播迁，极大地改变了关中文化的旧貌，使其很快呈现出与政治地位相称的文化兴盛局面。“隋唐间礼乐刑政诸制度，以及经学、文学、音乐、文字、书法艺术等，主要取资于东晋南朝，故隋唐之际的南朝因素对唐代有深刻影响”②。以经学为例，唐初颜师古和孔颖达等奉命撰《五经定本》和《五经正义》，凡诸经解释有歧义之处，二书多从南学③。同样，安史之乱及唐末五代的两次南迁亦与此类似。虽然江南有六朝以来的文化积淀，但唐前期英髦之才多北上两京，除了隐沦于草莱间的一些失意者外，地方精英人物委实不多，故两次战乱对南方区域的发展无疑是一大契机。中原先进技术的输入，发达文化的引进，遂使南方文化重现辉煌，更加繁荣，并从此奠定了南方区域作为中国经济文化重心

① 讨论唐宋变革或转型的文献甚多。结合士族兴衰研究者主要有孙国栋《唐宋之际社会门第之消融》，收入《唐宋史论丛》，香港：龙门书店，1980 年；邱添生《由世族盛衰看中国中世的社会变迁》，载《第一届国际唐代学术会议论文集》，台北：学生书局，1989 年；包弼德《斯文：唐宋思想的转型》，刘宁中译本，南京：江苏人民出版社，2001 年。

② 牟发松《略论唐代的南朝化倾向》，《中国史研究》1996 年第 2 期。

③ 马宗霍《中国经学史》第 9 章《隋唐之经学》，上海：上海书店，1984 年（据商务印书馆本重印）。

的地位，迄今已历千年而未变。这一历史大机缘的出现，不能说与唐代两次士族南迁无关。因为迁徙是一种突进的方式，跳跃式地提升当地的文化水平，横向的引进要比纵向的继承发展来得更快。

> 今江南多士所凑，埒于上国。①
>
> 盖益都多名画，富视他郡，谓唐二帝播越及诸侯作镇之秋，是时画艺之杰者，游从而来。故其标格模楷，无处不有。②

根据冻国栋对《新唐书·文艺传》中人物前后期各道分布统计知，关内道前期为四人，中晚期为一人；河南道前期为八人，中晚期为二人；河北道前期为五人，中晚期为二人；河东道前期为三人，中晚期为二人；江南道前期为一人，中晚期为六人。③ 可见北方各道人物由前期向后期在递减，而南方之江南道人物由前向后在大幅度递增。冻国栋又据日人平冈武夫、市原亨吉编《唐代的诗人》及平冈武夫、今井清二编《唐代的散文作家》，还有徐松编《登科记考》等进行统计，兹引用三表如下④：

---

①《全唐文》卷四八九权德舆《与睦州杜给事书》。

②《益州名画录·序》，何韫若等点校本，成都：四川人民出版社，1982 年。

③ 冻国栋《唐代人口问题研究》，武汉：武汉大学出版社，1993 年，第 311 页。

④ 参见冻国栋《唐代人口问题研究》，第 313、316 页。

表一 唐代诗人前后期各道分布统计

道别	唐前期小计	中晚唐小计	升降百分比
关内道	66	91	
河南道	68	82	
河北道	65	82	
河东道	26	52	
陇右道	4	23	
江南道	40	261	
山南道	19	23	
淮南道	6	28	
剑南道	10	32	
岭南道	3	19	
北方五道合计	229	330	44%
南方五道合计	78	363	365.4%

表二 唐代散文作家前后期各道分布统计

道别	唐前期小计	中晚唐小计	升降百分比
关内道	117	140	
河南道	75	121	
河北道	72	138	
河东道	47	79	
陇右道	8	21	
江南道	40	130	
山南道	21	18	

续表

道别	唐前期小计	中晚唐小计	升降百分比
淮南道	10	11	
剑南道	9	21	
岭南道	2	11	
北方五道合计	319	499	56.4%
南方五道合计	82	191	130%

表三　唐代进士前后期各道分布统计

道别	唐前期小计	中晚唐小计
关内道	12	50
河南道	16	71
河北道	28	57
河东道	11	47
陇右道	1	20
江南道	14	177
山南道	8	15
淮南道	3	8
剑南道	3	15
岭南道	1	12
总计	97	470
北方五道合计	68	245
南方五道合计	29	225

不难看出，北方各主要道人物虽也在增加，但比例较小，而南方各道增加较多，尤其以江南道、剑南道、岭南道增加的比例高，其中江南道递升幅度最大。

李邕曾先后贬富州司户与钦州遵化县尉，“邕早擅才名，尤长碑颂。虽贬职在外，中朝衣冠及天下寺观，多赍持金帛，往求其文。前后所制，凡数百首，受纳馈遗，亦至巨万。时议以为自古鬻文获财，未有如邕者”①。流贬途中，竟然靠卖文成大款，亦是文坛一佳话。

李绅贬端州司马，“以诗自娱，每纪所历，皆为长句，名《追昔游》。自检益严，端人见之，皆有立操”，临行时，“端人攀留不得，留其衣带祠之”②。

元和中，元稹贬任通州司马，白居易贬任江州司马，两人往还赠答的作品，“江南人士，传道讽诵，流闻阙下，里巷相传，为之纸贵。观其流离放逐之意，靡不凄惋”③。

柳宗元贬任柳州刺史，“柳州土俗，以男女质钱，过期则没入钱主，宗元革其乡法。其已没者，仍出私钱赎之，归其父母。江岭间为进士者，不远数千里，皆随宗元师法，凡经其门，必为名士。著述之盛，名动于时，时号柳州云”④。又据赵璘《因话录》卷三：“元和中，柳柳州书，后生多师效，就中尤长于章草，为时所宝。湖湘以南，童稚悉学其书，颇有能者。”他在柳州还建

---

①《旧唐书》卷一九〇中《文苑中·李邕传》，第15册，第5043页。
②《粤大记》卷九《李绅传》，广州：中山大学出版社，1998年，第213页。
③《旧唐书》卷一六六《元稹传》，第13册，第4332页。
④《旧唐书》卷一六〇《柳宗元传》，第4214页。

学宫，崇圣教，“不鄙夷其民，动以礼法，三年，民各自矜奋”①。故柳州一时“弦诵为岭南诸州最”，“柳州名重他郡，以子厚故也”②。则柳宗元不仅以诗文书艺教授后学，影响地方，且能移风易俗，化成湖湘。

韩愈贬阳山，当地士子区册入其室，“闻诗书仁义之说，欣然喜，若有志于其间也”③，另有窦秀才“乘不测之舟，入无人之地，以相从问文章为事”④。“阳山民至今多以先生名洎字嘱其子孙”⑤。

咸通年间，张锡以户部侍郎贬封州司马，“封民语不可解，锡时以文义教之，渐知诗书，士子日来请益，与论文章，无倦时”⑥。

在中原兵燹不绝的情况下，西蜀及南唐分别出现两个词的创作中心，这是对原长安与洛阳两个中心的赓续，从此文学创作之重心全部让位于南方。但稽考其主要作家，如韦庄、牛峤、牛希济等皆是南迁之北人。可见迁徙及人物籍贯分布的改变，显示出文化中心的改变。

从事中晚唐文学研究者经常论及北方士人南迁受到南方文化的熏陶影响，这是毫无疑问的。但另一方面，还要看到移入者提升当地文化品位这一事实，故史虚白总结说，“江南称为文物最盛处”，实因“天下瓜裂，中国衣冠多依齐台（按：指南唐创立者

---

①《韩昌黎文集校注》卷七《柳州罗池庙碑》，第493页。
②《舆地纪胜》卷一一二《柳州》，第3353页。
③《韩昌黎文集》卷四《送区册书》，第267页。
④《韩昌黎文集》卷二《答窦秀才书》，第139页。
⑤ 皇甫湜《韩愈神道碑》，《皇甫持正集》卷一一。
⑥《肇庆府志》卷一六《迁客传》。

李昇）”①。

第三，迁徙者所带来的文化与当地的区域文化有很大的差别，故移入的实际是一种异质的东西，为当地文化提供了新鲜血液和新的成分。比如文人雅集本是南方文人群体的一种活动方式，整个北朝时期，文人聚会的次数、规模、影响，远不及南方。西魏北周时期，庾信、王褒等南方文士北来，将此风气带到关中。隋唐之际，北来之文士络绎不断，故北方文坛上文人雅集亦兴盛一时。如杨广与晋王府文人的雅集、唐初于志宁宅宴集、高氏林亭宴集、安德山池诗会、《旧唐书·刘孝孙传》所载文会等。② 安史之乱后，北人（包括原来北方之南人）南下，又将此风习带回南方。著名的《大历年浙东联唱集》有鲍防等三十七人参加③，更大规模的浙西诗会有颜真卿等百余人参加④，风气之盛，远迈前代。

第四，从文化整合的角度来看，战争、迁徙等本身就是文化（包括文学）交流的一种方式，但是这种交流往往会使文学的地域风格不断弱化，使文学的独特性不断流失。所以，当人们津津乐道于南北文风之合流与统一时，不要忽视了它的负面影响。需要

① 佚名《江南馀载》卷上。又，章乃羹《两浙人英传》亦认为：“予推究两浙文化，由勾践之摧强敌，会盟中国，中原文化始传播两浙。至晋室都江左，赵宋都临安，中原人物，翩然莅至，由流寓而著籍，吾浙人物所以殷盛，要由寓贤始。”

② ［美］宇文所安《初唐诗》较早注意到文人聚会与文学的关系。另，拙著《唐代园林别业考论》（修订本）第6章第1节亦有论述。贾晋华《唐代集会总集及诗人群研究》一书中有充分的论证。

③ 贾晋华《〈大历年浙东联唱集〉考述》，载《文学遗产》增刊第18辑，太原：山西人民出版社，1989年；蒋寅《大历诗人研究》上编，北京：中华书局，1995年，第151页。

④ 蒋寅《大历诗人研究》，第159页。

说明的是，所谓文风的合流与统一只是一种趋势，当时并没有实现，也不可能实现。

从某种意义上说，北方因不断受到异族交侵，故吸纳附会外来文化渐久渐深，形成华夏文化之丰富性与复杂性；南方则为珍视中原文化之贵族避难地，山高水深，易于聚族而居，传统风习，代代相传，形成华夏文化之纯粹性。

本章的结论

一、唐代士族的迁徙流动主要有三种类型：科举仕进、战争、贬谪及宦游。大规模的迁徙有三次，其中第一次始于隋，结束于安史之乱，主要是江南及山东士族迁徙于两京地区，以科举仕进为目的。第二、三次分别是安史之乱及唐末五代时期，主要是关陇士族及山东士族迁徙南方(尤其以江南居多)，是为了避乱。因贬谪及宦游而迁徙者，则贯穿于整个唐代。

二、迁徙使士族的地方代表性不断丧失，亦使文学的地域风格不断弱化，但因迁徙士族整体文化素质较高，故这种横向引进迅速提升了移入区的文化品位，并给移入区输送了一种异质文化，丰富了移入区的文化。

三、士族迁移不仅对个人及家族的荣枯兴衰有影响，而且表征出文学及文化中心的潜转暗换，此后中国经济文化南北失衡格局的形成，唐代士族有以致之。但缘于南北方的地域特点，南方更多保有中原文化之纯粹性，而北方则因与外族融合而形成中华文化之丰富性与复杂性。

第六章　唐代文学士族与贤能标准

贤能标准是国家选才用人的政策，就唐代而言，主要是指科举取士与铨选用人的标准。学界对此问题曾有过一些探讨，取得不少成果①，为本文的研究奠定了基础。唯因各人立论背景及侧

---

① 就个案研究而言，主要有汪篯《唐玄宗时期吏治与文学之争》(收入《汪篯隋唐史论稿》，北京：中国社会科学出版社，1987 年)，赵剑敏《张九龄与李林甫的文化》(收入郑学檬、冷敏述主编《唐文化研究论文集》，上海：上海人民出版社，1994 年)；就通论而言，毛汉光《唐代统治阶层的社会变动》[台北：政治大学高级研究生毕业论文(稿本)，1986 年]第 5 章第 3 节专门讨论贤能标准，吴宗国《唐代科举制度研究》(沈阳：辽宁大学出版社，1992 年)第 7 章《进士科考试科目和录取标准的变化》专门讨论进士录取标准的变化，刘海峰《唐代教育与选举制度综论》第 7 章《唐代选举取士中的经术与文学之争》(台北：文津出版社，1991 年)也是讨论录取标准的。黄永年《"士先器识而后文艺"正义》(《唐史论丛》第四辑，1988 年，又收入黄著《文史探微》，北京：中华书局，2000 年)。另，傅璇琮《唐代科举与文学》、高明士《隋唐贡举制度》第 5 章《唐代贡举对儒学研究的影响》(台北：文津出版社，1999 年)、王勋成《唐代铨选与文学》(北京：中华书局，2001 年)对此问题亦有涉及。上列文献各有创意，对笔者颇多启发。

重点之不同，诸说亦不无可商榷之处①，对此一问题之讨论似仍有必要在搜集占有原始文献的基础上，予以较圆融全面之评说。借镜历史经验教训，或许对于新型选才用人制度之确立，不无裨益。

唐人对贤能标准的讨论涉及多层次多方面，在不同的时期有不同的侧重，实行过程中又有许多变化，无法一概而论。概言之，有道与器、体与用、贤与能、才与行、举与选关系的争论；析言之，则涉及观念层面与操作层面，科举取士标准与任官用人标准(即举与选或科举与铨选)、技术理性人才与价值理性人才选用的标准等等。从管理学的角度来看，又有政策之原初设计、具体实施及效果评估三个阶段。故对此标准的讨论，亦应原其始末。本文拟从唐人对贤能标准的不同理解、贤能标准的变迁、得失与评价三个方面对此进行讨论。

一、唐人对贤能标准的争论与分歧

在阅读有唐一代文献时，会发现一个有趣的现象，唐人对唐代的新生事物科举制及铨选制批评极多，有些批判抨击甚至很偏激，将此制度说得一无是处，说它是历史上最坏的一种制度，并且批评者本身就多是从科举甚至进士明经科出身。批评者站在当

① 例如毛汉光将唐代的贤能标准划分为经术派与辞章派两类进行分析，线条分明，但于错综复杂的历史过程中，开出逻辑归纳的直通车，似乎有简单化之嫌(参见毛汉光《唐代统治阶层的社会变动》第5章第3节“中国中古贤能观念之研究——任官标准之商榷”，台北：《历史语言研究所集刊》第48本第3分册，1977年；又见毛著《中国中古社会史论》，第101页)。

时的立场上，有切肤之痛，有亲身体验，故这类批评往往振聋发聩，引人深思。笔者甚至认为，唐人对科举制的批判比后人还要大胆深刻，说明唐代社会较为开放自由，士人敢于对此制度说长道短，直言批判，舆论监督，这是毫无疑问的。但是，跳出来看科举制，也不能说它一无是处。首先，它是历史的必然(选举制的必然与社会运行的必然)。其次，它为此后千年的选官立下基础。唐代是由中古进入近古的一个转折点，唐代的选举制度亦是近古乃至现代选官制度之开始，其中有关贤能标准的讨论对后代影响尤大。

唐人对贤能的认识并没有预设的、固定不变的标准，而是在实施过程中，各人站在各自的立场上，从不同侧面对此提出看法，阐述见解。据《唐会要》卷七四《选部上》记载：

> 贞观元年正月，侍中摄吏部尚书杜如晦上言曰："比者，吏部择人，唯取言辞刀笔，不悉才行。数年之后，恶迹始彰，虽加刑戮，而百姓已受其弊。"上曰："如何可以得人?"如晦对曰："两汉取人，皆行著州闾，然后入用。今每年选集，尚数千人，厚貌饰词，不可悉知。选司但配其阶品而已，所以不能得才。"魏徵亦曰："知人之事，自古为难，故考绩黜陟，察其善恶。今欲求人，必须审访，才行兼美，始可任用。"①

① 《唐会要》卷七四，第1333—1334页。

这说明唐初政府高层对新体制下如何得人、如何用才并没有明确统一的看法，“才行兼美”是一个大而不当的总原则，可操作性较差，故仍须辅以具体规定。至于杜如晦援引两汉旧例，亦是套话。隋唐承南北朝之后，正是有感于汉晋用人制度的弊端，才有所变革。魏徵感叹“知人之事，自古为难”是对的，但“审访”云云，仍是汉代察举中之乡举里选。何况在唐代人口比汉代有所增加、各种机构比汉代庞大、候选之人比汉代扩大的情况下①，这种“审访”实际上是不可行的，只能流于形式。

唐代选官的途径主要是从科举、杂色入流及门资入仕者中遴选②，但在施行过程中，对科举之标准、对门资与杂色入流的看法，皆有不同，而其中焦点问题就是对贤能标准有各种不同的理解，综括起来，主要有如下不同看法：

1. 德行与文艺

《资治通鉴》卷二〇二“上元元年”载：“是岁，有刘晓者上疏

① 关于士人候选者与缺额之比例及矛盾，唐人多有记录。《唐会要》卷七四载魏元同上表说：“况今诸色入流，岁有千计，群司列位，无复新加，官有常员，人无定限，选集之始，雾积云屯，擢叙于终，十不收一。”又，《全唐文》卷三七二刘秩《选举论》说：“近则官倍于古，士十于官，求官者又十于士，故士无官，官乏禄，吏扰人。”《通典》卷一八《选举六》杜佑评曰：“按秦法唯农与战始得入官。汉有孝悌力田贤良方正之科，乃时令征辟；而常岁郡国率二十万口贡止一人，约计当时推荐，天下才过百数，则考精择审，必获器能。自兹厥后，转益烦广。我开元、天宝之中，一岁贡举，凡有数千，而门资、武功、艺术、胥吏，众名杂目，百户千途，入为仕者，又不可胜纪，比于汉代，且增数十百倍。安得不重设吏职，多置等级，递立选限以抑之乎？”说明在候选者成百倍增加的情况下，机械地照搬汉代旧例并不可取，故仍需要寻求新的对策。

② 根据吴宗国概括。参见吴著《唐代科举制度研究》，沈阳：辽宁大学出版社，1992年，第13页。具体记载参见《旧唐书》卷四二《职官志一》。

论选①，以为：‘今选曹以检勘为公道，书判为得人，殊不知考其德行才能。况书判借人者众矣。又礼部取士，专用文章为甲乙，故天下之士，皆舍德行而趋文艺，有朝登甲科而夕陷刑辟者，虽日诵万言，何关理体！文成七步，未足化人。况尽心卉木之间，极笔烟霞之际，以斯成俗，岂非大谬！夫人之慕名，如水趋下，上有所好，下必甚焉。陛下若取士以德行为先，文艺为末，则多士雷奔，四方风动矣。’”刘晓所论既涉及礼部取士，又涉及吏部用人，因这是两个互相关联的问题，故一并讨论。他所指出的是德行与文艺的先后主次问题，他的观点是“以德行为先，文艺为末”。刘晓揭示出科举进士制度确立之后产生的流弊，即“舍德行而趋文艺”“朝登甲科而夕陷刑辟”。魏玄同指出吏部选举之弊时说：“勋官三卫流外之徒，不待州县之举，直取之于书判，恐非先德行而后言才之义也。”②独孤及明确主张“先道德而后文学”③，梁肃《陪独孤常州观讲〈论语〉序》评论独孤及的行政作风说：“晋陵守河南独孤公以德行文学，为政一年，儒术大行，与洙泗同风。”德行文艺或当有先后，但二者是对士人两个不同层面的要求，并非对立，更不能以此代彼。又据《唐会要》卷七四《选部上·论选事》：

> 垂拱元年七月，鸾台侍郎兼天官侍郎魏元同，以吏部选举不得其人，上表曰：……悠悠风尘，此焉奔竞，扰扰游

---

① 刘晓，《通典》卷一七《选举五·杂议论中》作“刘峣”，文字亦略有不同。

②《通典》卷一七《选举五》，第1册，第409页。

③《全唐文》卷五一八梁肃《常州刺史独孤及集后序》引，第6册，第5261页上。

> 宦，同乎市井。加以厚貌深衷，险如溪壑，择言观行，犹惧不胜。今使考行究能，折中于一面；百僚庶职，专断于一司，不亦难乎？……今不待州县之举，直取于书判，恐非先德行而后言语之意也。

与刘晓之见解类似。向上追溯，早在贞观二十年应试时，选曹已对德行问题予以特别强调。据载，这一年王师旦为考功员外郎，“冀州进士张昌龄、王公瑾并文词俊楚，声振京邑。师旦考其文策为下等，举朝不知所以。及奏等第，太宗怪无昌龄等名，问师旦。师旦曰：‘此辈诚有词华，然其体性轻薄，文章浮艳，必不成令器。臣擢之，恐后生仿效，有变陛下风俗。’”①“体性轻薄”若指人品，也就是德行，如果王师旦有真凭实据说明张昌龄其德有亏，为人浮薄，则他的落第也是应该。若仅据“文章浮艳”判断，则仍有失公道。隋之泗州刺史司马幼之因文章华艳而遭免官，张昌龄又因文章浮艳而遭落第，以行政命令扭转文风，或可收一时之效，但用于选人则仍有些简单化。“宝应二年，杨绾为礼部侍郎，奏：举人不先德行，率多浮薄，请依乡举里选。于是诏天下举秀才孝廉，而考试章条渐加繁密，至于升进德行，未之能也。”②之所以于“考试章条”可以“渐加繁密”，而于“升进德行”，则“未之能也”，这是因为德行是内隐的，文章是外显的，故文章品评可以操作，而德性评定不好施行；德行之最高标准是

---

①《封氏闻见记校注》卷三《贡举》。又见《唐会要》卷七六《贡举中·进士》；又《唐会要》作“二十二年”。

②《唐语林校证》卷八，周勋初校证本，第715页。

人所不能及的圣贤，而文章与时俱变，其所定标准才俊或能达到。以汉而言，虽然乡举里选，但民俗所谓“举秀才不知书，举孝廉父别居”在在不少；以唐而言，科举入选者固多名利之徒，即多次遴选位极宰辅者亦不乏奸邪之人。说明德行之考评难，考官再苛刻，程序再复杂，仍有漏网之鱼。以现代伦理学而论，对常人德行之考察，宜提倡“底线道德”。今人从伦理学角度提出道德可以分为常德、美德、圣德三层次，如强调常德无疑是正确的，但若以美德来考核，或以圣德为标准，对于常人之标准悬置过高，不是落空，就是鼓励作伪。何况德行无法考试，即令其背诵四书五经，或能对经典进行阐释，仍属知性的理解，与践履实行是两回事。舒元舆《上论贡士书》就已指出：“臣又见每岁礼部格下天下，未有不言察访行实无颇邪，然后上贡，苟不如格，抵罪举主。臣初见之，窃独心贺，谓三代之风，必作于今日矣。及格既下而法不下，是以岁有无艺朋党，哗然扇突不可绝，此又恶用格为，徒乱人耳。”①文之好坏是一个常数，可以测定；德之好坏则是一个变数，不易测定。对文可以据此推断未来，对德则不易推断未来。

2. 器识与文艺

《旧唐书》卷一九〇上《文苑上 · 王勃传》中载：

> 初，吏部侍郎裴行俭典选，有知人之鉴，见勮与苏味

---

①《全唐文》卷七二七，第 8 册，第 7488 页上。

> 道，谓人曰：“二子亦当掌铨衡之任。”李敬玄尤重杨炯、卢照邻、骆宾王与勃等四人，必当显贵。行俭曰：“士之致远，先器识而后文艺。勃等虽有文才，而浮躁浅露，岂享爵禄之器耶！杨子沉静，应至令长，余得令终为幸。”果如其言。①

王勃《上吏部裴侍郎启》中亦说：“夫文章之道，自古称难，……苟非可以甄明大义，矫正末流，俗化资以兴衰，国家由其轻重，古人未尝留心也。……君侯受朝廷之寄，掌镕范之权，至于舞咏浇淳，好尚邪正，宜深以为念者也。伏见铨擢之次，每以诗赋为先，诚恐君侯器人于翰墨之间，求材于简牍之际，果未足以采取英秀，斟酌高贤者也。”②虽然裴行俭品评“四杰”之说或属虚构，但看王勃呈裴行俭之书启，与裴之观点暗扣遥合，则说明裴之看法当无伪。又，王之见解与前引刘晓、魏元同的看法亦类似，则说明反对“以诗赋为先”，反对“器人于翰墨之间，求材于简牍之际”是当时的主流观点，就连历史证明是以文学诗赋享盛名的“四杰”，在公开发表看法时，也多少有些迎合这种主流观点。

“器识”一语，或有据刘邵《人物志》上卷《流业》之“器能”，解释为是器能之识的简写③，亦无不可。唐人亦常用“器能”一语，如前引杜佑《通典》中有“考精择审，必获器能”。刘邵解释器

---

① 又见刘肃《大唐新语》卷七《知微第十六》。或以为此事为虚构，参见傅璇琮《杨炯考》，收入傅著《唐代诗人丛考》，北京：中华书局，1980年。又，黄永年《“士先器识而后文艺”正义》，载《唐史论丛》第四辑，收入黄著《文史探微》。

②《全唐文》卷一八〇，第2册，第1829页下—1830页上。

③ 黄永年《“士先器识而后文艺”正义》，《文史探微》，第251页。

能为："兼有三材，三材皆微，其德足以率一国，其法足以正乡邑，其术足以权事宜，是谓器能。"与他所称"国体"之才相比较："兼有三材，三材皆备，其德足以厉风俗，其法足以正天下，其术足以谋庙胜，是谓国体。"看来是有程度和差等之别的。国体之才是宰辅的素质，器能之才是百官的要求。但两者皆强调兼备三才，要有德、法、术。这样就等于给器识一个具体的内涵，比空洞地强调德行具有模仿性和实践性，而且根据刘邵的解释，对于欲进入文官系统的一般士子来说，"其德足以率一国(郡国)，其法足以正乡邑，其术足以权事宜"，也是必备的条件，经过努力是可以企及的。

所以，这一命题经常为后人所提及，如宋代刘挚"教子孙，先行实后文艺，每曰：'士当以器识为先，一号为文人，无足观矣。'"①又，秦观《与傅彬老书》："苏氏之道，最深于性命自得之际，其次则器足以任重，识足以致远。至于议论文章，乃其与周旋至粗者也。阁下论苏氏而其说止于文章，意欲尊苏氏，适卑之耳。"②按秦观论器识与文章之关系，亦与刘挚类似。

顾炎武《日知录》卷一九"文人之多"条对此亦有诠释："唐宋以下，何文人之多也！固有不识经术，不通古今，而自命为文人者矣。韩文公《符读书城南诗》曰：'文章岂不贵，经训乃菑畲。潢潦无根源，朝满夕已除。人不通古今，马牛而襟裾。行身陷不义，况望多名誉。'……然则以文人名于世，焉足重哉！此扬子云

---

①《宋史》卷三四〇《刘挚传》。

②《淮海集笺注》卷三〇，上海：上海古籍出版社，1994年，第981页。

所谓‘摭我华而不食我实’者也。黄鲁直言数十年来先生君子但用文章提奖后生，故华而不实。……《宋史》言欧阳永叔与学者言未尝及文章，惟谈吏事，谓文章止于润身，政事可以及物。”顾炎武在《与人书》中还说：“《宋史》言刘忠肃（刘挚之谥号）每戒子弟曰：‘士当以器识为先，一命为文人，无足观矣。’仆自一读此言，便绝应酬文字，所以养其器识，而不堕于文人也。……中孚（关中大儒李颙之字）为其先妣求传再三，终已辞之，盖止为一人一家之事，而无关于经术、政理之大，则不作也。韩文公文起八代之衰，若但作《原道》《原毁》《争臣论》《平淮西碑》《张中丞传后序》诸篇，而一切铭状概为谢绝，则诚近代之泰山北斗矣，今犹未敢许也。”①可见裴行俭观点影响之深远。

实际上，文人有器识可以致远②，于创作而言，亦有了现实关怀与终极关怀。官员有文学之素养及技能，也是基本要求，圣贤原典包含着文，公私文翰之制作与理解亦需要文。尤其是在唐代这样一个将骈体文作为应用文体而非艺术美文的时代，对文之接受与表达的水平，自然与仕进发生密切关系。作为士人教养与办公技能的文，与后来作为个别人的特殊爱好与独擅的文是有根本区别的。换言之，士人对此可以有所偏重，但不能偏废。

3. 经术与文学

唐立国伊始，对儒家经学是非常重视的，唐太宗曾多次表

---

①《亭林文集》卷四《与人书》十八，《顾亭林诗文集》，北京：中华书局，1959年，第96页。

② 黄永年先生将“致远”理解为“政治上飞黄腾达”，似不妥。参见《文史探微》，第251页。

示："朕今所好者，惟在尧、舜之道，周、孔之教，以为如鸟有翼，如鱼依水，失之必死，不可暂无耳！"①"太宗又以经籍去圣久远，文字多讹谬，诏前中书侍郎颜师古考定五经，颁于天下，命学者习焉。又以儒学多门，章句繁杂，诏国子祭酒孔颖达与诸儒撰定五经义疏，凡一百七十卷，名曰《五经正义》，令天下传习。"②如果说前项不过是例行表态的话，后项指示则收到切实效果。《五经正义》作为标准版的国家指定教科书，对日后科举考试影响深远，其在经学史上亦有重要意义。

但由于科举制度的施行及诗赋取士的导向，使经学教育被严重忽视，经学与文学之矛盾日渐加深：

> 国家自永淳已来，二十余载，国学废散，胄子衰缺，时轻儒学之官，莫存章句之选。贵门后进，竞以侥幸升班；寒族常流，复因凌替弛业。③

笔者曾指出唐代官学教育存在考教脱节的现象。进士科考试侧重诗赋艺文，但国学(即官学)教育仍沿袭汉代太学制度，未能及时调整，适应现实，从观念到内容都与科举考试的要求明显脱节。换言之，国学教育与考试相比存在滞后现象④，而唐人对浇薄学

---

①《贞观政要》卷六，上海师大古籍整理组点校本，上海：上海古籍出版社，1978年，第195页。

②《旧唐书》卷一八九上《儒学上》，第15册，第494页。

③《旧唐书》卷八八《韦嗣立传》，第9册，第2866页。

④ 见拙文《唐代关中士族与教育》，《西北大学学报》1998年第1期；又收入拙著《唐代关中士族与文学》，第141页。

风的批判，也是以汉代学校的教育观念为准绳进行衡量。唐肃宗时杨绾论贡举之弊时说：

> 国之选士，必藉贤良。盖取孝友纯备，言行敦实，居常育德，动不违仁。体忠信之资，履谦恭之操，藏器则未尝自伐，虚心而所应必诚。夫如是，故能率己从政，化人镇俗者也。自叔叶浇诈，兹道浸微，争尚文辞，互相矜炫。马卿浮薄，竟不周于任用；赵壹虚诞，终取摈于乡闾。自时厥后，其道弥盛，不思实行，皆徇空名，败俗伤教，备载前史，古人比文章于郑、卫，盖有由也。
>
> 近炀帝始置进士之科，当时犹试策而已。至高宗朝，刘思立为考功员外郎，又奏进士加杂文，明经填帖，从此积弊，浸转成俗。幼能就学，皆诵当代之诗；长而博文，不越诸家之集。递相党与，用致虚声，六经则未尝开卷，三史则皆同挂壁。况复征以孔门之道，责其君子之儒者哉？祖习既深，奔竞为务。矜能者曾无愧色，勇进者但欲凌人，以毁讟为常谈，以向背为己任。投刺干谒，驱驰于要津；露才扬己，喧腾于当代。古之贤良方正，岂有如此者乎！朝之公卿，以此待士；家之长老，以此垂训。欲其返淳朴，怀礼让，守忠信，识廉隅，何可得也！①

又，柳冕《谢杜相公论房杜二相书》亦对崇重文学之风气抨击说：

①《旧唐书》卷一一九《杨绾传》，第10册，第3430—3431页。

萧曹虽贤，不能变淫丽之体；二荀虽盛，不能变声色之词；房杜虽明，不能变齐梁之弊。是则风俗好尚，系在时王，不在人臣，明矣！故文章之道，不根教化，别是一枝耳。当时君子耻为文人，语曰：德成而上，艺成而下。文章技艺之流也，故夫子末之。是以四杨荀陈，以德行、经术，名震海内，门生受业，皆一时英俊，而文章之士不得行束修之礼。非夫两汉近古由有三代之风乎？惜乎系王风而不本于王化。至若荀孟贾生，明先王之道，尽天人之际，意不在文，而文自随之，此真君子之文也。然荀孟之学，困于儒墨；贾生之才，废于绛灌，道可以济天下而莫能行之，文可以变风雅而不能振之，是天下皆惑不可以一人正之。今风俗移人久矣！文雅不振甚矣！苟以此罪之，即萧曹辈皆罪人也，岂独房杜乎？相公如变其文，即先变其俗，文章风俗其弊一也。变之之术，在教其心，使人日用而不自知也。伏维尊经术、卑文士，经术尊则教化美，教化美则文章盛，文章盛则王道兴。①

在儒教国家机构中，经学是一种主流意识形态，是官方哲学，毫无疑问应受到重视。经学崇重，可以熏习一种典雅高尚的人格，有益于世道人心之改变，所谓“经明行修”就是这个意思。但是经学未必能化成天下，熟读经籍未必就都是道德楷模，汉代如此，隋唐亦然。何况，在新型的考试竞技场中，文学固已沦落

① 《全唐文》卷五二七，第6册，第5354页下—5355页上。

为一种工具，而经学又何尝没有堕落为一种工具？“今明经所习，务在出身，咸以《礼记》文少，人皆竞读”①。

开元二十五年正月皇帝下诏曰：

> 今之明经、进士，则古之孝廉、秀才，近日以来，殊乖本意。进士以声韵为学，多昧古今；明经以帖诵为功，罕穷旨趣。安得为敦本复古，经明行修？以此登科，非选士取贤之道也。②

权德舆也说：“今虽以文、以经贵禄学者，而词绮靡于景物，浸失古风；学因缘于记问，宁穷典义？说无师法，经不名家。”③问题虽然出在考试上，但实际上反映的是唐代教育的弊端，另外说明取士用才之政策有漏洞，故使士人钻了此种政策之空子。“明经以帖诵为功，罕穷旨趣”④，“其试策自改问时务以来，经业之人鲜能属缀，以此少能通者。所司知其若此，亦不于此取人。故时人云：明经问策，礼试而已。所谓变实为虚，无益于政。”⑤故元稹在对《才识兼茂明于体用策》时写道：“今国家之所谓兴儒术者，岂不以有通经文字之科乎？其所谓通经者，又不过于覆射数字，明义者，才至于辨析章条。是以中第者岁盈百数，而通经之

① 李元瓘上言，引自《唐会要》卷七五《选部下·帖经条例》，第1376页。
② 《册府元龟》卷六三九《贡举部·条制一》，第8册，第7761页下，北京：中华书局，1960年。
③ 《权载之文集》卷四〇《贞元十九年礼部策问进士五道》第一问。
④ 《唐会要》卷七五《选部下·帖经条例》，第1377页。
⑤ 《通典》卷一七《选举五·杂议论中》，第1册，第421页。

士蔑然，以是为通经，通经固若是乎哉？至于工文自试者，又不过于雕词镂句之才，搜摘绝离之学，苟或出于此者，则公卿可坐至，郎署可俯求，崇树风声，不由殿最。连科者进速，累捷者位高，摈嘿因循者为清流，行法莅官者为俗吏。以是为儒术，儒术又若是乎哉？”①

使明经科地位进一步下降的是唐肃宗至德元年三月，“以侍御史文叔清为宣谕使，许人纳钱授官及明经出身”②，过去仅作为敲门砖，现在竟然可以用钱买到，虽说是国家在动乱时期财政困窘的临时之举，所行时间很短，但更使明经蒙上一层商业外衣，这是明经之耻，也是经学之耻。

文学与经术固有差别，在建构人的价值体系与信仰系统中，亦有不同作用，但在有唐一代，如果说文学在某种程度上变成猎取功名的手段，而经术也沦为射利的工具。经术主要考察的并不是义理的阐发与思想的推导，而主要是记诵填空。诗赋的写作也要记诵陈章旧句，在这个意义上，它们又是一致的。苏轼对此曾有深刻认识：“昔者以诗赋取士，今陛下以经术用人，名虽不同，然皆以文词进耳。”③从这一意义上说，文学变成了工具理性，经术也变成了工具理性。又，苏轼《日喻》：“昔者以声律取士，士杂学而不志于道，今也以经术取士，士知求道而不务学。”“杂学而不志于道”与“求道而不务学”于文学及哲学而言，各有专攻，本无可厚非，但作为取士用才的标准，则均有偏废，不利于举贤

---

①《元稹集》卷二八，冀勤点校本上册，北京：中华书局，1982年，第336页。

②《大唐传载》，转引自吴宗国《唐代科举制度研究》，第189页。

③《东坡全集》奏议集卷二《上皇帝书》。

授能之施行。

历史地看，无论是唐代的以诗赋取士，宋代的以经论取士，还是明清的以制艺取士，皆有所偏，但都是针对当时困境寻求的解脱之路，这种策略只可救一时之偏，但不能一劳永逸地解决所有问题。陈寅恪亦指出："唐太宗崇尚儒学，以统治华夏，然其所谓儒学，亦不过承继南北朝以来正义义疏繁琐之章句学耳。又高宗、武则天以后，偏重进士词科之选，明经一目仅为中材以下进取之途径，盖其所谓明经者，止限于记诵章句，绝无意义之发明，故明经之科在退之时代，已全失去政治社会上之地位矣。"①

钱穆《国史大纲》谈到以诗赋取士终于盛行的原因时解释说：

> 隋大业置进士科，试策问。唐初亦因之。高宗永隆二年，考工员外郎刘思立言："进士惟诵旧策，无实才。"遂诏进士先试杂文两篇，通文律然后试策。所谓杂文，即诗赋之类。玄宗天宝十一载，诏："进士帖经既通，乃试文、试赋各一篇，文通乃试策。"可见进士科在永隆以前止有对策；天宝以前有策、有诗赋；天宝以后有帖经、有策、有诗赋。说者谓隋以诗赋取士，未是。惟对策多可钞袭，帖经惟资记诵，别高下、定优劣，以诗赋文律为最宜。故聪明才思，亦奔凑于此也。②

---

① 陈寅恪《金明馆丛稿初编》，上海：上海古籍出版社，1980 年，第 287 页。

②《国史大纲》（修订本）上册，北京：商务印书馆，1996 年，第 430 页。

可见唐人对制度之漏洞亦在不断改革，以使其更臻完善，既使人没有空子可钻，又要较客观公正地衡量出才能之高低优劣。诗赋需求新见异，可以检验出创新及才华的高低。故在试帖经及策问的同时，用诗赋来区别差等，以便于裁汰。现代考试学的基本理论，已寓于其中。

4. 吏能与文学

不管是礼部科举取士，还是吏部铨选，主要是为政府各机构补充职员，文学的才华与造诣固然重要，但更重要的还是行政办事能力。唐代从进士科出身者往往被认为具体的吏能较差，“当代礼法，无不面墙，及临人决事，取办胥吏之口而已。所谓所习非所用，所用非所习者也，故当官少称职之吏。”①这就引出文学与吏能的争论，其中最典型的是吏治之材李林甫与文学之材张九龄的一次争论：

> 李林甫无学术，见九龄文雅，为帝知，内忌之。……又将以凉州都督牛仙客为尚书，九龄执曰：“不可。尚书，古纳言，唐家多用旧相，不然，历内外贵任，妙有德望者为之。仙客，河、湟一使典耳，使班常伯，天下其谓何?”又欲赐实封，九龄曰：“汉法非有功不封，唐遵汉法，太宗之制也。边将积谷帛，缮器械，适所职耳。陛下必赏之，金帛可也，独不宜裂地以封。”帝怒曰：“岂以仙客寒士嫌之邪？卿

---

① 赵匡《举选议》，见《通典》卷一七《选举五·杂议论中》，第419—420页。

固素有门阅哉?”九龄顿首曰:“臣荒陬孤生,陛下过听,以文学用臣。仙客擢胥史,目不知书。韩信,淮阴一壮夫,羞绛、灌等列。陛下必用仙客,臣实耻之。”帝不悦。翌日,林甫进曰:“仙客,宰相材也,乃不堪尚书邪?九龄文吏,拘古义,失大体。”帝由是决用仙客不疑。①

以文学之材进用为宰相的张九龄对用人标准的理解与以吏干之材进用的李林甫不同。张九龄主张按传统的观念用人,而李林甫认为要用一些有丰富政治经验和实际行政能力的人,这种差别,反映了两种截然不同的贤能标准和人才观。② 无独有偶,李德裕对武宗讲的一段话虽然站的角度不同,但与李林甫对文学之士的态度,异曲同工:

臣无名第,不合言进士之非。然臣祖天宝末以仕进无他伎,勉强随计,一举登第。自后不于私家置《文选》,盖恶其祖尚浮华,不根艺实。然朝廷显官,须是公卿子弟,何者?自小便习举业,自熟朝廷间事,台阁仪范,班行准则,不教而自成,寒士纵有出人之才,登第之后,始得一班一级,固不能熟习也。③

---

①《新唐书》卷一二六《张九龄传》,第 14 册,第 4428—4429 页。
② 参见汪篯《唐玄宗时期吏治与文学之争》(收入《汪篯隋唐史论稿》)、赵剑敏《张九龄与李林甫的文化冲突》等文章。
③《旧唐书》卷一八上《武宗本纪》,第 2 册,第 603 页。

这段话首先站在经学世家的立场上抨击文学之士的敲门砖《文选》，又站在官僚世家的立场上抨击由科举入仕者对朝廷及衙门的业务不熟悉，每一行当都要从零开始，没有吏能。这种差别还造成中国唐宋以降官僚制度史的一个特别现象，就是官与吏的分离，官的正式制度与吏的实际制度两个系统并行不悖，互相补充。官多为通过科考入仕者，熟悉经史，擅长文学；而吏则为地方人士，没有科第，不擅文史，但对衙门的内幕、办事程序、地方特色等了如指掌。故由朝廷派遣的、走马灯似变换的官，实际上受制于那些小小的吏。换言之，官在某种程度上是外行，而吏则是长期浸泡在某一方面的内行①。一方面分别流品，看不起吏胥；另一方面又把实际的政务，都推放在吏胥手里②。官与吏的分离，科举制度中对文史经艺的片面强调，导致官僚机构高高在上，没有办事效率。对于突发事件没有应对措施。故唐人已有明确认识："求良吏不可兼责以文学。"官员系统的过于文人化，使整个系统对许多专业问题缺乏深入持久之研究，缺乏专门理论之积累，造成一方面中国是文官制度的故乡，另一方面中国的官员普遍业务素质差，外行多，专才少，鄙夷实务，不尊重专家，官本位积习深重，且无法根治。

二、贤能标准的变迁

贤能标准并非固定不变，而是屡有变化的。《梁书》卷一四传

① 参见葛剑雄《统一与分裂》，北京：三联书店，1994年，第211—217页。
② 钱穆《国史大纲》（修订本）上册，北京：商务印书馆，1996年，第439页。

末引姚察所论指出："观夫两汉求贤，率先经术；近世取人，多由文史。"唐人薛登勾勒出从汉到唐的变迁轨迹：

> 汉代求才，犹征百行。是以礼节之士，敏德自修，闾里推高，然后为府寺所辟。魏氏取人，尤爱放达。晋宋之后，只重门资。奖为人求官之风，乖授职惟贤之义。有梁荐士，雅爱属词；陈氏简贤，特珍赋咏。故其俗以诗酒为重，不以修身为务。逮至隋室，余风尚在，开皇中李谔论之于文帝曰："魏之三祖，更好文余，忽君人之大道，好雕虫之小艺。连篇累牍，不出月露之形；积案盈箱，唯是风云之状。代俗以此相高，朝廷以兹擢士，故文笔日烦，其政日乱。"帝纳李谔之策，由是下制禁断文笔浮词。其年，泗州刺史司马幼之以表不典实得罪。于是风俗改励，政化大行。炀帝嗣兴，又变前法，置进士等科。于是后生之徒，复相仿效，因陋就寡，赴速邀时，缉缀小文，名之策学，不以指实为本，而以浮虚为贵。有唐纂历，虽渐革于故非；陛下君临，思察才于共理。树本崇化，惟在旌贤。今之举人，有乖事实。①

也许科举制度是古代所有好的取士制度中最不理想、最不完善的一种，又是所有坏的取士制度中最好的一种。唐人面对汉晋以来察举的乡举里选、门资的九品官人，有所调整，不重蹈覆辙，这是很值得肯定的。但新的政策出台后，议论很多，问题也很多，

---

①《旧唐书》卷一〇一《薛登传》，第10册，第3138页。

故他们又不断调整，对取士用才之理念，在争论中亦逐渐明晰，尤其是经过安史之乱，这一理念就更加容易得到认同了。在具体操作上，实分别从两个环节考虑：在科举中，通过对考试形式与内容的调节，使明经与进士缩小差距，互相靠拢，到宋元以后，则变成以进士科之名，存明经科之实，进士与明经由互相靠拢到逐渐统一；① 在铨选中，由单独重吏干或重文学之争，逐渐意识到以文学政事统一作为理想人才的标准，故普泛的贤能标准在唐代被置换为文学政事统一的标准。

就前一项变化，《唐六典》卷四说：

凡明经先帖经，然后口试并答策，取粗有文理者为通。（旧制，诸明经试，每经十帖，《孝经》二帖，《论语》八帖，《老子》兼注五帖，每帖三言，通六已上，然后试策十条，通七，即为高第。开元二十五年敕：诸明经先帖经，通五已上，然后口试，每经通问大义十条，通六已上，并答时务策三道。）

凡进士先帖经，然后试杂文及策，文取华实兼举，策须义理惬当者为通。（旧例帖一小经并注，通六已上，帖《老子》兼注，通三已上，然后试杂文两道，时务策五条。开元二十五年，依明经帖一大经，通四已上，馀如旧。）②

---

① 何怀宏《选举社会及其终结——秦汉至晚清历史的一种社会学阐释》，北京：三联书店，1998 年，第 168 页。

②《唐六典》卷四，第 109 页。

宋人李淑在宝元中谈及科举演变过程也说：

> 唐调露二年，刘思立为考功员外郎，以进士试策灭裂，请帖经以观其学，试杂文以观其才。自此沿以为常。至永隆二年，进士试杂文二篇，通文律者，始试策。天宝十一年，进士试一经，能通者试文赋，又通而后试策，五条皆通，中第。建中二年，赵赞请试以时务策五篇，箴、论、表、赞各一篇，以代诗赋。大和三年，试帖经，略问大义，取精通者，次试论、议各一篇。八年，礼部试以帖经口义，次试策五篇，问经义者三，问时务者二。厥后变易，遂以诗赋为第一场，论第二场，策第三场，帖经第四场。①

帖经、杂文(诗赋)与对策犹如三项全能，其中帖经与对策侧重记诵，而诗赋则颇多变化②。诗赋之所以为人看重，是因为在考试中仅靠帖经与对策，成绩优劣拉不开距离，而诗赋则易于凸显个人特殊的才性与灵气，易于区别高下，故往往就成了胜败攸关、扭转乾坤之举。欧阳詹评论明经进士两科异同优劣说："读往载、究前言，则曰明经，属以词、赋以事，则曰进士……取之于诸科暂殊，用之于诸科则一，良未即以进士贤而明经不贤也。""明经，自汉而还取士之嘉也。经也者，圣人讲善之录，志立身正，家齐国理，在乎其中。为人父者，莫不欲其子之明；为人君者，莫不

① 《宋史》卷一五五《选举一》，第3612页。

② 岑仲勉亦认为进士于诗赋之外，亦兼经术，明经反倒只念经疏，以帖诵为功，安得称曰经术？参见《隋唐史》上册，北京：中华书局，1980年，第189—190页。

欲其臣之明。明斯行斯，近则平乎性命，远则成乎政令。尔来加取比兴属词之流，更曰进士，谓近于古之立言也，为时稍称。其侥幸浮薄之辈，希以无为有，虽中干外槁，多舍明趋进，俾去华取实。君子恶以真混假，纵含章抱器，半舍进为明。”①说“半舍进为明”似乎有些夸张，可能是因题赠者的缘故多说些好处，但作为进士出身的欧阳詹有如此公允的看法，也是难能可贵的。

另一方面，唐人对铨选标准的看法也有一些变化。李华《杨骑曹集序》中说：“开元、天宝之间，海内和平，君子得从容于学，于是词人材硕者众。然将相屡非其人，化流于苟进成俗，故体道者寡矣。夫子门人，德行、言语、政事、文学，四者无人兼之。”《唐会要》中亦记载天宝九载三月十三日敕：“文学政事，本自异科，求备一人，百中无一。况古来良宰，岂必文人？”②将现实的皮球又踢回到孔门四学的老框架中。以唐代举选来看这四项标准，其中“言语”，实际上也属唐代之“文学”，但可以通过身言书判考核，而孔门之“文学”实兼唐之文学(诗赋)与经术，政事即体现在吏干上，而德行应是超越于其上的一个素质标准，是无法通过考试测定的，故可以存而不论。这样，四项标准可以简化为两项：政事与文学。这两者要兼备，确实很难，但从设立标准及希望来说，又应该同时强调：

(刘知几)兄知柔，少以文学政事，历荆、扬、曹、益、

①《欧阳行周文集》卷九《送李孝廉及第东归序》。

②《唐会要》卷七五《选部下·杂处置》，第1361页。

宋、海、唐等州长史刺史、户部侍郎、国子司业、鸿胪卿、尚书右丞、工部尚书、东都留守。①

论者谓公以文学政事，取公器如拾芥。②

而之子世，父冠貂蝉，叔父冠惠文，皆以清词重当世，则文学政事，子之家法。③

文学政事，必在考言。④

文学吏能，贤人之业□盛。⑤

这是一个理想的标准，衡之以唐代士人，两者兼备者毕竟较少，实际中或可有所偏重，但有所偏废则不能算是一个理想的官员。这种复合型人才的大量涌现要到宋代才出现，宋代文人大多集官僚、文士、学者三位于一体⑥。

三、贤能标准的得失与评价

唐代的科举是选举发展史上的一个新阶段，其最重要的意义体现在三个方面：第一，考生来源的广泛性。表现在阶层的开放与地域的开放，使各种紧张的阶级矛盾及地域矛盾得以缓和，从

---

①《旧唐书》卷一〇二《刘子玄传》，第10册，第3174页。
② 独孤及《毗陵集》卷一《顿屯李公墓志》。
③《权载之文集》卷三九《送邱颖应制举序》。
④《册府元龟》卷六三九《贡举部・条制一》，第7752页上。
⑤《唐代墓志汇编》下册开元523，第1515页。
⑥ 引自王水照师的有关论述，见《王水照自选集》，上海：上海教育出版社，2000年，第30页。

而使社会有了安定发展之前提。第二，竞争的相对公开性与公正性。虽然家世与其他因素可能对考试有所影响，但仍然是公开的和相对公正的。第三，竞赛程序的可操作性。体现在试题的设计、成绩的评估与评价的标准上。举子与座主、考官与大众都遵循既定的规则，游戏竞赛可以正常进行，较少受非考试因素干扰左右，与现代考试学、现代竞赛学的原理暗合。此三个特点使得隋唐以来的科举制得以区别于汉代的察举制与魏晋以来的九品中正制。

钱穆曾概括说：

总观国史政制演进，约得三级：由封建而跻统一，一也。由宗室、外戚、军人所组之政府，渐变而为士人政府，二也。由士族门第再变而为科举竞选，三也。惟其如此，“考试”与“铨选”，遂为维持中国历代政府纲纪之两大骨干。全国政事付之官吏，而官吏之选拔与任用，则一惟礼部之考试与吏部之铨选是问，此二者，皆有客观之法规，为公开的准绳，有皇帝所不能摇，宰相所不能动者。①

凭事实讲，科举制度显然在开放政权，这始是科举制度之内在意义与精神生命。汉代的选举，是由封建贵族中开放政权的一条路。唐代的公开竞选，是由门第特殊阶级中开放政权的一条路。唐代开放的范围，较诸汉代更广大，更自由。所以就此点论，我们可以说唐代的政治又进步了。②

---

①《国史大纲》（修订本）上册引论，北京：商务印书馆，1996 年，第 14—15 页。
② 钱穆《中国历代政治得失》，北京：三联书店，2001 年，第 56—57 页。

汉代的察举与魏晋的九品中正制也是一种竞争，但这种竞争的对象较狭窄，是一种封闭式的圈内竞争，不具公开与公正之特征。尤为重要的是，其衡量标准要么是抽象的德行，要么是门第的清华。其标准既不能量化，又对大多数人没有刺激与激励的机制；大多数士人没有参与竞技的心理愿望，所以不具备普世的价值意义。而唐代科举与铨选由于数量的扩大、阶层的扩大、地域的扩大与科目的扩大，使每一个士人都很难按捺住自己的欲望，跃跃欲试，投入其中，一决胜负，以寻求出路。换言之，使全体士人都投身竞赛，使全国人民都关注竞赛、评论竞赛。举国上下群情激动，唐代政府官员的选拔竞赛，某种程度上竟与现代商业体育比赛的效果类似，赛季成了每年的焦点，比赛者的成败输赢牵动着所有观众的喜怒哀乐。

赵匡《举选议》：

> 国朝举选，用隋氏之制，岁月既久，其法益讹。夫才智因习就，固然之理。进士者时共贵之，主司褒贬，实在诗赋，务求巧丽，以此为贤，不唯无益于用，实亦妨其正习；不唯挠其淳和，实又长其佻思。自非识度超然，时或孤秀，其余溺于所习，悉昧本源。欲以启导性灵，奖成后进，斯亦难矣。故士林鲜体国之论，其弊一也。又人之心智，盖有涯分，而九流七略，书籍无穷。主司征问，不立程限，故修习之时，但务钞略，比及就试，偶中是期。业无所成，固由于此。故当代寡人师之学，其弊二也。疏以释经，盖筌蹄耳。明经读书，勤苦已甚，其口问义，又诵疏文，徒竭其精华，习不急之业。而当代

礼法，无不面墙，及临人决事，取办胥吏之口而已。所谓所习非所用，所用非所习者也。故当官少称职之吏，其弊三也。举人大率二十人中方收一人，故没齿而不登科者甚众，其事难，其路隘也如此。而杂色之流，广通其路也。此一彼十，此百彼千，揆其秩序，无所差降，故受官多底下之人，修业抱后时之叹，待不才者何厚，处有能者何薄！崇末抑本，启昏窒明，故士子舍学业而趋末伎，其弊四也。收入既少，则争第急切，交驰公卿，以求汲引，毁訾同类，用以争先。故业因儒雅，行成险薄，非受性如此，势使然也。浸以成俗，亏损国风，其弊五也。大抵举选人以秋末就路，春末方归，休息未定，聚粮未办，即又及秋。事业不得修习，益令艺能浅薄，其弊六也。羁旅往来，靡费实甚，非唯妨阙生业，盖亦隳其旧产，未及数举，索然以空，其弊七也。贫窭之士在远方，欲力赴京师，而所冀无际，以此揆度，遂至没身。使兹人有抱屈之恨，国家有遗才之阙，其弊八也。官司运江淮之储，计五费其四，乃达京邑，刍薪之贵，又十倍四方。而举选之人，每年攒会，计其人畜，盖将数万，无成而归，十乃七八，徒令关中烦耗，其弊九也。为官择人，唯才是待。今选司并格之以年数，合格者，判虽下劣，一切皆收；如未合格而应科目者，才有小瑕，莫不见弃。故无能之士，禄以例臻；才俊之流，坐成白首。此非古人求贤审官之义，亦已明矣。其弊十也。选人不约本州所试，悉令聚于京师，人既浩穰，文簿繁杂，因此渝滥，其事百端。故俗间相传云："入试非正身十有三四，赴官非正身十有二三。"

此又弊之尤者。①

这篇文献很值得注意。赵匡既谈到当时的士风与学风，又谈到了贤能标准，而且还涉及考试方式、教材的错误导向等问题，即所谓“指挥棒”问题。其中“士林鲜体国之论”“当官少称职之吏”即涉及吏干、吏能的问题，“当代寡人师之学”则涉及经术问题，“士子舍学业而趋末伎”，涉及经术与文学的关系，“求贤审官之义”则是总说举选中的贤能标准。十个方面的弊端糅到一块讨论，但是还能看清楚作者是将其分别对待的。韩愈《省试学生代斋郎议》：“学生或以通经举，或以能文称，其微者，至于习法律，知字书，皆有以赞于教化，可以使令于上者。”②韩愈从正面说明明经、进士及诸科都有益于教化，堪为专门之用。

唐人关于贤能标准的提出与后来的施行并不能说是很理想的，尽善尽美的。但是，政府允许百官包括举子议论，说长道短，褒贬不一，重要的不仅在于议论的成果，还在于议论本身。说明这时是一个相对宽松自由的时代氛围，允许各种异议的存在和发表，这在一贯强调舆论一同的社会，委实是很难得的。另外，政府对民意及舆论评价也较留意，故无论是在科举考试的形式还是在吏部用人的标准上都不断有所微调。有些意见很快被采纳，有些则经过较长时间的反复摸索。

唐代科举由原来经学与文学的截分两橛，严重对立，到后来

① 《通典》卷一七《选举五·杂议论中》，第 1 册，第 419—420 页。
② 《韩昌黎文集》卷二。

互相吸收，尤其是进士科增加更多的帖经与对策，使测试既考虑到基础又考虑到应用，既考虑到识记又考虑到理解与发挥创作。而明清以来，科举以进士之名，涵明经之实，则是历史否定之否定的结果，明经与进士的标准被奇特地统一起来。

至于吏部铨选，诸工百官自然应以吏干之才放在首位，但是较高级的官员理想的标准应该是文学政事兼于一身。强调政事自不待问，强调文学则是汉代重经学、六朝重艺文在唐代的必然结果。其利，唐人不得专美；其弊，唐人亦不必独担。但唐代士人中文学政事相统一者，委实太少。作为一个过渡阶段，它实际上为宋代集官僚、文士、学者三位一体复合型人才的出现做了社会实验和理论准备。

汉代提出“以经术润饰吏事”①，实即指出对理想官吏的要求，即所谓“循吏”，要求其成为文化、道德、政治三合一的代表，一方面要充当“吏”，另一方面还要承担起“师”的角色，即教导民众在富裕之后如何走向向善之路，故他们应同时是中国文化“大传统”的自觉传播者②。这一目标，汉代并未完成，唐人亦无法实现，宋代士人庶几近之。

司马光说：“取士之道，当先德行后文学；就文学言之，经术又当先于词采。”③张履祥说：“取士者以诗赋，请谒者以文辞，而务本力穑之事荡如矣。相沿至于今日，人人耻不文，不耻不仁；畏不奢，不畏不义。”④这种批评仍是唐时德行与文学本末先

---

①《汉书》卷八九《循吏传》。

② 参见余英时《士与中国文化》，上海：上海人民出版社，1987 年，第 211—216 页。

③《宋史》卷一五五《选举一》。

④《杨园先生全集》中册《初学备忘》，北京：中华书局，2002 年。

后的老调，前面已论及，兹不再述。日本海军总司令伊东佑亨在致清北洋水师提督丁汝昌的书信中也借此敲打大清的执政者：

> 至清国而有今日之败者，固非君相一己之罪，盖其墨守常经，不通变之所由致也。夫取士必以考试，考试必由文艺，于是乎执政之大臣，当道之达宪，必由文艺以相升擢。文艺乃为显荣之梯阶耳，岂足济夫实效？当今之时，犹如古昔，虽亦非不美，然使清国果能独立孤往，无复能行于今日乎？……当此之时，我国实以急去旧治，因时制宜，更张新政，以为国可存立之一大要图。今贵国亦不可不以去旧谋新为当务之急，亟从更张，苟其遵之，则国可相安；不然，岂能免于败亡之数乎？①

抨击“考试必由文艺，于是乎执政之大臣，当道之达宪，必由文艺以相升擢。文艺乃为显荣之梯阶耳”，痛快淋漓，确实是旁观者清。建议因时制宜，更张新政，“以去旧谋新为当务之急”，也是当时朝野有识之士的共识，并无多少新意。但将战败国亡的大帽子仅扣在“考试必由文艺”一端，就是另外一种以偏概全，而并非科学理性的认知。

科举制度相沿至清末，积弊日深，确是事实。虽然改革与变化并非没有，但缺乏制度之间的调整与配合。更重要的是，在晚清中国，即便将此一制度完善并能与其他诸项措施协调配合，恐亦难逃

---

① [美]林乐知著，〔清〕蔡尔康纂辑《中东战纪本末》，文海出版社有限公司，《近代中国史料丛刊续编》第七十一辑。

脱天崩地裂、社会剧变这一大劫，这是一个历史的定数，已经远远逸出本文所要讨论的范围。梁启超评价说：

> 取士以科举，虽不讲经世，而足以飏太平；选将由行伍，虽未尝学问，然足以威萑苻；任官论资格，虽不得异材，而足以止奔竞；天潢外戚，不与政事，故无权奸僭恣之虞；督抚监司，互相牵制，故无藩镇跋扈之患。①

概言之，隋唐时期为士人进入体制打开了一扇大门，设计出一套规则，并制定了评价的标准，固然游戏规则与评价标准尚有待进一步完善，但规模初具，认识渐趋明晰。体制内外、不同阶层与地域的融通吸引并凝聚了士人，政府有计划地吸收人才资源，使民间力量不至于过分强大而形成抗衡的隐患。尤为重要者，为此后社会的人才取选，确立了一个评价系统。

本章的结论

一、在观念上，唐人对贤能标准长期争论，认识分歧，主要集中在对德行与文艺、器识与文艺、经术与文学、吏能与文学的本末先后有不同看法。

二、在操作上，贤能标准的施行亦屡有变迁。科举中通过考试形式与内容的调节，使明经与进士缩小差距，互相靠拢；在铨

---

① 梁启超《论不变法之害》，《梁启超诗文选》，广州：广东人民出版社，1987 年，第 11 页。

选中以文学政事统一作为理想人才的标准。

三、贤能标准的贯彻为不同地域、不同阶层士人进入政府高层提供了制度保证和操作依据。不唯使人尽其才，同时极大地缓和了社会与政治、民间与政府的紧张关系，为此后的人才取选确立了一个评价系统。

四、论者或谓“唐宋转型”在人才标准上的变化体现在由重家世转变为重才能，从科举设立到中唐，从中唐到宋代，一直处于这种变化中。① 这一观察宏阔长远，不能说无据，但若要进一步深究，这实际上是历史变迁的结果，而非预设标准的实现。

---

① ［加］卜正民主编《哈佛中国史》第 3 卷《世界性的帝国：唐朝》结语，［美］陆威仪著，李磊译，中信出版社，2016 年。

下编　分论

第七章 《隋书》中的文化地理观

《隋书》是唐初史家所修撰，而又由朝廷重臣监领，故其内容既是对隋代历史的记录，又反映出唐代史学家甚至统治者的历史观，对于统一南北方、天下混一的隋代，从文化地理学的角度予以观照，或许能打开新的视窗，有许多令人耳目一新的发现。

一、从《隋书·文学传》序谈起

在隋唐文献中，选择《隋书》来探讨其中的地域文化和文学地理思想，首先是因为《隋书》为唐人所著，且出自唐初重臣和史学名家手笔，从中可以窥见唐人的地域文化思想。另外，隋唐皆作为统一王朝，其兴废因革又有极其密切的关系，故隋代之文化地理与唐代亦有密切关系，其中的异同也有必要厘清。而《隋书·文学传》又是专门记录隋代文学及文人的合传，内容极其丰富，治唐代文学思想者经常提及此篇，故本文对《隋书》文化地理观之探讨亦拟由此切入。

1. 地域演化与历史变迁相互交织

《隋书》卷七六《文学传》序有一段对历代文学评论的文字(原为一段，本文为分析方便，划分成三层)①：

> 自汉、魏以来，迄乎晋、宋，其体屡变，前哲论之详矣。暨永明、天监之际，太和、天保之间，洛阳、江左，文雅尤盛。于时作者，济阳江淹、吴郡沈约、乐安任昉、济阴温子升、河间邢子才、巨鹿魏伯起等，并学穷书圃，思极人文，缛彩郁于云霞，逸响振于金石。英华秀发，波澜浩荡，笔有余力，词无竭源。方诸张、蔡、曹、王，亦各一时之选也。闻其风者，声驰景慕，然彼此好尚，互有异同。
>
> 江左宫商发越，贵于清绮，河朔词义贞刚，重乎气质。气质则理胜其词，清绮则文过其意，理深者便于时用，文华者宜于咏歌，此其南北词人得失之大较也。若能掇彼清音，简兹累句，各去所短，合其两长，则文质斌斌，尽善尽美矣。
>
> 梁自大同之后，雅道沦缺，渐乖典则，争驰新巧。简文、湘东，启其淫放，徐陵、庾信，分路扬镳。其意浅而繁，其文匿而彩，词尚轻险，情多哀思。格以延陵之听，盖

① 引文又见于《北史》卷八三《文苑传》序，唯《北史》序较《隋书》序更详细，篇幅更长。一般认为《北史》中的序论基本是袭用《隋书》《周书》《北齐书》《梁书》《陈书》的有关序论以及《南齐书·文学传》论、《魏书·文苑传》序论的原话，加以剪裁缀合。参见王运熙、杨明《隋唐五代文学批评史》，上海：上海古籍出版社，1994年，第38页。

亦亡国之音乎！周氏吞并梁、荆，此风扇于关右，狂简斐然成俗，流宕忘反，无所取裁。

此一段文字，便是一篇简明魏晋南北朝文学史纲。虽然篇幅短小，内容简略，但文学演进之迹昭然，纲目清晰。尤其值得注意者有如下数端：

第一，叙述策略是将历史变迁与地域演化相结合。一般论者喜欢仅引用中间(从“江左宫商”到“尽美矣”)部分，故不易看出历史变迁。实际上，前、后两层侧重历史变迁，而中间一层侧重地域比较，第一、三两层在历史变迁中又交织着地域演化。

第二，地域比较与历史比较相结合。第一层中将江淹、沈约、任昉、温子升、邢邵、魏伯起等“方诸张、蔡、曹、王”，是历史比较，具体而微；第二层的江左与河朔是地域比较，概括而宏大。

第三，第一层将南北方(即所谓“洛阳、江左”)作家相提并论，充分肯定了北朝作家的成就，应该视作最早高度评价北朝文学的文字，与南北朝时南朝作家与评论家鄙薄北朝文学、北朝文人心存自卑皆不同；第二层比较也是对彼此好尚异同的区别，不是评高下优劣，而是分差别异同。

第四，明确提出一些地域文化中心。如第一层中之“江左”“洛阳”，第二层中之“江左”“河朔”，分别作为南北方之代名词，一般认为“河朔”指洛阳，从本篇上下文来看，似无疑义。但第三层中又提及“关右”，则不仅有南北之比较，又有东西之区别。故笔者标举之隋唐三大地域的范畴，并非臆造，而是来源有自①。

第五，第三层说梁陈文学对关中之影响，显示出南北文学交流之史实，一方面提出影响之强烈（“斐然成俗，流宕忘反”），另一方面又指出这种影响的消极性（“无所取裁”）。

邢邵《萧仁祖集序》：“昔潘、陆齐轨，不袭建安之风，颜、谢同声，遂革太原之气。自汉逮晋，情赏犹自不谐；江北、江南，意制本应相诡。”②谓南北文风历来有别。钱锺书指出此文已开《文学传》之论，但他又认为称北以“理胜”，即谓北之文逊，而北方“笔”语，当为大宗，魏收《魏书》叙事佳处，不减沈约《宋书》，而为“秽史”恶名所掩。他分析原因说：“盖南北朝文同风合流，北士自觉与南人相形见绌，不耻降心取下，循辙追踪；初非夷然勿屑，分途别出，有若后来元好问之言‘北人不拾江西唾’或傅山之言‘不喜江南文章’。”③

2. 政治统一与文学地域

《文学传》序中还有一段是侧重对隋代文学的评论：

> 爰自东帝归秦，逮乎青盖入洛，四隩咸暨，九州攸同，江、汉英灵，燕、赵奇俊，并该天网之中，俱为大国之宝。言刈其楚，片善无遗，润木圆流，不能十数，才之难也，不其然乎！时之文人，见称当世，则范阳卢思道、安平李德

---

① 参见本书第一章第一节“三大地域概念的提出”中的论述。

②《全上古三代秦汉三国六朝文·全北齐文卷三》，第9册，第3482页。

③ 钱锺书《管锥编》第4册，北京：中华书局，1979年，第1508—1509页。

> 林、河东薛道衡、赵郡李元操、巨鹿魏澹、会稽虞世基、河东柳䛒、高阳许善心等，或鹰扬河朔，或独步汉南，俱骋龙光，并驱云路，各有本传，论而叙之。其潘徽、万寿之徒，或学优而不切，或才高而无贵仕，其位可得而卑，其名不可堙没。今总之于此，为《文学传》云。

这一段谈到隋灭陈后之政治统一，四隩咸暨，九州攸同，传末史臣论曰“有隋总一寰宇，得人为盛”云云，但并没有谈到文学统一。恰恰相反，它记录了政治领袖对文风的无可奈何：“高祖初统万机，每念斫雕为朴，发号施令，咸去浮华。然时俗词藻，犹多淫丽，故宪台执法，屡飞霜简。”用行政命令甚至不惜动用司法手段来干涉文风，但收效并不大。更具有讽刺意味的是，泗州刺史司马幼之仅因章表华丽，既遭斥责罢免。而即位后的隋炀帝以及围绕他的南方文人集团，轻侧浮华者不知有多少。后代学人申论隋代南北文风之初步统一，不知从何说起①。以隋代而言，谓政治之初步统一是事实，但说文学统一，并非事实。所谓“江、汉英灵，燕、赵奇俊，并该天网之中，俱为大国之宝”云云，是说隋夺取天下后，原来各地域的豪杰英俊，皆被隋政治统一的大网所囊括，其中有许多人络绎不绝，由原来南方的梁陈及山东移

---

① 胡小石即认为政治统一之后，再以地域区分文学派别是靠不住的。他说：“以地域关系区分文学派别，本来无可非议，不过只适宜用于交通不便、政治不统一的时候……隋既代周平陈，南北统一，如薛道衡、杨素等都是北人。唐初四杰，即有北人三个。沈、宋也是北人，温、李也是北人，他们的作风，均非常华绮，并无南北的区分。可见交通便利政治统一以后，以地理作区分，是靠不住的。”（《李杜诗之比较》，见《胡小石论文集》，第108页）

居到京畿地区。① 换言之，是说他们生活在统一的隋王朝之中，因改朝换代或仕进而北上西迁，丝毫没有触及文学统一的问题。后代论者，先入为主，首先存有政治统一导致文学统一的理念，认为隋唐政治统一，文学自然也是统一的，盛唐是政治一统之高潮，亦当是文学一统之高潮。再向前追溯，则隋及初唐自然是文学之初步统一。用逻辑关系来梳理文学思想，自然要以歪曲甚至牺牲史实为代价。在文学史研究中，亦如在思想史研究中一样，“知识形构序列”与“历史真实序列”有时完全不是一回事②。

二、《隋书·儒林传》中的学术地域观

《隋书》卷七五《儒林传》序谈到魏晋南北朝以来的经学发展时指出：

> 自晋室分崩，中原丧乱，五胡交争，经籍道尽。魏氏发迹代阴，经营河朔，得之马上，兹道未弘。暨夫太和之后，盛修文教，搢绅硕学，济济盈朝，缝掖巨儒，往往杰出，其雅诰奥义，宋及齐、梁不能尚也。南北所治，章句好尚，互有不同。江左《周易》则王辅嗣，《尚书》则孔安国，《左传》则杜元凯；河洛《左传》则服子慎，《尚书》、《周易》则郑康

① 参见葛剑雄主编，吴松弟、曹树基著《中国移民史》第3卷(隋唐五代时期)，福州：福建人民出版社，1997年，第412—423页。

② 关于“知识形构序列”与“历史真实序列”或“历史言述”与”历史真实”的区别与解说，参见杨念群《儒学地域化的近代形态》，北京：三联书店，1997年，第7页。

> 成。《诗》则并主于毛公，《礼》则同遵于郑氏。大抵南人约简，得其英华，北学深芜，穷其枝叶。考其终始，要其会归，其立身成名，殊方同致矣。①

此段论述在方法上类似《文学传》序，首先从历史演变角度纵说，然后从地域差别角度横说。再从南北传授源流分别追溯，最后比较南北经学的特征：南人清通简约，北人精深丰富。

但《隋书·儒林传》叙述南北朝经学发展过程，较之《北史·儒林传》简略，通过《北史》可以看到魏、齐、周、隋的经学演变过程，而在《隋书》中则看不明确。另外，《隋书》只有南北比较，对于关右之经学则未提及，而《北史》则有一大段论述：

> 周文受命，雅重经典，于时西都板荡，戎马生郊，先王之旧章，往圣之遗训，扫地尽矣。于是求阙文于三古，得至理于千载，黜魏晋之制度，复姬旦之茂典。卢景宣学通群艺，修五礼之缺；长孙绍远才称洽闻，正六乐之坏。由是朝章渐备，学者向风。明皇纂历，敦尚学艺，内有崇文之观，外重成均之职。握素怀铅，重席解颐之士，间出于朝廷；员冠方领，执经负笈之生，著录于京邑。济济焉，足以逾于向时矣。洎保定三年，帝乃下诏尊太傅燕公为三老。帝于是服衮冕，乘碧辂，陈文物，备礼容，清跸而临太学，袒割以食之，奉觞以酳之，斯固一世之盛事也。其后命辎轩而致玉

---

① 从“南北所治”以下，又见《北史》卷八一《儒林传上》序。

帛，征沈重于南荆，及定山东，降至尊而劳万乘，待熊安生以殊礼。是以天下慕向，文教远覃。衣儒者之服，挟先王之道，开黉舍延学徒者比肩。励从师之志，守专门之业，辞亲戚甘勤苦者成市。虽通儒盛业，不逮魏晋之臣，而风移俗变，抑亦近代之美也。①

又《周书·王褒庾信传》论云：

既而中州版荡，戎狄交侵，僭伪相属，士民涂炭，故文章黜焉。其潜思于战争之间，挥翰于锋镝之下，亦往往而间出矣。若乃鲁徽、杜广、徐光、尹弼之畴，知名于二赵；宋谚、封奕、朱彤、梁谠之属，见重于燕、秦。然皆迫于仓卒，牵于战争。竞奏符檄，则粲然可观；体物缘情，则寂寥于世。非其才有优劣，时运然也。至朔漠之地，蕞尔夷俗，胡义周之颂国都，足称宏丽；区区河右，而学者埒于中原，刘延明之铭酒泉，可谓清典。②

作为隋唐文化三个来源之一，关中文化(或谓西魏北周之源)究竟该如何评价是另一问题，但至少说明当时学术文化在历史演变中，仍有空间的因革。关陇地区除关中外，还有河西陇右区域，也是北朝文化的一大重镇。陈寅恪先生拈出此点，并再三

① 按此段又见《周书》卷四五《儒林传》。字句几同，唯文末“魏晋之臣”，《周书》作“魏晋之辰”，似以“辰”字较优。

②《周书》卷四一，第3册，中华书局，1971年，第743页。

致意：

又西晋永嘉之乱，中原魏晋以降之文化转移保存于凉州一隅，至北魏取凉州，而河西文化遂输入于魏。其后北魏孝文、宣武两代所制定之典章制度遂深受其影响，故此(北)魏、(北)齐之源其中亦有河西之一支派，斯则前人所未深措意，而今日不可不详论者也。

刘石纷乱之时，中原之地悉为战区，独河西一隅自前凉张氏以后尚称治安，故其本土世家之学术既可以保存，外来避乱之儒英亦得就之传授，历时既久，其文化学术逐渐具地域性质，此河陇边隅之地所以与北朝及隋唐文化学术之全体有如是之密切关系也。

盖张轨领凉州之后，河西秩序安定，经济丰饶，既为中州人士避难之地，复是流民移徙之区，百余年间纷争扰攘固所不免，但较之河北、山东屡经大乱者，略胜一筹。故托命河西之士庶犹可以苏喘息长子孙，而世族学者自得保身传代以延其家业也。又张轨、李暠皆汉族世家，其本身即以经学文艺著称，故能设学校奖儒业，如敦煌之刘昞即注魏刘劭《人物志》者，魏晋间才性同异之学说尚得以保存于此一隅，遂以流传至今，斯其一例也。若其他割据之雄，段业则事功不成而文彩特著，吕氏、秃发、沮渠之徒俱非汉族，不好读书，然仍能欣赏汉化，擢用士人，故河西区域受制于胡戎，而文化学术亦不因以沦替，宗敞之见赏于姚兴，斯又其一例也。至于陇右即晋秦州之地，介于

> 雍凉间者，既可受长安之文化，亦得接河西之安全，其能保存学术于荒乱之世，固无足异。故兹以陇右河西同类并论，自无不可也。
>
> 由此言之，秦凉诸州西北一隅之地，其文化上续汉、魏、西晋之学风，下开(北)魏、(北)齐、隋、唐之制度，承前启后、继绝扶衰，五百年间延绵一脉，然后始知北朝文化系统之中，其由江左发展变迁输入者之外，尚别有汉、魏、西晋之河西遗传。①

义宁先生所论及所抉发，不仅可以补《隋书·儒林传》之不足，对理解学术文化与地域之关系亦大有助益。

当然，学术之地域来源或发生是一个复杂的问题，不能将其简单化，唐长孺曾就南北学风的异同进行深入研究，指出三国时期的新学风兴起于河南，黄河以北及长江以南此时一般仍守汉人传统，所谓南北之分指河南北而非江南北。吴亡到晋室东迁后，中原文化移到了建康，改变了江南所固有的较保守的文化习俗，故东晋以后所谓江南风尚有一部分实际上乃是发源于洛阳而以侨人为代表，并非江南所固有。但南方土著治学较重经学，不但南朝如此，隋唐之际还是一样。《隋书·儒林传》有四个江南人褚辉、顾彪、鲁世达、张冲，都属于吴姓，而无

---

① 以上分别引自陈寅恪《隋唐制度渊源略论稿》，上海：上海古籍出版社，1982年，第2、19—20、26—27、41页。

侨姓，表明南人治经比侨人多注意一点①。钱锺书曾针对此亦有一段评论：

> 画派分南北和画家是南人、北人的疑问，不难回答。某一地域的专称引申而为某一属性的通称，是语言里的惯常现象。譬如汉魏的“齐气”、六朝的“楚子”、宋的“胡言”、明的“苏意”；“齐气”、“楚子”不限于“齐人”、“楚人”，苏州以外的人也常有“苏意”，汉族并非不许或不会“胡说”、“胡闹”。杨万里说：“诗‘江西’也，非人皆江西也”（《诚斋集》卷七九《江西宗派诗序》）；家铉翁说：“奋乎齐鲁汴洛之间者，固中州人物也。亦有生于四方，奋于遐外，而道学文章为世所宗工，德业被于海内，虽谓之中州人物可也”（《元文类》卷三八家铉翁《题中州诗集后》；四库辑本《则堂集》漏收）；更是文学流派名称的好例子。拘泥着地图、郡县志，太死心眼了……看来，南、北“学问”的分歧，和宋、明儒家有关“博观”与“约取”、“多闻”与“一贯”、“道问学”与“尊德性”的争论，属于同一类型。②

一般认为学分南北的说法起于《隋书》，实际上在魏晋南北朝

① 唐长孺《读〈抱朴子〉推论南北学风的异同》，收入唐著《魏晋南北朝史论丛》，北京：三联书店，1955 年。
② 钱锺书《七缀集》，上海：上海古籍出版社，1985 年，第 8—9 页。

时期此类说法甚多①，且无论是《隋书》或当时其他论述都较具体真切，而后来的论述则反倒有些简单化。

三、《隋书·地理志》中的地域文化思想

正史之有地理志，起自《史记》《汉书》，以下南北朝时期诸史，或阙失地理志，或因处一隅，只能保存局部片段。隋之重新统一，故能将体国经野的理念再次贯穿在分疆划界中。《隋书》卷二九至卷三一为《地理志》上、中、下，篇幅既大，内容亦极丰富，本文不可能全面概括，仅摘录其中有关地域文化的内容进行一简单评述。

1. 各地域自然环境与风俗习惯之差别性

《地理志》以古九州为纲，分叙各郡之自然环境、地理沿革、

① 如《世说新语·文学第四》记褚季野说："北人学问，渊综广博。"孙安国回答："南人学问，清通简要。"支道林曰："圣贤固所忘言。自中人以还，北人看书如显处视月，南人看书如牖中窥日。"刘孝标（峻）注曰："支所言，但譬成孙、褚之理也。然则学广则难周，难周则识暗，故如显处视月，学寡则易核，易核则智明，故如牖中窥日也。"余嘉锡笺疏："《北史·儒林传序》曰：'南人约简，得其英华；北学深芜，穷其枝叶。'语即本此。实则道林之言，特为清谈名理而发。延寿亦不过谓南人文学胜于北人耳。夫朴学浮文，本难一致。春华秋实，乌可并言？北人著述存于今者，如《水经注》、《齐民要术》之类，渊综广博，自有千古，非南人所敢望也。嘉锡又案：此言北人博而不精，南人精而不博。"（见余著《世说新语笺疏》，第216—217页，北京：中华书局，1983年）钱锺书认为《隋书·儒林传》叙述经学，就像刘峻的注解（见《七缀集》，第9页）。然而，如按照唐长孺先生的解释，这里的所谓南北应指河南北，孙、褚二人的对话只是东晋时河南北侨人彼此推重，与《隋书·儒林传》中的界限并不一致（见唐著《魏晋南北朝史论丛》，第361页）。

统辖隶属、方物土贡、户籍人口等。兹将有关三大地域部分摘引，略见其内容之一斑：

京兆王都所在，俗具五方，人物混淆，华戎杂错。去农从商，争朝夕之利，游手为事，竞锥刀之末。贵者崇侈靡，贱者薄仁义，豪强者纵横，贫窭者窘蹙。桴鼓屡惊，盗贼不禁，此乃古今之所同焉。自京城至于外郡，得冯翊、扶风，是汉之三辅。其风大抵与京师不异。安定、北地、上郡、陇西、天水、金城，于古为六郡之地，其人性犹质直。然尚俭约，习仁义，勤于稼穑，多畜牧，无复寇盗矣。雕阴、延安、弘化，连接山胡，性多木强，皆女淫而妇贞，盖俗然也。平凉、朔方、盐川、灵武、榆林、五原，地接边荒，多尚武节，亦习俗然焉。河西诸郡，其风颇同，并有金方之气矣。①

京兆与冯翊、扶风等三辅地区，为城市地理环境，故具有大都市的许多特征，其风俗表现为侈靡豪华。六郡之地为城市之屏障，风俗质直尚礼义，其余之郡则地接边荒，民族杂居，故风俗尚武，有金方之气。从中心区到边缘带呈现出由文向质的过渡。且因为京兆居于西北前线，迫近异族，故无论是京城“人物混淆，华戎杂错”，还是边郡的人民混血，都体现出民族大融合的许多特点。从中心区向边缘带还呈现出由华向夷的逐渐过渡。故五方

---

①《隋书》卷二九《地理志》上，第817页。

杂厝、高尚气力、歌谣慷慨是本地域的总的特点①，但不同地区又有所不同，体现出区域文化的丰富多彩。

> 豫之言舒也，言禀平和之气，性理安舒也。洛阳得土之中，赋贡所均，故周公作洛，此焉攸在。其俗尚商贾，机巧成俗。故《汉志》云“周人之失，巧伪趋利，贱义贵财”，此亦自古然矣。荥阳古之郑地，梁郡梁孝故都，邪僻傲荡，旧传其俗。今则好尚稼穑，重于礼文，其风皆变于古……南阳古帝乡，搢绅所出，自三方鼎立，地处边疆，戎马所萃，失其旧俗。上洛、弘农，本与三辅同俗。②

山东地域广大，各地风气习俗亦多所不同，故只能摘要介绍。《地理志》通过对豫州地名的解说，说明该地的风气与民性，可能失之简单偏颇，但有关洛阳为天地之中的说法来源有自，不能归咎于《隋志》。杜佑《通典》中论古荆河州及冀州的风俗时亦说：“荆河之间，四方辐辏，故周人善贾，趋利而纤啬。韩国分野，亦有险阻。自东汉、魏、晋宅于洛阳，永嘉以后，战争不息。元魏徙居，才过三纪。逮乎二魏，爰及齐、周、河、洛、汝、颍，迭为攻守。夫土中，风雨所交，宜乎建都立社，均天下之漕输，便万国之享献，不恃隘害，务修德刑，则卜代之期可延久也。”③“冀州，尧都所在，疆域尤广。山东之人，性缓尚儒，仗气任侠，

① 参见拙著《唐代关中士族与文学》第二章《关中方土风气与文学趣味》的有关论述。
②《隋书》卷三〇《地理志》中，第843页。
③《通典》卷一七七页，第5册，第4678页。

而邺郡，高齐国都，浮巧成俗。山西土瘠，其人勤俭，而河东，魏晋以降，文学盛兴，闾井之间，习于程法。并州近狄，俗尚武艺，左右山河，古称重镇，寄任之者，必文武兼资焉。”①

> 江南之俗，火耕水耨，食鱼与稻，以渔猎为业，虽无蓄积之资，然而亦无饥馁。其俗信鬼神，好淫祀，父子或异居，此大抵然也。……丹阳旧京所在，人物本盛，小人率多商贩，君子资于官禄，市廛列肆，埒于二京，人杂五方，故俗颇相类。京口东通吴、会，南接江、湖，西连都邑，亦一都会也。其人本并习战，号为天下精兵。俗以五月五日为斗力之戏，各料强弱相敌，事类讲武。……自岭已南二十余郡，大率土地下湿，皆多瘴疠，人尤夭折。南海、交趾，各一都会也，并所处近海，多犀象瑇瑁珠玑，奇异珍玮，故商贾至者，多取富焉。其人性并轻悍，易兴逆节，椎结踑踞，乃其旧风。其俚人则质直尚信，诸蛮则勇敢自立，皆重贿轻死，唯富为雄，巢居崖处，尽力农事，刻木以为符契，言誓则至死不改。父子别业，父贫，乃有质身于子。②

据此知江南为稻作文化区，故人民火耕水耨。好淫祀、信鬼神则说明民间信仰与原始宗教仍相当发达。巫蛊之事，是民间信仰与法术崇拜的结合物。“父子或异居”、“父子别业，父贫，乃

---

①《通典》卷一七九，第5册，第4745页。

②《隋书》卷三一《地理志》下，第886、887、888页。

有质身于子"等，与北方重宗族、尚血缘不同，可与《颜氏家训》有关记载参读①。

江南之丹阳"市廛列肆，埒于二京，人杂五方，故俗颇相类"，说明每一个文化区域中都有以大城市为枢纽的文化中心，丹阳可与长安、洛阳媲美，说明随着南方大开发，城市文化亦有极大发展。

《隋志》将岭南附于江南之后论述，连类而及，说明其中有许多共同性。但另一方面，古九州模式本来就是上古时期中原本位文化的产物，岭南迄中古时期仍然开发较少，人们对其了解不够，带有许多神秘色彩。隋唐前期，南方在政治文化上的重要性尚未能完全凸显出来，而政治家与史臣仍沿用前代之地域文化观念，重北轻南，这是可以理解的，亦为中唐以后南方的大开发埋下伏笔。

2. 土壤之殊与政教之移人

自然环境各地皆异，风尚习惯，亦与时推移，相沿成俗。所谓五里不同风，十里不同俗。但古典文化与政治主流文化在各地的传播，又使不同中有相同，共同中有差异。东西南北中等不同地区，在基本理念与信仰上有共同的追求，遂构成了一个文化共同体②，同中有异，异中有同。《地理志》上："化于姬德，则闲

① 参见本书第四章《唐代文学士族的地域构成》第二节"令狐氏"条正文及注释援引文献。

② "文化共同体"的概念及其在历史地理学中的使用参见王子今《秦汉区域文化研究》，成都：四川人民出版社，1998 年，第 23、247 页。

田而兴让；习于赢敝，则相稽而反唇。斯岂土壤之殊乎？亦政教之移人也。”政教移人首先表现在不同地区所受古典文化影响的程度各不相同。“东郡、东平、济北、武阳、平原等郡，得其地焉。兼得邹、鲁、齐、卫之交。旧传太公唐叔之教，亦有周孔遗风。今此数郡，其人尚多好儒学，性质直怀义，有古之风烈矣。”同一雍州(关中)地区，安定等六郡之地，其“尚俭约，习仁义，勤于稼穑，多畜牧，无复寇盗”，而平凉朔方等地尚武节。同为边地，“自古言勇侠者，皆推幽并云。然涿郡、太原，自前代已来，皆多文雅之士，虽俱曰边郡，然风教不为比也。”

政教移人同时还表现在不同时期政教的影响与作用各不相同。《通典》卷一八〇《州郡十·古兖州》：“兖州旧疆界于河济，地非险固，风杂数国。秦汉以降，政理混同，人情朴厚，俗有儒学。及西晋之末，为战争之地，三百年间，伤夷偏甚。自宇内平一，又如近古之风焉。”又如《地理志》中记载：“荥阳古之郑地，梁郡梁孝故都，邪僻傲荡，旧传其俗。今则好尚稼穑，重于礼文，其风皆变于古。”风俗由浅薄返淳厚。“南阳古帝乡，搢绅所出，自三方鼎立，地处边疆，戎马所萃，失其旧俗。”则又是由文雅变鄙野的一个例子。

> 汲郡、河内，得殷之故壤，考之旧说，有纣之余教。汲又卫地，习仲由之勇，故汉之官人，得以便宜从事，其多行杀戮，本以此焉。今风俗颇移，皆向于礼矣。

谭其骧曾据《隋书·地理志》讨论中国文化发展的时代差异和

地区差异："总括《隋书·地理志》所载，当时被誉为尊儒重礼的，只有中原二十一郡荆扬十七郡共三十八郡，仅占全国一百九十郡的五分之一；就是在这三十八郡中，也还夹杂着不少违反儒教的风俗。至于其他五分之四的地区(按郡数计)，则几乎没有受到什么儒教的影响；中原经济发达地区则机巧轻狡侈靡成俗，边郡则失之于刚强劲悍；南方梁荆扬三州则普遍信鬼神、好淫祀。长江流域尊儒重礼的郡数已接近中原，这当然是永嘉乱后中原士族南迁的结果。"①谭先生据此指出中国文化在不同时代不同地区有很大差别，既没有一种纵贯各时代的同一文化，更没有广被各地区的同一文化，包括作为中国文化重要组成部分的儒家学说，从没有建立起它的一统天下。这种看法无疑是非常深刻的，说明了文化的时间风格与空间风格的复杂性。但谭先生又过于拘泥，仅以《隋志》所提及尚儒重礼为统计依据，而以《隋志》所未提及者为几乎没有受到什么儒教的影响，似嫌过于武断。就以谭先生所谓"基本为儒家声教所不及"的雍州而言，长安及三辅地区为西周礼乐文明之故地，汉代时世家好礼文，经学大师马融、赵岐，史学大家司马迁、班固皆出于此，晋时之杜预、挚虞亦出于此。魏周时期武功人苏绰与宇文泰以姬周旧壤用《周礼》等经籍来抗衡作为正朔之梁陈，经师沈重、熊安生，学者庾信、王褒、颜之仪、颜之推先后汇集于此，"区区河右，而学者埒于中原"②。隋代南方及山东人才荟萃一时，更不能说没有受到儒教的影响，声教所不

① 谭其骧《中国文化的时代差异和地区差异》，《复旦学报》1986 年第 2 期；又见《长水粹编》，石家庄：河北教育出版社，2000 年，第 378 页。

②《周书》卷四一《王褒庾信传》论。

能及。《隋志》所说的“人物混淆，华戎杂错”，以及《汉志》中的“五方杂厝，风俗不纯”云云，只是对城市文化特别是国际大都市的一种概括，“杂厝”云云，无论如何理解也是指各种文化交汇共存，当然包括儒家文化，但又远不止有儒家文化，这是在一个复杂系统中的文化共生现象，虽复杂但不能无视其存在。

本章的结论

一、《隋书·文学传》序中体现了地域演化与历史变迁相互交织的叙述策略，但政治统一与文学合流并非一回事，文学的地域差别在隋及此后的唐代依然存在。

二、隋以前南北学术有差别，隋唐时期因统治者的提倡及科举制度的施行，使官方经学影响广远，但具有怀疑精神的非主流学术火炬并未熄灭。

三、《隋书·地理志》详述各地域自然环境与风俗习尚的差异，土壤之殊系乎风气，而政教移人亦因时而异，时空因素同时作用，使文化的空间风格更加复杂。

第八章　陈寅恪士族理论的被误读

陈寅恪于中古史研究开拓区宇，贡献殊多。其中运用“地域—家族”方法，提出关陇集团理论及关中本位政策已为人们所熟知。实际上，关陇集团是陈氏士族理论的一个个案研究，他的士族理论同他的其他史学思想一样，亦包含着极深刻的认识，有着重要的价值，近年来已有学者论及①，但对义宁先生士族理论所隐含的意义尚未能全部抉发，而文史学界在引用义宁士族理论时往往有意无意地误读甚至误解，以至在误解中扭曲。笔者认为有必要正本清源，并根据自己的理解对义宁士族理论进行一些新的阐释与评价。

① 胡戟指出：“陈寅恪先生对中国中古史研究的贡献，首先在于创立了以士族门阀兴衰为背景，认识魏晋南北朝隋唐时代政治社会演变的理论框架，帮助人们观察中古历史辩证发展的大势，把握历史运动的底蕴，把学术研究提高到现代认识水平上。”见胡著《陈寅恪与中古史研究》，《历史研究》2001 年第 4 期。

一、陈氏士族理论的主要内容

陈寅恪在论述地域与家族之关系时说道：

盖自汉代学校制度废弛，博士传授之风气止息以后，学术中心移于家族，而家族复限于地域，故魏晋南北朝之学术、宗教皆与家族、地域两点不可分离。①

河陇一隅所以经历汉末、西晋、北朝长久之乱世而能保存汉代中原之学术者，不外前文所言家世与地域之二点，易言之，即公立学校之沦废，学术之中心移于家族，太学博士之传授变为家人父子之世业，所谓南北朝之家学者是也。又学术之传授既移于家族，则京邑与学术之关系不似前此之重要。当中原扰乱京洛丘墟之时，苟边隅之地尚能维持和平秩序，则家族之学术亦得藉以遗传不坠。刘石纷乱之时，中原之地悉为战区，独河西一隅自前凉张氏以后尚称治安，故其本土世家之学术既可以保存，外来避乱之儒英亦得就之传授，历时既久，其文化学术遂渐具地域性质，此河陇边隅之地所以与北朝及隋唐文化学术之全体有如是之密切关系也。②

在《述东晋王导之功业》一文中指出："门阀一端乃当时政治

①《隋唐制度渊源略论稿》，第17页。
②《隋唐制度渊源略论稿》，第19—20页。

社会经济文化有关之大问题。”①他还就东汉至唐代士族演变论述道：“夫士族之特点既在其门风之优美，不同于凡庶，而优美之门风实基于学业之因袭。故士族家世相传之学业乃与当时之政治社会有极重要之影响，此事寅恪尝于拙著《隋唐制度渊源略论稿·礼仪章》论之，兹不复赘。但东汉学术之重心在京师之太学，学术与政治之关锁则为经学，盖以通经义、励名行为仕宦之途径，而致身通显也。自东汉末年中原丧乱以后，学术重心自京师之太学移转于地方之豪族，学术本身虽亦有变迁，然其与政治之关锁仍循其东汉以来通经义、励名行以致从政之一贯轨辙。此点在河北即所谓山东地域尤为显著，实与唐高宗、武则天后之专尚进士科，以文词为清流仕进之唯一途径者大有不同也。由此可设一假定之说：即唐代士大夫中其主张经学为正宗、薄进士为浮冶者，大抵出于北朝以来山东士族之旧家也。其由进士出身而以浮华放浪著称者，多为高宗、武后以来君主所提拔之新兴统治阶级也。”“故欲通解李唐一代三百年之全史，其氏族问题实为最要之关键。”②

归纳陈氏有关士族的论述，其所蕴含之思想大致有如下数端：

其一，士族具有血缘性和地缘性，血缘性使他们聚族而居，讲究宗族伦理，地缘性又使他们安土重迁，看重地缘郡望，故对士族的研究亦应重视人地关系。

①《金明馆丛稿初编》，上海：上海古籍出版社，1980年，第48页。
②《唐代政治史述论稿》；《金明馆丛稿二编》，第303页，第72—73页。

其二，士族是文化资源的合法继承人，尤其是对儒家典章制度不遗余力地保存传承，对华夏学术之薪传贡献最大，他们对学术之兴衰有一种强烈的责任感，故可以说他们是文化之守护人。

其三，士族虽参与到官僚政治的运作过程中，但因其特殊的社会地位，故往往具有某种超越性和独立性，他们往往以学术资源拥有者的身份，在对传统的阐释中具有一种特殊的话语权，对现实政治的运作具有某种干预和制衡。在中国这样一个官本位、政治本位的社会中，士族与现行统治集团所保持的距离，使中古时期社会与政治、民间与政府之间具有某种微妙的张力。

其四，东汉经学世家通经致用，东晋南朝的士族有高贵的门第，有极好的学术修养（包括经学知识），同时又喜好吟诵诗赋。故隋唐以来，士族成员之中虽有迫不得已以进士科为入仕途径者，但不过是权宜之计，他们对学校教育的不满①，对“诗赋取士”的抨击②，说明仍以汉代之太学制度及乡选里举为价值参照系。

其五，士族内部亦有等第，如以地域区分，可以分为山东士族、东南士族、关陇勋贵以及代北汉化的胡人集团等，在陈寅恪看来，以山东士族门第最为清华。

其六，唐代士大夫中主张经学正宗者为北朝以来山东士族之

---

① 参见拙作《唐代关中士族与教育》，《西北大学学报》1998 年第 1 期；又收入拙著《唐代关中士族与文学》一书中。

② 参见本书第十章《“诗赋取士”说平议》中有关论述。

旧家，而由进士出身者为高宗武后以来所提拔之新兴阶级①。两者矛盾对立，价值观多有冲突，中晚唐之牛李党争就是这种冲突的延续。

士族是一个独特的社会阶层和群体，它与上层(统治阶级)及下层(寒庶)皆有区别，从某种意义上说，它是一个中层。在士族发展的前期，这一中层只有向上流动的孔道，而与下层基本上是绝缘的。在士族发展的后期，则上下流动之孔道都被打通，士族不能只靠政府生存，还要靠个人才能，而寒庶依靠个人努力也能成功，通过此孔道进入官僚体系。

如果说东汉学术重心在京师太学，学术与政治之关锁为经学，察举由地方决定，魏晋南北朝时学术重心移于家族，学术与政治之关锁仍以励名行、通经义为主，那么隋唐以来，学术重心并未回归到京师太学，仍在家族，但考试铨选则在京师，学术与政治之关锁亦变为文学。几百年的时异世变，使士族发生很大变化。

二、学术界有关士族研究的趋向

大陆文史学界受马克思主义社会历史观的影响，故在对传统中国的社会历史现象进行研究时，强调经济基础和阶级分析，坚持用二元对立的方法解剖每组社会矛盾。套用这样的方法，统治

---

① 对此一观点学术界有许多不同的看法，参见胡戟《陈寅恪与中古史研究》，《历史研究》2001 年第 4 期；拙文《从士族郡望看牛李党争的分野》，《历史研究》1999 年第 4 期。

阶级与被统治阶级、士族地主阶级与庶族地主阶级、高门与孤寒，都是互相对立、壁垒森严，不可调和的。若按生产力与生产关系的理论来解释，士族地主阶级代表的是旧的生产关系，腐朽没落，行将覆灭，而庶族地主阶级则代表着新的生产关系，朝气蓬勃，预示着历史发展的方向。士族地主阶级总是与最高统治阶级沆瀣一气，而庶族地主阶级则一定程度上代表人民的心声。士庶之争是水火不相容的，无法调停的。

二十世纪初，中国文史学界能学会从政治经济学角度看中国社会，无疑是一种新思维，对社会各阶层尤其是对过去一直被忽视的下层或底层阶级的关注与重视，不仅在学理上有重要意义，而且预兆着一个以平民为主体的新时代即将到来。但马克思主义理论这一舶来品，与传统中国这一东方封闭帝国之间有很大差距，生搬硬套，方枘圆凿。士族这一特殊阶层在欧洲历史上很难找到对应的参照物，故放之四海、无坚不摧的理论对此显得无能为力，说服力并不强，故一味用这种理论解释难免胶柱鼓瑟，牵强附会。

值得注意的是，当史学界已开始反思传统的研究，尝试着用新的史学理论和方法解读中国历史时，对士庶问题的看法仍沿袭着旧的观点；而在社会史学界新的理论及方法所催生的新成果，已对传统史学理论形成挑战时，在主要利用史学成果的文学史界，却似乎慢了两拍，仍然不断炒冷饭，对已过时的结论仍津津乐道，并借此孵化更多的新成果。

与大陆学界相反的是，港台及海外汉学界较多重视对士族的研究，并且能自觉地借鉴社会学及人类学的方法对这一阶层进行细致剖析。有关士族研究的主要成果也产生于这里。如王伊同、毛汉光、伊霈霞、包弼德等。尤为重要的是，对陈寅恪关于中古士族的一些理论命题，或利用新材料印证，或对其进一步引申，或善意地进行修正，虽观点不一，成果之高低不等，但却能在遵循学术规范的前提下，不断推进学术成果的积累。①

关于这两种研究趋向，黄仁宇在谈到二十世纪中国社会结构时曾指出，国民党改造了传统社会的上层结构，而共产党翻转了下层结构，这种变迁最终显示出一种宏观、长远的“历史的合理性”②。二十世纪中国两大政治力量的意识形态及各自的阶级出身，除对中国当代社会及其未来走向产生巨大影响外，受其辐射，在人文社会科学研究领域也有一一对应的连锁影响，这是显而易见的。问题在于，站在上层结构及其利益代表者的立场上，固不利于理清士族演生的线索，若站在下层结构及其代表者的立场上，则根本无法理解士族的习俗及传统，更不会公允评价其历史作用。只有跳出意识形态的窠臼，或在经历学术边缘化之后，方可对士族演生有一较客观全面的评价。

三、有意的误读与无意的扭曲

日本汉学家内藤湖南曾指出：“六朝至唐中叶，是贵族政治

① 关于海内外士族研究成果的较详细综述，参见本书绪论第二节“学术史的简单回顾”。

② 参见黄仁宇《放宽历史的视界》及《资本主义与二十一世纪》两书，转引自何怀宏《选举社会及其终结》，第43页注释47。

最盛的时代。”①日本学者对魏晋迄隋唐的贵族政治、门阀制度、氏族郡望的研究颇多关注，多所贡献，并形成许多学术流派②。陈寅恪不仅能较早“预流”，以其著述回应了国际汉学界的这一呼声③，而且以他渊博的学识、深邃的思想、独到的见解，提出许多原创性成果，极大地提升了中国学人在国际汉学界的地位，为当时积弱积贫的中国赢得了崇高的学术声誉，这是学术史上应大书特书的一件学案。

陈寅恪的士族理论在解读士族这一特殊阶层中多所发明，而大陆主流学术界对社会下层的研究亦多有创获。一个颇具讽刺意味的现象是，在二十世纪八十年代以前，虽然史学界对陈氏之人颇多冷落甚至伤害，但对其理论还是以或明或暗的方式引用。有些学者从陈氏再三强调山东士族之旧家与进士词科阶层的矛盾对立中得到启发，并进一步坐实进士词科阶层即庶族寒士，认为唐代以来为庶族寒士开创的仕进之途——科举进士制度，受到山东士族的强烈反对，进士科是庶族寒士的专利，永贞革新、牛李党争等事件都是士庶矛盾斗争的产物，将唐代士庶矛盾对立化、简单化、绝对化，遂使这两个阶层如两军对峙，壁垒森严。在唐代文史著述中经常见到判若泾渭的两军，分别是士与庶。

虽然在陈氏论述中已含有士庶矛盾对立的关系，但陈氏并没

① [日]内藤湖南《概括的唐宋时代观》，见《日本学者研究中国史论著选译》第1卷，北京：中华书局，1992年，第10页。

② 关于“唐宋变革论”“宋代近世说”或“内藤假说”的论述，参见钱婉约《内藤湖南研究》，第4章，北京：中华书局，2004年。

③ 陈寅恪与“内藤假说”的学术关系，参见王水照师《陈寅恪先生的宋代观》一文，收入《王水照自选集》，上海：上海教育出版社，2000年。

有将此绝对化、扩大化①。有些学者引申陈氏的见解，但却将陈氏的理论架构颠倒，陈氏虽强调士庶对立，但旨在赞扬士族优美门风、高尚气节，以及传承薪火的责任，而鄙夷下层社会中的邀名干利、趋炎附势、随波逐流。这些论述既有对历史事实的描述，又包含着一种深刻的道德评价。其苦心孤诣当因近代中国国运日衰，传统文化的理念已成绝响，随波逐流，人云亦云，滔滔天下皆是。作为此种文化守护人倍感凄怆悲凉，故借古讽今，尊崇气节，贬斥势利，求真实，借鉴戒也。

引用者则借陈氏论述作为士庶矛盾对立的主要依据，并进一步申论寒庶代表历史发展的方向，寒庶具有历史进步性，是先进生产力的代表，创造出辉煌的文学。其侧重点是赞扬下层的贡献，恰好颠倒了陈氏士族理论中的评价体系。

在被压迫阶层中强调农民起义的历史作用，在地主阶级内部则强调庶族地主阶级的历史作用，这是文史研究中的金科玉律，很少有人敢质疑这种论断的根据何在。近年来，有关农民起义的争鸣已使这一问题被打开缺口，但士族反动庶族进步论仍有相当广泛的影响。这种理论与其说是对历史进行阐释，还不如说是对现实社会关系的一种历史追溯，这是古为今用的实用史学观的最好例证。目的性与工具性的特点使史学沦为意识形态的婢女，而哲学也成了政治的粗使丫头。

从价值理性的角度来看，矫枉过正，与其继续颂扬下层社会

---

① 山东旧族与新兴阶级在科举进士的平台上由互相对立到互相竞争，再转为合流同化。参见陈寅恪《唐代政治史述论稿》，第91—92页，又见本书第三章《唐代文学士族的演生》第二节“唐代文献中的所谓‘清流’”中的有关论述。

那些与时俱变的利禄之徒，不如致意传承保守旧道德、旧理念的文化精英；而从社会变革角度来看，与其将中层破坏，使其堕落下降为下层，不如将下层提升，使其从文化教养上亦趋向于中层——精神贵族，虽然都是平民社会，但前者为堕落的平民社会，而后者则是上升的平民社会。

中国文化的现代困境在于，不断模仿，不断求索，但仍没有能找到自己的地位，认清自己的面目，更谈不到发现自家宝藏、本地风光。

原因固然很多，但其中之一恐怕就是特立独行之士太少，独立精神、自由思想这些士族理念恐已成广陵散。换言之，没有贵族之气质学养，中国文化人就不会脱掉乞儿的贫俭寒酸相，更谈不到产生精神界的大师巨子。

本章的结论

一、陈寅恪的士族理论以“时地人”为学术坐标，以“地域—家族”为研究方法，作为他中古史学说的一个重要组成部分，包含着极其丰富的理论原创意义。

二、学术界关于中古社会阶层的研究有两种趋向，即侧重上层与侧重下层；强调上下层的对立以及下层的历史作用，是大陆文史学界的主流观点。

三、陈氏士族理论长期被大陆主流学术界误读。陈氏理论中的士庶矛盾被简单化、扩大化、绝对化。将陈氏士庶评价模式上下倒置，片面赞扬寒庶下层的贡献以影射现实，迎合实际。

第九章　从“关中本位政策”到“科举制”

义宁陈寅恪先生治隋唐史，认为“种族与文化”是研究有唐一代史实之关键，其实他所标举的“关中本位政策”即绾合种族与文化两端，可以理解为义宁隋唐史理论之基石，亦得到海内外文史学界的广泛认同，成为解说隋唐史事之基本话语。关于这一范畴之解释，学界虽仍有一些分歧，但多以义宁先生《唐代政治史述论稿》上篇《统治阶级之氏族及其升降》中一段为权威解释：

> 有唐一代三百年间其统治阶级之变迁升降，即是宇文泰“关中本位政策”所鸠合集团之兴衰及其分化。盖宇文泰当日融冶关陇胡汉民族之有武力才智者，以创霸业；而隋唐继其遗产，又扩充之。其皇室及佐命功臣大都西魏以来此关陇集团中人物，所谓八大柱国家即其代表也。当李唐初期此集团之力量犹未衰损，皇室与其将相大臣几全出于同一之系统及阶级，故李氏据帝位，主其轴心，其他诸族入则为相，出则为将，自无文武分途之事，而将相大臣与皇室亦为同类之人，其

> 间更不容别一统治阶级之存在也。至于武曌，其氏族本不在西魏以来关陇集团之内，因欲消灭唐室之势力，遂开始施行破坏此传统集团之工作，如崇尚进士文词之科破格用人及渐毁府兵之制等皆是也。此关陇集团自西魏迄武曌历时既经一百五十年之久，自身本已逐渐衰腐，武氏更加以破坏，遂致分崩堕落不可救止。其后皇位虽复归李氏，至玄宗尤称李唐盛世，然其祖母开始破坏关陇集团之工事竟及其身而告完成矣。

类似的说法还有：“武周统治时期不久，旋复为唐，然其开始改变‘关中本位政策’之趋势，仍继续进行。迄至唐玄宗之世，遂完全破坏无疑。”“西魏、北周、杨隋及唐初将相旧家之政权尊位遂不得不为此新兴阶级所攘夺替代。”①

笔者以为，核以史实，陈氏命题的基本理论内涵，仍颇扑不破，这一评价是能得到认可的。但义宁论述中仍有一些概念范畴夹缠不清②，个别地方甚至有些自相矛盾。如文中“更不容别一统治阶级之存在”云云，从概念上对“统治阶级”一范畴似应严格界定；从史实上，无论是山东豪杰、山东庶族，甚至山东士族及江南士族加盟隋唐统治阶层，并非异己敌对，而是壮大李唐统治者，故不存在“别一统治阶级”，只存在此一统治阶级其他地域之加盟入伙者。又，义宁论述中似已隐含，而又为史学界简单归纳

① 分别见《唐代政治史述论稿》，上海：上海古籍出版社，1980 年，第 19、48—49 页。

② 对此类问题，学术界多已指出。参见胡戟《陈寅恪与中古史研究》，《历史研究》2001 年第 4 期。

的似乎是，关中本位政策即等同于关陇集团，而关陇集团等同于关陇士族(或关中郡姓士族)，则关中本位政策及关陇集团之破坏，亦等于关中士族之分崩堕落不可救止。更有甚者，进一步推论说关中文化亦从此衰落。这显然是站不住脚的。关于这一点，笔者曾有专门论述①，此不再赘述。

与此相关的另一问题是，义宁先生之理论基本合理，但需要修正，使之更加完善缜密。岑仲勉、汪篯、唐长孺、毛汉光诸先生在引申完善陈氏理论及命题方面，皆有大功德于义宁②。岑仲勉、黄永年对义宁先生之论题多所质疑商榷，亦不无积极意义③。但黄先生谓关陇集团在隋炀帝时已开始解体，唐初已不存在④，实有些胶柱鼓瑟，文章援引材料虽多，并制表排列，一目了然，但有一些明显疏漏。不仅义宁泉下有知不会首肯，即区区在下亦

① 参见拙著《唐代关中士族与文学》，台北：文津出版社，1999 年，第 62—63、96—99、174—176 页。

② 参见岑仲勉《隋唐史》(北京：中华书局，1980 年)、唐长孺《魏晋南北朝隋唐史三论》(武汉：武汉大学出版社，1993 年)、《汪篯隋唐史论稿》(北京：中国社会科学出版社，1987 年)、毛汉光《中国中古社会史论》(台北：联经出版事业公司，1988 年)及《中国中古政治史论》(台北：联经出版事业公司，1990 年)等。

③ 参见岑仲勉《隋唐史》上册，北京：中华书局，1980 年，第 187 页；黄永年《文史探微》，北京：中华书局，2000 年。

④ 黄永年《从杨隋中枢政权看关陇集团的开始解体》，载《学术集林》卷九，1996 年 2 月。《关陇集团到唐初是否继续存在》，载《周绍良先生欣开九秩庆寿文集》，北京：中华书局，1997 年。两文又皆收入作者自选集《文史探微》。

觉得不能被说服①。

但黄先生拈出义宁文中之“文武合一”与“文武分途”，亦给笔者许多启发。兹篇检讨从“关中本位政策”到“科举制”实即魏周到李唐用人制度之嬗变，笔者将研读义宁先生著作体会并由检读今人成果生发出的一些感想草成此篇。

一、从“文武合一”到“文武分途”

如何理解从“文武合一”到“文武分途”呢？笔者认为应结合关中本位政策之变化及科举制之施行来理解。首先，从历史演进来说，“关中本位政策”经历了魏周迄隋唐从军事战争到建政伊始再到开始和平发展三个历史时期。笔者以为准确地表述从西魏据关中一隅到李唐混一天下，四海升平，其间经过了从分途到合一再到分途三个过程。这三个过程分别针对战争、建政伊始及和平建设三个历史时期。第二个阶段不言自明。其中第一个阶段之文武分途是纯用武人、重武轻文，魏周早期是这样，高齐政权何尝不是如此，整个北方统治者多此德性。而第三阶段之文武分途则已有重文轻武之趋势，这是国家进入和平建设时期的必然结果，是一项政策在不同时期之不同变化。

① 比如黄先生不理会义宁文中“扩充之”“大都西魏以来此关陇集团中人物”“几全出于同一之系统及阶级”等语词，为数量之大多数，而非全部，故其列表所显示恰说明从数量绝大多数来说，陈氏之论点仍可站住脚。又，黄先生将河东著姓不计入关中郡姓，而计入山东士族，失察。第三，以关陇人中文武分途者不计入关陇集团亦有些胶柱鼓瑟，不是活参。当然，黄先生针对义宁之论述，以子之矛陷子之盾是可以理解的。

西魏立国、杨隋政变及统一南方、李唐革命，在频繁不断的军事战争期间，重用武人或文武合一之人，并非落后，而是非常实用有效之措施，实为明智清醒之举。以偏居一隅之魏周，竟然能很快东向剪灭高齐、南下捣毁江陵，而杨隋继之平定南方之陈，足以说明这种措施行之有效。撇开书生之见，不要停留在道德主义立场上做事后诸葛亮状，此类野蛮战胜文明之教训很值得人们深思。尤为难得的是，杨隋及李唐统治者在战争平定伊始，迅速对原来之人事制度与用人措施进行调整纠正，有目的地吸收一些非关陇圈内之士人，进而由临时性、随意性的吸纳，演变成一种长期之制度，这就是科举制之施行。故从重用武人，到文武合一，再到文武分途、重文轻武①，科举制度呼之欲出，故笔者以为科举制实为关中本位政策之一种反拨，是其在和平时期的一种扩充和变形。

其次，从地域上说，魏周至隋唐亦经历了拘于关中、并吞山东到奄有天下的阶段。魏周借关中地域立足，自然人事措施上是以本身之鲜卑军事贵族加上关陇圈内之汉族力量，这就是义宁所谓“融冶关陇胡汉民族之有武力才智者”，但并不排除对山东士人的吸纳。及至消灭高齐，山东士人加入者更多，而军事力量饮马长江，则江南士人亦进入魏周统治者之视野，如对庾信、王褒、颜之仪等的器重。故从关中而山东而江南，由区域而至全国，亦已兆隋唐之气运，而人事制度亦粗陈梗概，初立框架。

---

① 参见拙文《唐代关中的文学士族》，《文学遗产》1999 年第 3 期；又收入拙著《唐代关中士族与文学》。

宇文泰初逃至关中，脚跟未稳，自然不会遥想渴慕山东及江南士人。及至政权稳定，宇内、天下之野心抱负始萌生于胸臆。而杨隋李唐已有统一之现实，并面临许多实际问题，故自然要进行种种调整改革。故用人之地理，由区域伸展到全国亦属一种必然。

第三，从魏周到隋唐，经历了由武到文的转变。中间有文武合一，文武合一是通才，重武或重文则只是偏才或专家。治国需要通才，马上马下都可应付，这并非落后，而是对人才的一种极高要求，无奈这种高素质之人才，可遇而不可求。实际中的文武合一，或偏于文，或偏于武。偏武者于文不过粗通笔墨，其次仅能记姓名而已；偏文者于武恐亦多为纸上谈兵者。但对于国家中枢来说，聊胜于无。

二、从“文武分途”到“文学取士”

这里需要指出的是，文亦有多途。汉代之文主要为经史，故博文者多经学世家；唐代文化主潮已让位于文学，故博文者多为文学士族。和平时期需要专业人才，故文之专家应运而生。而科举制施行之初亦有明经、进士、明书、明算，还有各种制科，孔道很多，设计不可谓不周到，既考虑到政府各部门对各种专业人才之需要应平衡，又考虑到人之才性各有所偏，使有一技之能者皆被网罗，以免野有遗贤之憾。故科举制出台之始，主政者将其视为一项非常理想的设计。

《通典》卷一五《选举三·历代制下》：

初，秀才科等最高，试方略策五条，有上上、上中、上下、中上，凡四等。贞观中，有举而不第者，坐其州长，由是废绝。自是士族所趋向，唯明经、进士二科而已。

开元以后，四海晏清，士无贤不肖，耻不以文章达，其应诏而举者，多则二千人，少犹不减千人，所收百才有一。

又，《文献通考》卷二九《选举》二：

唐众科之目，进士为尤贵，而得人亦最为盛。岁贡常不减八九百人，缙绅虽位极人臣，而不由进士者，终不为美。其推重谓之"白衣公卿"，又曰"一品白衫"。其艰难谓之"三十老明经，五十少进士"。①

王定保《唐摭言》卷一《述进士上篇》：

永徽已前，俊、秀二科，犹与进士并列；咸亨之后，凡由文学一举于有司者，竞集于进士矣。繇是赵傪等尝删去俊、秀，故目之曰："进士登科记"。……而进士，隋大业中所置也。如侯君素、孙伏伽，皆隋之进士也明矣。然彰于武德而甲于贞观。盖文皇帝修文偃武，天赞神授，尝私幸端门，见新进士缀行而出，喜曰："天下英雄入吾彀中矣！"若乃光宅四夷，垂祚三百，何莫由斯之道者也。

① 此条又见《唐摭言》卷一《散序进士》，唯文字略有不同。

但事物发展往往走向其反面，重武轻文不对，重文轻武亦不对；用人仅限于关陇贵族不对，但反其道而行之，人才仅限于通过科举而堵塞其他孔道亦不对。尤为严重者，在诸科中片面强调进士科，所谓“三十老明经，五十少进士”，所谓“以进士科为荣美”，则对政府之决策、行政、外交、内政带来诸种弊端，潜伏着诸种危机的原因。高尚气力之关陇武人，嬗变为儒雅风流之文学大手笔。于个人而言，随俗雅化，与时俱变，是所谓识时务者；于制度设计而言，则在操作与运行中，显然有纰漏，最后走到设计者的反面，这是让人哭笑不得的、无可奈何的。所谓历史不以人们的意志为转移，于此亦可添一例证。从这个意义上理解义宁先生谓关中本位政策与府兵制之破坏与科举制之崇重，迤逦而生，相伴而来，视科举制为其否定物与对立面，亦无不可。而义宁所论确实关乎有唐一代兴亡之关键，他对此再三致意，以为独得之秘，津津乐道，亦不难理解。

关中本位政策之扩充变化，或沿用义宁先生的说法谓关中本位政策之破坏，是历史发展之必然。即便无武则天之破坏，李唐统治者亦会自己调整修正。故与其说武则天破坏关中本位政策，毋宁说科举制取代了关中本位政策。科举制始于隋，其时关中本位政策已开始动摇；科举制完善于武后玄宗时期，关中本位政策分崩堕落不可救止亦在此时。

魏周统治者包括隋唐统治者，以一群纠合混血之胡汉武人，出于对环境情势应对而创构关中本位政策，并非一种万全之策，他们也不过是摸石头过河，一边创设，一边总结完善。故我们可以称新出台之科举制为关中政策之对立物破坏者，亦可称隋唐统治者自有一种富有弹性和开放性的人事政策，这便是科举制的创设。钱穆谈及中国历史上考试与选举两项制度的创设时说：“其用意是在政府和社会间打通一条路，好让社会在某种条件某种方式下来掌握政治，与闻政治和运用政治，这才是中国政治制度最根本问题之所在。”①科举制从两个系统使人才皆得以流动：第一为阶级范围的扩大，使下层寒素也有望流动上达，“要在人事升沉上或在仕途的控制上，让一般所谓‘下品’或‘寒人’，也有上达的展望，而当社会经济向前发展，文化传播较为频繁，有较多人民得到受教育机会的场合，更须把封锁的仕途开放一些，藉以冲淡官民之间的对立情绪。”②“科举制度显然在开放政权，这始是科举制度之内在意义与精神生命。汉代的选举，是由封建贵族中开放政权的一条路。唐代的公开竞选，是由门第特殊阶级中开放政权的一条路。唐代开放的范围，较诸汉代更广大，更自由。所以就此点论，我们可以说唐代的政治又进步了。”③第二为地域范围的扩大，应试者既有原关陇圈之士人，又有山东士族，也有江南士族，还有胡姓士族，故社会因此两系统之融通性而更加开放。具体之关中本位政策虽废止，但在此“五方杂厝”环境中形成之关中文化精神却并没有衰微。④ 在武则天时期，关陇集团之核心成员虽然受到排抑甚至残酷打击，但关陇士族依旧存在，只不过受时代精神之感召，逐渐蜕化为一个文化士族，与山东士人、

① 钱穆《中国历代政治得失》，北京：三联书店，2001 年，第 8 页。
② 王亚南《中国官僚政治研究》，北京：中国社会科学出版社，1981 年，第 103 页。
③ 钱穆《中国历代政治得失》，北京：三联书店，2001 年，第 56—57 页。类似的看法又见许倬云《从历史看组织》，上海：上海人民出版社，2000 年，第 103—104 页。
④ 关中文化精神之解释，参见拙著《唐代关中士族与文学》第一章。

江南士人一起在科举进士之角逐场展开新的较量，士族因其源于家学之文化素养在较量中较寒庶有优势，关中士族则因地利在较量中有更多的优势。故关中士族并没有随府兵制之破坏及关中本位政策之堕落而消失，他们仍活动于唐代政坛文坛上①，这通过《宰相世系表》《登科记考》等文献可以明显看出。打一个不恰当的比方，在从“关中本位政策”向“科举制”转型过程中，关陇士族只是换了下包装，再次登上舞台，按照新的游戏规则，他们仍然是赢家。

本章的结论

一、从历史演进过程来看，“关中本位政策”经历了魏周迄隋唐的军事战争、建政伊始与和平发展三个时期。

二、从地域角度看，“关中本位政策”在实施过程中经历魏周及隋唐统治者囿于关中、并吞山东、饮马长江、奄有天下的阶段。

三、科举制作为“关中本位政策”在和平发展时期的替代物与扩充变形，有其历史必然性。科举制从两个方面促成社会流动。故具体之“关中本位政策”虽废止，但在“五方杂厝”环境中形成的关中文化精神并未衰微。

---

① 参见拙文《唐代关中的文学士族》，《文学遗产》1999 年第 3 期；又收入拙著《唐代关中士族与文学》。

第十章　“诗赋取士”说平议

宋人严羽《沧浪诗话·诗评》中说：“或问：‘唐诗何以胜我朝？’唐以诗取士，故多专门之学，我朝之诗所以不及也。”①鲁迅也说：“唐以诗文取士，但也看社会上的名声。”②严格意义上说，“以诗取士”或“诗赋取士”的提法既不全面，又不准确，因为有唐一代任何时候、任何科目之考试，绝非只有诗赋一科或一场考试，而是还有其他形式与内容的考核相配合，且越向后推移，考试之形式越花样翻新，考试之内容越繁复多变，制度之设计更臻完善，机巧者所得以因缘之空隙漏洞就越少。但其说有因，其来有渐，有必要对此创设进行推求，对其在学术思想史上的影响进行评价定位。

---

① 郭绍虞校释《沧浪诗话校释》，北京：人民文学出版社，1983 年，第 147 页。

② 鲁迅《且介亭杂文》二集《六朝小说和唐代传奇文有怎样的区别》，《鲁迅全集》第 6 册，北京：人民文学出版社，1981 年。

一、“诗赋取士”说法的由来

“诗赋取士”的说法实源于唐人自己的概括。高宗咸亨年间王勃在《上吏部裴侍郎启》中概括铨选之弊说：“伏见铨擢之次，每以诗赋为先。”①开元二十五年诏中亦指出：“进士以声韵为学，多昧古今。”②贞元初，洋州刺史赵匡亦说：“进士者时共贵之，主司褒贬，实在诗赋。”③权德舆认为李栖筠“病有司诗赋取士，非化成之道，著《贡举论》”④。贞元十八年柳冕在《与权侍郎书》中也说：“进士以诗赋取人，不先理道。”⑤杜佑《通典·选举典》中亦批评说：“文词取士，是审才之末者。”白居易在对策时亦说：“国家以文德应天，以文教牧人，以文行选贤，以文学取士。”⑥开成年间中书门下奏曰：“朝廷设文学之科以求髦俊，台阁清选，莫不由兹。”⑦所谓声韵、诗赋、文词、文学，都是说唐人以文学成绩录取选用人才。

但揆之以史料，则发现并非如此。《唐六典》卷四说：

凡进士先帖经，然后试杂文及策，文取华实兼举，策须

---

①《王子安集》卷八；又《全唐文》卷一八〇。

②《册府元龟》卷六三九《贡举部·条制一》，第7761页下。

③《通典》卷一七《选举五·杂议论中》，第1册，北京：中华书局，1988年，第419页。

④《权载之文集》卷三三《赞皇文献公李公文集序》。

⑤《文苑英华》卷六八九，第5册，第3547页下。

⑥《白居易集》卷六五《策林四·议文章》，朱金城笺校本第6册，上海：上海古籍出版社，1988年，3547页。

⑦《唐会要》卷七六《贡举中·进士》，第1382页。

义理惬当者为通。(旧例帖一小经并注，通六已上；帖老子兼注，通三已上，然后试杂文两道，时务策五条。开元二十五年，依明经帖一大经，通四已上，余如旧。)①

宋人李淑在宝元中谈及唐代科举所试形式及内容演变时说：

唐调露二年，刘思立为考功员外郎，以进士试策灭裂，请帖经以观其学，试杂文以观其才。自此沿以为常。至永隆二年，进士试杂文二篇，通文律者，始试策。天宝十一年，进士试一经，能通者试文赋，又通而后试策，五条皆通，中第。建中二年，赵赞请试以时务策五篇，箴、论、表、赞各一篇，以代诗赋。大和三年，试帖经，略问大义，取精通者，次试论、议各一篇。八年，礼部试以帖经口义，次试策五篇，问经义者三，问时务者二。厥后变易，遂以诗赋为第一场，论第二场，策第三场，帖经第四场。②

① 《唐六典》陈仲夫点校本，第109页，北京：中华书局，1992年。“首”，原作“道”，据《登科记考》改。“杂文两道”，按照徐松解释，指箴、铭、论、表之类，“开元间始以赋居其一，或以诗居其一，亦有全用诗赋者，非定制也。杂文之专用诗赋，当在天宝之季”。见《登科记考》卷二，上册，北京：中华书局，1984年，第70页。王勋成进一步考订说：“先天至开元初年朝廷已用固定化格式的诗来考进士了，而且这种考试已成定局。”并认为“随着中宗时进士三场试的固定化，以诗赋取士的固定格局也形成了。”见王著《唐代铨选与文学》，北京：中华书局，2001年，第316、319页。

② 《宋史》卷一五五《选举一》。又，本书第六章《唐代文学士族与贤能标准》第二节“贤能标准的变迁”中亦有引述，可参读。

可见唐代科举进士科并非诗赋(杂文)一科或一场，而是将帖经、策论与诗赋相配合，以帖经检测学，以诗赋检测才，以策论检测能，越向后发展，越严密周详。站在现代考试学立场上看，这种设计可谓用心良苦，其变化更臻完善。

陈飞的研究指出：“唐代科举作为一个考试选材的制度体系，其试项并不限于‘文学’，更不限于诗，诗甚至不是其长期稳定实行的主要试项。在唐代科举考试诸试项中，试策才是最重要的试项：科举取士各科目几乎无不试策；在各科目考试中，几乎都把试策置于最重要的位置；有很多科目、在很多时候试策甚至是唯一的试项；在考试办法及朝廷的礼重程度等方面，往往也优于其他试项；因而试策也是承担唐代科举精神实质及其职责功能最为得力的试项。因此，与其说唐代科举是‘以诗取士’，倒不如说是‘以策取士’，更符合实际情况。”不仅明经科、制举是“以策取士”，就是进士科也是“以策取士”。①

钱穆则认为：“对策多可钞袭，帖经惟资记诵，别高下定优劣，以诗赋文律为最宜。故聪明才思亦奔凑于此也。”②李树桐亦指出：“诗赋必限律格，又讲音韵，较之一般杂文为难，要想作得好，必需具有智慧，以此区别高下，比较容易得到效果。其次赋虽长而诗短，阅卷的人，也容易一目了然，这都是高宗及玄宗时代要考诗赋的理由。”③故“诗赋取士”如果从便于考试检测角度

---

① 陈飞《唐代试策考述》，北京：中华书局，2002 年，第 3、116、177 页。

② 钱穆《国史大纲》(修订本)上册，北京：商务印书馆，1996 年，第 430 页。

③ 李树桐《唐代的科举制度与士风》，《华冈学报》第 6 期；又见李著《唐史新论》，台北：“中华书局”，1972 年，第 51 页。

来理解，似有其合理性与科学性。既能使考生成绩分布拉开距离，以便排序，又能在试卷堆中分出优劣，使有创造才能的举子脱颖而出，不至于埋没人才。

岑仲勉据《唐六典》所举，表列明经、进士两科考试都要经过初试、二试、三试等三关，中唐以后进士科之受重用，实属必然性，其理由如下：1. 明经“试义之时，独令口问，对答之失，覆试无凭”，不负责任之主司，便不难徇情作弊。进士诗赋限韵，要须自出心裁，比口试专凭默记者，难易有差。而且进士及第人之文策，须送中书门下详覆，防弊之术亦较密。2. 明经试策只须“粗有文理”，便可取中，可见悬格已低。3. 大抵取录进士之数，平均每年总不过三十，而“取明经初不限员”，故一般急于求禄资生者咸出其途，趋之既多，取之就不能不放宽。4. 朝廷典制对于两科升沉，影响亦非常大。唐承六朝骈俪，高宗后风始渐革，唯是除授制敕，依然保存旧习。诏敕起草者初为中书舍人，玄宗时始渐移其重要部分于翰林学士，机密之件，有时直须宰相执笔。骈文与诗、赋性质相近，若粗有文理之明经，安能胜此？可见进士所习能更好地适应上层工作。① 岑仲勉所举第四个理由，说明文学诗赋不仅是人文素养，同时也是吏干必备的条件。

二、唐人对“诗赋取士”的批评

下面是唐人对进士科考试的几则评论：

---

① 岑仲勉《隋唐史》上册，北京：中华书局，1980年，第190—192页。

国家以礼部为考秀之门，考文章于甲乙，故天下响应，驱驰于才艺，不务于德行。……今舍其本而循其末。况古之作文，必谐风雅，今之末学，不近典谟，劳心于卉木之间，极笔于烟云之际，以此成俗，斯大谬也。①

进士加杂文，明经填帖，从此积弊，浸转成俗。幼能就学，皆诵当代之诗；长而博文，不越诸家之集。递相党与，用致虚声。六经则未尝开卷，三史则皆同挂壁。况复征以孔门之道，责其君子之儒哉！②

进士者时共贵之，主司褒贬，实在诗赋，务求巧丽，以此为贤，不唯无益于用，实亦妨其正习；不唯挠其淳和，实又长其佻思。③

方闻国家之仕进者，必举于州县，然后升于礼部吏部，试之以绣绘雕琢之文，考之以声势之逆顺、章句之短长，中其程式者，然后得从下士之列，虽有化俗之方、安边之画，不由是而稍进，万不有一得焉。④

这里有几个问题需要澄清。首先，唐人自然知道礼部或吏部考试铨选之内容及程序，为什么要把复杂的过程简单概括为“以诗赋取士”呢？

---

① 刘峣上书，《通典》卷一七《选举五·杂议论中》，第1册，北京：中华书局，1988年，第406—407页。

②《旧唐书》卷一一九《杨绾传》，第10册，第3431页。

③ 赵匡《举选议》，《通典》卷一七《选举五·杂议论中》，第1册，北京：中华书局，1988年，第419页。

④《韩昌黎文集校注》卷三《上宰相书》，第157页。

笔者以为，帖经、策论等是传统考试的手段，就是在乡选里举之汉代，亦有问经义、对策论的方式，已为人们所接受，而诗赋一项则是新创设，是考试中的新概念，故一时不易为人们接受。另外，进士试中诗赋至为关键，帖经可以死记硬背，策论亦可预先准备范文，唯有诗赋灵活多变，无法事先准备，全凭临场即兴发挥，易于见出才情高低，且能最后拉开成绩距离。

其次，既然朝野对“诗赋取士”有诸多不满，从始至终责难之声不断，政府虽有所调整，但为何终未将其彻底禁绝呢?

反对“诗赋取士”者，实际从两个角度提出质疑，首先是对科举制本身的质疑，要求回到乡举里选的察举制时代，这显然是不可能的。其次是要求考试注重经学、注重政事。经学在考试中已体现出，即使文学也是孔门四学之一，诗教也是儒学教育之重要方面。但经学既不能违背圣人意旨，又要根据国定教科书《五经正义》来记诵，委实没有多少可发明创造的空间。而政事主要是操作和实践，对于尚未入仕的举子而言，考核也只能是空阔肤浅的政事理论，谈不到政事的操作实践，毕竟这只是进入仕途的预备资格考试，而不是政事吏干才能的检测。故只能微调，而无法禁绝。后代有感于此，屡做调整，宋代侧重经义，元代经义及括帖墨经，明清八股制义，但每一种调整都有弊端，都遭到时人与后人的抨击。所谓八股，实际上即“经义之诗赋”①，“内容虽是经义，形式却是文学，是一种糅合散文的章法，骈文的排偶和近

① 转引自何怀宏《选举社会及其终结——秦汉至晚清历史的一种社会学阐释》，北京：三联书店，1998 年，第 176 页注释⑩。

体诗的格律而构成的一种文体。”①故站在体制内看待此一问题，只能调整纠正，不可能彻底废止。

第三，唐代反对“诗赋取士”者有三部分人，第一部分是所谓山东经学世家，第二部分是所谓长于吏能者，第三部分就是通过“诗赋取士”孔道步入仕途者，或者说就是进士科出身者。前两部分人反对，较好理解，第三部分人从此得到功名，又反戈一击，批评此项创设，该如何理解呢？

从存世的唐代文献中可以看出，唐人对此新生事物虽有赞颂，但更多的是批评责难。这一方面说明此项创设并不完善，有许多不尽如人意处；另一方面，亦说明当时政治较开明，社会较开放，舆论较自由，故士人敢于对政府政策进行公开大胆的批评，并未以言获罪。

第三部分人反对“诗赋取士”，成分仍很复杂，有本来长于经学及吏能者，为仕进计，亦不得不委屈自己从进士之门入，如李德裕之祖李栖筠。还有人既考明经，又考进士，如元稹、李逢吉、李珏等，亦有制科、常科、明经、进士皆考，如李珏。如今日之考试英雄，揣一兜文凭及资格证，以便更好地包装自己，增加竞争筹码，所谓有备无患。故第三部分人反对“诗赋取士”或有切肤之痛、真知灼见，亦有逐队随流、人云亦云者。正如他们投身进士角逐是随大流，他们对进士科的批评也未尝不是一种赶浪潮的表态。

值得注意者，有司回应批评只是对此创设不断调整，但并没有废除杂文(诗赋)，说明其中有无可奈何或不得不如此之理势，

---

① 刘海峰《八股文百年祭》，《厦门大学学报》2001 年第 4 期。

当然亦说明其包含一些合理性因素在内。

三、“诗赋取士”的重新评价

研究唐代文化，经常会陷入一种悖论：谭艺者一方面说“诗赋取士”遂造成唐代诗歌全面繁荣，另一方面又无法解释最伟大的两位诗人李白、杜甫均与科举无缘，试帖诗中少有佳作。研究学术思想者一方面肯定科举制是历史的一大进步，对西方文官制度亦有影响，但另一方面又认为唐代以诗赋取士，遂造成唐人除写诗外百无一能，德行器识没有，吏干政事也没有。闻一多指出：“唐人把整个精力消耗在作诗上面，影响后代知识分子除了写诗百无一能，他们自然要负一定的责任。不过他们当时那样做，也是社会背景造成的，因为诗的教育被政府大力提倡，知识分子想要由进士及第登上仕途，必要的起码条件是能作诗，作诗几乎成了唯一的生活出路，你怎能责怪他们那样拼命写诗呢？可是，国家的政治却因此倒了大霉！”①有学者认为对科学技术之不重视亦与崇尚诗赋有关，认为唐代文学的繁荣，付出了牺牲科学的代价②。李慈铭甚至认为进士诗赋制度对于唐代灭亡亦有不可推卸的责任：“唐人以进士为宰相之极选，以诗赋为致治之本原，驯至国亡，而犹不悟，聋虫瞎马，并为一谈，史官无识，奉为定

① 郑临川述评《闻一多论古典文学》，重庆：重庆出版社，1984年，第83页。

② 胡戟《试论为唐代文学的繁荣付出了牺牲科学的代价》，《陕西师范大学学报》1996年第2期。

论。”①则诗赋取士于唐代政治思想文化科学罪莫大焉。

笔者以为，制度之创设及变迁，有其自身之机运，有不得不如此之理势。今之视昔，亦犹后之视今，结局虽明了，评论虽容易，但原其所以然，实有不得不如此之理路伏脉，亦有因缘嬗变之运势推挽。近年来，学人们喜谈唐代学术文化思想对文学之影响，开拓新境，颇多创获，有助于唐代文化研究整体水平之提升，然有一基本视角亦应当重视，这就是“诗赋取士”与诗赋文学对唐代学术文化思想究竟有何作用，应该如何评价这种影响？

笔者认为应从如下方面理解此一命题：

一、唐代士人通过科举入仕，社会以进士科为荣美，切磋诗赋创作，崇拜文学明星，蔚然成风，人们普遍将诗赋技能作为一种必备的人文素养，极大地提高了社会的文明化程度。

一个社会文明化程度的高低，虽有多种衡量标尺，但对诗歌与音乐之酷爱与醉心，无疑是一个重要指数。儒家所谓“诗教”，亦即指以对《诗经》的理解鉴赏作为一种基本教养。汉代对儒学的独尊，形成社会对“五经”的浓厚兴趣，而经明行修之士可以通过乡举里选进入仕途，已经开通了社会流动之孔道，但是由于书籍获得不易，知识传播不广，获得知识所需投资太多，所以受到良好儒学教育的士子仍很有限，能被察举者更是其中翘楚，经学于是主要集中在一些士族大家门内。六朝人已将兴趣由经学转向玄学与文学，但诗赋仍是文化精英的独擅，他们虽将文学雕琢得玲

① 李慈铭《旧唐书札记》，见张舜徽主编《二十五史三编》第7分册《唐书之属》，长沙：岳麓书社，1995年，第176页。

珑剔透，打磨得细腻光滑，但主要是在一个封闭的系统里，与社会下层绝缘。唐人将诗赋创作与科举相结合，使其变成进入利禄之途的敲门砖，正如今日艺术受商业化的包围，唐代的创作亦受利禄的冲击与诱惑。但唯其如此，才造成诗赋的普及化和通俗化，由于文学的下行，遂使其成为一种通俗艺术和大众文化，为文学自身又注入新鲜血液，提供了肥沃的土壤。文学才子便成为大众崇拜的明星，名作佳篇一经发表便会广泛流传，为人们所称颂。作者与读者的互动，激发出更强烈的创作灵感和激情，催生出更多的文学果实。不断出现的这种事件，极大地提升了全民的文学教养和文明化程度。

“旗亭画壁”的故事说明当时诗人创作的普及化与大众化，乐人歌伎能随意吟唱当代作品①，且有判断高低优劣之能力，说明审美鉴赏力之高。流风所及，“童子解吟长恨曲，胡儿能唱琵琶篇”②，甚至新罗商人亦能鉴别出白居易诗之真赝③，足见艺术之普及，社会文明化程度之高。

指责诗赋盛行者会说，如果童子解吟四书，胡儿能唱“五经”，歌妓切磋圆周率与勾股弦，难道不是更好吗？愿望固然好，但殊不知在娱乐场所谈论经籍既有些大不敬，又有些滑稽，大煞风景，而勾股弦永远是少数专门家的兴趣，与大众无涉。

另外，诗赋中有一种“风情”，而经籍科技则是一种义理，人们对风情之兴趣往往大于义理，故唐代元稹、白居易之知名度大

① 见薛用弱《集异记·王涣之》。

②《全唐诗》卷四唐宣宗《吊白居易》；又见《唐摭言》。

③ 见《元稹集》卷五一《白氏长庆集序》。

于僧一行。而人性又喜新厌旧，当代名家比历代圣贤更引人注目。“幼能就学，皆诵当代之诗；长而博文，不越诸家之集。”① “请君莫奏前朝曲，听唱新翻《杨柳枝》。”②鉴赏之求新逐异与创作之推陈出新，说明文化产品的供求之间有一良性循环，而社会文明化程度亦能渐次提高。

二、作为制度创新的科举取士，不管是帖经、诗赋还是策论，都是对个人人文素养与应用技能的检测，个人有了较大程度的“机会的形式平等”，故这项创新亦具有一定程度的“形式合理性”③，而它的制度化使不同阶层、不同地域的士人在竞技场上以自己的诗文才能角逐胜负，乐此不疲，缓解并防范了可能出现的各种社会矛盾，为政府找到了广泛利用人才资源的途径，为社会下层的上升制定了制度性的保证和检测方法，使社会流动得以加速。“若以科第之徒浮华轻薄，不可任以为治，则国朝自房梁公以降，有大功，立大节，率多科第人也。”④

汉代乡举里选的察举制，虽然已开始改变世卿世禄制度，为社会流动打开一个缺口，但是考核与检测的操作性不具体，故随意性很大。另外，当时社会教育的普及率极低，而儒学又是专门之学，故有望入围者甚少。而东晋南朝虽亦将文学当作一种重要修养，但它与入仕求宦无关，入仕求宦依靠的是家世阀阅。唐代有鉴于

---

①《旧唐书》卷一一九《杨绾传》，第10册，第3430页。
②《刘禹锡集》卷二七《杨柳枝词九首》其一。
③“机会的形式平等”是罗尔斯的概念，“形式合理性”是马克斯·韦伯的概念，将这些概念用于解释中国古代的选举社会，可参见何怀宏《选举社会及其终结》第1编的有关论述。
④《樊川文集》卷一二《上宣州高大夫书》。

此，总结前代经验教训，取汉代之考评与东晋六朝之崇尚文学，遂形成富有时代特色的选举制。钱穆总结此种变化并评价说：

> 总观国史，政制演进，约得三级：由封建而跻统一，一也。由宗室、外戚、军人所组之政府，渐变而为士人政府，二也。由士族门第再变而为科举竞选，三也。惟其如此，考试与铨选，遂为维持中国历代政府纲纪之两大骨干。全国政事付之官吏，而官吏之选拔与任用，则一惟礼部之考试与吏部之铨选是问，此二者，皆有客观之法规，为公开的准绳，有皇帝所不能摇，宰相所不能动者。①

笔者曾反复申论唐代是士族发展的后期，士族之最后覆灭，实缘于两个方面的流动。第一，因仕宦与战争所造成的水平移动，使士族逐渐丧失地缘性的特征；第二，因科举所造成的上下垂直流动，使士族逐渐丧失等级性的特征。故科举制是消解士族社会的加速剂②，士族等级的保持与科举发展是一极大矛盾，是

① 《国史大纲》(修订本)引论，上册，第14—15页。

② 进一步的申论应该是如下四个方面的意义：因仕进而迁移使士族丧失了地方代表性，而不断趋于中央化与官僚化；因战争而移动使士族逐渐消融在当地的土著族群中，几百年甲族著望的光环亦逐渐失去；因科举仕进使士族对政府的依附性更加增强，社会与政治之间的张力逐渐缓解，它对政治的制衡力量也就越来越微弱；沿进士科步入高层，则使士族(特别是山东士族)所自恃的礼法儒学派不上用场，则所谓的儒学世家也就会日渐衰落。表面上看，士族在科举竞争中取得胜利，借以延续了士族的政治经济地位，但另一方面它又消解了士族。故准确地说，唐代士族与寒庶的矛盾是在科举这一平台上才表面化，而士族在科举中的胜利，又使它走向自己的反面，消解了自身。从这个意义上说，科举是促使士族进一步灭亡的加速剂。

理解唐代社会的一大纽结，两者的彼此消长暗示出中国社会的演进趋势。

三、文学不同于经学术数，不完全依赖学校教育，可以自学成才，故严格之师承家法可以打破，才俊凭借个人的创造，脱颖而出，标新立异，较易取得成就。从成功学角度来说，文学(创作)成名多为青少年，可以速成，立竿见影；经学(学术)成名则需要皓首穷年，虽有广博而长久的学术积累，仍不易有所发明。此一原因或可以解释唐代人才辈出，何以多为文学之才。

文学人才之知识结构与经学人才多有不同，其中之一，便是对学校及师承之依赖性没有经学那样强烈。唐代学校教育(尤其是国学教育)未能适应科举制之变革进行调整，故学校教育实际上有些滞后①，士人多依靠在山林寺院修习②，靠自学成才成功③。因文学创作对知识的系统性要求不高，而科举对教育的资历与等级的资历的放宽，遂使喜欢多快好省、只争朝夕的士人麇集于进士科，以青春年华做赌注投资于文学。

比较而言，经学需要系统全面的学习，同时家法师法严格，取径不同，则成就不同，而所取之经能否致用，主要看政府的抉择。于个人而言，只有假以时日，穷尽各种文献、各家注疏，才能在知识谱系中找到学术空白，填补空白。这是一个极其漫长烦

---

① 参见拙文《唐代关中士族与教育》，《西北大学学报》1998 年；又收入拙著《唐代关中士族与文学》一书。

② 严耕望《唐人读书山林寺院之风尚》，收入严著《唐史研究丛稿》，香港：新亚研究所，1969 年。

③ 参见邓小军《唐代文学的文化精神》，第 12 章第 2 节“唐代士子的自学风气”，台北：文津出版社，1993 年。

琐的过程，对士人的耐力是一种考验，而所谓成果亦只可与同道交流，难对圈外人言说，故很难引起共鸣，产生轰动一时的效应。

四、文学崇尚个性、灵感、求新逐异，多具怀疑精神，中晚唐文坛此风尤烈，这种风气固不免为人訾议，但与士人抨击批判官方正统经学相表里，对开启宋代理学、促成宋代学术思想文化繁荣具有重要作用。文学诗赋之士，为激发诗兴，漫游天下，交接三教九流，既增长了社会人生阅历，又可以从多方面汲取营养。宋儒借禅道创立理学，形成道统之门径，亦受唐代此种风气之启迪。钱穆认为宋初“当时所谓学术思想者，惟道院而已耳，惟禅林而已耳。盖儒术衰歇，自晚汉而已然。虽以传统尊严，制科所在，注疏词章，仅为利禄，粗足语夫学问之真者，转在彼而不在此也”，士人为“重振淑世之化，阴袭道院、禅林之绪余，而开新儒学之机运者，则所谓宋明理学是也”。①

傅乐成指出：“唐宋时代的政府和社会，崇尚文学，明经并非士人的唯一出路；加以思想比较自由，学者不愿死守传统的经注，而思自创新见。又受佛学的影响，儒学的内容也因而发生变化。这种风气，最初是怀疑古经，发挥新义，渐而形成一种新学派，即所谓‘理学’或‘道学’，也可以说是一种新儒学。理学家的最初目的，本在中兴儒学，抵制佛道。但他们所讨论的若干问题，诸如心性和宇宙问题，先儒多不常论及，因而无形中蹈袭了

---

① 钱穆《国学概论》，北京：商务印书馆，1997 年，第 193 页。

佛道的理论和方法。尤以佛家的禅宗理论，对理学的影响最大。”①

五、唐代诗赋文学既有社会批判②，又有道德关怀，在哲学与伦理学因贫血而缺席的时代，诗人身兼多重责任，故唐人虽较少留下哲学的文字，却在诗文中保存了哲学的精神。闻一多指出：“两汉时期文人有良心而没有文学，魏晋时期则有文学而没有良心，盛唐时代则文学与良心二者兼备。杜甫便是代表，他的伟大就在这里。”③所谓良心就是对善的追求，伦理学家的命题由诗人来践履。至于说两汉没有文学，虽有些偏颇，但可以从另一个角度看出这种差别，即汉代以史论与经学来鉴往知来，唐人则用诗赋来鉴往知来。

陈寅恪《论韩愈》一文中指出：“唐太宗崇尚儒学，以统治华夏，然其所谓儒学，亦不过承继南北朝以来正义义疏繁琐之章句学耳。又高宗、武则天以后，偏重进士词科之选，明经一目仅为中材以下进取之途径，盖其所谓明经者，止限于记诵章句，绝无意义之发明，故明经之科在退之时代，已全失去政治社会上之地

① 参见傅著《汉唐史论集》，台北：联经出版事业公司，1977年，第376页。

② 何清涟说：“任何一个民族或国家的知识分子都用三种方式在对社会进行批判：一是技术批判，这种批判不是立足于理想主义的基本前提，也不是以光明的未来做基础。这种批判一般设身处地为统治者着想，所提的对策大都立足于减轻现行统治的罪恶。二是道德的批判，这种批判是以‘社会应该是怎样的’，而不是‘社会本来是怎样的’作为出发点。三是意识形态或历史批判，以未来社会为名，攻击现存社会。”见何清涟《在“长江读书奖”颁奖会上的讲话》。何所论主要是现代知识分子，但对我们理解唐代士人——文化精英阶层亦有助益，故录此参考。

③ 郑临川述评《闻一多论古典文学》，重庆：重庆出版社，1984年，第122页。

位矣。”①这段话虽然侧重于谈经学与明经科，但“明经一目仅为中材以下进取之途径”，说明贤达英俊都以进士科为进取途径，明经“绝无意义之发明”，反衬出文学倒多有“意义之发明”，这种新见之发明，于文学及经学都是一件幸事。

宗白华亦指出唐诗中含有深刻之人生哲学与宇宙精神②。美国学者包弼德从对面说，唐代的思想文化仍然是一种“文学”文化（literary culture），在这种文化中，学术是以文学广阔领域中的著作的形式出现。文学写作是把学术、价值观和社会实践联系在一起的最常见的方式。③

钱穆指出，汉武帝时代之五经博士，是政府对学术表示非中立态度之措施。魏晋南北朝时，佛学入中国，政府所主持者是制度，学术最高权威，则落入僧寺。“唐人考试尚诗赋，诗赋仅论声律工拙，在学术上依然是一种中立性的，并不表示政府对学术是非之从违。宋代王荆公改以经义取士，则显然又要由政府来主持学术，走上中国历史卑政尊学趋向之大逆流。”④而且，“凡能对上等对子者，其人之思想必通贯而有条理，决非仅知配拟字句者所能企及。故可藉之以选拔高才之士也”⑤。这种中立的态度虽

① 陈寅恪《金明馆丛稿初编》，上海：上海古籍出版社，1980年，第287页。

② 参见宗白华《中国艺术意境之诞生》《论文艺的空灵与充实》《中国诗画中所表现的空间意识》诸文，收入宗白华《美学与意境》，北京：人民出版社，1987年。

③［美］包弼德《斯文：唐宋思想的转型》，刘宁中译本，南京：江苏人民出版社，2001年，第29—30页。

④ 钱穆《国史新论》，北京：三联书店，2001年，第289—290页。

⑤《陈寅恪集·书信集》，北京：三联书店，2001年，第164页；又见《金明馆丛稿二编》，北京：三联书店，2001年，第255页。

未促成学术的繁荣，但却有助于文学隆盛，而各种宗教文化的自由发展，为此后学术的繁荣埋下伏笔。

唐人思想开明开放，于各种新知旧学兼容并蓄，此种氛围更适合文学的发荣滋长。加之六朝时期南北文学成就之积淀，故诗赋之兴盛繁荣是水到渠成的，而文学大师之诞生，亦呼之欲出。转视学术思想之发展，则仍忙于吸收消化，尚不能由附庸蔚为大国，唐代在佛学方面的成就因文学之参天大树遮蔽，反倒成了滋生文学的养料。学术思想尚未形成一套新的独立的话语系统，民族本位文化思想之最后定型，尚待时日①。换言之，唐代士人气质多为文人性情，而较少学者襟抱；环境亦更有利于文学成长，但还不具备学术繁荣之充分条件。

本章的结论

一、“诗赋取士”的提法既不全面，又不准确，但这一说法来源有自。

二、“诗赋取士”是考试的新概念，终唐之世，反对之声不断，有司回应批评只是不断调整，但并没有废止，实包含一种不得不如此的理势。

三、社会以进士科为荣美，将诗赋作为一种必备的人文素养，极大地提高了社会的文明化程度。

① “民族本位文化”概念的提出及论述参见傅乐成《唐型文化与宋型文化》，台北：《“国立编译馆”馆刊》一卷四期，1972年12月；又收入傅著《汉唐史论集》，第380页。

四、科举为士人的竞争提供了机会、形式平等的竞技场（平台），诗赋考试的实行则为这种竞技比赛增加了新的游戏规则，这一创设虽然使竞技增加了难度，但亦增加了公正性与智能性，它既可以考出举子的智商，又能考出情商，从考试检测角度来看有其优越性。

五、从学术上来评价，诗赋仅论声律工拙，具有一种中立性，易于排除政治的权威，以文学的标准来衡量文学。

六、文学可以自学成才，不完全依赖学校教育，严格之师承家法可以打破，以当时社会的情形而投资文学，成功的概率更高。

七、文学求新逐异，多具怀疑精神与自由意志，唐代诗赋文学既有社会批判，又有道德关怀，诗文中保存了哲学的良知。

第十一章　寡母教孤：对唐代士族教育的一个突出现象的考察与分析

检读唐代史传、笔记及碑志，发现有一个突出现象，这便是在家庭教育中重视母仪母教，而母教中又有相当数量的文献显示出是属于寡母教孤类的①，对这一现象的考察与分析，或许有助于深入理解唐代士族教育的一些独特性。

一、有关寡母教孤的资料

1. 颜真卿字清臣，秘书监师古五世从孙。少孤，母殷氏躬加训导。既长，博学，工辞章，事亲孝。（《新唐书》卷一五三《颜真卿传》）

2. 初，（薛）播伯父元暧终于隰城丞，其妻济南林氏，丹阳

---

① 张国刚《唐代寡居妇女的生活世界》（载《安徽师范大学学报》2007年第3期）亦涉及此论题，可参读。唯张文论述的重点不在此，故展开不多。

太守洋之妹，有母仪令德，博涉“五经”，善属文，所为篇章，时人多讽咏之。元暖卒后，其子彦辅、彦国、彦伟、彦云及播兄据、总并早孤幼，悉为林氏所训导，以至成立，咸致文学之名。开元、天宝中二十年间，彦辅、据等七人并举进士，连中科名，衣冠荣之。(《旧唐书》卷一四六《薛播传》)

3.(孔)绍安孙若思。若思孤，母褚氏亲自教训，遂以学行知名。年少时，有人赍褚遂良书迹数卷以遗，若思唯受其一卷。其人曰：“此书当今所重，价比黄金，何不总取?”若思曰：“若价比金宝，此为多矣!”更截去半以还之。明经举，累迁库部郎中。(《旧唐书》卷一九〇上《孔绍安传》附传)

4.(张诚)公有三子，曰平仲、平叔、平季。夫人陆氏，即国子司业、集贤殿学士善经之女，贤明有法度。初，公既殁，诸子尚幼，夫人勤求衣食，亲执《诗》《书》，讽而导之，咸为令子。又常以公遗志择其子而付之，故平叔卒能振才业，致名位，追爵命，碣碑表，继父志，扬祖德，此诚孝子顺孙之道也。亦由夫人慈善教诱之德浸渍而成就之，不其然乎!(《白居易集笺校》卷四一《张公神道碑铭》)

5.(元)稹八岁丧父。其母郑夫人，贤明妇人也。家贫，为稹自授书，教之书学。稹九岁能属文。十五两经擢第。(《旧唐书》卷一六六《元稹传》)

6.(苗蕃)君少丧父，受业母夫人，举进士第。(《韩昌黎文集》卷六《苗君墓志铭》)

7.(李)绅六岁而孤，母卢氏教以经义。绅形状眇小而精悍，能为歌诗。乡赋之年，讽诵多在人口。元和初，登进士第。(《旧

唐书》卷一七三《李绅传》）

8.（杨）收七岁丧父，居丧有如成人，而长孙夫人知书，亲自教授。十三，略通诸经义，善于文咏，吴人呼为“神童”。……收以母奉佛，幼不食肉，母亦勖之曰：“俟尔登进士第，可肉食也。”（《旧唐书》卷一七七《杨收传》）

9. 杨凭字虚受，一字嗣仁，虢州弘农人。少孤，其母训道有方。长善文辞，与弟凝、凌皆有名，大历中，踵擢进士第，时号“三杨”。（《新唐书》卷一六〇《杨凭传》）

10.（赵彦昭）父武孟，初以驰骋佃猎为事。尝获肥鲜以遗母，母泣曰：“汝不读书而佃猎如是，吾无望矣。”竟不食其膳。武孟感激勤学，遂博通经史。举进士，官至右台侍御史，撰《河西人物志》十卷。（《旧唐书》卷九二《赵彦昭传》）

11. 良人（裴自强）早丁荼毒，兼丧友于……（夫人京兆杜氏）既而躬亲纺绩，训导孤遗，咸嗣箕裘，并闻诗礼。故能克成茂器，终享荣禄。（《唐代墓志汇编》开元一二五《裴君墓志并序》）

12. 夫人姓辛氏，陇西人也。……中年荣曜，而府君捐馆舍焉。夫人躬抚遗孤，勤恤教义，清风布于宗党，典训立于闺门。（《唐代墓志汇编》开元二八一《辛氏墓志铭》）

13.（欧阳询）子通，少孤，母徐氏教其父书。每遗通钱，绐云：“质汝父书迹之直。”通慕名甚锐，昼夜精力无倦，遂亚于询。（《旧唐书》卷一八九上《欧阳询传》附传）

14.（李）景让母郑氏，性严明，早寡，家贫，居于东都。诸子皆幼，母自教之。……三子景让、景温、景庄，皆举进士第。景让官达，发已斑白，小有过，不免捶楚。（《资治通鉴》卷二四八《唐纪》六四“武宗会昌六年”)

15.(裴氏)夫人昼哭号天，抚育孤幼，悉至成立，皆辩义方。(《唐代墓志汇编》贞元132《武公夫人裴氏墓志铭并序》)

16.(苏瓌)初孩而孤，禀绛郡夫人之慈训，……始读《山栖志》，……年十八，进士高第。(《全唐文》卷二三八卢藏用《太子少傅苏瓌神道碑》)

17. 仁化侯降年不永，中途夭折，夫人徒□成学，断织垂训，诸子或年始成童，或未胜□□，莫不躬亲抚育，教以义方。未几之顷，遭有隋之乱，孤寡相携，莫能自立。于是弱而守德，贫而不滥，……孤幼始登名级，于是稍展荣养。(《唐代墓志汇编》显庆一二六《袁氏墓志铭》)

18. 路相随幼孤。其母问：“汝识汝父否?”曰：“不识。”曰：“正如汝面。”随号绝久之，终身不照镜。李卫公慕其淳素笃行，结为亲家，以女适路氏。(《唐语林》卷一《德行》)

19. 李珏，字待价，其先出赵郡，客居淮阴。幼孤，事母以孝闻。甫冠，举明经……乃更举进士高第。(《新唐书》卷一八二《李珏传》)

二、寡母及孤子之族姓考察

首先将以上文献所涉及的寡母及孤子按地域进行分类：

母	望(贯)	子	望(贯)	所授内容	科第
郑氏		李景让 李景温 李景庄	太原文水		进士 进士 进士
卢氏		李　绅	山东著姓	经义	进士
郑夫人	荥阳	元　稹	河南	书学	明经
林氏	济南	薛彦辅 薛彦国 薛彦伟 薛彦云	河东闻喜	五经	进士 进士 进士 进士
林氏(伯母)		薛　据 薛　总 薛　播			进士 进士 进士
殷氏	陈郡 长平	颜真卿	琅邪临沂		进士
颜真定 (姑母)	琅邪	颜真卿	琅邪临沂	音辞 诗赋	进士
杜氏	京兆	裴自强子	河东闻喜	诗礼	
辛氏	陇西				
褚氏		孔若思	越州山阴		明经
陆氏	吴郡	张平仲 张平叔 张平季	吴郡	诗书	

续表

母	望(贯)	子	望(贯)	所授内容	科第
长孙氏	京兆	杨收	同州冯翊	经义①	进士
母夫人		苗蕃	潞州壶关		进士
绛郡夫人		苏瓌	京兆武功		进士
徐氏		欧阳通		书学	
裴氏	河东	武珍子			
母		杨凭 杨凝 杨凌	虢州弘农		进士 进士 进士
袁克仁	陈郡阳夏	萧缮	兰陵		
路随母		路随	阳平		明经
李珏母		李珏	赵郡		明经 进士

由于史传及碑志的体例限制，我们对这些躬勤训导孤子的寡母们所知极少，加之，所列文献大多没有提供寡母所属房支的线索，故这里不打算钩沉索隐，一一探求其房支。

根据前引文献及列表可知，属于山东士族的有李景让母郑氏、李绅母卢氏、元稹母郑夫人、薛彦辅母林氏等，其中郑氏、卢氏属于山东郡姓，但未知具体房支，则其当非这些著姓的主支著房。裴自强妻杜氏是关中郡姓士族，另有辛氏是陇西人，均可

① 见《吴郡志》卷二五，陆振岳校点本，南京：江苏古籍出版社，1999 年，第 362 页。

列入关陇士族。杨收母长孙氏，本是胡姓士族，但长孙氏代居长安，与唐代统治者结合较紧密，习惯上亦可算作关陇士族。

颜真卿母殷氏、姑母颜真定，孔若思母褚氏应划归为侨姓士族，但不属于侨姓中最著名的姓望，且侨姓迁居江南已久，亦可列入江南士族。其中颜真卿母殷幼舆，出身于陈郡名门望族，她的曾祖闻礼、祖令言、伯祖令名及其父子敬都以儒学、书法闻名于世。殷家与颜家又是世代联姻，殷英童女为思鲁夫人，殷令名女、殷仲容姐为昭甫夫人；颜之推夫人以及颜勤礼的原配夫人也是殷氏女。颜真卿的姑母颜真定则是钱塘县丞殷履直的夫人，即殷仲容的堂侄媳妇。唯贞夫人是殷践的长妹、殷仲容的堂侄女。殷氏一门的书法以殷仲容最著名，对颜氏的影响最大。①

张平叔母陆氏为东南吴姓，是国子司业、集贤殿学士陆善经之女，这一支为“齐度支郎中陆匡丞，晋太常卿始后”②。

据上可知，寡母虽非全部属于著姓望房，但皆学养丰厚，训导有方，有母仪令德，确实为闺门典范。

从自身素养来说，士族女性本身都受过较全面完备的教育。柳宗元曾回忆自己母亲卢氏夫人的学养说：

> 尝逮事伯舅，闻其称太夫人之行以教曰：“汝宜知之，七岁通《毛诗》及刘氏《列女传》，斟酌而行，不坠其旨。汝宗

---

① 关于颜氏与殷氏的叙述引自颜普元《颜氏家学与风徽》，长沙：岳麓书社，1999年，第65页。

②《元和姓纂》卷一〇，郁贤皓等整理本第2册，北京：中华书局，1994年，第1418页。

大家也，既事舅姑，周睦姻族，柳氏之孝仁益闻。岁恶少食，不自足而饱孤幼，是良难也。"又尝侍先君，有闻如舅氏之谓，且曰："吾所读旧史及诸子书，夫人闻而尽知之无遗者，某始四岁，居京城西田庐中，先君在吴，家无书，太夫人教古赋十四首，皆讽传之。以诗礼图史及剪制缕结授诸女，及长，皆为名妇。"①

秘书郎李府君妻荥阳郑夫人，自幼"聪识明敏，尤精鲁宣父之经诰，善卫夫人之华翰，明《左氏》之传，贯迁、固之书，下及诸史，无不该览"②。杨发之女杨子书，"自童年则不随稚辈戏游，端默静虑，有成人量。不甚赏丝竹，寡玩好，诸兄所习史氏经籍、子集文选，必从授之，览不再绎，尽得理义。勤于习学，巧于女功"③。士族女性既有孝友的内行，又有经籍文史的修养。换言之，有较好的家风及家学。王梵志诗中说："有儿欲娶妇，须择大家儿。纵使无姿首，终成有礼仪。"礼仪是士族文化传统的象征，是门第得以保持的基础。"女子教育不同，则家风门规颇难维持。此正当时门第所重，则慎重婚配，亦理所宜。"④

---

① 《柳宗元集》卷一三《先太夫人河东县太君归祔志》。

② 《芒洛冢墓遗文》卷中裴瓒《唐故荥阳郑夫人墓志》。

③ 《八琼室金石补正》卷七七唐 49《唐故岭南节度使右常侍杨公女子书墓志》。

④ 钱穆《略论魏晋南北朝学术文化与当时门第之关系》，香港：《新亚学报》第 5 卷第 3 期，1963 年。

三、寡母教孤的教育学分析

唐代教育主要可分为官学与私学两大类型。官学并非所有人都能享受，加之唐代官学并未随科举制度的出现而进行调整，考教分离，国学教育落后于考试实际，官学包括国学并不为时人所特别看重。士人们反而倚重私学①。故作为家学的一个特例，寡母教孤对于了解唐代私学的发展有重要意义。

唐代社会，男性家长在外游宦经商，有时并不带家眷，故家中事务包括子女的教育都需要母亲操持。男性家长一夫多妻，特别是年长时所娶小妻，或原配去世后的续娶，老夫少妻(妾)，男性去世后，家庭的所有负担就都压在了寡居的未亡人身上。而在所有事务中，遗孤的抚养教育又是最为重要的一件事。

寡母一般从儿童幼时即开始施教。这一时期恰好是开发创造想象力的最佳时期，也是记忆力的黄金时期，对儿童的早期智力开发，应抓住这一时期。

一般说来，寡母并非专职或专业的教师，充其量只能算一种兼职，多以自身受教育的经历来训诲子弟，经验重于理论。加之，贵族女性虽有良好素养，但训导子弟的内容，主要仍当属于基础性教育，即所谓的蒙养教育。重在打好治学修业的基础，故

① 吕思勉说："隋唐之世，科举浸盛，而学校日微，此即教育之权由公家移于私家之证。然学子之负笈寻师者，亦或依附其名而求著籍，未必真有所得，欲深造博涉者，实仍在自为也。"见吕著《隋唐五代史》，上海：上海古籍出版社，1984 年，第1270—1271 页。另参见拙著《唐代关中士族与文学》，第 139—143 页。

书写训练、诵读训练是基本的教学方式。

女性从事教育，尤其是母亲执教，虽然也能系统讲授知识，但更重要的还是情感教育贯穿于教育过程中，将爱渗透到教学内容和教育目标中。女性教育—母教—情感教育这一特征与唐代科举考试—崇重进士科—诗赋取士及唐代文学尤其是诗歌的空前繁荣是否有某种深刻联系，很值得人们深入思考。

进而言之，通过前引文献可知，寡母虽也重视经学，但更擅长的还是书艺、诗赋，而唐代的科举与铨选都强调诗赋与书艺，故教育中势必也会强调这些内容，而这些内容都属于艺术范畴，故也可以说寡母更重视艺术教育。

从教育的目标来看，虽然也强调学行结合、先器识而后文艺，但仍有一个具体的现实目标，这便是科举。从前表所列可知，寡母(包括姑母)所教孤子共三十例，其中二十三例参加科举考试，十九例擢进士第，三例明经及第，另有一例为明经加进士。《旧唐书·杨收传》："收七岁丧父，居丧有如成人，而长孙夫人知书，亲自教授。……收以母奉佛，幼不食肉，母亦勖之曰：'俟尔登进士第，可肉食也。'"将物质奖励与功名追求挂钩。又《旧唐书·赵彦昭传》知，赵彦昭父赵武孟"初以驰骋佃猎为事。尝获肥鲜以遗母，母泣曰：'汝不读书而佃猎如是，吾无望矣。'竟不食其膳。武孟感激勤学，遂博通经史。举进士。"也是将读书的目标定位于举业。

科举作为仕进的主要门径，各类教育都围绕着这一目标："太平君子唯门调户选，征文射策，以取禄位，此行己立身之美者也。父教其子，兄教其弟，无所易业，大者登台阁，小者仕郡县，资身奉家，各得其足，五尺童子，耻不言文墨焉。是以进士为士林华选，四方观听，希其风采，每岁得第之人，不浃辰而周闻天下。故忠贤隽彦韫才毓行者，咸出于是，而桀奸无良者或有焉。"[1]"朝之公卿以此待士，家之长老以此垂训"[2]。"朝廷所大者，莫过文柄；士林所重者，无先辞科"，所以"草泽望之起家，簪绂望之继世，孤寒失之，其族馁矣；世禄失之，其族绝矣"[3]。"为父兄者，以其子与弟不文为咎；为母妻者，以其子与夫不学为辱"[4]。既然全社会都参与到科举大竞赛中，我们也就不好厚责寡母教孤中对此一目标的锁定了，只是将此作为教育的唯一目标，未免有些太实用，教育的神圣性与形上特征可能就被置换掉了。

四、寡母教孤的心理学分析

从心理学的角度看，笔者以为寡母教孤包含着如下几种心理特征：

角色换位心理。母亲抚育子女，主要是负责对儿童的监护、日常生活的护理等。性格的培养，尤其是男性儿童的培养，主要依靠父亲及男性教师，但因父亲去世，故以慈母而兼严父之职，这是第一重的角色换位。教育本有专职教师司其事，但因家庭经

---

① 《通典》卷一五《选举三》，第 1 册，第 358 页。

② 《旧唐书》卷一一九《杨绾传》，第 10 册，第 3431 页。

③ 王定保《唐摭言》卷十四《主司失意》、卷九《好及第恶登科》。

④ 洪迈《容斋随笔·四笔》卷五《饶州风俗》，下册，上海：上海古籍出版社，1978 年，第 666 页。

济状况，或其他原因，母亲亲操教鞭，训导子弟，这是第二重的角色换位。后两种角色，往往模糊了母亲的女性特征，冲淡了情感教育的成分，使母亲变得苛刻、呆板、不近情理。如《新唐书》卷一七七《李景让传》：

> 母郑，治家严，身训勒诸子。始，贫乏时，治墙得积钱，僮婢奔告，母曰："士不勤而禄，犹灾其身，况无妄而得，我何取？"亟使闭坎。景让自右散骑常侍出为浙西观察使，母问行日，景让率然对："有日。"郑曰："如是，吾方有事，未及行。"盖怒其不尝告也。且曰："已贵，何庸母行？"景让重请罪，乃赦。故虽老犹加箠敕，已起，欣欣如初。尝怒牙将，杖杀之，军且谋变，母欲息众讙，召景让廷责曰："尔填抚方面而轻用刑，一夫不宁，岂特上负天子，亦使百岁母衔羞泉下，何面目见先大夫乎？"将鞭其背，吏大将再拜请，不许，皆泣谢，乃罢，一军遂定。景让家行修治，闺门唯谨。①

李景让轻率用刑，杖杀牙将，遭其母斥责，是应该的。为防止军队哗变，欲当众惩罚景让，也是可以理解的，不失为一种策略。但景让发已斑白，"小有过，不免捶楚"②，"虽老犹加箠敕"，则未免有些不近情理，这是长期充当父亲与教师角色而形成的积

---

①《新唐书》卷一七七，第17册，第5290页。
②《资治通鉴》卷二四八《唐纪》六四，点校本第17册，第8026页。

习，在子弟已成人，且为社会显达后，仍如此对待，则有些近乎病态。

痛苦补偿心理。寡母教孤发生在家庭中男性家长去世，家庭经济状况陷入困境的情况下，母亲除了承担经济上的压力外，还有感情上的空白。“性怀贞洁，心靡诡随，廉义只居，恩抚幼稚，寡躬半百，庭训耆年”①。于是将丧夫之痛变形转移为对遗孤的爱与期待，试图从子弟的训导中减轻或忘却丧失丈夫的痛苦。因为寡母对生活意义及内容所求无多，非常单一，故反而非常执着强烈。

攀比模拟心理。攀比心理人皆有之，但女性更加集中典型。攀比表现在两个方面：一是让遗孤模拟先父，攀比先父在世时的生活内容；另一是攀比其他人的生活内容及生活目标。由于丈夫去世，对丈夫的期待要全部由子弟来完成，不仅要求子弟赶上父辈，而且要赶上社会上的成功者。唐代社会中士人的上升虽有多种途径，但最关键的一条便是科举。故寡母对遗孤的期待，令其修习努力的目标，也具体集中在科举进士考试上。

本章的结论

一、唐代文献中保存有许多有关寡母教孤的资料，对这些寡母虽不能一一探求其房支，但多能显示出士族所崇尚的家风与家学。

---

①《唐代墓志汇编续集》大中040《时氏墓志铭并序》。

二、从教育学角度来检视，寡母教孤体现了早期开发教育、养成教育、基础教育、情感教育、艺术教育及应试教育的许多特点。

三、从心理学角度来看，寡母的教育心理与教学方式包含着角色换位、痛苦补偿及攀比模拟等心理特征。

附编　个案研究

附论一　墓志所见唐代裴氏婚姻关系

有关唐代婚姻关系的研究，成果颇多，但大多为通论，涉及士族大姓之婚姻者，有日人长部悦弘《北朝隋唐时代胡族通婚关系》①，讨论北方胡族之间的通婚及胡族与汉族士人的通婚。赵超《从唐代墓志看士族大姓通婚》②，根据墓志对唐代大士族五姓七望的通婚进行了初步的统计和分析，颇有说服力。毛汉光《关中郡姓婚姻关系之研究》③及《关陇集团婚姻圈之研究——以王室婚姻关系为中心》④，《中古大族著姓婚姻之研究——北魏高祖至唐中宗神龙年间五姓著房之婚姻关系》⑤，或分述关中诸大姓之婚娶，或综论北朝山东五大姓之通婚，用力颇勤，但资料以《新唐书·宰相世系表》及史传为主，故亦有所局限。日人矢野主税《裴氏研究》分别论述裴氏门阀之成立、南北朝时期的裴氏、唐代的

---

①［日］长部悦弘《北朝隋唐时代胡族通婚关系》，《史林》73 卷 4 号，1990 年 7 月。

② 白化文等编《周绍良先生欣开九秩庆寿文集》，北京：中华书局，1997 年。

③《唐代文化研讨会论文集》，台北：文史哲出版社，1991 年。

④《“中央研究院”历史语言研究所集刊》第 61 本第 2 分。

⑤《“中央研究院”历史语言研究所集刊》第 56 本第 4 分。

裴氏等问题①，提纲挈领，其中亦涉及婚姻关系，但非其论题重点。周征松《魏晋隋唐间的河东裴氏》②，则为史传体，所论极广，唯对婚姻关系未多措笔。西江《裴氏人物志传》③，属文献资料汇编，虽可省却一些翻检之劳，但校对粗疏，错讹极多。本文以墓志所见材料为主，辅以史传文献，考察唐代裴氏婚姻关系，如有一孔之见，或有助于研讨士族婚姻者，则幸甚焉。

为便于分析，笔者将有关裴氏通婚资料分类为与皇室联姻，与关中士族、山东士族、胡姓士族、侨姓吴姓士族联姻及其他，每类又细别为婚娶与出嫁两种类型。

一、与皇室通婚

A类：婚娶		
裴　迁（裴希惇孙）	公主	《全唐文》卷二八二李迥秀《裴府君神道碑》
裴仲将	东光县主楚媛（纪王慎第三女）	《唐代墓志汇编续集》开元038P. 479
裴　昭	永年县主武氏	《唐代墓志汇编》景云018P. 1128
裴希先	永年郡主（玄宗之孙女）	《全唐文》卷五〇一权德舆《裴府君神道碑》

---

①《长崎大学社会科学论丛》第14卷，1965年。

②《魏晋隋唐间的河东裴氏》，太原：山西教育出版社，2000年。

③《将相文武，风流千古——裴氏人物志传》，北京：中国社会科学出版社，2001年。

续表

A类：婚娶		
裴律师	临海公主（高祖女）	《新唐书·诸帝公主传》
裴　巽	宜城公主（中宗女）	《新唐书·诸帝公主传》、《朝野佥载》补辑、《说郛》卷二
裴　巽①	薛国公主（睿宗女）	《新唐书·诸帝公主传》
裴虚己	霍国公主（睿宗女）	《新唐书·诸帝公主传》
裴齐丘	永宁公主（玄宗女）	《新唐书·诸帝公主传》
裴　颍	齐国公主（玄宗女）	《新唐书·诸帝公主传》
裴　玲②	新平公主（玄宗女）	《新唐书·诸帝公主传》
裴　徽	郜国公主（肃宗女）	《新唐书·诸帝公主传》

① 裴巽，《新唐书》卷八三《诸帝公主传》谓其尚中宗女宜城公主，因有嬖姝，遭到断发左迁之罚。又记睿宗女薛国公主始嫁王守一，更嫁裴巽。前后两裴巽当为一人，《宰相世系表》仅记其为驸马都尉，但未记其两尚公主之情形，据此亦可窥当日贵族风尚之一斑。

② 裴玲，《新唐书》卷七一上《宰相世系一上》"河东裴氏东眷"作"裴玲"。

续表

A类：婚娶		
裴　儆	永清公主（代宗女）	《新唐书·诸帝公主传》
裴　液	晋阳公主（代宗女）	《新唐书·诸帝公主传》
裴　损	陈留公主（宪宗女）	《新唐书·诸帝公主传》

B类：出嫁		
裴居道女	李　弘（孝敬皇帝）	《新唐书·三宗诸子传》
裴徽女	让皇帝子	《新唐书·后妃传上》
裴贞一	唐昭宗	《新唐书·后妃传上》

裴氏与皇室婚姻关系主要表现为婚娶多，出嫁少。也就是说裴氏男性尚公主者极多，而裴氏女性成为皇后或王妃者极少。裴氏与皇室婚姻在唐前期居多，中晚唐较少。尤以睿宗、玄宗时期最为突出。其原因一方面因士族地位在安史之乱后不断下降，作为关中郡姓代表之裴氏地位亦相应有所变化，这种变化自然会对其婚姻关系发生连带影响。另一方面，中晚唐的史料文献亦较少，谱牒文献及有关皇室宗子、公主的资料残缺不全，这一点翻看《新唐书》的《宰相世系表》《诸帝宗子传》和《诸帝公主传》就可以看出。

还须提及的一点是，唐代社会风气开放。唐源流于北方胡族，故贵族女性改嫁者极多，唐前期公主共九十一人，再嫁公主竟占了总人数的三分之一①。如玄宗女齐国公主初嫁张垍，再适裴颍，三适杨敷。肃宗女部国公主初嫁裴徽，又嫁萧升。裴氏男性中裴巽为睿宗女薛国公主的再嫁之夫，裴颍为玄宗女齐国公主的再嫁之夫。

二、与关中士族通婚

韦氏

A类：婚娶		
裴　倩	京兆韦氏（韦恒长女）	《全唐文》卷五〇〇权德舆《裴倩神道碑》
裴希惇	京兆韦氏	《全唐文》卷二八二李迥秀《齐州长史裴府君神道碑》
裴　宽	韦铣女	《旧唐书》卷一〇〇《裴宽传》
裴　公	京兆韦氏	《唐代墓志汇编》天宝 164P. 1646
裴　浩	京兆韦氏	《文苑英华》卷九六二《裴处士墓志》

① 段塔丽《唐代妇女地位研究》，第129页，北京：人民出版社，2000年。

B类：出嫁		
裴首儿	韦府君	《唐代墓志汇编》神龙045P. 1072
裴　觉	韦　项	《唐代墓志汇编》景龙019P. 1091
裴　氏	韦　最	《唐代墓志汇编续集》开元156P. 560
裴　氏	韦景骏(韦述父)	《旧唐书》卷一〇二《韦述传》
裴　氏	韦　澳	《唐代墓志汇编续集》咸通038P. 1064

柳氏

A类：婚娶		
裴　墐	河东柳氏	《柳宗元集》卷一三《裴君夫人墓志》

B类：出嫁		
裴　氏	柳　鼓	《唐代墓志汇编续集》麟德012P. 147

薛氏

B类：出嫁		
裴　氏	薛府君	《唐代墓志汇编》开元227P. 1313

杨氏

A类：婚娶		
裴徽父	虢国夫人	《旧唐书》卷五一《杨贵妃传》

续表

A类：婚娶		
裴　裕	杨守慎女	《新中国出土墓志》(河南第2册)80
裴　适	弘农杨氏	《唐代墓志汇编》大历078P. 1816
裴坦子	杨收女	《新唐书》卷一八二《裴坦传》

B类：出嫁		
裴　柔	杨国忠	《旧唐书》卷五一《杨贵妃传》
裴　氏 (裴就次女)	杨　君	《唐代墓志汇编》贞元004P. 1839
裴夫人	杨　据	《唐代墓志汇编》咸通103P. 2458

杜氏

A类：婚娶		
裴　澣	京兆杜氏	《唐代墓志汇编》大和099P. 2166
裴自强	京兆杜氏	《唐代墓志汇编》开元125P. 1241
裴从宾	京兆杜氏	《唐代墓志汇编续集》开成002P. 925

B类：出嫁		
裴　氏	杜侍郎子	《唐代墓志汇编》天宝164P. 1646
裴　氏	杜　牧	《全唐文》卷七五五杜牧《邕府巡官裴君墓志铭》

赵氏

A类：婚娶		
裴处琎	天水赵氏	《唐代墓志汇编》天宝225P. 1688

B类：出嫁		
裴　婉	赵沃心	《唐代墓志汇编》大历073P. 1812

从搜集到的文献可知，裴氏与关中郡姓中的韦氏通婚最多，其次则为杨氏与杜氏，与薛氏的通婚最少，仅有一例。天水赵氏虽未列入关中郡姓，但也是关右望族，与裴氏通婚有二例，故附在关中士族中叙述。根据毛汉光的研究，入唐以来韦氏与裴氏，韦氏与唐王室三个家族构成了重要的婚姻圈，在关中郡姓间裴氏与韦氏的通婚也是较密切的①，本文的统计虽不甚全面，但亦可印证这一看法是有道理的。裴氏与同为河东著姓的柳氏、薛氏通婚较少，如仅从地域上考量，此一现象殊为费解，或与士族等级及传统社会联系有关。

① 毛汉光《关中郡姓婚姻关系之研究——隋至唐前半期》，《唐代文化研讨会论文集》，台北：文史哲出版社，1991年。

三、与山东士族通婚

崔氏

A类：婚娶		
裴　亮	博陵崔氏 （崔明眘女十九娘）	《唐代墓志汇编》开元068P. 1201
裴　复	博陵崔氏 （崔颋女）	《唐代墓志汇编》元和023P. 1965
裴有敞	崔夫人	《朝野佥载》卷二
裴惟岳	崔玄信女	《朝野佥载》卷三
裴　简	清河崔氏 （崔绚季女）	《唐代墓志汇编》元和073P. 1999
裴　识	清河崔氏 （崔郾次女）	《新中国出土墓志》（河南第1册）374

卢氏

B类：出嫁		
裴　氏 （裴友亮）	卢　樽	《唐代墓志汇编续集》长庆005P. 861
裴　氏 （裴子余女）	卢　寂	《唐代墓志汇编》贞元056P. 1877

郑氏

A 类：婚娶		
裴　皓	郑华儿	《唐代墓志汇编续集》圣历 013P. 370
裴　稹	荥阳郑氏	《唐代墓志汇编续集》天宝 108P. 661
裴希颜父	荥阳郑氏	《全唐文》卷七五五杜牧《邕府巡官裴君墓志铭》

李氏

A 类：婚娶		
裴　坦	陇西李夫人	《唐代墓志汇编》开元 522P. 1514
裴　遘	敦煌姑臧李氏	《唐代墓志汇编》天宝 242P. 1699
裴　君	陇西成纪(李芳)	《唐代墓志汇编》开元 130P. 1246
裴　济	陇西李氏	《全唐文》卷七八四穆员《裴公墓志铭》
裴　旷(裴婉父)	陇西李氏	《唐代墓志汇编》大历 073P. 1812
裴　迥	陇西狄道李氏	《唐代墓志汇编》开元 102P. 1224
裴　宥	赵郡李氏	《唐代墓志汇编续集》开元 175P. 572
裴阿八父	赵郡李夫人	《唐代墓志汇编》开成 009P. 2174
裴弘泰(裴琪养父)	赵郡李氏	《唐代墓志汇编》元和 137P. 2046
裴克谅	赞皇李氏(李娥)	《白居易集》卷六八《李氏墓志铭》

B类：出嫁		
裴　氏 （裴怀长女）	李　君	《唐代墓志汇编》太极 001P. 1136
裴　氏 （裴岌女）	李　公	《唐代墓志汇编》天宝 220P. 1684
裴　氏	渤海李玢	《唐代墓志汇编》圣武 005P. 1726

王氏

A类：婚娶		
裴　公	太原王氏	《唐代墓志汇编》天授 001P. 793
裴安期	王　氏	《元稹集》卷五五《裴公墓志铭》

B类：出嫁		
裴　溥	王冷然	《唐代墓志汇编》天宝 002P. 1532
裴　氏	王　泛	
裴雍熙	陇西狄道王同福	《唐代墓志汇编》天宝 138P. 1628
裴　氏	太原王阛	《唐代墓志汇编续集》天宝 054P. 619
裴　同	兰陵段氏（段融女）	《唐代墓志汇编》开元 386P. 1423
裴　珣	范阳祖氏	《唐代墓志汇编》天宝 128P. 1622
裴　肃	北平阳氏	《唐代墓志汇编》天宝 187P. 1662
裴　氏	梁国濉阳刘寂	《唐代墓志汇编》神龙 041P. 1070
裴　氏	武　珍	《唐代墓志汇编》贞元 132P. 1934

续表

B 类：出嫁		
裴　氏	巨鹿魏氏	《唐代墓志汇编》贞元 087P. 1898
裴孝仙	诸葛氏	《唐代墓志汇编》元和 006P. 1952
裴　氏	阳　宽	《唐代墓志汇编》天宝 187P. 1662

裴氏与山东士族也存在广泛的通婚关系，以数量而言，似与陇西李氏与赵郡李氏婚姻关系最密，但有一些不能确定其房望，故是否为主支著房，尚有待考证。裴氏与崔氏(博陵、清河)、郑氏、王氏也有稳定的婚姻关系。但似乎与卢氏较少，据已翻检到的材料，仅查到一例。裴氏与其他非郡姓的山东士族也有广泛的婚姻关系，例如范阳祖氏、北平阳氏。

裴氏与山东姓望首位之崔氏的婚姻关系，笔者翻检墓志中仅发现有 A 类即婚娶，尚未发现有 B 类即出嫁，或因笔者目力所未及，或另外有原因。

四、与代北胡姓通婚

元氏

A 类：婚娶		
裴　谊	河南元氏(元彬女)	《唐代墓志汇编》大和 024P. 2114
裴　君	河南元氏	《唐代墓志汇编》开元 472P. 1481

B 类：出嫁		
裴　氏	河南元氏(元舒温)	《唐代墓志汇编》天宝 226P. 1688
裴　氏 (裴浞女)	河南元氏(元重华)	《唐代墓志汇编续集》元和 079P. 856
裴　氏 (裴　淑)	元　稹	《全唐文》卷六七九《元稹墓志铭》

于氏

B 类：出嫁		
裴　氏	于　公	《唐代墓志汇编》天宝 231P. 1692

陆氏

A 类：婚娶		
裴行俭	河南陆氏(陆爽女)	《文苑英华》卷八八三张说《裴行俭神道碑》

窦氏

A 类：婚娶		
裴利物	扶风窦氏 (窦延祚女)	《唐代墓志汇编续集》乾元 007P. 679
裴承章	扶风窦氏(窦瑞女)	《唐代墓志汇编》元和 008P. 1954

穆氏

B类：出嫁		
裴 氏(穆员母)	穆 公	《全唐文》卷七八五穆员《裴氏玄堂志》

贺兰氏

A类：婚娶		
裴 公	贺兰氏	《唐代墓志汇编》开元044P. 1184

史氏

A类：婚娶		
裴 琚	史 氏	《唐代墓志汇编》元和008P. 1954

厍狄氏

A类：婚娶		
裴行俭	厍狄氏(华阳夫人)	《文苑英华》卷八八三张说《裴行俭神道碑》

据以上文献知，裴氏与代北胡姓有广泛的通婚关系，其中尤以与元氏之婚姻关系为多。裴行俭原配夫人为河南陆氏，继室为厍狄氏①。《元和姓纂》卷一〇“陆·河南洛阳”：出自代北，代为郡长大人，号步六孤氏。后魏孝文迁洛，改为陆氏，与穆、奚、

① 《文苑英华》卷八八三张说《裴行俭神道碑》。

于、贺、刘、娄为北人八族。……东平王陆俟生丽、馛、归、骐、骥。……归，太仆卿。……立素生爽，兵部郎中。爽生瞻。”又，同书卷八“厍狄”：“鲜卑段匹磾之后，避难改姓厍狄，居代北，后迁中夏。”据此知裴行俭两娶皆为北朝胡姓[①]。又据《新唐书》卷一一七《裴炎传》附“从子裴伷先传”知，裴炎被杀后，他受株连，坐流岭南，又长流瀼州，“岁余，逃归，为吏迹捕，流北庭。无复名检，专居贿，五年至数千万。娶降胡女为妻，妻有黄金、骏马、牛羊，以财自雄。养客数百人，自北庭属京师，多其客，诇候朝廷事，闻知十常七八。”毛汉光指出裴伷先为河东裴氏洗马裴，该房在五胡乱华时曾居河西，后又自河西归桑梓，居解县洗马川，该房可能与北族有关[②]。

五、与江南士族通婚

朱氏

A类：婚娶		
裴　昌	吴郡朱氏	《唐代墓志汇编》元和144P. 2051

---

① 岑仲勉据此条文献疑张说称爽为兵部侍郎有误。参见《元和姓纂(附四校记)》卷一〇，郁贤皓、陶敏整理本第二册，北京：中华书局，1994年，第1422—1426页。

② 毛汉光《关中郡姓婚姻关系之研究——隋至唐前半期》，《唐代文化研讨会论文集》，台北：文史哲出版社，1991年。

王氏

B类：出嫁		
裴　氏	琅邪王氏(王同人)	《唐代墓志汇编》天宝078P.1586

萧氏

B类：出嫁		
裴　氏	兰陵萧氏(萧缮)	《唐代墓志汇编续集》圣历011P.369

张氏

B类：出嫁		
裴　氏 (裴思慎女)	吴郡张氏 (张承祚)	《唐代墓志汇编》开元519P.1512

陈氏

A类：婚娶		
裴　邈	陈　氏	《唐代墓志汇编续集》兴元002P.733

如果联系墓志及文献中出现的有关裴氏的归葬地选择，可以发现裴氏在唐代虽然亦有迁徙流动于江南的记载，但其将归葬地及新贯确定于南方者极少①。由婚姻及丧葬两个方面资料说明裴

① 参见本书附论二《从墓志看唐代河东裴氏的迁徙》中的论述。

氏的主要活动范围在山东及关中两大区域，裴氏以河东、洛阳、长安为三个主要活动中心。

六、与其他家族通婚

裴　氏（裴昌长女）	彭叔雅	《唐代墓志汇编》元和 144P. 2051
裴　氏（裴昌次女）	蒋　干	《唐代墓志汇编》元和 144P. 2051
裴　抝	略阳权氏（权坚）	《唐代墓志汇编》开元 129P. 1246
裴　氏	贾钦惠	《唐代墓志汇编》天宝 227P. 1689
裴　氏	欧阳瑛	《唐代墓志汇编》残志 036P. 2561

本章的结论

一、裴氏在唐代的婚姻圈很大，除郡姓士族外还与一些新兴家族有婚娶关系。

二、从数量的角度看，裴氏与皇室的婚姻不容忽视，但主要是尚公主，为皇后或王妃者极少。

三、裴氏与关中郡姓、山东郡姓及代北胡姓的婚姻关系仍非常密切，说明唐代大士族之间的联姻仍有重要意义。

附论二　从墓志看唐代河东裴氏的迁徙

陈寅恪《论李栖筠自赵徙卫事》一文指出："吾国中古士人，其祖坟住宅及田产皆有连带关系。观李吉甫，即后来代表山东士族之李党党魁李德裕之父所撰《元和郡县图志》。详载其祖先之坟墓住宅所在，是其例证。其书虽未述及李氏田产，而田产当亦在其中，此可以中古社会情势推度而知者。故其家非万不得已，决无舍弃其祖茔旧宅并与茔宅有关之田产而他徙之理。此又可不待详论者也。"①陈寅恪先生本人所撰《李德裕贬死年月及归葬传说辩证》一文，即是利用墓志研究葬时葬地的范例。毛汉光先生受此启发，旁搜远绍，广征博引，撰《从士族籍贯迁移看唐代士族之中央化》，对唐代大士族十姓十三家八十三房支的著房著支进行分析，根据史传及墓志中的资料，归纳出大士族之主要人物从各方面走向京兆河南这条线上，换言之，其在不断地中央化与官

①《金明馆丛稿二编》，第 2 页。

僚化。[①] 这一看法无疑是深刻的。关于河东裴氏，毛氏指出其十二个著房支中，五个在河南府，四个在京兆府，两个在原籍，一个在河中府。这样的归类分析无疑也是细致深入的。但毛先生所搜集到的裴氏墓志仅二十一件，且有残缺，笔者翻检到有关裴氏归葬及迁移的墓志有五十多件，对此进行分析，或许对毛汉光先生的研究成果会有更深入的理解。

一、有关河东裴氏丧葬及迁徙的史料

1.《潞州襄垣县令裴君墓志铭》："君讳嗣宗，字希文，河东闻喜县人。……粤以乾封元年十月，卒于洛阳县之私第，春秋六十三，即以二年正月葬于河南县之平乐乡。"(《唐代墓志汇编》乾封 021，第 455 页)

2.《司驭少卿裴君墓志铭》："君讳皓，字圆照，河东闻喜人也。……以龙朔二年四月十九日遘疾于西京安兴里第，春秋五十有五……粤以三年岁次癸亥十月辛巳朔五日乙酉，迁窆于绛州闻喜县高阳乡之东凉原，礼也。"(《唐代墓志汇编续集》龙朔 028，第 136 页)

3.《河东裴府君妻荥阳县君郑夫人之铭》："(裴皓)夫人讳华儿，字婉。……以天授二年十一月十一日遘疾，终于神都合宫县之官舍，以大周圣历二年岁次己亥十月壬午朔廿八日己酉，祔于

① 参见《"中央研究院"历史语言研究所集刊》，第 52 本第 3 分，又收入毛汉光《中国中古社会史论》第 8 篇。

绛州闻喜县涑川里高阳原之旧茔合葬，礼也。”（《唐代墓志汇编续集》圣历013，第370页）

4.《裴令范妻李氏墓记》：“洛州洛阳县感德乡周南里故合州司户裴令范妻李。”（《全唐文补遗》第7辑，第503页）

5. 张说《裴行俭神道碑》：“公讳行俭，字守约，河东闻喜人也。……（永淳元年）四月二十八日，薨于京师延寿里，春秋六十有四。……其年十月，葬我宪公于闻喜之东良原，礼也。……继室以华阳夫人厍狄氏……每读信行禅师集录，永期尊奉。开元五年四月二日，归置京邑，其年八月迁窆于终南山邸鸣堆信行禅师灵塔之后。古不合葬，魂无不之，成遗志也。”（《文苑英华》卷八八三）

6.《大周故裴府君墓志铭》：“君讳可，字盛德，潞州壶关人也……天授二年十月廿日，终于私第，春秋六十有九。夫人乐氏，同郡人也。……即以天授三年一月十七日，合葬于州城东南五里之平原，礼也。”（《唐代墓志汇编续集》天授016，第318页）

7.《卫州长史裴君墓志铭》：“君讳胤，河东闻喜人也。……垂拱三年十月廿九日，终于□舍，春秋七十。爰以十一月廿四日，归葬于洛州洛阳县西面，礼也。”（《唐代墓志汇编》垂拱045，第760页）

8.《冀州枣强县令赠随州刺史裴公墓志铭》：“公讳同，字思泰，河东人也。……以万岁通天二年六月廿一日薨于官第，春秋六十有五。……开元廿一年十月廿七日迁厝于河南府河南县之连冈，礼也。”（《唐代墓志汇编》开元386，第1423页）

9.《大周故正议大夫行太子左谕德裴公墓志铭》：“公讳咸，

字思容，河东闻喜人也。……春秋六十三，惟圣历年岁次戊戌八月景辰，卒于隆化里。……粤以其年十月己酉，安厝于北邙山之茔，礼也。”(《唐代墓志汇编》圣历005，第926页)

10.《泽王府户曹参军裴君墓志并序》：“君讳自强，字自强，河东闻喜人也。……垂拱元年二月十三日遘疾，卒于永丰之里第，春秋五十有六。即以其年十月十日安厝于邙山平乐乡之原。”(《唐代墓志汇编》开元125，第1241页)

11.《通议大夫使持节宁州诸军事宁州刺史上柱国裴公墓志铭并序》：“公讳抣，字思敬，河东闻喜人也。……以太极元年三月廿六日寝疾，薨于东都宣教里之私第，春秋七十有七。………粤于开元九年十月廿九日，与夫人权氏合葬于河南县平乐乡北邙山之南原，礼也。”(《唐代墓志汇编》开元129，第1246页)

12.《银青光禄大夫贝州刺史上柱国闻喜县开国公裴君墓志》：“君讳仲将，字亘，河东闻喜人也。……以开元七年，岁次己未二月廿二日薨于洛阳县嘉庆里之私第，春秋七十有四。……粤以开元九年岁次辛酉四月丁丑朔九日乙酉，迁合于邙山之阳县主旧坟，礼也。”(《唐代墓志汇编续集》开元038，第480页)

13.《左亲卫裴君墓志》：“君讳可久，字贞远，河东闻喜人也。……咸亨三年七月廿八日遘疾，终于襄阳。春秋廿五。粤以四年岁次癸酉二月丁巳朔廿九日乙酉，窆于京兆之朱坂。”(《唐代墓志汇编》咸亨080，第568页)

14.《果毅都尉裴公墓志铭》：“公讳坦，字光胤，河东正平郡人也。……(开元二十八年)十二月十二日，卒于立德里之私第，旋殡于西阶。时年七十九。陇西李夫人，作嫔我公室……至开元

廿九年二月廿日合葬于邙山北王晏村平原，礼也。”(《唐代墓志汇编》开元522，第1515页)

15.《濠州别驾闻喜县开国公裴府君墓志铭》：“君讳翁庆，字茂先，河东闻喜人也。……以开元廿二年七月五日卒于□州官舍，春秋六十有八。……以其年十一月十四日葬于邙山□□□，礼也。”(《唐代墓志汇编续集》开元136，第546页)

16.《右金吾卫中郎将裴府君墓志铭》：“君讳昭，字待宾，河东郡人也。……属唐隆之际，韦氏勃逆，铁石无挠，误从伏剑之悲；日月重悬，朝嘉结缨之节。景云二年八月十八日，迁窆北邙川原，礼也。”(《唐代墓志汇编》景云018，第1129页)

17.《裴光庭神道碑》：“(开元)二十有一年春三月癸卯遘疾，薨于京师平康里之私第，春秋五十八。……以某月日葬我忠献公于闻喜之旧茔，礼也。”(《文苑英华》卷八八四)

18. 《尚乘直长裴公墓志铭》：“公讳瑾，河东闻喜人也。……以开元廿四年七月廿三日终于长安之私第。复以其年十月二十四日殡于万年县崇道乡所。”(《唐代墓志汇编续集》开元148，第555页)

19. 《侍中尚书右仆射赠司空文献公裴公神道碑铭》：“耀卿，字子焕。河东闻喜人也。……以其年(天宝三载)十月归葬绛州稷山县姑射山之阳，尚书府君茔东四里。”①(《全唐文》卷四七九)

20.《裴府君墓志铭》：“君讳崇礼，字崇训，上党人也。……以开元廿六年十月八日终于家第，春秋五十三。……葬于潞府城

① 按裴耀卿之字，《新唐书·宰相世系表》、《新唐书·裴耀卿传》、《全唐诗》卷一一三均作“涣之”。

东五里上党县移风乡石曹村，住宅西北一里平原，礼也。”(《唐代墓志汇编续集》开元 162，第 564 页)

21.《贝州宗城县丞裴君墓志铭》：“君讳宥，河东闻喜人也。……以开元廿七年九月十八日遘疾，卒于仪州榆社县界之旅舍，春秋五十有一……即以正月廿二日，归殡于洛阳上东门之右，祔于先茔，礼也。”(《唐代墓志汇编续集》开元 175，第 572 页)

22.《汝阴郡汝阴县令裴府君之墓志》：“公讳琨，……今权殡于河南府河南县都城北金谷乡泉原店北百步。天宝四载十月廿五日成殡，礼也。”(《唐代墓志汇编》天宝 080，第 1588 页)

23.《宣德郎守潞州大都督府参军事裴肃墓志铭》：“公讳肃，其先河东人也。……以开元廿二年三月八日寝疾，终于河南崇政里，春秋四十有三。以其月廿四日葬于河南城之北山，礼也。”(《唐代墓志汇编》开元 398，第 1432 页)

24.《朝议郎行尚书祠部员外郎裴君墓志铭》：“君讳稹，字道安，河东闻喜人也。……以开元廿八年十二月十九日终于长安光德里私第，春秋四十。其先葬于闻喜之东凉原也。即以辛巳岁二月癸丑廿日壬申，旋窆于长安万春乡神禾原，礼也。”(《唐代墓志汇编》开元 523，第 1515 页)

25.《故左金吾卫长史故妻窦氏墓志》：“故左金吾卫长史裴利物妻窦夫人，扶风郡人也。……以乾元二年九月九日，遂寝疾弥留，终于怀远里。春秋五十有七。其年十月十日，归祔于三桥龙尾原。皇姑迁合于裴公，礼也。”(《唐代墓志汇编续集》乾元 007，第 679 页)

26.《冀国公赠太尉裴冕碑》：“公讳冕，字章甫……(大历四

年）薨于长安，年六十七。翼日册赠太尉。明年二月，葬于京城南毕原。”（《文苑英华》卷八八五）

27.《河东裴镐墓志铭》：“君讳镐，字千石，河东人也。……以天宝三载……以其载四月甲午朔十四日丁未殒溺于海口……时君之卒岁也，春秋卅。……卜兆窆于北邙山梓泽之里，陪葬于大茔，礼也。”（《唐代墓志汇编》天宝054，第1568页）

28.《河东裴公墓志铭》：“公讳适，字通玄，河东闻喜人也。……以大历十三年戊午冬十一月癸卯八日庚戌遘疾，终于东都崇政坊之里第……以明年己未岁夏四月辛未廿日庚寅，权窆于河南县梓泽乡宣武陵之北原，从其便也。盖欲归于秦焉。”（《唐代墓志汇编》大历078，第1816页）

29.《唐故高士哲人河东裴府君墓志铭》：“君讳处琎，河东闻喜人也。……天宝九载四月廿四日，终于真阳县廨宇。……以天宝十二载十月六日，合祔于东京河南县平乐原旧茔，礼也。”（《唐代墓志汇编》天宝225，第1688页）

30. 王维《故任城县尉裴府君墓志铭》：“天宝二年正月十二日，唐故鲁郡任城县尉河东裴府君，卒于西京新昌坊私第，享年三十九。呜呼哀哉。君讳回，字玉温，河东闻喜人也。……家贫，祭以枣脯，殓以时服，以某月日祔葬于凤栖原先府君之茔。”①（《全唐文》卷三二七）

① 凤栖原，赵殿成《王右丞集笺注》卷二六注：“《陕西志》：凤栖原在少陵原北。”陈铁民《王维集校注》卷九注：“凤栖原：在唐长安南郊。”（中华书局，1997年）西江《将相文武，风流千古——裴氏人物志传》改为“凤凰原”，并注曰：“在山西省闻喜县东北垣上。”未知何据，当以赵本为是。

31.《故原城府别将裴君墓志铭》:“君讳铣，字成子，河东闻喜人也。……越以天宝十三载六月五日，寝疾终于永丰里之私第，享年三十三岁。以天宝十三载闰十一月十一日，迁窆于河南县宣武陵之北原，礼也。”(《唐代墓志汇编》天宝 257，第 1711 页)

32.《裴处士墓志》:“(贞元四年)二月癸巳，舅氏奉我外王父朝城府君、王母豊县君刘氏，洎伯舅之丧，至自卫。先是卜兆于偃师首阳之北原，壬寅迁朝城府君归于贞宅，伯舅祔焉。”(《文苑英华》卷九六二)

33.《裴君妻皇甫氏墓志》:“大唐故祠部郎中裴府君夫人皇甫氏权瘗于郎中府君先殡茔东带北七十步许翟村王师地内。”(《全唐文补遗》第 7 辑，第 295 页)

34.《故河东裴公墓志铭》:“公讳昌，字仲达。其先河东人也。……以元和十五年正月十七日遘疾，终于长沙郡湘潭县之江次，享年八十五。……乃于上元县凤台乡梅顶岗之东北原别建兆域，以其年八月二日权窆焉，从吉兆也。”(《唐代墓志汇编》元和 144，第 2051 页)

35.《前试左卫兵曹参军裴公墓志铭》:“公讳孝仙，先代河东人也。……(祖讳景)遂因行宦，乃为洛阳人也。……贞元十九年甲申岁，先殁于洛阳县温洛之私第，时年六十有三。今与夫人合葬幽冥，再调琴瑟，厝于洛阳城北十里之茔。择兆平原，礼也。”(《唐代墓志汇编》元和 006，第 1952 页)

36. 穆员《河南少尹裴公墓志铭》:“裴公讳济，字庄时，春秋五十，卒于京师靖安里之旅舍。明年夏四月朔，葬于绛州闻喜县之故原。”(《全唐文》卷七八四)

37. 穆员《监察御史裴府君墓志铭》："公讳某，字某。……以贞元六年秋八月庚申终于立德里之第，享年四十有五。明年辛卯，葬于首阳山之阳。"(《全唐文》卷七八四)

38.《河东裴公墓志铭》："公讳华，字华，其先绛州闻喜人也。……即以其年(元和十年)十一月十七日，卜葬于万年县长乐乡少陵原，权也。"(《唐代墓志汇编续集》元和059，第842页)

39. 韩愈《河南少尹裴复墓志铭》："公讳复，字茂绍，河东人。……遂以其日葬东都邙山之阴杜翟村。"(《唐代墓志汇编续集》元和010，第808页)

40.《故朝请郎行太原府文水县尉裴府君墓志铭》："公讳谊，字谊，河东人也。……以大和三年六月十六日，顷逝于文水县官舍，享年六十七。……以其年十二月九日，葬于河南府河南县梓泽乡宣武里，祔曾大父之茔东北，从宜也。"(《唐代墓志汇编》大和024，第2114页)

41.《唐裴氏子墓志铭》："有唐故侍御史裴公讳琚……贞元十七年，竟贬崖州澄迈县尉。至廿年十一月，终于南海。明年，灵䡊北归，至襄阳。夫人史氏在焉。……有一子，曰承章，………及护灵车由东洛将归京师，在路遘疾，若轻而未遽其夭也，至永宁，竟终焉，春秋廿矣。……以元和元年四月将柩至城，其年十一月廿六日归葬于城南，陪先父之茔，礼也。"(《唐代墓志汇编》元和008，第1954页)

42. 杜牧《唐故邕府巡官裴君墓志铭》："君讳希颜，字某。……穷居鄠县，饥寒余二十年，未尝出一言以愠不足。司农卿裴及为邕府经略史，辟君为从事，得南方疾归。大中二年某月日卒于其

家，享年若干。”(《全唐文》卷七五五)

43. 裴简《亡妻清河崔氏墓志铭》：“广夫人名某，姓崔氏。……元和九年春遘疾，其夏五月廿七日，夭于东都思恭里，享年廿有六。……北邙山之西原梓泽乡宣武，简曾大父贝州刺史府君之攸宅，秋七月廿八日，奉亲命以夫人祔于茔西一里所。”(《唐代墓志汇编》元和 073，第 1999 页)

44.《裴琪墓志铭》：“大唐河东裴氏室女曰琪……元和己亥十一月四日戊寅，终于白马津。以其年十二月九月癸丑，归葬邙山，祔先茔之末，礼也。”(《唐代墓志汇编》元和 137，第 2046 页)

45.《赠司空河东裴公墓志铭》：“公讳识，字通理，以咸通五年四月九日薨于庆州宁塞驿，享年六十九。……以其年八月十八日归祔于郑州□□县□□乡南。”[《新中国出土墓志》(河南第 1 册)374]

46.《故陆浑县令裴府君墓志铭》：“公讳行著，字长裕，河东闻喜人。……以大中四年二月二十九日终于东京正平里李氏之宾馆，享年五十有二。粤以其年四月十三日归葬于京兆府东县浐川乡郑村先户曹府君之茔侧。”(《唐代墓志汇编续集》大中 025，第 987 页)

47.《故太中大夫行中书舍人裴公之夫人彭氏墓志》：“以咸通二年正月廿七日，终于上都开化里之私第，春秋六十有一。以其年四月二十八日，归葬于东都河南府河南县平乐乡尚店村瀍涧里伯乐堨邙山之北原。”(《唐代墓志汇编》咸通 003，第 2381 页)

48.《裴阿八墓志铭》：“河东裴氏第二室女小号阿八，元和戊戌岁十二月五日，赵郡宁晋县君李夫人生于河阴县旅舍。开成丁巳岁六月十六日，殁于滑州使宅之深闺。……八月十一日祔于邙山先茔之后。”(《唐代墓志汇编》开成009，第2174页)

49.《唐故裴咸墓志铭》：“余一子曰咸，字迩思……年二十七，开成元年二月十一日，殁于河南府洛阳县德懋里之佛寺，其年四月三日，葬于偃师县亳邑乡北原，从先茔昭穆之序，礼也。”(《唐代墓志汇编续集》开成002，第925页)

50. 权德舆《裴公(倩)神道碑》：“公讳倩，字容卿，河东闻喜人。……以大历七年秋七月，考终命于长安光德里第，春秋若干，以某年月日，归全于万年县神禾原之大墓。”(《全唐文》卷五〇〇)

51.《汝州司法参军裴府君墓志铭》：“乙卯岁六月十九日……裴君卒于位……君名涓，河东闻喜人也。……以八月十一日陟于邙山之岗，卜于斯，厝于斯，植松柏于斯。”(《唐代墓志汇编》大历044，第1788页)

52.《故裴氏小娘子墓志铭》：“裴氏小娘子，小字太。其先河东闻喜人。……奄以大中四年五月八日终于解县之公署，年十有七。亲爱惋惜，为之奈何？定以其年十一月十六日，归葬于长安里御宿川神禾原，祔先茔之侧也。”(《唐代墓志汇编续集》大中027，第989页)

二、裴氏归葬及迁徙地的统计

毛汉光以《新唐书·宰相世系表》中所列著房支为纲，整理归纳史传及碑志资料，用力甚勤，纲目清晰，使读者一目了然，实现了他以房支为研究单位的预想。但所能利用的碑志有限，本文是对毛氏所用史料的补充，方法上容与毛氏略有区别，首先拟显示迁徙及归葬地的变化。

1. 河南府周围

墓主	葬地	葬时
裴嗣宗	河南府河南县	高宗乾封二年
裴令范妻李氏	洛州洛阳县	
裴自强	邙山	武后垂拱元年
裴　胤	洛州洛阳县	武后垂拱三年
裴　咸(思容)	北邙山	武周圣历元年
裴　昭	北邙山	睿宗景云二年
裴　抣(与夫人权氏)	河南县	玄宗开元九年
裴仲将(与夫人东光县主)	邙山	玄宗开元九年
裴　同	河南府河南县	玄宗开元廿一年
裴翁庆	邙山	玄宗开元廿二年
裴　肃	北邙山平乐原	玄宗开元廿二年
裴肃妻阳氏	北邙山平乐原	玄宗天宝十载
裴　宥	洛阳	玄宗开元廿七年
裴　坦(与夫人李氏)	邙山	玄宗开元廿九年
裴　琨	河南府河南县	玄宗天宝四载

续表

墓主	葬地	葬时
裴　镐	北邙山	玄宗天宝三载
裴处琎(与夫人赵氏)	河南县	玄宗天宝十二载
裴　铣	河南县	玄宗天宝十三载
裴处士	偃师首阳	德宗贞元四年
郎中裴府君(夫人皇甫氏)	翟村王师地	肃宗上元二年
裴　适	河南县	代宗大历十四年
裴孝仙(与夫人诸葛氏)	洛阳	德宗贞元十九年
裴府君	首阳山	德宗贞元六年
裴　复	邙山杜翟村	宪宗元和三年
裴　谊	河南县	文宗大和三年
裴简妻崔氏	北邙山	宪宗元和九年
裴　琪	邙山	宪宗元和十四年
裴阿八	邙山	文宗开成二年
裴　咸(迩思)	偃师县	文宗开成元年
裴　涓	邙山	代宗大历十年
裴遵庆	东都万安山	代宗大历十一年
裴　会	东都万安山	德宗贞元九年
裴公妻彭氏	河南县	懿宗咸通二年
裴　识	郑州	懿宗咸通五年

2. 京兆府周围

墓主	葬地	葬时
裴可久	京兆朱坂	高宗咸亨四年
裴　瑾	万年县	玄宗开元廿四年
裴　稹	长安神禾原	玄宗开元廿九年
妻郑氏		玄宗天宝十四载
裴利物(与夫人窦氏)	三桥龙尾原	肃宗乾元二年
裴　冕	京城南华原	代宗大历五年
裴　回	凤栖原	玄宗天宝二年
裴　华	万年县	宪宗元和十年
裴　琚	京师城南	
裴承章(裴琚子)	京师城南	宪宗元和元年
裴希先(与夫人永年郡主)	长安少陵原	德宗贞元七年
裴　倩	万年县神禾原	代宗大历七年
裴氏小娘子	长安御宿川	宣宗大中四年
裴希惇	咸阳北原	中宗景龙二年
裴希颜	鄠县	宣宗大中二年
裴行著	京兆府浐川乡	宣宗大中四年

3. 河东及附近地区

墓主	葬地	葬时
裴　皓	绛州闻喜县	高宗龙朔三年
郑华儿(裴皓夫人)	绛州闻喜县	武周圣历二年
裴行俭	闻喜县	高宗永淳元年
裴光庭	闻喜	玄宗开元廿一年
裴耀卿	绛州稷山县	玄宗天宝三载
裴　济	闻喜	
裴　可	潞州壶关	武周天授二年
乐　氏(裴可夫人)	潞州	武周天授三年
裴崇礼	潞府上党县	玄宗开元廿六年

4. 其他地区

墓主	葬地	葬时
裴　昌	上元县凤台乡	宪宗元和十五年

夫妻合葬者共十对，提到丈夫葬地，但未提到妻之葬时葬地者有二例，按照丧葬礼俗，如无意外，都应与夫合葬，故本统计共涉及六十七人，其中归葬地迁往河南府及周围地区的竟高达四十人之多，归葬地迁往京兆府及周围地区者有十八例，归葬地仍留于河中府者六例，潞州三例。

关于这个统计表，还有几点需要说明：第一，表中一般均为裴氏墓主，故与文章讨论的主题是一致的，但其中亦有几方墓志是关于他姓女子婚于裴氏者，选择这部分是有条件的，即满足“合祔”或“归葬”，始可列入。第二，从墓志中可以看出，卒于某地与葬于某地往往不同，故本表所列大多数为归葬地，但有些标明“权厝”“权窆”，而实际上因为诸种原因，并未归葬者，则视墓志中的权厝、权窆为葬地。第三，同样的情况是，卒(薨)时与葬时也并非一回事，有时是在同一年内，有时则跨年，甚至会拖延很长时间才完成归葬之举。本文只取归葬时间，但具体到年，以便观测迁徙的时代变化。第四，将葬地视为迁徙者的“新贯”，其理由毛汉光先生文中曾有详论，此不再赘述。

三、统计结果的分析

根据以上墓志所见河东裴氏人物归葬地的统计，可以看出归葬地实际上成为墓主新的活动中心，举凡田产、坟茔、旧宅都集中在附近，而家族的聚会、祭祀等活动亦当在此新地展开，换言之，归葬地几乎等于“新贯”。从某种意义上说，隋唐时代的“双家型态”——农村与城市或郡望与新贯，其中的农村或郡望几乎变成了一个遥远的精神符号，对于族中后裔来说，它既神秘又遥远，渺不可及，而实实在在的就是这个新贯。

刘秩在论选举制度的变迁时指出：“隋氏罢中正，举选不本乡曲，故里闾无豪族，井邑无衣冠，人不土著，萃处京畿。”①按

① 《通典》卷一七《选举五》，第1册，北京：中华书局，1988年，第417页。

照杜佑的解释："当时之制，尚书举其大者，侍郎铨其小者，则六品以下官吏，咸吏部所掌。自是，海内一命以上之官，州郡无复辟署矣。（自后魏末、北齐以来，州郡僚佐已多为吏部所授，至隋一切归在省司。）"①《武公夫人裴氏墓志》："夫人裴氏，河东人也。远祖因宦迁家，今为洛州洛阳人矣。"②《前试左兵曹参军裴公墓志铭》："公讳孝仙，先代河东人也。……祖讳景……遂因行宦乃为洛阳人也。"③本文所统计之裴氏归葬地迁往洛阳、长安两京数量如此巨大，再次印证《通典》所论之精深。

陈寅恪《论李栖筠自赵徙卫事》及《李德裕贬死年月及归葬传说辩证》，作为对赵郡李氏迁徙及对李德裕归葬的个案研究，无疑是非常精审的，其方法论的意义本文开始已论及，但是否具有普遍性，尚有待检验。以本文所检裴氏墓志铭来看，缘于安史之乱所导致的归葬地迁徙几乎很少。战争与迁徙有密切关系，笔者亦极关注④，但这里所检视的五十多方墓志，提及因战争迁徙归葬地的极少，而提及因仕宦迁徙的则很多，这是应该指出的。

毛汉光指出："士族由原籍迁徙到新地方，并以这个新地方为其家族的重心，本文有三个标杆以探索之。其一，归葬之地；其二，两《唐书》列传中的籍贯；其三，《新唐书·宰相世系表》中

---

①《通典》卷一四《选举二》，王文锦等点校本第1册，第342页。毛汉光亦曾引述严耕望论两汉、魏晋南北朝与隋唐三个时期选举之演变，参见严耕望《治史经验谈》，台北："商务印书馆"，1981年，第14—15页；毛汉光《中国中古社会史论》，第243页。

②《唐代墓志汇编》下册贞元132，第1594页。

③《唐代墓志汇编》下册元和006，第1952页。按《汇编》"洛"作"汝"，疑误。

④ 参见本书第五章《唐代文学士族的迁徙流动》的有关内容。

迁徙记载。”①毛氏还进一步指出士族新籍贯与葬地是重合的，这些看法无疑是正确的。但需要指出的是，新贯与士族成员的迁徙地仍然是有区别的，经过若干代之后，子孙因仕进、贬谪或战乱再次远离新贯，而流动到另外一个新的居住地。从本文第一节所引文献可以看出，卒地与葬地多非一处，卒时与葬时几历经年。由卒地迁柩只有极少数归祔到原籍（郡望），大多迁祔于新贯。如裴琚“贞元十七年，竟贬崖州澄迈县尉，至廿年十一月，终于南海。明年，灵輀北归，至襄阳……由东洛将归京师……归葬于城南”②。又如赵沃心妻裴婉终于长沙，“权窆于长沙。属中原多故，未克返葬。大历中，母兄谏议大夫虬孝思罔极，改兆先茔，遂迁五父之衢，将置万家之邑，以夫人夫族凋落，禋祀无主，永念同气，幽沦异乡，乃命犹子继宗远赴江潭，归榇巩洛，舟车万里，旌旐双悬。以大历十三年十一月七日合祔于邙山北原次（父）中丞府君茔侧”③。故如果不是从教条出发，而是从材料出发来考察裴氏的迁徙地，应该是：郡望—新贯—现住地。准确地讲，唐代裴氏有相当部分成员不是“双家型态”，而是“三家型态”或“多家型态”。唐代是由中古社会向近古社会转型的一个关键时期，近代社会流动移徙的一些新特点已在此初露端倪。

从墓志铭中亦可窥出新贯的确立过程，如裴稹志中称：“其先葬于闻喜之东凉原也。即以辛巳岁二月癸丑廿日壬申，旋窆于长安万春乡神禾原，礼也。”谓其可能要归葬闻喜。但在其妻郑氏

① 毛汉光《中国中古社会史论》，第 245 页。

②《唐代墓志汇编》下册元和 008，第 1954 页。

③《唐代墓志汇编》下册大历 073，第 1813 页。

墓志中则变成："先府君以开元二十八载十二月十九日弃背，迁窆于神禾之原。议者以为岁月未通，合祔非古，即用今载(天宝十四载)八月十五日安厝于旧茔之傍。"该碑石出土于陕西长安县，则其合葬地并未回归闻喜，而是选择了新贯所在地的长安。虽可能含有某种无奈，但却是完整的事实。而其子裴倩卒后"归全于万年县神禾原之大墓"①，说明这一家族新贯已完全确立。又，《河东裴公墓志铭》中说裴适卒于东都，权窆于河南县梓泽乡，"从其便也。盖欲归于秦焉。"但碑石出土于河南，说明迁归未果，终葬地变成了洛阳。

从本文所统计及毛汉光先生文之归纳都可以看出，裴氏在中央化与官僚化过程中，设籍两京比滞留原籍者多出许多倍，两京之中，河南府洛阳比京兆府长安又多出若干倍，毛汉光先生已经注意到此点，并认为导致此种情况者，除经济因素外，还有社会因素。从北魏迄隋唐，洛阳已成为一个重要的社会中心②。所论极是，惜言之过简，未能就此点展开申述。

洛阳居天下之中，故人称中州之地，河图洛书之传说使其变成中古时期宅京之重要选择。"洛阳自为都，二千有馀年。举步图籍中，开目古今间。"③

洛阳自隋唐以来因大运河的开通疏浚，在交通上不仅可以控扼东西，而且可以宰制南北。"国之中洛，王者上地，均诸侯之

---

① 分别见《唐代墓志汇编》下册开元523，第1516页；《唐代墓志汇编续集》天宝108，第661页；《全唐文》卷五〇〇。

② 毛汉光《中国中古社会史论》，第334页。

③ 邵雍《击壤集》卷一《寄谢三城太守韩子华舍人》。

赋，当天下之枢，陆行漕引，方舟击轪，费省万计，利逾十倍。”①

洛阳与河东之绛州仅一河之隔，往来便利，比起关中道之京兆长安，距离更近，联系更方便。

士族制度源于东汉时期，而河东裴氏的崛起亦在两汉时期，裴氏三祖出现于汉末魏时，八裴方于八王的称誉也出现于西晋时期，所谓的“魏分三祖，晋方八王”②。而洛阳乃东汉与西晋之首都，故裴氏之发迹与鼎盛，与洛阳有千丝万缕之联系，以其祖先之迁徙地为其新贯，从心理上说，亦较容易接受。

南北朝时期，洛阳之文化地位远比长安重要。在南北比较中，洛阳几成了北方的代名词，南方文化向北播迁，大多是经洛阳中转再传到长安。隋唐时期，洛阳的文化中心地位非但没有减弱，反而更加被强化，东西两京并置，天子就食洛阳，科举之东西监，足以使人们更倾向于以洛阳为新贯或迁徙地。所谓“古来利与名，俱在洛阳城”③，既说明洛阳作为文化中心的意义，又可解释裴氏成员多迁徙洛阳的原因。

迁徙地或原籍的丧葬地（即所谓的“祖茔”或“先茔”）除因先祖设定而后代必须归祔外，另外其地亦多卜择于山川形势、风水龙脉均佳的地点，“陵墓所安，必资胜地，后之胤嗣，用托灵根。或有不安，后嗣亦难长享。”“若葬得其所，则神安后昌；若葬失其宜，则神危后损。”④于是洛阳之北邙山，长安之神禾原、凤栖

---

①《全唐文》卷二五三苏颋《幸东都制》，第3册，第2565页下。

②《唐代墓志汇编》下册开元523，第1515页。

③《全唐诗》卷七二五于邺《过洛阳城》，第21册，第8317页。

④《旧唐书》卷一九一《方伎·严善思传》，第16册，第5103页。

原等地便成为营葬者的首选。王建《北邙行》中说："北邙山头少闲土，尽是洛阳人旧墓。旧墓人家归葬多，堆着黄金无买处。天涯悠悠葬日促，冈坂崎岖不停毂。高张素幕绕铭旌，夜唱挽歌山下宿。洛阳城北复城东，魂车祖马长相逢。车辙广若长安路，蒿草少于松柏树。涧底盘陀石渐稀，尽向坟前作羊虎。谁家石碑文字灭，后人重取书年月。朝朝车马送葬回，还起大宅与高台。"①记述归葬风气的盛行。张籍《北邙行》："洛阳北门北邙道，丧车辚辚入秋草。车前齐唱薤露歌，高坟新起日峨峨。朝朝暮暮人送葬，洛阳城中人更多。"②俗所谓"北邙山上卧不下一头牛"，亦指这种盛况。从本文所列裴氏归葬地亦能印证此一历史现象。

裴氏人物中虽亦有流寓江南，卒于江南者，但墓志中极少有葬于江南者，说明裴氏对南方地区的认同性仍然非常有限，这也是一个极有意思的现象。

毛汉光先生说士族在安史之乱已基本完成设籍，他将此定为士族著房支完成新贯迁徙的下限，自然有其统计的依据，但若以个人而言，设籍两京之事贯穿于整个唐代，从数量上中晚唐或许略少于初盛唐，但这个比例仍不应被忽略。

本章的结论

一、通过对裴氏归葬地的分类统计发现，裴氏的归葬地主要

---

①《全唐诗》卷二九八，第9册，第3375页。

②《全唐诗》卷三八二，第12册，第4283页。

集中在河南府、京兆府及河东附近，其他地区极少。

二、归葬地的变迁显示出家族活动重心的转移，郡望—新贯—现住地，这一结构说明裴氏不仅具有“双家型态”，而且具有“三家型态”或“多家型态”。

三、归葬地及新贯以河南府洛阳最多，显示出洛阳作为政治文化中心由来已久，裴氏之兴盛与洛阳有密切关系。

四、裴氏葬于江南者极少，说明裴氏对南方地区的认同性仍非常有限。

附论三　裴氏与佛教信仰

陈寅恪在《陶渊明之思想与清谈之关系》一文中指出："盖研究当时士大夫之言行出处者，必以详知其家世之姻族连系及宗教信仰二事为先决条件，此为治史者之常识。"①陈先生此文及《天师道与滨海地域之关系》即为研究魏晋南朝宗教信仰与士大夫家世的两篇精彩之作，说明"地域熏习，家世遗传"与宗教信仰往往密不可分②。陈先生还说："魏、晋、南北朝之学术、宗教皆与家族、地域两点不可分离。"③检视唐代士族宗教信仰与家世密不可分者，例证亦极多。论者经常提及的如王维之母崔氏夫人奉佛，"(王)维弟兄俱奉佛，居常蔬食，不茹荤血，晚年长斋，不衣文彩……在京师日饭十数名僧，以玄谈为乐。斋中无所有，唯茶铛、药臼、经案、绳床而已。退朝之后，焚香独坐，以禅诵为事。妻亡不再娶，三十年孤居一室，屏绝尘累。乾元二年七月

---

①《金明馆丛稿初编》，上海：上海古籍出版社，1980 年，第 204 页。
②《金明馆丛稿初编》，第 19 页。
③《隋唐制度渊源略论稿》，第 17 页。

卒。临终之际，以缙在凤翔，忽索笔作别缙书，又与平生亲故作别书数幅，多敦厉朋友奉佛修心之旨。”①“缙弟兄奉佛，不茹荤血，缙晚年尤甚。”②其母去世后，他们上表请以辋川宅第为佛寺，即后来的清源寺③。

一、裴氏家族成员对佛教的弘阐

唐代家世奉佛的不止王氏家族，河东裴氏家族中人数亦极多。如裴休与华严宗又传禅宗的宗密关系密切，江西马祖道一在洪州弘阐佛法时曾受到他的资助，洪州禅系的希运亦受到他的支持。他在《圭峰禅师碑铭》中说自己与宗密的关系是“于法为昆仲，于义为交友，于恩为善知识，于教为内外护”④。不仅自己对禅宗有精深研究，而且利用其特殊地位成为名副其实的“外护”⑤。兹篇就碑志所见有关裴氏佛教信仰之材料，参之以史传文献，希望不仅对理解裴氏之佛教信仰有所助益，亦能略窥唐代士族信仰之一斑。

《旧唐书》卷一七七《裴休传》：

> 家世奉佛，休尤深于释典。太原、凤翔近名山，多僧寺。视事之隙，游践山林，与义学僧讲求佛理。中年后，不

---

①《旧唐书》卷一九〇下《文苑下・王维传》，第15册，第5052—5053页。

②《旧唐书》卷一一八《王缙传》，第10册，第3417页。

③《新唐书》卷二〇二《文艺中・王维传》，李肇《唐国史补》卷上。

④《全唐文》卷七四三，第8册，第7694页。

⑤ 参见杨曾文《唐五代禅宗史》，北京：中国社会科学出版社，1999年，第405页。

> 食荤血，常斋戒，屏嗜欲。香炉贝典，不离斋中，咏歌赞呗，以为法乐。与尚书纥干臮皆以法号相字。时人重其高洁而鄙其太过，多以词语嘲之，休不以为忤。①

裴休与寺僧知玄友善，共同激扬中兴教法，“裴镇荆门，玄游五台山，路出渚宫，赠遗初无所取。裴知其俭约，密遣人沿路以供之，若苏秦遣舍人阴资奉张仪也”②。裴休在刺洪州时，向洪州禅派的宗师马祖道一躬勤资禀，两人经常讨论禅法，直至深夜，心与境寂，道随悟深。后休移治庐江、寿春，仍非常关心道一的弘法事业③，对洪州禅在江西的发展起了重要的促进作用。他还与荆州天皇寺道悟、大沩山灵祐、东都封禅寺圆绍、杭州千顷山楚南、洪州黄檗山希运、越州诸暨保寿院神智等高僧过从甚密。其中道悟、灵祐、希运都是禅宗发展史上的重要人物，说明裴休与南宗禅有密切关系。他解释宗密的佛学思想说：

> 夫一心者，万法之总也，分而为戒定慧，开而为六度，散而为万行。万行未尝非一心，一心未尝违万行。……故自心而证者为法，随愿而起者为行，未必常同也。然则一心者，万法之所生，而不属于万法。得之者则于法自在矣，见之者则于教无碍矣。本非法，不可以法说，本非教，不可以

① 又见《新唐书》卷一八二《裴休传》。
② 《宋高僧传》卷六，范祥雍点校本上册，北京：中华书局，1987 年，第 132 页。
③ 《宋高僧传》卷一〇，范祥雍点校本上册；又参见拙著《马祖道一大师传》，台北：佛光出版社，1998 年，第 221—222 页。

教传，岂可以轨迹而寻哉？……故大师之为道也，以知见为妙门，寂静为正味，慈忍为甲盾，慧断为剑矛。破内魔之高垒，陷外贼之坚阵，镇抚邪杂，解释缧笼。遇穷子则叱而使归其家，见贫女则呵而使照其室。穷子不归，贫女不富，吾师耻之。三乘不兴，四分不振，吾师耻之。忠孝不并化，荷担不胜任，吾师耻之。避名滞相，匿我增慢，吾师耻之。①

《宋高僧传》的作者赞宁评论说："河东相国之论撰，所谓极其笔矣。"②

裴宽则与兴唐寺的普寂交往过密，普寂是北宗禅神秀的弟子，开元二十七年，普寂圆寂时，"及葬，河南尹裴宽及其妻子，并缞麻列于门徒之次。倾城哭送，闾里为之空焉。裴尹之重寂，职有由矣。寂之阐化，神异颇多，裴皆目击，又得心印，归向越深。时多讥诮，裴日夕造谒，执弟子礼曾无差脱。一日诣寂，寂悬知弟子一行之亡。及寂之终灭，裴之悲恸若丧所亲，缞绖徒步出城，妻子同尔，搢绅之讥生于是矣。"③

此外如裴通与西堂智藏、裴枢与灵隐山道标、裴清与佛川寺慧明、裴儆与香山寺惟实等，俱有交往请益。

宰相裴垍之子裴处休，"少嗜天竺法，虽宰相子，顾轩冕如缨罗耳。由是自并州掾肆志丘樊，灰心名利，绝荤茹，读佛书者

---

①《全唐文》卷七四三，第 8 册，第 7692 页下—7693 页上。

②《宋高僧传》卷六，范祥雍点校本上册，第 127 页。

③《宋高僧传》卷九，范祥雍点校本上册，第 199 页。

五纪。君子以为难。”①

二、裴氏家族女性对佛教的修持

裴氏信仰佛教的另一个特点是家族女性对佛教义理有很深了解，并能虔诚修持。如海州刺史裴克谅妻李娥，为赞皇李氏，赵郡高邑人，并且是“相门女，邦君妻。不以华贵骄人，能用恭俭克己。抚下若子，敬夫如宾。衣食之余，傍给五服亲族之饥寒者；又有余，散霑先代仆使之老病者；又有余，分施佛寺僧徒之不足者。浣衣菲食，服勤礼法。礼法之外，讽释典，持真言，栖心空门，等观生死。故治家之日，欣然自适。捐馆之夕，恬然如归”②。裴遘妻李氏，是敦煌姑臧人，“早游禅域，深入妙门，出有为而持心印，外法相而无枝叶，既博达一乘，欲该通二教。遂迹探负扃，志慕悬壶。同毛女却粒，蹈麻姑前武。后乃神逃身世，性入希夷，以味道为归根，浮生为泡幻”③。李氏学禅探玄，道释双达，说明有很高的修为与悟性。士族家庭，女子亦能受到良好教育，长期熏习，故能对禅学有深刻感悟。穆宁妻裴氏“晚年学道于圣善寺法疑大师，所受方便平等，则家政也；忍辱慈悲，则素行也；真如正觉，则天性也。皆异积旧习，彼于德施，尽大师之法”④。又如王同人夫人裴氏“诗书礼乐，无不明闲。手

---

①《唐代墓志汇编续集》咸通094《孙虬故室河东裴氏墓志铭》，第1107页。

②《白居易集笺校》卷六八《海州刺史裴君夫人李氏墓志铭》，第3656页。

③《唐代墓志汇编》下册天宝242《裴公故夫人陇西县君李氏墓志铭》，第1699页。

④《全唐文》卷七八五穆员《裴氏元堂志》，第8216页上。

自缮写《法华经》，演钞金刚、华严、涅槃奥义，比廿余载，志求无上道，外荣华，去滋味，厌服锦绣，不茹熏辛，虽处居家，常修梵行，每禅家皆多法乐，说经论广劝童蒙，尝谓女于氏二娘嗣子涣：吾久依止福寂和上，彼岸者降伏其心，心是道场，如如不远，伏惟证密行矣，登正觉耶？”①裴倩母郑氏夫人“高晤玄微，深穷旨赜，常希潜运之力，用孚胎教之功。每占熊有期，设弧及月，辄严室斋戒，手写真经，竭力匮财，无非佛事。”②裴氏女性还有落发为尼者。如裴光庭之曾孙女就观空悟真，捐俗从道，弃铅华而甘心落发，取法号正性，“阇梨初于上都法界寺，尝云清净者心，心常解脱，故生不居伽蓝之地；严饰者相，相本无形，故没不建荼毗之塔。从始愿也”③。既落发披袈裟，舍家求佛，又不愿受严格的戒律，生不居佛寺，死不埋佛塔，行径近于在家修行的女居士。也有因遭遇生死等突然变故而遁入空门者，如于公夫人裴氏因丈夫去世，从此“不膏不沐，归心禅门，空花上乘，戕喻下脱”④。

与此相反，裴行俭的继室厍狄氏（即裴光庭之母），因读《信行禅师集》，深慕其道，永期尊奉，葬后并未与夫合葬，而是葬于终南山鸱鸣堆信行禅师灵塔之后，理由是：“古不合葬，魂无不之，成遗志也。”⑤又有太常协律郎裴某妻贺兰氏卒后“迁殡于鸱鸣堆，实陪信行禅师之塔，礼也。夫坦化妙域，归真香茔。衡

①《唐代墓志汇编》下册天宝078《裴郡君夫人墓志铭》，第1578页。

②《唐代墓志汇编续集》天宝108《郑氏夫人墓志铭》，第661页。

③《唐代墓志汇编》下册贞元029《法界寺比丘尼正性墓志铭》，第1858页。

④《唐代墓志汇编》下册天宝231《于公故夫人裴氏墓志铭》，第1692页。

⑤《文苑英华》卷八八三张说《尚书赠太尉裴行俭神道碑》，第6册，第4656页。

之冥果，则已无量”①。看来也是信行禅师的一位虔诚信徒。

按，唐代长安墓志中多次提到信行禅师，据田休光所撰《净域寺故大德法藏禅师塔铭并序》知：“自佛般入涅槃，于今千五百年矣，圣人不见，正法陵夷，即有善华月法师乐见离车菩萨，愍兹绝纽，并演三阶，其教未行，咸遭弑戮。有隋信行禅师与在世造舟为梁，大开普敬认恶之宗，将药破病之说，撰成数十余卷，名曰《三阶集录》。禅师靡不探赜索隐，钩深致远，守而勿失，作礼奉行。”②信行禅师乃魏郡王氏子，初住相州法藏寺，隋开皇初，被召入京，撰《对根起行三阶集录》等四十余卷，并在京师立寺五所，亲率法侣六时礼旋，乞食为业。开皇十四年正月寂灭，寿五十四。他被尊为三阶教之开山祖，徒众甚多，隋唐诸帝，曾忌其得众，视其为异端，屡敕禁断，直到安史之乱后，始渐消歇。另一说一直到唐末宋代始衰灭③。墓志中提及卒葬于信行禅师灵塔附近的还有：梁寺与夫人唐氏垂拱四年合葬于终南山楩梓谷口信行禅师林侧，陪大父之旧茔④；梁师亮万岁通天二年葬于终南山至相寺楩梓谷信行禅师塔院之东，陪先茔⑤。则梁寺夫妇与梁师

---

①《唐代墓志汇编》上册开元044《裴公故妻贺兰氏墓志铭》，第1184页。

②《唐代墓志汇编》上册开元037，第1180页。

③ 参见比丘明复编《中国佛学人名辞典》，北京：中华书局，1988年，第241页。另见日人西本照真《三阶教研究》（稿本），他的相关的一组论文刊载于《中外日报》2001年11月6日。又，关于唐代女性追随信行禅师，修习三阶教，笔者曾据新见石刻文献，撰《新见唐代安优婆姨塔铭汉文部分释读》，对此现象有较细致讨论，刊《文献》2020年第3期，又收入拙著《摩石录》（台北：联经出版公司，2020年），可参读。

④《唐代墓志汇编》上册垂拱065《梁府君并夫人唐氏墓志铭》，第775页。

⑤《唐代墓志汇编》上册万岁通天017《梁君墓志铭》，第900页。

亮皆因先茔在禅师塔附近，所以迁祔于此，或许祖上选择卒葬地时亦因信奉三阶教而陪葬于教祖。此推测虽不能确定，但裴光庭之母与裴某妻贺兰氏所葬确实是因信仰虔诚，可见信行禅师及三阶教在唐前期的长安影响确实很大。

裴氏家族成员对佛教的信仰还可从命名称谓中略窥一二。如适唐高祖之女临海公主的裴律师，裴嗣宗之父裴灌顶，又如韦项之妻裴觉，字宝真空，她“志尚闲素，心存周急，虽克享兼禄，而食无重味；虽金玉满堂，而施惠滋广。遂归心释氏，不茹于荤，大厌苦集，都忘尘累，有高僧释善福者，以慈摄应，忽振锡而来仪，夫人稽首礼足，因请受菩萨诫，乃发大誓愿，愿与三代诸佛同一道而诣真乘。”①名以正体，字以表德，皆与佛教信仰有关。

裴氏家族有如此多的人信仰佛教，主要因隋唐时期佛教兴盛，传播广远，两京地区寺院林立，河东与两京相距不远，裴氏成员或居留闻喜，或迁徙两京，都会受到佛教的影响；裴氏家族文化修养很高，家庭成员可以通过自己阅读释典而对佛教产生浓厚兴趣；一旦尊长有此信仰，特别是母亲奉佛，对子嗣就会产生潜移默化的影响，所谓地域熏习，家世遗传，其来有渐，从宗教信仰一端，亦可印证此说不谬。

---

①《唐代墓志汇编》上册景龙019《故魏国太夫人河东裴氏墓志铭》，第1092页。

本章的结论

一、河东裴氏家族中信仰佛教者极多。

二、家族女性对佛教义理亦有很深了解，并能虔诚修持，甚至愿葬于信行禅师灵塔附近，以示虔诚。

三、裴氏之奉佛与家族成员文化修养较高有关，父母奉佛对子女会产生潜移默化的影响。

附论四　唐代杜氏在长安的居所

按照唐人柳芳《姓系论》的解释，京兆杜氏属关中郡姓①，长安为唐代政治文化中心，所以杜氏在中央化、官僚化过程中不必像其他士族为科举仕宦而大规模迁徙②，其在长安及附近地区的居住生活有更大的稳定性。学术界对杜氏家族的研究多侧重政治、文化、学术、文学等方面的活动，而对作为以上诸方面的活动舞台——居所（包括郊居），关注较少。笔者试图对涉及此问题的有关史料进行勾勒梳理，以期能深化对杜氏的认识。

一、材料叙说

关于杜氏研究的材料，大致可粗略分为族性研究、著作研

---

①《全唐文》卷三七二《姓系论》，北京：中华书局，1983 年，第 3779 页上。《新唐书》卷一九九《儒学中·柳冲传》，北京：中华书局，1975 年，第 5678 页。

② 中央化与官僚化的论述参见毛汉光《从士族籍贯迁移看唐代士族之中央化》，《史语所集刊》第 52 本第 3 分，1981 年；又载其著《中国中古社会史论》，上海：上海书店出版社，2002 年，第 329—333 页。

究、人物研究、生活环境研究等。

有关杜氏族性谱系的研究，较系统的资料为《元和姓纂》①、《新唐书·宰相世系表》②、《古今姓氏书辩证》③等，另外，有杜信撰《唐杜氏家谱》，仅见于著录④，原书疑已佚。王力平《中古杜氏家族的变迁》一书也涉及对杜氏不同房望的叙述。

有关杜氏人物著作的研究，主要集中在杜甫及诗集研究、杜佑及《通典》研究、杜牧及《樊川诗文集》研究、杜光庭及《神仙感遇传》等的研究，杜氏人物主要与著作的传世有关，没有著作而以事功或其他成就为后世所知者较少。

有关杜氏居住及活动环境的文献，除以上杜氏人物的著述外，主要集中在《全唐诗》《全唐文》之中，另外《旧唐书》《新唐书》《太平广记》中亦间有记载，《两京新记》《游城南记》《长安志》《雍录》《关中胜迹图志》等，特别是《唐两京城坊考》⑤将一些重要居住地标出。更为重要的是20世纪以来大量出土的唐代墓志，亦时时涉及居住地和丧葬地，本文主要以周绍良、赵超所编《唐

① 岑仲勉《元和姓纂四校记》，台北：《国立中央研究院史语所专刊》之29，北京：商务印书馆，1948年；郁贤皓、陶敏整理《元和姓纂（附四校记）》，北京：中华书局，1994年。

② 沈炳震《唐书宰相世系表订讹》（二十五史补编本，6册），特别是赵超《新唐书宰相世系表集校》（中华书局，1998年），为阅读《世系表》的重要参考书。

③《古今姓氏书辩证》，文渊阁四库全书本，922册。

④《直斋书录解题》卷八："《唐杜氏家谱》一卷，唐太子宾客杜信撰。"（上海古籍出版社，1987年，第229页）《宋史》卷二〇四《艺文志三》："杜信《京兆杜氏家谱》一卷。"（中华书局，1977年，第5150页）《通志·艺文略四》："《京兆杜氏家谱》一卷。"（《通志二十略》，北京：中华书局，1995年，第1590页）

⑤ 常见的版本及研究成果有方严点校《唐两京城坊考》（下简称《城坊考》），北京：中华书局，1985年；李健超《增订唐两京城坊考》，西安：三秦出版社，1996年；杨鸿年《隋唐两京坊里谱》（下简称《坊里谱》），上海：上海古籍出版社，1999年。

代墓志汇编》(下简称《汇编》)及《唐代墓志汇编续集》(下简称《续集》)①为考察对象。

另外，日本学者平冈武夫所编《唐代的长安与洛阳》之《资料篇》《地图篇》②，不仅荟萃了大量资料，而且对唐代长安坊里、城南名胜都有扼要介绍。史念海先生主编《西安历史地图集》③亦有多幅图涉及唐代文人生活，后出转精，科学准确。妹尾达彦《唐代长安近郊的官人别庄》《白居易与长安·洛阳》等著述④亦给本文以方法论上的启示。笔者在编纂《唐代园林别业考录》⑤过程中亦钩稽了不少资料。以上文献均为本项研究奠定了一个坚实的基础。

二、《唐两京城坊考》等文献所记杜氏在长安城中的居所

主人	地点	出处	说明
杜　佑	安仁坊	《城坊考》卷二第 37 页	

---

① 周绍良主编《唐代墓志汇编》，上海：上海古籍出版社，1992 年；周绍良、赵超主编《唐代墓志汇编续集》，上海：上海古籍出版社，2001 年。

② [日]平冈武夫编《唐代の长安と洛阳》之《资料篇》《地图篇》，京都大学人文科学研究所，同朋舍，1956 年；上海古籍出版社影印，1991 年。

③ 史念海主编《西安历史地图集》，西安：西安地图出版社，1996 年。

④ [日]妹尾达彦《唐代长安近郊の官人别庄》，载唐代史研究会编《中国都市の历史的性格》，1988 年；[日]妹尾达彦《白居易と长安·洛阳》，载《白居易研究讲座》第 1 卷《白居易の文学と人生 I》，勉诚社，1993 年。

⑤ 李浩《唐代园林别业考录》，上海：上海古籍出版社，2005 年。

续表

主人	地点	出处	说明
杜鸿渐	长兴坊	《城坊考》卷二第 43 页	
杜　亚	永崇坊	《城坊考》卷三第 66 页	
杜行方	升平坊	《城坊考》卷三第 80 页	
杜从则	修行坊	《城坊考》卷二第 80 页	
杜元徽	居德坊	《城坊考》卷四第 124 页	
杜 悰	崇仁坊	《城坊考》卷三第 54 页	娶宪宗第六女岐阳公主，此即岐阳公主宅
杜　亚	永命坊	《坊里谱》第 29 页	按《城坊考》卷三载永崇坊有杜亚宅，此据《全唐文》卷四九七权德舆《杜公神道碑》谓其终于“京师永命里”，但其他史料均未提及“永命里”，疑即永崇之讹
杜　牧	安仁坊	《坊里谱》第 80 页	即杜佑宅所在地。参见《全唐文》卷七五三杜牧《上宰相第二启》等
杜子休	崇义坊	《坊里谱》第 263 页	
杜　公	辅兴坊	《坊里谱》第 395 页	嗣子为杜文章

因所翻检到的文献有限，仅就《唐两京城坊考》及《隋唐两京坊里谱》所录而言，杜氏在长安城中的居住看不出特别之处。有在城西，如房州刺史杜元徽宅所在的居德坊；有在城东，如同州

司兵参军杜行方宅所在的升平坊。另，据《城坊考》还知，在曲江附近和延福坊分别有杜氏家庙，东市有杜氏旗亭。其中家庙当与家族祭祀等宗族礼仪活动有关。

三、文献所见杜氏的郊园与别业

名称	位置	园主	出处	说明
杜公池亭	朱　坡	杜　佑	《全唐诗》卷五三三许浑《朱坡故少保杜公池亭》	
杜相公别业	樊　川	杜鸿渐	《全唐诗》卷二三七钱起《题樊川杜相公别业》	园主考证见傅璇琮《唐代诗人丛考》(北京：中华书局，1980年，第439页)
杜郊公林亭	城　南	杜　悰	《全唐诗》卷五七九温庭筠《题城南杜郊公林亭》	园主考证见曾益《温飞卿诗集笺注》(上海古籍出版社，1980年，第115页)
新丰里幽居	新丰里	杜宾客	《全唐诗》卷五〇七蒋防《题杜宾客新丰里幽居》	
杜舍人林亭		杜舍人	《全唐诗续拾》卷一六钱起《题杜舍人林亭》	骆天骧《类编长安志》卷九《胜游·樊川·范公五居》(北京：中华书局，1990年，第278—279页)引，疑在城南樊川

续表

名称	位置	园主	出处	说明
杜城郊居	启夏门南十有六里	杜　佑	《全唐文》卷四七七杜佑《杜城郊居王处士凿山引泉记》	又见《全唐文》卷四九四权德舆《司徒岐公杜城郊居记》，卷六一三武少仪《王处士凿山引瀑记》，《全唐诗》卷五三三许浑《朱坡故少保杜公池亭》
杜城别墅	杜　城	杜　佑	《旧唐书》卷一四七《杜佑传》	又见《全唐诗》卷五三三许浑《朱坡故少保杜公池亭》
樊川别墅	樊　川	杜　佑	《旧唐书》卷一四《宪宗本纪上》	又见《全唐诗》卷五三三许浑《朱坡故少保杜公池亭》

四、杜城郊居的园林史定位

有关杜城郊居的记载主要见诸杜佑《杜城郊居王处士凿山引泉记》（《全唐文》卷四七七，第4878页上）、权德舆《司徒岐公杜城郊居记》（《全唐文》卷四九四，第5045页上）、武少仪《王处士凿山引瀑记》（《全唐文》卷六一三，第6186页下）。从园林史角度考察这三篇记文，发现其蕴含颇丰。

首先，三篇文章对郊居的地理位置有具体、准确的记录：

杜曲之右，朱陂之阳（杜佑《记》）。

神京善地，启夏南出，凡十有六里，而仁智之居在焉（权德舆《记》）。

岐公有林园亭沼，在国南朱陂之阳，地名樊川，乡接杜曲（武少仪《记》）。

据此知郊居在樊川朱陂之阳，左邻杜曲，距长安外郭城启夏门十六里。后世各种文献对杜佑郊居的记载，皆出于此处。

关于构园的工匠，三文亦有详细介绍：

处士琅邪王易简，字高德，经术探于壶秘，文章擅于风雅，精识穷于治理，奥学究于天人，栖迟衡茅，秕糠爵禄，旁洽他艺，尤精术数，短褐或敝，箪笥屡空，守道安贫，不求不竞，素嗜山水，乘兴游衍，逾月方归，诚士林之逸人，衣冠之良士。佑景行仰止，邀屈再三，惠然肯来（杜佑《记》）。

琅琊王易简，今之独行士也。虽承冠冕之绪，不践名利之途。怡心旷澹，笃志廉直，精识雅鉴，洞元镜微。……王生睨之，叹而言曰："天造斯境，人有遗功，若能疏凿控会，始可见其佳矣。"公乃命僮使，具畚锸，稽度力用，而请王生主之。（武少仪《记》）

据此知工匠名王易简，字高德，应杜佑之邀主持此项园林营造工程。有关构园工匠记载，在隋唐园林史料中极少，故这一组材料弥足珍贵。

关于施工时间及园林得名之由：

佑此庄贞元中置。……蒇役春仲，成功秋暮(杜佑《记》)。

公之华宗，自汉建平侯徙杜陵，三守本封，几乎千祀。故城南墟里，多以杜为名，逮今郊居，不忘厥初(权德舆《记》)。

关于工程的主要内容：

于是薙丛莽，呈修篁，级诘屈，步迤逦，竹径窈窕，藤阴玲珑，胜概益佳，应接不足。登陟忘倦，达于高隅，若处烟霄，顿觉神王。终南之峻岭，青翠可掬；樊川之清流，逶迤如带。蒇役春仲，成功秋暮。其烦非病，不愆于素。开双洞于岩腹，当郁燠而生寒；交清泉于巘上，遭旱暵而淙注。止则澄澈，动则潺湲。宛如天然，莫辨所泄。悬布垂练，摇曳晴空。定东西之方隅，正子午之晷度。境象一变，宾侣咸惊。矧其流触湾环，曲池𤅢沦。美景良辰，贤英迭臻。泛方舟而骋怀，听清商而怡神。宁知景之将曛，胜事嘉趣，谅难备陈(杜佑《记》)。

乃开洞穴，以通泉脉。其流泠泠，或决或渟。激而杯行，瀑为玉声。初蒙于山下，终汇于池际。白波沦涟，缭以方塘，轻舻缓棹，沿洄上下(权德舆《记》)。

> 却倚峻阜，旧多细泉。萦树石而散流，沥沙壤而潜耗。注未成瀑，浮不胜杯。……于是周相地形，幽寻水脉。目指颐谕，浚微导壅，穿或数仞，通如一源。窦岩腹渠，惣引涓溜。集于澄潭，始旁决以淙泻，复涌流而环曲（武少仪《记》）。

据上引知，郊居的营造整修工程主要是理水，同时包括对道路的维修，植物的栽培。具体涉及选址勘测、创造境象、构成景观等。理水中又突出疏凿水源、集流成潭、引泉成瀑等内容。使其形成一个以水景为主，又具游、玩、观、赏多种功能的复合景观。其中的造园理念及技术对后世产生深远影响。如将明代计成《园冶》与此组文章对读，不难发现其中的承继因变关系。①

五、墓志所见杜氏迁居地与归葬地

杜氏虽多称望出京兆杜陵，但自东汉以来瓜瓞绵绵，支分脉出，又因仕宦、战争、灾难等播迁漂寓于各地。本节先据《汇编》及《续集》列表以明其卒、葬之地，再进行简单归纳。

墓主	卒地	葬地	出处	备注
杜　荣	（伊川）时邕里私第	邙山之阳	《汇编》贞观081，第60页	

① 拙著《唐代园林别业考论》，西安：西北大学出版社，1998年，第36—72页曾涉及此问题，可参读。

续表

墓主	卒地	葬地	出处	备注
杜文贡	私　第	邙山之原	《汇编》显庆032，第249页	
杜博乂	长安县安乐里私第	万年县□川乡顿丘里高毕之原	《续集》龙朔030，第137页	缺字疑为“浐”，京兆府有浐川乡
杜　庆	(洛阳)立行坊私第	邙山之阳	《汇编》乾封053，第478页	权殡
杜善荣	私　第	北邙之崇原	《汇编》总章044，第509页	
杜　美	里　第	(屯留)城西北六里之原	《续集》仪凤016，第239页	里第疑在屯留县
杜　秀	(恒州)私第	高迁村	《汇编》调露018，第664页	
杜　才	洛阳私第	邙山平乐原	《汇编》开耀001，第682页	权殡
杜　敏	贝州官舍	洛州河南县北邙山之下	《汇编》永淳016，第696页	
杜　举	荆　府	洛州合宫县河阴乡北原	《汇编》天授007，第797页	
杜季方		北邙山河阴乡	《汇编》天授008，第798页	为杜举子

续表

墓主	卒地	葬地	出处	备注
杜　谧	洛州永宁县感德乡	北邙山河阴乡之里	《续集》神功003，第358页	
杜　君（赵慧夫）		洛阳之北邙山	《汇编》圣历023，第943页	杜君即下文杜安，妻赵慧徙殡于此
杜　并	吉州厅馆	津春门东五里	《汇编》长安007，第995页	
杜　安	（西）京第	邙山之原	《汇编》景龙006，第1081页	
杜昭烈	长安县延康里	张阳北原	《汇编》景龙043，第1111页	为杜谧子
杜忠良	安南府官舍	河南县金谷乡北邙山之山隅	《汇编》开元029，第1173页	
杜　济	登州官舍	邙山老君厝北	《汇编》开元217，第1307页	权殡
杜　孚	河南乐城里私第	邙山之后原	《汇编》开元360，第1405页	
杜福之子	陈留浚仪县私第	河南县平乐乡邙山之阳	《汇编》天宝077，第1586页	

续表

墓主	卒地	葬地	出处	备注
杜　钦	相州安阳县	相州西北	《汇编》圣武004，第1727页	
杜　亚	京师永命里	万年县少陵原	《全唐文》卷四九七，第5066页	永命坊未见其他记载
杜　钑	东都建春私第	龙门西原	《续集》大历012，第700页	
杜　济	常州别馆	万年县洪原乡少陵原	《汇编》大历055，第1795页	
杜日荣	私　第	长安县龙首乡严祈村	《汇编》宝历003，第2083页	
杜师素之父	私　第	山阴承务乡九里村	《汇编》大和018，第2109页	
杜行方	上都升平里	万年县龙首乡龙首原	《汇编》大和062，第2140页	
杜文章之父		长安县龙首乡	《汇编》大和088，第3159页	
杜府君（濮阳公）	上都延福里之私第	栖凤原（?）	《续集》建中007，第726页	
杜　鸿	定州无极县招贤坊私第	县西南五里余地乡姚村西原	《续集》咸通090，第1103页	

据以上所列三十通墓志约略可以看出，卒地多为新迁徙的居住地，葬地则为郡望或旧贯所在地。

郡望—葬地—卒地并不统一，实际对应的是郡望—旧贯—迁徙地—新居地的分歧与不一致，故中古士族迁徙的实际情景要比Eberhard Wolfram 及毛汉光氏所归纳之“城市与乡村的双家型态”[①]还要复杂，可能是“三家型态”或“多家型态”[②]。

从墓志中所看到的另外一个突出的现象是，杜氏虽多称望出京兆，但多已花叶飘飞，寓居各地，葬地亦没有全集中在杜陵或长安及关中附近，祖茔的改变说明士族活动重心的改变。

三十通墓志中，有十六方标明葬于洛阳附近，特别是邙山周围；有七方标明葬于长安附近；其他则分散于各地。本文的此项统计调查充其量是一种抽样，从绝对数字上似仍待商榷，但从相对意义上来说，葬地集中于两京附近与中古大士族的籍贯迁徙类似，两京中又向河南府洛阳倾斜亦与山东著姓著房支之变动类似。[③] 但对于关中土著来说，葬地最集中的似并非想象中的京兆府，而是河南府，其中当包含许多复杂深刻的历史内涵，仍值得深入探讨。

从墓志的记载还可以看出，造成这种改变的主要原因是士族的迁徙。

---

① 参见毛汉光《中国中古社会史论》，第239页。

② 参见本书附编“附论二”的有关论述。

③ 毛汉光《从士族籍贯迁移看唐代士族之中央化》，载其著《中国中古社会史论》，第330页。

君讳才，字思训，其先京兆杜陵人也。远祖因宦东京，子孙乃家于河南汜水县(《汇编》开耀001，第682页)。

君讳钦，字敬惠，望族长安，杜康之胤……六世祖仕于北齐，家于业，今为相州安阳县人焉。……终于家室，葬于相州西北(《汇编》圣武004，第1762页)。

(杜谧)其先京兆杜陵人，十五代祖后汉御史大夫璧方，徙居平原，子孙因家焉，遂为平原安德人也(《续集》神功003，第358页)。

赐土封疆或仕宦造成房支的出现，有了新的房支，则葬地亦随之变化。

六、从著房支考察杜氏的归葬地

关于杜氏的房支，《新唐书·宰相世系表二》列出杜陵本支、京兆、襄阳、濮阳、洹水等五个著房，《元和姓纂》卷六则录京兆、襄阳、中山、濮阳、洹水、陕郡、安德、扶风眉县、偃师、成都、河东、齐郡、醴泉、河南等十四个房支。兹将上列墓志材料可以确考者整理如下：

1. 京兆房

瑶—玄道—含章—绎—亚

京兆房有一个著房支，将葬地定于长安。

2. 濮阳房

亮—伽—保—义宽—无忝—兼拯—{钑(钊)、郑氏}—{袒、颖、永、季伦、顺休}

杜府君(濮阳公)、韦氏—{台贤、台仪}

濮阳房有两个著房支。一支将葬地定于洛阳，一支定于长安。

3. 襄阳房

颙—景恭—德裕—敬则—元志—参谟—伦—{行方—{硕、颢、颉、颀、老老}、郑氏}

颙—景秀—懿—乾祐—续—知让—惠—{济、韦氏}—肃

颙—景仲—整—孝奖—元琎—{济、辛氏}

乾光—渐—叔毗—鱼石—依艺—审言—并

襄阳房有四个著房支。两支定于长安，一支定于洛阳，一支迁归偃师。

4．洹水房

- 叔毗—石(君赐)—英(正谦)—
  - 安(元安)—
    - 勤忠
    - 孚—
      - 望之
      - 黯之
  - 赵氏

可—伦—元—钦(敬惠)

洹水房有两个著房支。一支定于洛阳，一支迁回相州。

5．安德房

- 璧方—盖—逵—文纪—
  - 谧(慎微)—昭烈—芳泽
  - 沈氏

安德房有一个著房支，定于洛阳。

现将以上内容归纳如下：

京兆房：一支定于长安。

濮阳房：两支。一支定于长安，一支定于洛阳。

襄阳房：四支。两支定于长安，一支定于洛阳，一支定于偃师。

洹水房：两支。一支定于洛阳，一支迁回相州。

安德房：一支定于洛阳。

据以上墓志可以确考者，杜氏有五个著房十个著支。其中四支定于长安，四支定于洛阳。与前面单独统计长安与洛阳所占比例略有差别。但如果考虑到出土墓志的随机性，以及有十多方墓志无法进行房支分析，则这两种统计的结果还是相当近似的。即杜氏归葬地定于长安与洛阳者仍占绝大多数，尤其是定于洛阳者增多是很值得重视的一个现象。

本章的结论

因史料的缺乏，加之目力所及有限，对杜氏在长安居住的详情所知还不多，随着考古发掘及资料搜寻占有的丰富，当会对杜氏在长安的活动场所有更深入细致的了解。

据以上所引文献资料知，杜氏在长安的居所有如下特点：

一、杜氏在长安城中的居所分布较散，看不出集居的特点，只知杜佑家族是世代居住于安仁坊。另曲江附近及延福坊都有杜氏家庙，说明有关的宗族礼仪活动也是在城中举行。

二、杜氏在长安的郊园及别业，已知的数量亦很有限，其中所录多个是同园异名。

三、杜氏的郊园及别业主要集中在城南樊川杜曲一带。这一分布既符合唐代别业分布的一般特点，又有杜氏家族的自身特点。

四、因长安城南为形胜之地，山水之美，古来盛谈，故卜筑于此的园林值得称道处颇多，加之文献记载详细，故对研究隋唐园林史者，助益颇多。

五、因杜氏郡望在京兆杜陵，故城南一带既是祖宗先茔所在，又是庄园别业等生产、休闲地所在。但很明显，这一郊居或农村居所主要是与经济和文化休闲有关，如果我们能联系唐人大量在城南卜筑构园这一现象，就不会仅仅从宗族集居这一陈旧观念来思考杜氏筑园城南这一现象。活动重点已开始发生变化，向城市、向现住地倾斜。

六、据所检墓志来看，杜氏归葬地并不皆集中于长安，恰恰相反，集中于洛阳邙山附近的占绝大多数，这自然与杜氏房支的变化有关，亦当与南北朝迄隋唐以来社会政治的剧变有关。

七、从墓志可以看出，中古后期，士族的郡望与归葬地、现贯极不统一，这对于“双家型态”理论是一种有益的补充，使我们认识到中古士族活动的丰富性与复杂性，双家型态应该理解为三家型态或多家型态。

八、由本文有关杜氏祖茔及归葬地的改变，联系杜氏隋唐时期所出宰相、与统治者婚姻状况等①，可以进一步印证杜氏在城南韦、杜及关中韦、裴、柳、薛、杨、杜六大郡姓排列中地位的下降②。一叶知秋，通过对杜氏长安居所的罗列及京兆杜氏一姓的变迁，亦可见中晚唐以后士族衰微之运势已成为无可挽回的事实。

---

① 参见毛汉光《中国中古社会史论》，第 348 页。毛汉光《关中郡姓婚姻关系之研究——隋至唐前半期》，载《唐代文化研讨会论文集》，台北：文史哲出版社，1991 年。

② 参见拙著《唐代关中士族与文学》，台北：文津出版社，1999 年，第 75—76 页。

附论五　韦应物家族墓志补论

有关韦应物的研究，二十世纪以来取得了长足的进步。岑仲勉《唐史馀瀋》《唐集质疑》《元和姓纂四校记》都涉及对韦应物及其家族的考证，孙望曾发表《韦应物事迹考述》，后收入其论文集《蜗叟杂稿》，傅璇琮的《唐代文学丛考》一书中亦有《韦应物系年考证》，在其主编的《唐才子传校笺》中，又亲自为韦传校笺，陶敏又为该传补正。近年来，先后有陶敏、王友胜的《韦应物集校注》，孙望的《韦应物诗集系年校笺》行世，深化了对韦应物作品的研究。据闻高海夫先生亦曾有校注韦集的计划，惜高先生早逝，未知遗愿是否完成。仅就已刊行的各项成果而言，于韦应物生平事迹、交游行踪、作品系年的研究，颇多推进，有大功德于韦苏州。然仍有不少悬疑，因史料阙如，一直无法解决。

近有韦应物一家四方墓志在西安被发现，西安碑林博物馆马骥副研究员据此撰《新发现的唐韦应物夫妇及子韦庆复夫妇墓志简考》一文，《西安晚报》还曾对马骥论文内容有详细报道①，陈尚君亦撰《韦应物一家墓志的学术价值》，两文对墓志考论甚勤，多所发覆，均对韦应物研究有新贡献。但墓志之发现，解决了许多旧问题，又引出一些新问题。兹就个人理解，提出一点不成熟的看法，就教于海内外方家。

一、韦应物家族的婚姻关系

学术界过去对韦应物家族之婚姻状况知之甚少，此次发现的四方墓志，除《韦应物志》外，还有其妻《元苹志》、其子《韦庆复志》、庆复妻《裴棣志》，又据存世文献及志文可知韦应物长女适杨凌，韦庆复女适于球，由此填补了韦氏三代四组婚姻关系的空白。

马骥的论文中已注意到唐代世家大族择妇多重门第族望，韦应物娶河南元氏，女嫁弘农杨氏，儿媳为河东裴氏，《西安晚报》的报道也特别提及此点。这一点固然属实，但仍为唐代社会之普遍现象，研究唐代文史者都熟知此风习，并未触及此组个案的重要意义，也没有真正挖掘出韦应物家族婚姻关系的独特点。

若将韦氏婚姻关系进一步推展，可以发现韦应物之妻元苹为北魏拓跋部族之后，所谓的河南元氏实为鲜卑族胡姓改汉姓，而韦庆复女所适于球之于氏也是北魏的万忸氏所改，属北朝的“勋

①《西安晚报》2007 年 11 月 11 日第 7 版。

臣八姓”之一①，治谱学者习称“代北虏姓”或“代北胡姓”。韦庆复之妻裴棣为河东三著姓之一，治谱牒者归为关中郡姓，而韦女所适杨凌为弘农华阴杨氏，亦属关中郡姓。按照陈寅恪先生及国际唐研究界的主流观点，李唐王朝统治的基本力量就是胡汉杂糅的代北武人及关陇贵族，由此形成了“关陇集团”，人事上对此集团之倚重即形成了所谓的“关中本位政策”。故韦应物家族婚姻圈不是一般的名门望族，而是关中郡姓与已经汉化了的代北胡姓，即广义上的关中士族的圈内婚。忽略了此点，便等于忽略了此组墓志证史补史的重大意义。

人物	关系	郡望	说明
韦应物 元　苹	夫妻	韦氏为关中郡姓 元氏为代北胡姓	关中士族圈内婚
韦庆复 裴　棣	子媳	同上 裴氏为关中郡姓	关中士族圈内婚
杨　凌 韦　氏	婿女	杨氏为关中郡姓 同上	关中士族圈内婚
于　球 韦　氏	孙婿 孙女	于氏为代北胡姓 同上	关中士族圈内婚

若就此组婚姻个案进一步言之，韦应物家族四组婚姻关系虽属于与士族联姻，但皆为与关中士族形成圈内婚姻，既无与庶姓寒族缔姻，也没有与山东著姓缔婚之材料。此一现象值得特别关注。这一方面说明韦氏仍注重与传统的关陇士族缔婚以形成政治

① 姚薇元《北朝胡姓考》，北京：中华书局修订本，2007年，第58页。

联盟，极力保持和加强其政治上的“贵”；另一方面，没有与山东著姓缔婚亦可理解为山东士族与关陇集团在政治上的长期紧张对峙，投射到社会文化领域的阴影仍未彻底消除。入唐以来，山东经学世家虽在经济上早已破败，在政治上亦未能继续显贵，但他们挟累世家族礼法之“清”，不仅鄙视寒门庶族之“浊”，而且直欲抗衡政治统治者之“贵”。在政治斗争中，山东士族早已不是李唐统治者及关陇集团的对手，但在社会文化领域特别是婚姻观念上，他们仍自恃清高，家风不坠。故韦氏婚姻关系中无山东著姓，说明韦氏虽仍有能力与次级的士族缔结婚姻关系，但并未上攀到山东高门。此组案例亦从另一个侧面验证了视隋唐为贵族社会后期的学术观点，笔者对此观点亦曾有不少阐释发挥①，兹不赘述。

二、韦应物的归葬问题

传世的韦应物生平资料，仅言韦应物卒于苏州永定寺，但究竟是卒于任上，还是卒于去职后，学术界说法并不一致。新发现的《韦应物墓志》解决了此问题，即韦应物卒于苏州刺史任上。墓志还提供了另外一件重要的史实，即韦应物的归葬及夫妻的合祔。马骥、陈尚君文中均未言及，本文略做阐释。

《韦应物志》：“寻领苏州刺史。下车周星，豪猾屏息，方欲

① 参见拙著《唐代关中士族与文学》（台北：文津出版社，1999 年）及本书相关章节中的有关论述。

陟明，遇疾终于官舍。池雁随丧，州人罢市。素车一乘，旋于逍遥故园。茅宇竹亭，用设灵几。……以贞元七年十一月八日窆于少陵原，礼也。夫人河南元氏，父挹，吏部员外郎。嘉姻柔则，君子是宜。先君即世，以龟筮不叶，未从合祔。以十二年十一月廿七日，嗣子庆复启举有时，方遂从夫人之礼。”

也就是说，韦应物卒后并未葬于卒地苏州，而是用灵车千里迢迢迁送回长安逍遥故园。于德宗贞元七年（791）窆于少陵原祖茔，《西安晚报》称墓志出自长安区韦曲镇东北塬上，大体也是可信的。

又据《元苹志》知，韦应物妻元苹终于京兆府功曹之官舍，祖载于太平坊假第，韦应物卒后未能立即合祔，一直拖到德宗贞元十二年十一月廿七日始合祔，实现百年同穴。子韦庆复与其妻卒于渭南灵岩寺僧舍，后亦迁葬于京兆府万年县少陵原的祖墓。

归葬祖茔是中古士族丧葬礼仪中的习俗和惯例，陈寅恪、毛汉光均有精彩论述。陈寅恪《论李栖筠自赵徙卫事》《李德裕贬死年月及归葬传说辩证》两文对此有深入分析①。其中前文谓：“吾国中古士人其祖坟住宅及田产皆有连带关系。观李吉甫即后来代表山东士族之李党党魁李德裕之父，所撰《元和郡县图志》，详载其祖之坟墓住宅所在，是其例证。其书虽未述及李氏田产，而田产当亦在其中，此可以中古社会情势推度而知者。故其家非万不得已，决无舍弃其祖茔旧宅并茔宅有关之田产而他徙之理。此又

① 两文均收入《金明馆丛稿二编》，上海：上海古籍出版社，1980年。

可不待详论者也。”①毛汉光亦指出：“坟墓之所在地，成为今日研究某家族重心的重要标杆。唐代正史的列传中除了陪葬皇陵外，一般皆无葬地的记载，这可能是当时史家认为这并非重要之事，删去不录。而墓志铭中保存了葬地葬时的资料，近代利用墓志铭以研究人物葬地葬时者，当推陈寅恪先生的《李德裕贬死年月及归葬传说辩证》。”“归葬是中古士族的大事，客死他乡，其子孙负柩归葬成为当时重要的孝行，此事在拓片中屡见，如果客观形势无法归葬，拓片中有权厝，表示力有未及。士族归葬地的改变与籍贯的改变之间有重大关连，……士族归葬地的改变也是反映该家族重心的转移，有许多墓志铭中可以看到在葬地附近城市有私第的记载，行宦于外者亦与归葬地息息相通。”②此处不惮辞费援引两位知名史家的观点，意在强调墓志铭研究中对葬时葬地之重视。笔者自己在检讨李白卒葬当涂龙山之事时，亦曾援此分析唐代士人卒葬分离、归葬迁祔等社会文化风尚③。笔者对河东裴氏的研究，亦从墓志入手，通过对其归葬地与迁徙地进行量化统计，指出裴氏归葬地主要集中在河南府、京兆府及河东附近，其他地区极少。以数量而言，归葬地及籍贯以河南府洛阳居多，说明裴氏之兴盛与洛阳关系密切。④

据此四方墓志可以看出，韦氏房支颇多，安史之乱后包括韦

① 《金明馆丛稿二编》，第 2 页。
② 毛汉光《中国中古社会史论》，上海：上海书店出版社，2002 年，第 244、246 页。
③ 《范碑所述李白世系的谱牒学问题》，收入拙著《唐代关中士族与文学》，台北：文津出版社，1999 年。
④ 参见本书附编“附论二”。

氏在内的关中士族早已中衰，经济状况并不好，但韦应物家族子孙仍能恪守士族旧习，从苏州负柩迁葬，遵丧葬之礼，正首丘之义。说明中唐以来，政治情势虽已发生重大变化，但士族旧家在婚葬方面仍保守其数百年的家族传统，恪守礼法，化成风气，并未随波逐流，与时俱变，以清流风徽之特异，不徒俯视寒素，直欲抗衡权贵。旧评谓韦应物离开长安后再未能西归，亦有据其游宦地列其为江南人，从归葬迁祔观点看，不仅不合学理，亦不符古人实际。韦应物虽生未归故国，但归葬祖茔了却愿望。与妻同衾同葬，所谓“百年同穴兮当何悲”，亦是一件有重要文化意义的幸事。

三、墓志与史传不一的疑点

本组四方墓志解决了京兆韦氏及韦应物研究中一些聚讼纷纭的旧问题，足以补史证史处甚多，然而也有与传世文献不一处，又引出了一些新问题。如马骥指出的《新唐书·宰相世系表四》所记逍遥公之子比墓志多了两人，韦应物五代祖韦世冲是第五子，而《新表》却记为第七子等。另，《新表》四谓韦应物有子两人，长曰庆复，幼曰厚复，而《元苹志》谓其有“一男两女”，厚复(或谓即晚唐诗人韦庄之曾祖)未见言及。也许诚如马骥推论，厚复为应物再婚所育，但无材料支撑，只能存疑俟考。

墓志另有一不可理解处，杨敬之所撰《韦府君(庆复)墓志》：“夫人故河南令河东裴君澡女，生二子未童，其长者后公十六日而不胜丧。”又曰：“杨氏有子兮韦宗无主，惟鬼惟神兮孰不我取。”《韦府君夫人闻喜县太君玄堂志》则已记其有子韦退之，为其母撰志，又有女适前进士于球，即表中所谓“孤子孤女”，则“韦宗无主”云云，未知该当何解？

又，《韦府君夫人闻喜县太君玄堂志》还有其他史料价值，笔者曾关注唐代士族“寡母教孤”现象[1]，据志载，韦退之母裴棣，“即除丧，抚育小子，濡煦以节，训诱以义。故小子以明经换进士，受业皆不出门内”。抚养孤子的寡母，同时又是教育遗孤参加科举的老师，韦退之不出家门就完成了科举考试的应考准备，补此一条史料，更可以看出唐代士族女性的知识教养。又，韦应物妻名苹，字佛力；韦庆复妻裴棣“求释氏济苦之道，假桑门之诵读”，亦可见出，士族女性与佛教文化之密切关系。

本章的结论

在有关韦应物传世文献的研究取得突出成绩的同时，韦应物家族四方墓志的发现无疑有重要意义，它从新出土文献的角度给唐代士族研究及韦应物研究提供了新的资料，必会将唐代文史研究引向纵深。

一、检读志文可以发现，韦应物家族的婚姻关系中既无寒门庶族，也无山东大姓，而是与关中郡姓与代北胡姓缔姻，实际上是一种放大了的关陇士族的圈内婚姻，这组个案对阐释有关唐代社会政治理论有重要意义。

---

① 参见本书第十一章。

二、归葬与葬地决定中古士人的活动中心之所在。韦应物于苏州刺史任上病卒后，并未葬于卒地，而是迁归杜陵祖茔，与妻子合祔，说明韦应物一支的家族重心仍在关中，亦反映出士族风习传统在贵族社会的衰落时期仍被艰难地保留着。

三、墓志还提供了唐代教育及宗教文化的一些材料。当然，在解决一些旧问题的同时，又提出了一些新问题。

主要参考文献

本参考文献的编排次序为：一、基本文献及古籍整理成果。大体按照经史子集的顺序排列。二、近人著述。按照作者姓氏音序排列。三、日人与西人著述(原著或译著)附后。

一、基本文献及古籍整理成果

《论语正义》，刘宝楠撰，高流水点校，北京：中华书局，1990 年

《论语译注》，杨伯峻译注，北京：中华书局，1980 年

《孟子正义》，焦循撰，沈文倬点校，北京：中华书局，1987 年

《孟子译注》，杨伯峻译注，北京：中华书局，1960 年

《礼记训纂》，朱彬撰，饶钦农点校，北京：中华书局，1996 年

《大戴礼记解诂》，王聘珍撰，王文锦点校，北京：中华书局，1983 年

《周礼正义》，孙诒让撰，王文锦、陈玉霞点校，北京：中华书局，1987 年

《周礼今注今译》，林尹注译，北京：书目文献出版社，1985 年
《周易集解纂疏》，李道平撰，潘雨廷点校，北京：中华书局，1994 年
《周易浅述》，陈梦雷撰，上海：上海古籍出版社，1983 年
《周易古经今注》，高亨著，北京：中华书局，1984 年
《周易大传今注》，高亨著，济南：齐鲁书社，1979 年
《尚书今古文注疏》，孙星衍撰，陈抗、盛冬铃点校，北京：中华书局，1986 年
《春秋左传注》，杨伯峻编著，北京：中华书局，1981 年
《春秋集传纂例》，陆质撰，北京：中华书局印《丛书集成初编》本
《四书章句集注》，朱熹撰，北京：中华书局，1983 年
《诗集传》，朱熹集注，上海：上海古籍出版社，1980 年
《二程集》，程颢、程颐著，王孝鱼点校，北京：中华书局，1981 年
《张载集》，章锡琛点校，北京：中华书局，1978 年
《泾野子内篇》，吕楠撰，赵瑞民点校，北京：中华书局，1992 年
《关学编》(附续编)，冯从吾撰，陈俊民、徐兴海点校，北京：中华书局，1987 年
《经学历史》，皮锡瑞著，周予同注释，北京：中华书局，1959 年
《经学通论》，皮锡瑞著，北京：中华书局，1954 年
《史记》，司马迁撰，北京：中华书局，1959 年
《汉书》，班固撰，颜师古注，北京：中华书局，1962 年
《后汉书》，范晔撰，李贤等注，北京：中华书局，1965 年
《三国志》，陈寿撰，陈乃乾校点，北京：中华书局，1982 年

《晋书》，房玄龄等撰，北京：中华书局，1974年
《宋书》，沈约撰，北京：中华书局，1974年
《梁书》，姚思廉撰，北京：中华书局，1973年
《魏书》，魏收撰，北京：中华书局，1974年
《北齐书》，李百药撰，北京：中华书局，1972年
《周书》，令狐德棻等撰，北京：中华书局，1971年
《北史》，李延寿撰，北京：中华书局，1974年
《隋书》，魏徵等撰，北京：中华书局，1973年
《旧唐书》，刘昫等撰，北京：中华书局，1975年
《新唐书》，欧阳修、宋祁撰，北京：中华书局，1975年
《资治通鉴》，司马光著，标点《资治通鉴》小组校点，北京：中华书局，1956年
《唐律疏议》，长孙无忌等撰，刘俊文点校，北京：中华书局，1983年
《唐六典》，李林甫等撰，陈仲夫点校，北京：中华书局，1988年
《通典》，杜佑撰，王文锦等点校，北京：中华书局，1988年
《通志二十略》，郑樵撰，王树民点校，北京：中华书局，1995年
《唐会要》，王溥撰，北京：中华书局，1955年
《大唐创业起居注》，温大雅撰，李季平、李锡厚点校，上海：上海古籍出版社，1983年
《贞观政要》，吴兢编著，上海：上海古籍出版社，1978年
《大唐新语》，刘肃撰，许德楠、李鼎霞点校，北京：中华书局，1984年
《隋唐嘉话》，刘餗撰，程毅中点校，北京：中华书局，1979年

《朝野佥载》，张鷟撰，赵守俨点校，北京：中华书局，1979 年
《唐国史补》，李肇撰，上海：上海古籍出版社，1979 年
《因话录》，赵璘撰，上海：上海古籍出版社，1979 年
《唐摭言》，王定保撰，上海：上海古籍出版社，1978 年
《封氏闻见记校注》，封演撰，赵贞信校注，北京：中华书局，1958 年
《唐语林校证》，王谠撰，周勋初校证，北京：中华书局，1987 年
《唐尚书省郎官石柱题名考》，劳格、赵钺撰，徐敏霞、王桂珍点校，北京：中华书局，1992 年
《登科记考》，徐松撰，赵守俨点校，北京：中华书局，1984 年
《史通通释》，刘知几撰，浦起龙释，上海：上海古籍出版社，1978 年
《元和姓纂》，林宝撰，岑仲勉校记，郁贤皓、陶敏整理，北京：中华书局，1994 年
《古今姓氏书辩证》，邓名世撰，王力平点校，南昌：江西人民出版社，2006 年
《括地志辑校》，李泰等著，贺次君辑校，北京：中华书局，1980 年
《元和郡县图志》，李吉甫撰，贺次君点校，北京：中华书局，1983 年
《三辅黄图校证》，陈直校证，西安：陕西人民出版社，1980 年
《三辅黄图校释》，何清谷撰，北京：中华书局，2005 年
《雍录》，程大昌撰，黄永年点校，北京：中华书局，2002 年
《关中胜迹图志》，毕沅撰，张沛校点，西安：三秦出版社，

2004 年
《唐两京城坊考》，徐松撰，方严点校，北京：中华书局，1985 年
《增订唐两京城坊考》，徐松撰，李健超增订，西安：三秦出版社，1996 年
《长安志》，宋敏求撰，《丛书集成初编》本
《类编长安志》，骆天骧撰，黄永年点校，北京：中华书局，1990 年
《诗地理考》，王应麟撰，《丛书集成初编》本
《三辅决录》，赵岐撰，挚虞注，龙溪精舍校刊本
《三秦记》，辛氏纂，张澍编辑，龙溪精舍校刊本
《两京新记》，韦述撰，南菁札记本
《游城南记》，张礼撰，《关中丛书》本，《丛书集成初编》本
《河南志》，徐松辑，高敏点校，北京：中华书局，1994 年
《吴地记》，陆广微撰，曹林娣校注，南京：江苏古籍出版社，1999 年
《吴郡志》，范成大撰，陆振岳校点，南京：江苏古籍出版社，1999 年
《吴郡图经续记》，朱长文撰，金菊林校点，南京：江苏古籍出版社，1999 年
《宋高僧传》，范祥雍点校，北京：中华书局，1987 年
《日知录集释》，顾炎武著，黄汝成集释，上海：上海古籍出版社 1984 年影印本
《义门读书记》，何焯撰，北京：中华书局，1987 年
《读通鉴论》，王夫之著，北京：中华书局，1976 年
《廿二史札记校证》，赵翼著，王树民校证，北京：中华书局，

1984年
《十驾斋养新录》，钱大昕撰，上海：上海书店，1983年
《文史通义校注》，章学诚著，叶瑛校注，北京：中华书局，1985年
《全上古三代秦汉三国六朝文》，严可均编，北京：中华书局，1985年
《先秦汉魏晋南北朝诗》，逯钦立辑校，北京：中华书局，1983年
《全唐文》，董诰等编，北京：中华书局，1983年影印本
《全唐诗》，彭定求等编，北京：中华书局，1960年
《文苑英华》，李昉等编，北京：中华书局，1966年
《太平广记》，李昉等编，北京：中华书局，1955年
《〈会稽掇英总集〉点校》，邹志方点校，北京：人民出版社，2006年
《唐代墓志汇编》，周绍良主编，上海：上海古籍出版社，1992年
《唐代墓志汇编续集》，周绍良、赵超主编，上海：上海古籍出版社，2001年
《唐人选唐诗》(十种)，北京：中华书局，1958年
《唐人选唐诗新编》，傅璇琮编撰，西安：陕西人民教育出版社，1996年
《颜氏家训集解》，颜之推著，王利器集解，北京：中华书局，1993年
《庾子山集注》，倪璠注，许逸民校点，北京：中华书局，1980年
《杨炯集》，徐明霞点校，北京：中华书局，1980年
《王右丞集笺注》，赵殿成笺注，上海：上海古籍出版社，1961年

《王维集校注》，陈铁民校注，北京：中华书局，1997 年
《王昌龄诗注》，李云逸注，上海：上海古籍出版社，1984 年
《李太白全集》，王琦注，北京：中华书局，1977 年
《李白全集编年笺注》，安旗、薛天纬、阎琦、房日晰笺注，北京：中华书局，2015 年
《杜诗详注》，仇兆鳌注，北京：中华书局，1979 年
《杜甫全集校注》，萧涤非主编，北京：人民文学出版社，2014 年
《李益诗注》，范之麟注，上海：上海古籍出版社，1984 年
《韦应物集校注》，陶敏、王友胜校注，上海：上海古籍出版社，1998 年
《柳宗元集》，《柳宗元集》校点组校点，北京：中华书局，1979 年
《刘禹锡集》，卞孝萱校订，北京：中华书局，1990 年
《刘禹锡全集编年校注》，陶敏、陶红雨校注，长沙：岳麓书社，2003 年
《白居易集笺校》，朱金城笺校，上海：上海古籍出版社，1988 年
《元稹集》，冀勤点校，北京：中华书局，1982 年
《元稹集编年笺注》，杨军笺注，西安：三秦出版社，2002 年
《窦氏联珠集》，《四部丛刊三编》影宋本，《关中丛书》本
《韩昌黎文集校注》，马通伯校注，古典文学出版社，1957 年
《韩昌黎诗系年集释》，钱仲联集释，上海：上海古籍出版社，1984 年
《韩昌黎文集注释》，阎琦校注，西安：三秦出版社，2004 年
《薛涛诗笺》，张逢舟笺，北京：人民文学出版社，1983 年

《樊川文集》，陈允吉点校，上海：上海古籍出版社，1978年
《樊川诗集注》，冯集梧注，上海：上海古籍出版社，1978年
《韦庄集校注》，李谊校注，成都：四川省社会科学院出版社，1986年
《沧浪诗话校释》，严羽著，郭绍虞校释，北京：人民文学出版社，1983年
《唐诗纪事校笺》，王仲镛校笺，成都：巴蜀书社，1989年
《唐才子传校笺》，傅璇琮主编，北京：中华书局，1987年
《诗薮》，胡应麟撰，上海：上海古籍出版社，1979年
《唐音癸签》，胡震亨著，上海：上海古籍出版社，1981年
《艺概》，刘熙载撰，上海：上海古籍出版社，1978年
《五代诗话》，王士禛原编，郑方坤删补，戴鸿森校点，北京：人民文学出版社，1989年
《法书要录》，张彦远撰，范祥雍点校，北京：人民美术出版社，1986年
《历代名画记》，张彦远撰，秦仲文、黄苗子点校，北京：人民美术出版社，1963年
《宣和画谱》，《丛书集成初编》本

二、近人著述

毕　诚：《中国古代家庭教育》，北京：商务印书馆，1997年
卞孝萱：《元稹年谱》，济南：齐鲁书社，1980年
曹道衡：《南朝文学与北朝文学研究》，南京：江苏古籍出版社，

1998 年
曹道衡、沈玉成:《南北朝文学史》,北京:人民文学出版社,1991 年
岑仲勉:《唐人行第录》,上海:上海古籍出版社,1978 年
《唐史馀沈》,上海:上海古籍出版社,1979 年
《金石论丛》,上海:上海古籍出版社,1981 年
《隋唐史》,北京:中华书局,1982 年
《岑仲勉史学论文集》,北京:中华书局,1990 年
陈　飞:《唐代试策考述》,北京:中华书局,2002 年
陈国灿、刘健明主编:《〈全唐文〉职官丛考》,武汉:武汉大学出版社,1997 年
陈国灿:《宋代江南城市研究》,北京:中华书局,2002 年
陈捷先:《唐代族谱略述》,《第一届国际唐代学术会议论文集》,台北:学生书局,1989 年
陈　钧:《李白与苏颋论考》,太原:山西古籍出版社,2001 年
陈　来:《古代宗教与伦理——儒家思想的根源》,北京:生活·读书·新知三联书店,1996 年
陈　明:《儒学的历史文化功能——士族:特殊形态的知识分子研究》,上海:学林出版社,1997 年
陈庆元:《文学:地域的观照》,上海:上海远东出版社、上海三联书店,2003 年
陈尚君:《〈全唐诗〉补编》,北京:中华书局,1992 年
《〈唐才子传〉校笺(五)补正》(与陶敏合著),北京:中华书局,1995 年

《唐代文学丛考》，北京：中国社会科学出版社，1997 年
《陈尚君自选集》，桂林：广西师范大学出版社，2000 年
《〈全唐文〉补编》，北京：中华书局，2005 年
《〈旧五代史〉新辑会证》，上海：复旦大学出版社 2005 年
《汉唐文学与文献论考》，上海：上海古籍出版社，2008 年
《贞石诠唐》，上海：复旦大学出版社，2016 年
《唐诗求是》，上海：上海古籍出版社，2018 年
陈　爽：《世家大族与北朝政治》，北京：中国社会科学出版社，1998 年
陈寅恪：《陈寅恪先生全集》，台北：里仁书局，1979 年
《陈寅恪文集》，上海：上海古籍出版社，1980 年（包括《寒柳堂集》、《金明馆丛稿初编》、《金明馆丛稿续编》、《隋唐制度渊源略论稿》、《唐代政治史述论稿》、《元白诗笺证稿》、《柳如是别传》等）
《魏晋南北朝史讲演录》，万绳楠整理，合肥：黄山书社，1987 年
《陈寅恪集》，北京：生活·读书·新知三联书店，2009 年（收入《寒柳堂集》、《金明馆丛稿初编》、《金明馆丛稿二编》、《隋唐制度渊源略论稿》、《唐代政治史述论稿》、《元白诗笺证稿》、《柳如是别传》、《诗集 附唐篔诗存》、《书信集》、《读书札记一集》、《读书札记二集》、《读书札记三集》、《讲义及杂稿》等著作十三种）

陈正祥：《中国文化地理》，北京：生活·读书·新知三联书店，1983 年
程存洁：《唐代城市史研究初编》，北京：中华书局，2002 年
程国赋：《唐五代小说的文化阐释》，北京：人民文学出版社，2002 年
程民生：《宋代地域文化》，开封：河南大学出版社，1997 年
程千帆：《唐代进士行卷与文学》，上海：上海古籍出版社，1980 年
程毅中：《唐代小说史话》，北京：文化艺术出版社，1990 年
程章灿：《世族与六朝文学》，哈尔滨：黑龙江教育出版社，1998 年
戴伟华：《唐代使府与文学研究》(修订本)，桂林：广西师范大学出版社，2007 年
《地域文化与唐代诗歌》，北京：中华书局，2006 年
邓国光：《挚虞研究》，香港：学衡出版社，1990 年
《韩愈文统探微》，台北：文史哲出版社，1992 年
《文原——中国古代文学与文论研究》，澳门：澳门大学出版中心，1997 年
邓文宽：《唐前期三次修谱牒浅析》，《唐史学会论文集》，西安：陕西人民出版社，1986 年
邓小军：《唐代文学的文化精神》，台北：文津出版社，1993 年
丁福林：《东晋南朝的谢氏文学集团》，哈尔滨：黑龙江教育出版社，1998 年
冻国栋：《唐代人口问题研究》，武汉：武汉大学出版社，1993 年

杜晓勤：《初盛唐诗歌的文化阐释》，北京：东方出版社，1997年
《地域文化的整合和盛唐诗歌的艺术精神》，《文学评论》1999年第4期
段塔丽：《唐代妇女地位研究》，北京：人民出版社，2000年
方北辰：《魏晋南朝江东世家大族述论》，台北：文津出版社，1991年
费　省：《唐代人口地理》，西安：西北大学出版社，1996年
费孝通：《乡土中国》，北京：生活·读书·新知三联书店，1985年
冯尔康、常建华：《中国宗族社会》，杭州：浙江人民出版社，1994年
傅斯年：《夷夏东西说》，《历史语言所集刊》外编第1种；《庆祝蔡元培先生六十五岁论文集》，1933年
傅璇琮：《唐代诗人丛考》，北京：中华书局，1980年
《李德裕年谱》，济南：齐鲁书社，1984年
《唐代科举与文学》，西安：陕西人民出版社，1986年
甘怀真：《唐代家庙礼制研究》，台北：商务印书馆股份有限公司，1991年
高海夫：《柳宗元散论》，西安：陕西人民出版社，1985年
高世瑜：《唐代妇女》，西安：三秦出版社，1988年
高明士：《隋唐贡举制度》，台北：文津出版社，1999年
葛剑雄：《西汉人口地理》，北京：人民出版社，1987年
《统一与分裂——中国历史的启示》，北京：生活·读书·新知三联书店，1994年

葛剑雄、曹树基、吴松弟:《简明中国移民史》,福州:福建人民出版社,1993年

葛剑雄主编,吴松弟、曹树基著:《中国移民史》第3卷(隋唐五代时期),福州:福建人民出版社,1997年

葛剑雄主编,冻国栋著:《中国人口史》第2卷(隋唐五代时期),上海:复旦大学出版社,2002年

葛晓音:《诗国高潮与盛唐文化》,北京:北京大学出版社,1998年

葛兆光:《中国思想史》,上海:复旦大学出版社,2000年

龚国强:《隋唐长安城佛寺研究》,北京:文物出版社,2006年

龚鹏程:《宋代文化在中国的地位》,收入黎活仁等主编《宋代文学与文化研究》,台北:大安出版社,2001年

郭锋:《唐代士族个案研究——以吴郡、清河、范阳、敦煌张氏为中心》,厦门:厦门大学出版社,1999年

郭英德:《中国古代文人集团与文学风貌》,北京:北京师范大学出版社,1998年

何炳棣:《读史阅世六十年》,桂林:广西师范大学出版社,2005年

贺次君:《西晋以下北方宦族地望表》,《禹贡》第3卷第4期,1935年

何怀宏:《选举社会及其终结——秦汉至晚清历史的一种社会学阐释》,北京:生活·读书·新知三联书店,1998年

何启民:《柳芳氏族论中的一些问题》,中国唐代学会编《唐代研究论集》第2辑,台北:新文丰出版股份有限公司,

1992 年
胡阿祥:《魏晋本土文学地理研究》, 南京: 南京大学出版社, 2001 年
胡 戟:《胡戟文存》(隋唐历史卷), 北京: 中国社会科学出版社, 2000 年
胡可先:《中唐政治与文学——以永贞革新为研究中心》, 合肥: 安徽大学出版社, 2000 年
胡如雷:《门阀士族兴衰的根本原因及士族在唐代的地位和作用》, 收入史念海主编《唐史论丛》第 3 辑, 西安: 陕西人民出版社, 1987 年
胡志佳:《门阀士族时代下的司马氏家族》, 台北: 文史哲出版社, 2005 年
黄宽重、刘增贵主编:《家族与社会》(台湾学者中国史研究论丛 8), 北京: 中国大百科全书出版社, 2005 年
黄仁宇:《赫逊河畔谈中国历史》, 北京: 生活 · 读书 · 新知三联书店, 1992 年
《中国大历史》, 北京: 生活 · 读书 · 新知三联书店, 1997 年
黄庭硕:《南国多秀士: 唐宋之际的东南士人与中国文化重心南移》, 台北: 稻乡出版社, 2019 年
黄永年:《文史探微》, 北京: 中华书局, 2000 年
霍松林师:《文艺学简论》, 北京: 中国社会科学出版社, 1982 年
《唐宋诗文鉴赏举隅》, 北京: 人民文学出版社, 1984 年
《唐音阁论文集》, 石家庄: 河北教育出版社, 2000 年

《唐音阁随笔集》，石家庄：河北教育出版社，2000年
贾晋华：《唐代集会总集与诗人群研究》，北京：北京大学出版社，2001年
蒋天枢：《陈寅恪先生编年事辑》(增订本)，上海：上海古籍出版社，1997年
蒋　寅：《大历诗风》，上海：上海古籍出版社，1992年
《大历诗人研究》，北京：中华书局，1995年
景遐东：《江南文化与唐代文学研究》，北京：人民文学出版社，2005年
蓝　勇：《中国历史地理学》，北京：高等教育出版社，2002年
劳　干：《关东与关西的李姓和赵姓》，台北：《历史语言研究所集刊》第31本，1960年
李伯重：《唐代江南农业的发展》，北京：农业出版社，1990年
李丰楙、刘苑如主编：《空间、地域与文化——中国文化空间的书写与阐释》，台北："中央研究院"中国文哲研究所，2002年
李光霁：《简论唐代山东旧士族》，《唐史学会论文集》，西安：陕西人民出版社，1986年
李　浩：《唐代园林别业考论》(修订版)，西安：西北大学出版社，1998年
《唐代关中士族与文学》，台北：文津出版社，1999年；陕西人民出版社(第四版)，2022年
《唐诗的美学阐释》，合肥：安徽大学出版社，2000年(简体字本)；台北：文津出版社，2000年(繁体字本)

《流声：中国姓名文化》，北京：三联书店，2017年
《摩石录》，台北：联经出版事业公司，2020年
李开元：《汉帝国的建立与刘邦集团——军功受益阶层研究》，北京：三联书店，2000年
李孝聪主编：《唐代地域结构与运作空间》，上海：上海辞书出版社，2003年
李学勤：《东周与秦代文明》(增订本)，北京：文物出版社，1991年
李泽厚、刘纲纪：《中国美学史》(第1卷)，北京：中国社会科学出版社，1984年
李泽厚：《中国古代思想史论》，北京：人民出版社，1986年
梁启超：《中国地理大势论》，《饮冰室文集》第10册，北京：中华书局，1936年
林安梧：《儒学与中国传统社会之哲学省察——以"血缘性纵贯轴"为核心的理解与诠释》，上海：学林出版社，1998年
刘海峰：《唐代教育与选举制度综论》，台北：文津出版社，1991年
刘师培：《南北文学不同论》，《国粹学报》第1年第9期
刘维治：《元白研究》，北京：人民教育出版社，1999年
刘永济：《十四朝文学要略》，哈尔滨：黑龙江人民出版社，1984年
刘跃进：《门阀士族与永明文学》，北京：生活·读书·新知三联书店，1996年
柳诒徵：《中国文化史》，北京：中国大百科全书出版社，1988年

卢　云：《汉晋文化地理》，西安：陕西人民教育出版社，1991 年
吕春盛：《关陇集团的权力结构演变——西魏北周政治史研究》，台北：稻乡出版社，2002 年
吕思勉：《中国制度史》，上海：上海教育出版社，1985 年
吕一飞：《胡族习俗与隋唐风韵》，北京：书目文献出版社，1994 年
吕卓民：《古都西安·长安韦杜家族》，西安：西安出版社，2005 年
罗根泽：《中国文学批评史》，上海：上海古籍出版社，1984 年
罗联添：《唐代四家诗文论集》，台北：学海出版社，1986 年
《唐代文学论集》，台北：学生书局，1989 年
罗宗强：《隋唐五代文学思想史》，上海：上海古籍出版社，1986 年
《魏晋南北朝文学思想史》，北京：中华书局，1996 年
马自力：《中唐文人之社会角色与文学活动》，北京：中国社会科学出版社，2005 年
毛汉光：《唐代统治阶层的社会变动：从官吏家庭背景看社会流动》，台北：政治大学高级研究生毕业论文（稿本），1986 年
《中国中古社会史论》，台北：联经出版事业公司，1988 年；上海：上海书店出版社，2002 年
《隋唐政权中南朝旧族之仕进凭借与途径》，《第一届国际唐代学术会议论文集》，台北：学生书局，1989 年
《中国中古政治史论》，台北：联经出版事业公司，1990

年；上海：上海书店出版社，2002年
《关中郡姓婚姻关系之研究——隋至唐前半期》，《唐代文化研讨会论文集》，台北：文史哲出版社，1991年
毛　蕾：《唐代翰林学士》，北京：社会科学文献出版社，2000年
梅新林：《中国古代文学地理形态与演变》，上海：复旦大学出版社，2006年
牟润孙：《注史斋丛稿》，台北："商务印书馆"股份有限公司，1980年
缪　钺：《读史存稿》，北京：生活·读书·新知三联书店，1963年
《杜牧传》，北京：人民文学出版社，1977年
《杜牧年谱》，北京：人民文学出版社，1980年
欧阳宗书：《中国家谱》，北京：新华出版社，1993年
潘维和：《唐律上家族主义之研究》，《华岗学报》1965年第1期
钱　杭：《血缘与地缘之间——中国历史上的联宗与联宗组织》，上海：上海社会科学院出版社，2001年
钱基博：《中国文学史》，北京：中华书局，1993年
钱　穆：《周初地理考》，《燕京学报》1931年第10期
《略论魏晋南北朝学术文化与当时门第之关系》，香港：《新亚学报》第5卷第3期，1963年
《中国文化史导论》（修订本），北京：商务印书馆，1994年
《国史大纲》（修订本），北京：商务印书馆，1996年
《国学概论》，北京：商务印书馆，1997年

《国史新论》，北京：生活·读书·新知三联书店，2001年
《中国历代政治得失》，北京：生活·读书·新知三联书店，2001年
钱锺书：《管锥编》，北京：中华书局，1979年
《谈艺录》(补订本)，北京：中华书局，1984年
乔象锺、陈铁民主编：《唐代文学史》(上册)，北京：人民文学出版社，1995年
邱添生：《由世族盛衰看中国中世的社会变迁》，《第一届国际唐代学术会议论文集》，台北：学生书局，1989年
瞿林东：《唐代谱学和唐代社会》，《中国史研究》1981年第1期，收入作者《唐代史学论稿》，北京：北京师范大学出版社，1989年
瞿同祖：《中国法律与中国社会》，北京：中华书局，1981年
任继愈：《中国古代哲学发展的地区性》，收入《中华学术论文集》，北京：中华书局，1981年
任爽、石庆环：《科举制度与公务员制度》，北京：商务印书馆，2001年
荣新江：《中古中国与外来文明》，北京：生活·读书·新知三联书店，2001年
《唐代宗教信仰与社会》(主编)，上海：上海辞书出版社，2003年
《从撒马尔干到长安：粟特人在中国的文化遗迹》(与张志清合编)，北京：北京图书馆出版社，2004年

《中国中古史研究十论》，上海：复旦大学出版社，2005年
《隋唐长安：性别、记忆及其他》，香港：香港三联书店，2009年
《大唐西市博物馆藏墓志》（与胡戟合编）上、中、下三册，北京：北京大学出版社，2012年
尚 定：《走向盛唐》，北京：中国社会科学出版社，1994年
尚永亮：《元和五大诗人与贬谪文学考论》，台北：文津出版社，1993年
《唐代逐臣与贬谪文学研究》，武汉：武汉大学出版社，2007年
施子愉：《柳宗元年谱》，武汉：湖北人民出版社，1958年
史念海：《河山集》，北京：生活·读书·新知三联书店，1963年
《河山集》（第2集），北京：生活·读书·新知三联书店，1981年
《河山集》（第3集），北京：人民出版社，1988年
《河山集》（第4集），西安：陕西师范大学出版社，1992年
《河山集》（第5集），太原：山西人民出版社，1991年
《唐代历史地理研究》，北京：中国社会科学出版社，1998年
斯维至：《陕西通史·西周卷》，西安：陕西师范大学出版社，1996年
宋大川：《唐代教育体制研究》，太原：山西教育出版社，1998年

宋德熹：《六朝至唐初门第观念之考察》，《史原》1981 年第十一期。

《唐代前期门第之发展(六一八—七五五)——以门第观念为中心》，台大史研所硕士论文(1984 年)

《“关陇集团”中的代北外戚家族研究——以独孤氏及窦氏为例》，台大史研所博士论文(1991 年)

《安史之乱前后唐代门第家族势力的推移》，《兴大历史学报》1998 第八期。

《陈寅恪中古史学探研——以〈隋唐制度渊源略论稿〉为例》，台北：稻乡出版社 1999 年

《唐代前期门第世族的郡望与伪冒问题》，《兴大人文学报》2003 年第三十三期

孙昌武：《柳宗元传论》，北京：人民文学出版社，1982 年

孙国栋：《唐宋之际社会门第之消融》，收入作者《唐宋史论丛》(增订版)，香港：商务印书馆，2000 年

孙　望：《韦应物事迹考述》，收入氏著《蜗叟杂稿》，上海：上海古籍出版社，1982 年

台静农：《论唐代士风与文学》，《唐代研究论集》第 1 辑，台北：新文丰出版公司，1992 年

谭其骧：《长水粹编》，石家庄：河北教育出版社，2000 年

唐长孺：《魏晋南北朝史论丛》，北京：生活·读书·新知三联书店，1955 年

《魏晋南北朝史论拾遗》，北京：中华书局，1983 年

《魏晋南北朝隋唐史三论》，武汉：武汉大学出版社，

1993年
唐耕耦：《敦煌唐写本天下姓望氏族谱残卷的若干问题》，见《魏晋隋唐史论集》第2辑，北京：中国社会科学出版社，1983年
陶礼天：《北“风”与南“骚”》，北京：华文出版社，1997年
田廷柱：《隋唐士族》，西安：三秦出版社，1990年
田余庆：《东晋门阀政治》，北京：北京大学出版社，1989年
万绳楠：《魏晋南北朝史论稿》，合肥：安徽教育出版社，1983年
汪　波：《魏晋北朝并州地区研究》，北京：人民出版社，2001年
汪　篯：《汪篯隋唐史论稿》，唐长孺等编，北京：中国社会科学出版社，1981年
汪荣祖：《陈寅恪评传》，南昌：百花洲文艺出版社，1992年
王国维：《观堂集林》，北京：中华书局，1959年
王鹤鸣、马远良主编：《中国谱牒研究》，上海：上海古籍出版社，1999年
王力平：《中古杜氏家族的变迁》，北京：商务印书馆，2006年
王水照师：《宋代文学通论》，开封：河南大学出版社，1997年
《王水照自选集》，上海：上海教育出版社，2000年
《钱锺书的学术人生》，北京：中华书局，2020年
《北宋三大文人集团》，上海：上海古籍出版社，2021年
王勋成：《唐代铨选与文学》，北京：中华书局，2001年
王炎平：《牛李党争》，西安：西北大学出版社，1996年
王伊同：《五朝门第》，香港：香港中文大学出版社，1978年；北京：中华书局，2006年

王永平:《六朝江东世族之家风家学研究》,南京:江苏古籍出版社,2003 年
《中古士人迁移与文化交流》,北京:社会科学文献出版社,2005 年
王永兴:《陈门问学丛稿》,南昌:江西人民出版社,1993 年
《陈寅恪先生史学述略稿》,北京:北京大学出版社,1998 年
王运熙、杨明:《魏晋南北朝文学批评史》,上海:上海古籍出版社,1989 年
《隋唐五代文学批评史》,上海:上海古籍出版社,1994 年
王仲荦:《峼华山馆丛稿》,北京:中华书局,1987 年
《隋唐五代史》,上海:上海人民出版社,1988 年
王子今:《秦汉区域文化研究》,成都:四川人民出版社,1998 年
翁俊雄:《唐朝鼎盛时期政区与人口》,北京:首都师范大学出版社,1995 年
《唐后期政区与人口》,北京:首都师范大学出版社,1999 年
吴庚舜、董乃斌主编:《唐代文学史》(下册),北京:人民文学出版社,1995 年
吴丽娱:《唐礼摭遗——中古书仪研究》,北京:商务印书馆,2002 年
吴 霓:《中国古代私学发展诸问题研究》,北京:中国社会科学出版社,1996 年

吴宗国：《唐代士族及其衰落》，《唐史学会论文集》，西安：陕西人民出版社，1986 年

《唐代科举制度研究》，沈阳：辽宁大学出版社，1992 年

西　江：《将相文武，风流千古——裴氏人物志传》，北京：中国社会科学出版社，2001 年

《裴氏人物著述》，太原：山西人民出版社，2002 年

夏　炎：《中古世家大族清河崔氏研究》，天津：天津古籍出版社，2004 年

向　达：《唐代长安与西域文明》，北京：生活·读书·新知三联书店，1957 年

萧华荣：《华丽家族——两晋南朝陈郡谢氏传奇》，北京：生活·读书·新知三联书店，1994 年

《簪缨世家——两晋南朝琅琊王氏传奇》，北京：生活·读书·新知三联书店，1995 年

徐扬杰：《中国家族制度史》，北京：人民出版社，1992 年

许倬云：《历史分光镜》，上海：上海文艺出版社，1998 年

《从历史看组织》，上海：上海人民出版社，2000 年

阎爱民：《汉晋家族研究》，上海：上海人民出版社，2005 年

阎步克：《士大夫政治演生史稿》，北京：北京大学出版社，1996 年

严耕望：《唐史研究丛稿》，香港：新亚研究所，1969 年

《唐代交通图考》，台北：《“中央研究院”历史语言研究所专刊》之八十三，1985 年

颜普元：《颜氏家学与风徽》，长沙：岳麓书社，1999 年

杨念群：《儒学地域化的近代形态——三大知识群体互动的比较研究》，北京：三联书店，1997年
《中层理论——东西方思想会通下的中国史研究》，南昌：江西教育出版社，2001年
姚薇元：《北朝胡姓考》，北京：科学出版社，1958年；北京：中华书局修订本，2007年
叶忠海：《人才地理学概论》，上海：上海科技教育出版社，2000年
余恕诚：《唐诗风貌》，合肥：安徽大学出版社，1997年
余英时：《士与中国文化》，上海：上海人民出版社，1987年
《钱穆与中国文化》，上海：上海远东出版社，1994年
《中国传统思想的现代诠释》，南京：江苏人民出版社，1998年
郁贤皓：《唐刺史考全编》，合肥：安徽大学出版社，2000年
袁行霈：《中国诗歌艺术研究》，北京：北京大学出版社，1987年
《中国文学概论》，北京：高等教育出版社，1990年
主编《中国文学史》，北京：高等教育出版社，1999年
袁义达、张诚：《中国姓氏：群体遗传和人口分布》，上海：华东师范大学出版社，2002年
曾大兴：《中国历代文学家之地理分布》，武汉：湖北教育出版社，1995年
《文学地理学研究》，北京：商务印书馆，2012年
《气候、物候与文学》，北京：商务印书馆，2016年
查屏球：《唐学与唐诗》，北京：商务印书馆，2000年

《天宝河洛儒士群与复古之风》,《中华文史论丛》总第65辑,上海:上海古籍出版社,2001年
章培恒:《从〈诗经〉〈楚辞〉看我国古代文学中的地区差别》,《中国文化》创刊号
与骆玉明主编《中国文学史》,上海:复旦大学出版社,1994年
章　群:《宗庙与家庙》,《唐代文化研究论文集》,上海:上海人民出版社,1994年
《唐史》(校订本),香港:龙门书局,1979年
章士钊:《柳文指要》,北京:中华书局,1971年
章太炎:《国学讲演录》,上海:华东师范大学出版社,1995年
章义和:《地域集团与南朝政治》,上海:华东师范大学出版社,2002年
张广达:《西域史地丛稿初编》,上海:上海古籍出版社,1995年
张光直:《中国青铜时代》,北京:生活·读书·新知三联书店,1983年
张　剑:《宋代家族与文学——以澶州晁氏为中心的研究》,北京:北京出版社,2006年
张岂之主编:《中国思想史》,西安:西北大学出版社,1989年
张永禄:《唐都长安》,西安:西北大学出版社,1987年
主编《唐代长安词典》,西安:陕西人民出版社,1990年
主编《汉代长安词典》,西安:陕西人民出版社,1993年
张泽咸:《谱牒与唐代社会小议》,《唐代文化研究论文集》,上海:上海人民出版社,1994年

《唐代阶级结构研究》，郑州：中州古籍出版社，1996年
张仲礼：《中国绅士——关于其在十九世纪中国社会中作用的研究》，上海：上海社会科学院出版社，1991年
赵昌平：《"吴中诗派"与中唐诗歌》，《中国社会科学》1984年第4期
赵　超：《从唐代墓志看士族大姓通婚》，收入《周绍良先生欣开九秩庆寿文集》，北京：中华书局，1997年
《新唐书宰相世系表集校》，北京：中华书局，1998年
郑鹤声：《杜佑年谱》，北京：商务印书馆，1934年
郑临川述评：《闻一多论古典文学》，重庆：重庆出版社，1984年
郑振铎：《插图本中国文学史》，北京：人民文学出版社，1957年
钟仕伦：《南北文化与美学思潮》，成都：四川大学出版社，1995年
周建江：《北朝文学史》，北京：中国社会科学出版社，1997年
周伟洲：《唐代关中民族的分布及融合》，《中国历史地理论丛》1992年第3期
《陕西通史·民族卷》，西安：陕西师范大学出版社，1996年
周勋初主编：《唐诗大辞典》，南京：江苏古籍出版社，1990年
周一良：《魏晋南北朝史论集》，北京：中华书局，1963年
《魏晋南北朝史札记》，北京：中华书局，1985年
周予同：《经今古文学》，北京：中华书局，1955年
周振鹤：《西汉政区地理》，北京：人民出版社，1987年
周振鹤、游汝杰：《方言与中国文化》，上海：上海人民出版社，

1986年
周征松：《河东裴氏谱牒知见录》，《谱牒学研究》第4辑，1995年
《魏晋隋唐间的河东裴氏》，太原：山西教育出版社，2000年
周征松、高洪山：《唐代河东裴氏墓志述论》，《文献》1997年第2期
周祖谟主编：《中国文学家大辞典(唐五代卷)》，北京：中华书局，1992年
邹逸麟主编：《中国历史人文地理》，北京：科学出版社，2001年

三、日人及西人著述

池田温：《唐代の郡望表》(上、下)，《东洋学报》，第42卷第3—4号，1959年，1960年
《唐朝氏族志研究》，《日本学者研究中国史论著选译》第4卷，北京：中华书局，1992年
池泽滋子：《吴越钱氏文人群体研究》，上海：上海人民出版社，2006年
矢野主税：《裴氏研究》，《长崎大学社会科学论丛》1965年14期
布目潮沨：《唐初的贵族》，《日本学者研究中国史论著选译》第4卷，北京：中华书局，1992年
东野治之：《训蒙书》，收入池田温编《讲座敦煌》五《敦煌汉文文献》，东京：大东出版社，平成四年

宇都宮清吉:《唐代贵人に就いての一考察》,《史林》第19卷第3号,1934年

长部悦弘:《北朝隋唐时代における胡族の通婚关系》,《史林》第73卷第4号,1990年

植木久行:《唐詩の風土》,研文出版,1983年

《唐詩歳時記》,講談社,1995年

今堀诚二:《唐代士族の性格素描(一)》,《历史学研究》第9卷第11号,1940年

斯波义信:《宋代江南经济史研究》,方健、何忠礼译,南京:江苏人民出版社,2001年

溝口雄三:《中国前近代思想的演变》,索介然、龚颖译,北京:中华书局,1997年

户崎哲彦:《柳宗元集考》(上、下),《彦根论丛》第289—290号,平成六年六月、八月

《唐代中期における"良主主义"の出现》(1、2),《彦根论丛》第302—303号,平成八年七月、十月

Denis Twichett: *The Cambridge History of China Volume 3 Sui and T'ang China*, 589—906, Part I([英]崔瑞德编《剑桥中国隋唐史》,中国社科院西方汉学课题组译,北京:中国社会科学出版社,1990年)

E. H. Schafer: *The Golden Peaches of Samarkand, A Study of Tang Exotics*([美]谢弗《唐代的外来文明》,吴玉贵译,北京:中国社会科学出版社,1995年。中译本新版改为:[美]薛爱华《撒马尔罕的金桃——唐代舶来品研究》,吴玉贵

译，北京：社科文献出版社，2016 年）

Peter K. Bol：*"This Culture of Ours"：Intellectual Transitions in Tang and Sung China*（[美]包弼德《斯文：唐宋思想的转型》，刘宁译，南京：江苏人民出版社，2001 年）

Benjamin A. Elman：*From Philosophy ti Philology*（[美]艾尔曼《从理学到朴学》，赵刚译，南京：江苏人民出版社，1997 年）

Classicism，Politics and Kinship：the Chang-chou shooI of new text Confucianism in late imperial China（[美]艾尔曼《经学、政治和宗族——中华帝国晚期常州今文学派研究》，赵刚译，南京：江苏人民出版社，1998 年）

Peter Burke：*History and Social Theory*（[英]彼得·伯克《历史学与社会理论》，姚朋等译，上海：上海人民出版社，2001 年）

Max Weber：*Konfuziamismus und Taoismus*（[德]马克斯·韦伯《儒教与道教》，王容芬译，北京：商务印书馆，1997 年）

The Protestant Ethic and the Spirit of Capitalism（[德]马克斯·韦伯《新教伦理与资本主义精神》，于晓、陈维纲等译，北京：生活·读书·新知三联书店，1987 年）

Patricia Buckley Ebrey *The Aristocratic Families of EarJy lmperial China—A Case study of the Po-ling Tsui Family*，*Cambridge University Press*，1978

Roth Benedict *Patterns of Culture*（[美]露丝，本尼迪克《文化模式》，何锡章、黄欢译，北京：华夏出版社，1987 年）

Wolfram Eberhard：*Conquerors and Ruler*：*Social Forces in Medieval China*，*Lei—den*：*E. J. Brill*，1952，*Second Edition*，1965

Social Mobility in Traditional China，*Leiden*：*E. J. Brill*，1962

Jacques Gernet：*Daily Life in China on the Eve of the Mongal Invasion* 1250—1276（［法］谢和耐《蒙元入侵前夜的中国日常生活》，刘东译，南京：江苏人民出版社，1998年）

William Skinner：*The City in Late lmperial China*（［美］施坚雅主编《中华帝国晚期的城市》，叶光庭等译，北京：中华书局，2000年）

陕版后记

还是暮春时节，陕西人民出版社关宁编辑短信邀请我为他们社写一本关于唐诗或唐代文学的书，我开始没有放在心上。后来承她与韩琳女史安排面谈，还有宋亚萍、刘景巍两位总编的加持，始明白她们的用意，我为她们的敬业精神所感动，于是就有了这一套文集的策划。

按我原来的设想，这一套文集应该在五六年后再启动，算是我在退出学术舞台时给师友们留的一点念想。“轮囷胆气唯宜酒，寂寞心情好著书”(沈兼士语)，大概是先前那一辈文人的风气。我现在胆气没有了，酒量也没有了，唯余寂寞心情了。因为先天不足，后天也不足，再怎么不认命，再怎么扑腾，恐也著不出什么不朽之作了，那就将几部旧作增订修改一过吧。虽是旧作，不完全等同今日的认知，但也是白纸黑字署着自己的名字，想赖也赖不掉。不如干脆争取主动，趁着现在眼未彻底昏花，膀不瘫，手不抖，留一个供学界批评的版本吧。

本册《唐代三大地域文学士族研究》，初稿是我当年在复旦做博士后研究的出站报告，出站前后以此为基础申报了国家博士后基金项目、国家社科基金课题，也是由我做项目负责人的教育部人文社科重点研究基地复旦大学中国古代文学研究中心重大课题的阶段性成果。此时提及过往的这些，不是为了炫耀，而是为了公开的标注和诚意的鸣谢。

忆及当年在沪上游学，除了再次感谢章培恒先生、王水照先生、陈尚君先生外，还有李玉珍老师等。因为做博士后的缘由，以此为由头前后联系过袁行霈、葛晓音、孙逊等先生，日后也获得他们的不时照拂。现在章培恒先生、孙逊先生都已仙逝，抚今追昔，更加感戴他们的教泽。

本书与《唐代关中士族与文学》应该被看作是姊妹篇。对于一个相关联的课题，前后持续关注追踪了十多年，我也佩服自己当年因为迂执的勇气而形成的学术坚持。二十年后，有关地域—家族、士族文化、文学地理、空间叙事等领域的研究，已有了很大的推进，当然也出现了瓶颈。眼见当年冷寂的学术城乡接合部，现在演变成了闹市。作为曾经到此一游者，我既无能力转移风气，也没有勇气振臂高呼，甚至连故地重游的兴趣也没有了。我只愿意躲在更遥远的山间看云起云落，水流花开。

李娜、胡永杰、吕宇婷等新老学生帮助校改清样，谨致谢意。

2021 年 9 月 15 日改定

初版后记

本书是我主持的国家社会科学基金项目的最终成果，其基础是我在复旦大学中文博士后流动站从事博士后研究所提交的研究报告。

1999年9月，我获准入复旦大学中文博士后流动站，在美丽的复旦园开始了一段宁静而专注的研究生活，对于一个年届不惑者来说，争得一段身心自由的时光，有时要付出相当大的代价。因工作单位与家庭的缘故，年来仍经常往返于东南与西北之间。有时还来不及撣掉鬓角眉际在鄂尔多斯草原和毛乌素沙漠沾上的干燥尘土，又要匆匆南下，任黄浦江畔腥湿的海风拂面。其间还经常徜徉于古城西安城墙下。另有一年是在韩国晋州市庆尚大学度过的。活动舞台的频频转换，使我对地域空间的变化极为敏感，也为我进行这一带有空间史学色彩的课题提供了感同身受的机会。但是强烈的“地域差”，亦使我对唐人之“无端更渡桑干水，却望并州是故乡”有了当下体验，不断的空间切换悬置生发的乡愁，常常让我在月光如水的晚上彻夜难眠。

我出身寒素，生长于边鄙之地，资质平庸，无些许特异过人之处。幸运的是，前后曾获多位名师亲炙，施教传道。其中安旗师是我的硕士生导师，是她领我走进唐代文学研究的殿堂。霍松林师是我读博士时的导师，《唐代关中士族与文学》便是在松林师指导下完成的。松林师是我们西北人的骄傲，早年亦曾游学江南，受知于汪辟疆、胡小石、陈匪石等一代宗师，又获民国元老于右任器重。王水照师是我博士后课题的联系导师，王先生出身北大，又曾担任过钱锺书先生的助手，早享盛名，治学出入唐宋而又贯通古今，由技进乎道。章培恒师是复旦大学中文博士后流动站负责人，国家重点研究基地复旦大学古代文学研究中心主任，我能以濒于超龄之年，再入复旦深造，实缘于章先生的偏爱与简拔。章老师从学于蒋天枢先生，而蒋先生又是国学大师陈寅恪晚年最推重的弟子。本项研究又蒙王先生与章先生鼎力举荐，获得国家博士后科学研究基金的资助。书成，又蒙两位先生惠赐美序，勉励期许有加。本课题的开题报告、中期考核及出站报告一直得到流动站导师组的各位专家的认真审查、严格要求，他们分别是朱立元、严修、吴金华、陈思和、黄霖、章培恒、游汝杰，请允许我向以上诸位先生表达真诚的谢意。

邈余小子，愚暗庸碌，而竟有如此遭逢际遇，幸何至哉！书末赘此数语，并非借名师以自炫，文饰浅陋，实为饮水思源，以示不忘本原。

最后，感谢复旦大学为我提供了生活与研究经费，使我能在耸起高架桥的松江滨继续仿效唐人做江南梦；感谢西北大学多年来对我研究工作一如既往的支持。还要感谢庆尚大学中文系，为我提供舒适便利的生活工作条件，使我能在域外静心读唐代文献，非常专注地完成本课题后期的写作任务。

2002 年 9 月 9 日校毕

增订本后记

本书自2002年出版后，很快售罄，承蒙中华书局顾青副总编殷勤过问，安排再版重印，文学编辑部俞国林兄亲任责编，认真负责。我利用此次再版机会，对原书进行了一次增订修改，增补了两篇相关论文，添加了一些新材料，订正了一些明显的文字讹误，并核校了引文。学界同行公开评论中提出的一些意见，我择善而从。但有些见仁见智的开放性建议，我则仍坚持我原来的观点，未做任何改动。

本成果的完成，受到了国内外同行的广泛关注，浙江大学胡可先教授、广州大学曾大兴教授、西北大学刘欢编审、复旦大学田苗博士曾发表过署名评论文章，中国社会科学院刘扬忠研究员、陈才智研究员，浙江师范大学梅新林教授，安徽社会科学院陈有冰研究员均在自己的著述中积极评价本成果。国内二十多所高校和研究院所的博硕士论文援引本书的观点或将本成果列为重要参考文献。

日本早稻田大学内山精也教授、日本专修大学松原朗教授及土屋昌明教授向日本学界推介本成果，积极促成此书的日译本出版工作。傅璇琮、章培恒、王水照、黄霖、胡戟、荣新江、莫砺锋、钟振振、阎琦、陈尚君、陈思和、孙逊等先生也非常关心本项研究的进展，并给予了许多支持和鼓励。

国家社会科学规划办、陕西省委宣传部及省社科规划办、西北大学、复旦大学等机构为我的学术研究和学术交流提供了诸多便利条件，我的2006级、2007级博硕士研究生帮我校阅了清样。

凡此云天高谊，曷胜感激。

谨为记。

2008年1月19日晨于古城长安桃园校区寓所。

时窗外雪花飘瑞，满世界皆琼林玉宇也。